Annie Wang
Peking Girls

Annie Wang

Peking Girls

Roman

Aus dem Englischen
von Annette Hahn

Aufbau-Verlag

Die Originalausgabe erschien 2006 unter dem Titel
The People's Republic of Desire
bei HarperCollins Publishers, New York.

ISBN-10: 3-351-03069-X
ISBN-13: 978-3-351-03069-8

1. Auflage 2006

Einbandgestaltung Mediabureau Di Stefano, Berlin
Druck und Binden Rodesa S. A., Villatuerta
Printed in Spain

www.aufbau-verlag.de

Vorwort

Die erste Idee zu diesem Buch kam mir in Hongkong im Jahr 2000, in einem Hotel mit Blick auf Victoria Harbor. Es war März. Bei meiner Abreise aus Kalifornien hatten die Tulpen und Rosen im Garten bereits geblüht: blau, gelb und weiß. Auch die Pfirsich- und die Birnbäume standen in Blüte. Der Wind streute Pfirsich- und Pflaumenblüten über den Steinpfad in meinem Garten, was mich an die Verse meiner Lieblingsdichterin aus der Song-Zeit erinnerte: Li Qingzhao.

Meine Liebe gilt dem alten China, aber ich lebe im modernen China. Und so ist die Zeit – zumindest in dieser Widersprüchlichkeit – die ewige Siegerin.

Ich habe mich für dieses Leben entschieden: für das Hin und Her zwischen Ost und West, zwischen China und den Vereinigten Staaten. Ich komme mir vor wie ein Zugvogel, der mit dem Wandel der Jahreszeiten seinen Lebensraum wechselt.

Warum? Vielleicht, um Geschichten zu sammeln. Im Jahr 2000, als »Informationstechnologie«, »Internet«, »Börsengang« und »Risikokapital« die meistbenutzten Schlagworte der Welt waren, gab ich meine Arbeit im Silicon Valley auf. Ich kehrte nach China zurück, um interessante Storys für die *Washington Post* zu schreiben. Ich sagte mir, ich sei eine Geschichtensammlerin der Armen, nicht der Reichen.

Mit Blick auf Victoria Harbor und die Silhouette der Wolkenkratzer wallten die gegensätzlichsten Gefühle in meinem Herzen auf. Und ich merkte, daß ich wieder auf chinesisch dachte.

Nach meinen Jahren in der Bay Area war ich es gewohnt, über Themen wie Multikulturalität, spirituelle Weisheit, Glauben, Identität und Zugehörigkeitsgefühl zu diskutieren. Zurück in China, lauschte ich den ausgiebigen Gesprächen über den ersten Kaffee bei Starbucks, die erste Fahrt im Buick, über Internet-Chatrooms, One-Night-Stands oder Pornofilme. Scheidung, Oralsex, Affären, Brustimplantate, Abtreibung, Homosexualität, strapazierte Libido, Impotenz – einstige Tabuthemen gehören nun zum Alltagsgespräch der Großstadtfrauen, die stolz darauf sind, einen Flakon Chanel No. 5 ihr eigen zu nennen. Sexuell unkonform zu sein ist cool, solange man politisch konform ist. Konservativismus wird als Schimpfwort benutzt.

Gleichzeitig werden kubanische Zigarren, Giorgio Armani, BMWs und Golfclubs für erfolgreiche chinesische Männer zu Symbolen ihres Yuppiedaseins. Sie engagieren arme Jungen vom Land als Leibwächter und nehmen sich arme Mädchen vom Land als Sexspielzeuge.

Niemand erinnert sich mehr an die Ereignisse von 1989 auf dem Tiananmen-Platz, und Chinas politische Zukunft ist den meisten ebenfalls gleichgültig. Geld und Status regieren das tägliche Leben. Es scheint, als gäbe es nur zwei Sorten von Menschen: solche, die Macht und Reichtum hofieren, und solche, die aufgrund ihrer Macht und ihres Reichtums hofiert werden.

China, diese alte Kultur, die einst unter dem Gewicht ihrer eigenen Geschichte zu ersticken drohte, hat sich so rasant und so drastisch verändert, daß die Chinesen selbst es kaum nachvollziehen können, geschweige denn Außenstehende und Wanderer zwischen den Welten wie ich, die als Chinesen amerikanischer Abstammung oder

Amerikaner chinesischer Abstammung betrachtet werden.

Es herrschen also unfaßbar verrückte und unvernünftige Zeiten. Dynamisch. Impulsiv. Pragmatisch. Chaotisch. Überschäumend vor Begierde. Anmaßend. Rückschrittlich. Widersprüchlich. Zeiten, in denen Armut beschämender ist als Prostitution. Und gleichzeitig ist es eine Ära voller Träume, Pracht und primitiver Leidenschaften. In China offenbart sich alles. Es gibt keine Geheimnisse.

So kam mir der Gedanke, daß man Identität und Zugehörigkeit vergessen und dem Wort »Heimat« eine neue Definition zukommen lassen sollte.

Was die Chinesen brauchen, ist eine Lösung für die Probleme, die sich aus der Modernisierung ergeben – eine Lösung sowohl für den einzelnen als auch für die chinesische Zivilisation als Gesamtheit.

Die Chinesen schleppten früher viel kulturellen Ballast mit sich herum. Wir hatten stets ein lachendes und ein weinendes Auge, waren besessen von unseren Erinnerungen an Leid und Erniedrigung und hin- und hergerissen zwischen Liebe und Haß. Unsere Handlungen waren bestimmt von impulsivem Nationalstolz und der Scham über unsere Niederlagen. Überwältigt von unkontrollierbarem Tatendrang, verharrten wir ungeduldig in Wartestellung.

Vielleicht sind ein wenig Fast-Food-Frivolität, ein wenig Starbucks-Oberflächlichkeit, ein wenig Hongkong-Materialismus, ein wenig Unwissenheit und Gleichgültigkeit in Bezug auf unsere Geschichte einfach notwendig, damit wir uns in der neuen Marktwirtschaft einrichten können. Abschalten, entspannen – nur inmitten dieser Leere werden China und die Chinesen in der Lage sein, einen Ausweg zu finden.

In jener Nacht glitten meine Gedanken aus dem Amerikanischen ins Chinesische. Ich trank zuviel auf der Hongkonger Partymeile Lan Kwai Fong, die ich zusammen mit meinen Freundinnen besuchte. In einer postkolonialen Bar fiel uns auf, daß wir – eine Gruppe intelligenter Absolventinnen amerikanischer und britischer Universitäten – die Begriffe »Heimat« und »Wurzeln« nicht klar fassen konnten. Importierter Alkohol, Zigarren und laute Musik waren uns ein Trost. Obwohl wir Tränen vergossen, hatten wir doch ein flüchtiges Gefühl von Sicherheit.

Am nächsten Tag besuchte ich ein malerisches, armes Fischerdorf, stand auf dem verfallenen Anlegesteg und sog den Geruch von trocknendem Fisch ein. Die lebenden Meerestiere in den Holzbottichen, deren geschicktes Töten, die ärmlichen Behausungen ... dies sind die Bilder von China, die heute im Westen wieder gezeigt werden. Mit einem um die Taille gebundenen Hemd und meiner teuren Digitalkamera in der Hand wanderte ich mit den anderen ausländischen Touristen umher und warf neugierige Blicke nach links und rechts. Ich stellte mich sogar ans Meer, streckte die Arme aus und rief: »Das ist das Leben!« – wie eine Figur in einem typisch chinesischen Melodram. Verhalte ich mich wie ein ausländischer Tourist und suche im eigenen Heimatland nach Exotik – oder verwestlicht einfach die ganze Welt?

Mit vierzehn verliebte ich mich in den indischen Dichter Tagore und ganz besonders in eine Zeile seiner meditativen Gedichte: »Weisheit erreicht ihre höchste Vollendung in der Trunkenheit.« So viele Jahre sind vergangen, und ich habe keinen besseren Aphorismus gefunden als diese verdammte Zeile. Ich habe nichts dazugelernt.

Es gab eine Zeit, in der mein Herz schwer war um des Schreibens, der höchsten Dinge und der Zukunft der chinesischen Kultur willen. Was glaubte ich, wer ich sei? Erst später sah ich ein, wie einfältig ich damals gewesen war. Jetzt bin ich trunken vor Realität. Nicht mehr die ernste, eigensinnige, törichte Intellektuelle. Ich suche den freien Fall – in einem China, das ich nicht länger als Heimat betrachte.

Ich werfe meine Bürde ab – und werde nicht länger die Rolle einer konfuzianischen Intellektuellen spielen.

Sind wir denn nicht die neue Generation? Sind wir nicht jung? Sind wir nicht einsame urbane Seelen? Verdienen wir es nicht, glücklich und sorglos zu sein? Brauchen wir nicht ein wenig Spaß? Dann laßt uns spielen. Schließlich waren wir Chinesen schon immer gute Spieler.

1
Die neue Neue Generation

»Heimkehrer« ist heute in China ein weitverbreitetes Wort, vor allem seit die Regierung die »chinesischen Patrioten in Übersee« aufrief, in ihr Heimatland zurückzukehren, um ein »modernes, starkes China« aufzubauen.

Diese neuen Heimkehrer haben eine Reihe charakteristischer Merkmale gemeinsam. Erstens tragen sie für gewöhnlich keine Miniröcke und kein Make-up, wie viele einheimische Frauen es tun. Sie wirken allgemein wenig modebewußt und scheinen nicht viel auf derlei Firlefanz zu geben. Zweitens haben sie meist einen Hochschulabschluß irgendwo aus dem Westen und erwähnen gern so beiläufig wie möglich: »Ich habe in Boston studiert.« (Dabei vergessen sie allerdings nie, ihren Harvard-Ring zu präsentieren.) Drittens sind sie furchtsame Fußgänger. Sie brauchen ewig, um in China eine normal befahrene Straße zu überqueren. Viertens rauchen sie nicht. Tatsächlich wird ihnen in Gesellschaft von Rauchern schwindlig. Fünftens werden sie nicht gern gefragt, woher sie kommen – insbesondere, wenn man sie gerade erst kennengelernt hat. Meist halten sie nach einer solchen Frage erst einige Sekunden inne. Es ist fast so, als fühlten sie sich nach der Multiple-choice-Methode auf die Probe gestellt: Antworten sie traditionell, so nennen sie dem Fragesteller den Geburtsort der Vorfahren ihres Vaters. Den Geburtsort und die Grabstätten deiner Vorfahren zu kennen zeigt, daß du deine Wurzeln nicht vergessen hast. Jeder,

der seine Wurzeln vergißt, wird verachtet und als Verräter beschimpft. »Er kennt seinen Nachnamen nicht mehr«, ruft man in China spöttisch jenen nach, die ihre Wurzeln zu vergessen suchen.

Doch in den letzten zwanzig Jahren behaupten immer mehr chinesische Intellektuelle, Chinas Traditionen und kulturelle Wurzeln behinderten seine Modernisierung. Die Geschichte erweist sich für das moderne China als kultureller Ballast.

Neuerdings beantwortet man die Frage der Herkunft also nicht mit dem Geburtsort der Vorfahren des Vaters, sondern indem man den des Vaters nennt. Die amerikanische Art geht noch einen Schritt weiter: Man gibt einfach seinen eigenen Geburtsort an.

Während sie innehalten, überlegen Heimkehrer nun hin und her, ob sie traditionell chinesisch, modern chinesisch oder amerikanisch antworten sollen. Oder ob sie gar noch einen Schritt weitergehen und sagen sollen, sie kämen aus Kalifornien oder London.

Der weise Chinese zieht es vor, vage zu bleiben und die Dinge im unklaren zu lassen. Man nennt das *nandehutu*.

Niuniu, in ihren Zwanzigern, ist so eine Heimkehrerin. Wenn Sie einmal in Peking waren, haben Sie sie vielleicht gesehen. Sie unterscheidet sich durch nichts von den anderen Angehörigen der *xin xin renlei*, der »neuen« Neuen Generation, deren hypermoderner Lebensstil von Barbesuchen, wechselnden Sexpartnern und dem Internet bestimmt wird. Ihr Haar ist kurz wie das eines Jungen und mit Gel zu Stacheln gestylt, manchmal rot gefärbt, manchmal lila. Ihre Finger zieren allerlei ungewöhnliche Ringe aus Weißgold, mit kleinen Füßen, Äpfeln, Skeletten, Schlangen und dergleichen. Schwarz lackierte Fingernägel, dunkelbrauner Lippenstift, ausgebeulte Hosen, eine bunte Schweizer Armeeuhr, gelbes Nokia-Handy,

Palm Pilot, IBM-Notebook, Rucksack von Jansport und Handtasche von Louis Vuitton, die immer zwei Kondome birgt – nicht für sie selbst, sondern für den Fall, daß eine ihrer Freundinnen dringend eines braucht.

Niuniu, das bin ich.

Zu jeder Person in China führt die Regierung eine *dangan* oder Personalakte, in der die politische Gesinnung, der familiäre Hintergrund sowie der schulische und berufliche Werdegang verzeichnet sind. Auch von mir gibt es eine.

Lassen Sie uns einen Blick auf meine *dangan* werfen. Top secret:

Größe: 1 Meter 57
Alter: 20 plus
Gewicht: 50 Kilo
Familienstand: ledig und ungebunden
Geburtsort: Peking
Familiärer Hintergrund:

Mutter Wei Mei: geboren in Peking, halb Han, halb Mandschu, Tochter von Schauspielern der revolutionären Oper. Enkelin eines mandschurischen Ministers. Dreimal verheiratet. Wanderte Mitte der Siebziger während erster Ehe in die USA aus. Zur Zeit verheiratet mit dem Generalbevollmächtigten einer amerikanischen Ölgesellschaft. Mutter von Niuniu und den Zwillingsschwestern Dong Dong und Bing Bing. Während der Kulturrevolution als Verkäuferin und Küchenhilfe tätig, gehörte später zu den sogenannten »Punk Girls« von Peking. Flattert momentan wie ein bunter Schmetterling durch Pekings Immigrantenkreise, ist auf hoher Ebene involviert in diplomatischen Austausch und Filmprojekte. Keine höhere Bildung, spricht fließend englisch.

Vater Chen Siyuan: aufgewachsen als Waise auf einer

Insel im Südchinesischen Meer. Chinesische Abstammung fraglich, von einem amerikanischen Missionar adoptiert und zum Christentum bekehrt. Amerikanische Staatsbürgerschaft. Machte seinen Doktor der Elektrotechnik am Massachusetts Institute for Technology. Arbeitete später bei Hewlett Packard. Derzeit Hauptgeschäftsführer der Chen Computer Company. Zum zweitenmal verheiratet, und zwar mit seiner ehemaligen Sekretärin Jean Fang, die acht Jahre älter ist als Niuniu. Vater von Niuniu und werdender Vater seines zweiten Kindes.

Halbgeschwister: Dong Dong und Bing Bing, neun Jahre alt, Schülerinnen der Beijing International School am Lido.

Ausbildung: BA in Journalismus an der University of Missouri in Columbia. Notendurchschnitt eins Komma zwei. MA in Journalismus an der University of California in Berkeley.

Beruf: Reporterin für die World News Agency in Peking.

Religion: Halbherzige Buddhistin.

Tabakkonsum: Nichtraucherin.

Alkoholkonsum: Erster Alkoholgenuß mit vierzehn. Jetzt gelegentliches Trinken.

Sexualverhalten: Jungfräulichkeit verloren mit sechzehn. Hatte Sex mit zweiundzwanzig Partnern. Zur Zeit sexuell nicht aktiv.

Psychologischer Hintergrund: Litt während USA-Aufenthalts an Depression, nachdem sie von ihrem Freund, dem mäßig erfolgreichen Augenarzt Len, verlassen wurde. (Len ist chinesischstämmiger Amerikaner in dritter Generation mit einem Doktortitel der Johns Hopkins University, Baltimore.) Besuchte sechs Sitzungen bei einem Psychiater, der eine posttraumatische Belastungsstörung diagnostizierte und eine neuartige Therapie vorschlug, der gegenüber sie jedoch extrem skeptisch blieb. Wechselte schließlich die Strategie und verließ die Staaten, um in China neu anzufangen.

Aus meiner *dangan* können Sie ersehen, warum die Leute mich als Kosmopolitin bezeichnen. Ich liebe das Wort »Cosmopolitan« ebenso sehr wie das Getränk. Mit dem Begriff »kosmopolitisch« wirft man in China gerade gerne um sich: China baut kosmopolitische Megastädte und lockt Menschen mit kosmopolitischem Hintergrund an.

In einem Land wie China, in dem Abstammung und Geschichte so wichtig sind, neigen die Menschen immer mehr dazu, ihre Identität, ihre Herkunft und ihren Akzent zu fälschen. Für 100 Yuan bekommt man einen gefälschten Ausweis, eine gefälschte *dangan* oder ein gefälschtes Diplom jeder beliebigen Hochschule der Welt – ebenso leicht, wie man heutzutage in Shenzhen eine falsche Rolex kaufen kann.

Letzte Woche war ich in Shanghai in der Bar CJW, in der sich ein paar gebürtige Shanghaierinnen über »diese Bauerntrampel« beschwerten, die »behaupten, echte Shanghaierinnen zu sein, nachdem sie noch nicht mal drei Monate hier leben«.

Zwei Wochen zuvor war ich in einem Hongkonger Teehaus, in dem die Bedienungen über einen elegant gekleideten weiblichen Gast mit Prada-Handtasche lästerten, der gerade zur Tür hinausgegangen war.

»Die kann nicht von hier sein, wie sie behauptet hat. Ihr Kantonesisch ist alles andere als perfekt.«

»Das war bestimmt eine *beigu* – eine Tussi aus dem Norden!«

»Diese Tussis aus dem Norden sind heutzutage ganz

schön frech, die trauen sich alles, stehlen sogar anderen Frauen die Männer. Schamlos!«

Nachdem ich diesen Wortwechsel gehört hatte, kam ich zu dem Schluß: Herkunft ist eine politische Angelegenheit. Während der Großen Kulturrevolution konnte jemandes Vorgeschichte ein Schicksal besiegeln. Viele der Unglücklichen, die aus gebildeten Familien stammten oder noch mit der alten Garde in Verbindung standen, wurden systematisch ausgeschaltet. Die Anführer der Kulturrevolution wollten das Land neu aufbauen, und dazu war es erforderlich, Intellektuelle und Familien mit als unerwünscht angesehener Vorgeschichte zu eliminieren.

Herkunft spielte danach keine große Rolle mehr, doch heute bedingt deine Abstammung erneut deinen Status. Der jahrelange Klassenkampf hat bei den Chinesen ein ausgesprochenes Klassenbewußtsein hervorgerufen. Die eigene Herkunft zu fälschen ist der schnellste Weg, die Unterschiede zwischen den Klassen, zwischen Männern und Frauen, zwischen Stadt und Land zu verringern. Es erfüllt seinen Zweck, ebenso wie eine falsche Chanel-Handtasche.

Als Heimkehrerin werde auch ich gelegentlich als Fälschung bezeichnet. Einheimische Chinesen nennen mich *jia yangguizi* – falscher ausländischer Teufel.

2

Kulturschock

Chinesische Medien klagen häufig, die westlichen Medien vermittelten kein genaues Bild von China. So manch ein Gebildeter zitiert in diesem Zusammenhang das populäre Schlagwort *yaomohua* oder Dämonisierung: »Die westlichen Medien versuchen China zu dämonisieren, weil sie den Aufstieg eines modernen, starken Chinas fürchten.«

Ob die westlichen Medien nun ein akkurates Bild von China zeichnen oder nicht – China hat selbst einen Fehler gemacht: Es hat sich so irrsinnig schnell weiterentwickelt, daß jeder normale Bürger überfordert wurde. Selbst für chinesische Heimkehrer wie mich, die das Land nur für sieben Jahre verließen, um ein oder zwei Hochschulstudien zu absolvieren, war Peking danach nicht mehr wiederzuerkennen.

Das chinesische Fernsehen ist voll von lasziven, schmollmündigen, mageren Models und Kleindarstellerinnen mit taiwanesischem Akzent, die Dummchen spielen und sich wie japanische Comicfiguren verkleiden. Diese opiumsüchtig aussehenden Models würden nach dem alten revolutionären Schönheitsideal als vollkommen krank gelten. Schließlich hat China zwei erniedrigende Opiumkriege durchgemacht. Und obwohl sie den Bürgerkrieg gewannen, der vor etwa fünfzig Jahren die Nationalisten vom Festland aufs idyllische Taiwan vertrieb, gilt für Festland-Chinesen der taiwanesische Akzent heute als schick. In China darf man keine Logik erwarten.

Ich spaziere die Pekinger Straßen entlang und sehe ein Starbucks nach dem anderen. Es scheint, als gäbe es hier mehr Starbucks als in den Staaten. Sogar in der Verbotenen Stadt ist eins! Ich sehe modisch gekleidete Frauen in Miniröcken, die beim Radfahren in ihre Handys sprechen. Fahrrad und Minirock: die Kombination von alter Tradition und neuer Mode. Immer mehr Menschen sind übergewichtig, selbst nach amerikanischem Standard. Junge Leute tragen Jeans und Baumwoll-T-Shirts. Sie finden das jetzt modern, obwohl ihre Eltern Baumwolle immer noch als minderwertiges Material für Kleidung ansehen. Jungen lassen ihr Haar wachsen, Mädchen schneiden ihres kurz. Ladenschilder sind auf englisch geschrieben und immer wieder mit lachhaften Schreibfehlern gespickt. Auf den Computern all meiner Freunde läuft Microsoft Office 2000. Selbst mein Großvater, der Rentner ist, kann mit Yahoo nach Wahrsagern suchen. Ich stelle fest, daß ich eine Fremde geworden bin. Die Veränderungen in China haben mich überrumpelt.

Zum Glück habe ich meine Freundinnen Lulu und Beibei, die mir helfen, mich im chinesischen Alltag neu zurechtzufinden. Lulu und Beibei waren mit mir auf der Jingshan-Schule in Peking. Beibei ist sieben Jahre älter als ich und Lulu vier. Auf unserer Schule wurden die Klassen eins bis zwölf unterrichtet. Wir drei lernten uns kennen, als wir mit Jungen um den Pingpong-Tisch stritten.

Damals ging Beibei in die Oberstufe, Lulu in die Mittelstufe und ich in die vierte Klasse der Grundschule. Ich war frühreif und spielte gern mit älteren Kindern. Wir drei trieben allen möglichen Unsinn und sind seitdem unzertrennliche Freundinnen.

Zu jener Zeit gab es in China keine Privatschulen, aber Jingshan war sehr exklusiv. Die meisten meiner Klassenkameraden kamen aus reichen Familien. Ich bin in Amerika geboren und dann mit sechs nach China umgezogen. Meine Familie wurde in die Kategorie »patriotische Übersee-Chinesen« eingestuft – von daher ging es mir gut. Beibeis Großvater war ein hochrangiger alter Revolutionär, dem die Regierung ein riesiges Haus mit Innenhof im besten Teil der Stadt samt Chauffeur, Kindermädchen und zwei Assistenten stellte. Ihr ging es also auch gut. Lulu kam aus einer gewöhnlichen Familie aus dem Süden Chinas, aber sie war nicht nur das niedlichste Mädchen der Schule, sondern auch ein Kinderstar mit guter Singstimme.

Vor zwölf Jahren ließen wir drei Mädchen uns vom Chauffeur des Großvaters in seinem 600er Mercedes zu jedem Fünf-Sterne-Hotel in Peking fahren. Damals hatten Chinesen zu Fünf-Sterne-Hotels keinen Zutritt, und die Türsteher, die nicht wußten, was sie beim Anblick der drei zerzausten Mädchen tun sollten, die aus dem Luxusauto kletterten, grüßten uns auf japanisch.

Als es in den meisten chinesischen Haushalten noch kein Telefon gab, riefen wir von unserem Hausanschluß aus diverse männliche Berühmtheiten an, gaben uns als die gefragtesten Schauspielerinnen jener Zeit aus und gestanden ihnen unsere Liebe. Erst viel später erkannten wir, wie privilegiert wir eigentlich gewesen waren.

Jetzt ist Beibei Präsidentin der vor fünf Jahren von ihr gegründeten Chichi Entertainment Company mit fünfhundert Mitarbeitern, die ein Viertel der besten Schauspieler und Sänger in China vertritt. Als Sänger oder Sängerin kann man in China heutzutage richtig viel Geld verdienen. Von Beibei weiß ich, daß sie bei einem Konzert 100.000 US-Dollar für vier Lieder verlangen können. Und das netto! Beibei sagt immer wieder, daß ich mit meinem hübschen Gesicht als Reporterin den falschen Beruf gewählt habe.

Lulu ist Redakteurin des Modemagazins *Women's Friends*. Nach ihrem Abschluß an der Peking-Universität bekam sie viele gutbezahlte Stellungen angeboten, aber sie entschied sich für den Job als Redaktionsassistentin bei einem Modemagazin. Zu jener Zeit waren Modezeitschriften in China noch so neu, daß sich nur wenige Menschen ein Exemplar leisten konnten. Die Bezahlung war dementsprechend schlecht, und viele Freunde rieten ihr, etwas anderes zu versuchen. Aber Lulu hat eine angeborene Schwäche für die Schönheitsindustrie, von Kosmetika bis hin zu Kleidung. Sie blieb bei dem Job. Jetzt ist sie als stellvertretende Chefredakteurin die zweitwichtigste Person des Verlags. Ihr Gehalt ist passabel, aber sie bekommt Sondervergütungen wie etwa freie Mitgliedschaft in Fitneßclubs und Wellneßcentern, Gratisproben von Chanel, Freiflüge nach Paris, Tokio, Mailand und New York. Sie ist schlank, anmutig und elegant. Sie hat langes, dunkles, fließendes Haar, das stets perfekt auf ihren Schultern liegt, egal, was sie gerade tut, sowie große, tiefliegende Augen wie eine Kaukasierin. Lulus Liebhaber Ximu schwärmte einmal, in ihre Augen zu sehen sei »wie in einem Meer von Sex zu baden«. Lulu trägt gern teure Mode von Designern wie Gucci oder Versace. Die italienischen Modelle lassen sie inmitten ihrer chinesischen Kolleginnen und Konkurrentinnen imposant und sogar einschüchternd wirken. Es ist ihre Art, Selbstvertrauen zu gewinnen und andere in den Schatten zu stellen.

Lulu ist die sanftmütigste und weiblichste unseres Trios, sie kann aber auch unglaublich dreist sein. Wenn sie über jemanden herzieht, benutzt sie die deftigsten Worte. Außerdem raucht sie. Wenn Lulu raucht, betrachtet sie die Leute durch eine Tabakwolke, was ihr ein verschwommenes, verschleiertes Aussehen verleiht. Beibei witzelt immer, sie sei ein unter Menschen wandelnder Fuchsgeist. (Nach altem chinesischem Mythos kann sich der Fuchsgeist in ein außergewöhnlich schönes Mädchen verwandeln, um Männern ihre Lebenskraft zu nehmen und sich dadurch selbst zu vervollkommnen. Heute bezeichnet man so schöne Frauen, die Männer verrückt nach sich machen.) Für die Modewelt ist Lulu die absolute »Sexgöttin«.

Als ich nach China zurückkehrte, bemerkte Lulu sofort, daß mein kalifornischer Stil zu lässig war: Ich trug kein Make-up und lief in extrem weiten Blusen und Hosen herum.

»Du bist zu amerikanisiert und der Zeit in China weit voraus«, sagte Lulu zu mir.

»Was meinst du damit?« Ich war stolz auf mein blaues Ralph-Lauren-Hemd.

»Du hast eine schmale Taille und eine schöne Haut, wie es die Männer lieben. Aber du brauchst Parfüm, Lipgloss und Nagellack, damit du weiblicher aussiehst.«

Die modebewußte Lulu riet mir, aus Perlenstaub und Milch eine Gesichtsmaske anzurühren, meine Augenbrauen bis auf wenige Härchen auszuzupfen und gefütterte Jacken und Hosen nach chinesischem Stil zu tragen.

Als ich damals nach Amerika ging, wurde ich zur Sklavin der amerikanischen Kosmetikindustrie. Jede Verkäuferin an den Estée-Lauder-Ständen bei Macy's liebte mich, weil ich alles kaufte, was neu auf dem Markt war. Ich hatte derlei Sachen in China noch nie gesehen. Bei meinem Weggang war ich mittlerweile so sehr vom Berkeleyschen Feminismus beeinflußt, daß ich den Wunsch aufgegeben hatte, wie ein Model auszusehen. Hier in China muß ich nun meine Leidenschaft fürs Schminken und den »Cover-Girl-Look« wieder aufnehmen. Es ist wie eine Zeitreise.

Lulu liebt es, mich zu beraten. »Um als Frau in einer Großstadt wie Peking oder Hongkong zu überleben, sind Parfüm und eine schmale Taille Pflicht.« Sie nimmt mich mit, wenn sie mit ihren Modefreunden ausgeht – Designer, Models und Fotografen, die entweder schwul sind oder bi. Heteros gelten in diesen Kreisen nicht als cool.

Auch von mir hat Lulu einige Tricks gelernt. Einmal ging sie ohne BH zu einer Party. »Das trägt man so in Berkeley – hab' ich von Niuniu gelernt«, sagte sie stolz, als alle auf ihre durch die Seidenbluse scheinenden Nippel starrten.

Lulu ist atemberaubend, grazil und elegant, mit schimmernder Haut und klaren Gesichtszügen, um die jede Frau sie beneidet, aber sie ist unglücklich verliebt. Während des Studiums lernte sie Ximu kennen, einen verheirateten Mann, der ihr seither nichts als Unglück brachte.

Ximu war ein begabter Student der Universität von Tsinghua und ging 1989 nach Frankreich. Dort wechselte er vom Studium der Elektrotechnik zu einem Kunststudium. Vor fünf Jahren kehrte er nach China zurück und brachte es innerhalb weniger Jahre zu einem bekannten Performance-Künstler. Seine Frau ist Französin und wohnt in Frankreich. Ximu lebt seit vielen Jahren von ihr getrennt, ist aber nicht geschieden und will auch nicht wieder heiraten.

Er sagt: »Ich bin sehr französisch. Ich bin ein Freigeist.«

Lulu ist ihm verfallen und wurde bereitwillig sein *xiao mi*, sein »kleines Geheimnis«. Als ich in den Staaten war, schickte sie mir eine E-Mail: »Ich wäre gern Ximus Simone de Beauvoir.« Zu jener Zeit schrieb sie mir ellenlange Notizen zu Simone de Beauvoir und Marguerite Duras, die damals in China für alle in der Stadt lebenden Mädchen quasi Pflichtlektüre waren. Lulu glaubt fest daran, daß man ein Genie nicht nach gewöhnlichen Maßstäben messen dürfe. Und Ximu ist in ihren Augen offensichtlich ein Genie.

Seinetwegen hat Lulu drei Abtreibungen hinter sich. Die erste war sehr schmerzhaft: Sie spürte, daß sie jemandem das Leben nahm. Bei der zweiten war sie hilflos und empfand es als Strafe der Himmel. Die dritte war eine Art Selbstzerstörung, so als tötete sie sich selbst.

Doch weder körperlicher noch seelischer Schmerz konnten ihre Liebe zu Ximu in irgendeiner Weise schmälern. Im Gegenteil, sie vergöttert ihn klaglos und ohne

Reue. Kein Wunder, daß manche männlichen Heimkehrer sich in China wie ein Kind in einem Süßwarenladen vorkommen. Plötzlich fühlen sie sich so schön und heiß begehrt wie Apollo!

Als ich noch in den USA studierte, schickte Lulu mir eine E-Mail und bat mich um Hilfe. Sie hatte gerade herausgefunden, daß Ximu in Peking mit einer Japanerin zusammenlebte, die in China aufgewachsen war. Ximu sagte, er sei eben ein Mann, der verschiedene Frauen brauche: französische, amerikanische, japanische, chinesische – ihre unterschiedlichen Kulturen stimulierten ihn. Er sei eben kein Mann für eine einzige Frau. Lulu solle ihn entweder so akzeptieren oder ihn verlassen. Lulu war tief verletzt.

Ich verstehe nicht, wie Ximu, der sich für so französisch hält, Lulu andauernd schwängern mußte. Warum trägt er keine Pariser? Nach Lulus Aussage behauptet Ximu, Liebe dürfe keine Grenzen haben und sie müßten sich voll und ganz einander hingeben.

In meinen Augen ist Ximu ein verlogener Drecksack. Aber Lulu sagt: »Ich dachte, jede verliebte Frau hat Abtreibungen hinter sich, zumindest in China!« Ich fiel fast in Ohnmacht, als ich erkannte, wie realitätsfremd meine sonst so moderne Freundin ist.

3

Von kleinen Enten und eisernen Eiern

Wenn Lulu also zur neumodischen Gesellschaftsklasse der »Weiße-Kragen-Damen« zählt, die mit guter Ausbildung und modernem Styling in klimatisierten Büros arbeiten, müßte man Frauen wie Beibei als »Goldene-Kragen-Damen« bezeichnen. Als Präsidentin von Chichi

Entertainment Company gehört sie zu Chinas Neureichen. Mit einem Einkommen, das doppelt so hoch ist wie das ihres Mannes und hundertmal höher als der chinesische Durchschnitt, fährt Beibei einen 750er BMW. Obwohl gebraucht gekauft, kostete er sie über 100.000 US-Dollar. Importierte Luxusgüter wie Autos und Kosmetika werden in China mit fast vierzig Prozent besteuert. Das hält Beibei aber nicht davon ab, Handtaschen von Fendi und Make-up von Estée Lauder zu tragen. Selbst ihren Hausmädchen schenkt sie Produkte von Estée Lauder. Beibei kauft ihre Kleider ausschließlich im Scitec und im Pekinger World Trade Center. Trotzdem beschwert sie sich oft, daß die Designerstücke, die in China verkauft werden, schon aus der Mode seien, so daß sie zum Einkaufen extra nach Paris oder New York fliegen muß.

Beibeis Karriere überrascht mich nicht. Tatsächlich habe ich den Erfolg meiner Freundin vorausgesehen. Von uns dreien ist die fünfunddreißigjährige Beibei, Enkelin eines chinesischen Generals, die älteste, größte und selbstsicherste. Sie war schon immer ein Ellbogentyp, klug, angriffslustig und geschäftstüchtig, und ich bewundere und verabscheue sie gleichermaßen.

Im schicken und teuren Hofrestaurant nahe der Verbotenen Stadt lädt Beibei mich zum Essen ein. Sie trägt ein rotes *dudou*, eine Art Babydoll, das ihren Bauchnabel à la Britney Spears und ihre Schultern à la Nicole Kidman entblößt. Beibei hat ein schmales Gesicht und trägt ihr schwarzes Haar mit einem Pony, der sie jünger aussehen läßt, als sie tatsächlich ist. Jugendlichkeit ist in China auf geradezu lächerliche Weise Kult, und Beibei meint, sie könne es sich nicht leisten, »alt« oder »unmodern« zu erscheinen. Ihre Absätze sind gefährlich hoch, aber sie bewegt sich auch auf unebenstem Terrain schnell und sicher. Sie geht zum Tisch, und über ihrem Taillenbund lugt ein Spitzenslip von Victoria's Secret hervor.

Lulu ist heute nicht dabei. Sie weilt mit Ximu in Tibet, wo sich im Rahmen einer seiner Performances hundert Leute vor dem Potala-Palast abduschen sollen. Aber sie ruft uns an: »Stellt euch vor! Hier vor dem Potala-Palast findet eine riesige Demonstration statt. Die Tibeter behaupten, Ximu wolle sich über sie lustig machen, indem er das alte Vorurteil verbildlicht, daß Tibeter sich nicht gerne waschen! Aber ich bitte euch – hier geht es doch schließlich um Kunst!« Ihre Stimme verrät ihre tiefe Bewunderung für Ximu.

»Ich denke, genau das will Ximu: umstritten sein. Wir wünschen ihm viel Glück dabei!« Beibei legt schnell auf. »Ich HASSE Ximu. Ich kann es nicht ertragen, wie Lulu ihn vergöttert. Warum ist sie in Bezug auf diesen Typen nur so dämlich?« beschwert sie sich.

»Jeder hat eben seine Schwächen«, antworte ich.

»Findest du nicht auch, daß sich Lulu aufspielt wie George Sand?»

»Meinst du die französische Feministin, die mit Chopin liiert war?« frage ich zurück.

»Genau.«

»Ich dachte, Lulu sei eher ein Fan von Simone de Beauvoir und Marguerite Duras!« Lulus Liebesleben kann einen schon verwirren.

»Marguerite Duras, Autorin von *Der Liebhaber*? Die Frau, die einen Lover in den Zwanzigern hatte, als sie selbst über sechzig war? Hat die auch geraucht?« will Beibei wissen.

»Ich kann mich nicht erinnern. Aber es würde passen.«

»Ich glaube, Lulu hat das Rauchen und das Fluchen von George Sand. Aber das ist alles nur Show. George Sand war ihrer Zeit weit voraus. Und Lulu ist keine

Feministin. Sie läßt sich von Männern immer noch versklaven, während ich ...« – Beibei bläst stolz einen Rauchring in die Luft – »... die Männer beherrsche.«

Beibei neigt dazu, andere zu klein zu machen, um sich selbst herauszustellen. Das macht sie sogar mit ihren besten Freundinnen Lulu und mir, aber nie in böser Absicht. Manchmal braucht sie es einfach, sich als Königin zu fühlen. Ihr Wahrsager behauptet, sie sei in einem früheren Leben eine Königin gewesen, und das glaubt sie aufs Wort.

Seit sieben Jahren ist Beibei verheiratet und hatte in dieser Zeit vier Liebhaber, alle in den Zwanzigern. Sie nennen sie »große Schwester«. Ihr jetziger Geliebter heißt Iron Egg, was soviel wie Eisernes Ei bedeutet, und ist ein einundzwanzigjähriger Journalist bei einem lokalen Revolverblatt. Als Inhaberin einer Künstleragentur folgt Beibei der Mode und geht mit jungen Studenten aus. Die Sängerin Faye Wong aus Hongkong und Demi Moore sind in dieser Hinsicht ihre Vorbilder.

»Tausende von Jahren hatten die chinesischen Männer ganz legitim ihre zahlreichen Konkubinen. Warum dürfen wir Frauen nicht auch männliche Geliebte haben?« Beibei lächelt kokett.

Bevor ich etwas sagen kann, fährt sie fort: »Weißt du, die westlichen Feministinnen sind zu weit gegangen. Sie hassen Männer. Ich stimme ihnen zu, daß Männer Mistkerle sind. Man darf nicht alles für sie aufgeben. Aber ich hasse Männer nicht. Ich liebe es, sie zu beherrschen. Es macht Spaß!«

»Wie kann eine Frau einen Mann beherrschen?« frage ich, während ich an meinem frisch gepreßten Apfelsaft nippe.

»Glaub ja nicht diesen Schwachsinn über Liebe! Die dümmste Investition der Welt ist die in Gefühle. Nur wenn du gegen Liebe immun bist, hast du die Chance, eine Herrscherin zu sein«, führt Beibei ihre Lektion fort.

Natürlich weiß ich, daß sie nur deshalb nicht an die Liebe glaubt, weil ihr Mann sie betrogen hat. Sie lernte ihn kennen, als sie am Zentralinstitut für nationale Minderheiten in Peking studierte. Weil Hua Dabin Vorsitzender der Studentenvereinigung war, nannten ihn alle nur »Vorsitzender Hua« – nach Hua Kuo-feng, dem Vorsitzenden des Zentralkomitees der Kommunistischen Partei Chinas, Nachfolger von Mao Tse-tung. Vorsitzender Hua stammte aus Xinjiang, war groß, imposant und bei den Mädchen sehr beliebt.

Beibei verliebte sich in ihn, und kühn und entschlossen, wie sie nun mal ist, lebte sie schon bald außerhalb des Campus mit ihm zusammen, was damals an der Uni der Skandal des Jahres war. Zur damaligen Zeit war es Studenten nämlich verboten, zu heiraten oder zusammenzuleben. Sie wurden beinahe von der Universität geworfen und konnten nur durch den Einfluß von Beibeis Familie bleiben.

Vorsitzender Hua studierte literarische und historische Archivkunde, und nach seinem Examen tat er sich schwer, eine Anstellung zu finden. Das Institut wollte ihn nach Xinjiang zurückschicken. Für Angehörige entfernter Provinzen war es nahezu unmöglich, in Peking zu bleiben.

Da beschloß Beibei, ihn zu heiraten. Auf diese Weise konnte Hua Dabin eine Aufenthaltsgenehmigung für Peking bekommen. Auch zögerte Beibei nicht, sich wegen einer Arbeit für Hua Dabin an ihren »alten revolutionären« Großvater zu wenden. Der Großvater war gezwungen, seine Verbindungen spielen zu lassen; sein ganzes Leben lang war er unbestechlich gewesen, aber um seiner geliebten Enkelin willen mußte er seinen Prinzipien am Ende doch noch untreu werden.

Vorsitzender Hua und Beibei wurden in das Propagandateam einer Fabrik aufgenommen. Eine ihrer Aufgaben war es, jeden Tag neue sozialistische Parolen ans Schwarze Brett zu schreiben. Ihr Einkommen war gering, und sie hatten keine Wohnung, so daß sie bei Beibeis Eltern leben mußten.

Hua Dabin war ein höchst ehrgeiziger junger Mann, dem es nicht paßte, unter einem fremden Dach zu wohnen. Er erkannte Chinas Bedarf an englischsprechenden Geschäftsleuten und studierte Englisch. Er bewarb sich beim Aufbaustudienprogramm der Vereinten Nationen am Pekinger Fremdspracheninstitut und wurde angenommen. Drei Jahre lang rackerte er sich ab. In diesen drei Jahren verdiente Beibei allein ihrer beider Lebensunterhalt.

Nach seinem Studienabschluß fand er eine Position im Marketing bei Motorola China. Motorola war in China sehr erfolgreich mit seinen Piepsern und Mobiltelefonen. Im Jahr 1997 hatte Hua Dabin ein monatliches Einkommen von 20.000 Yuan, was etwa 2.400 US-Dollar entspricht, das Zwanzigfache des allgemeinen Durchschnittsgehalts. Er kaufte für sich und Beibei eine Eigentumswohnung, und sie zogen aus dem Haus seines Schwiegervaters aus.

Ein altes Pekinger Sprichwort sagt: »Wenn Frauen sich schlecht benehmen, bekommen sie Geld; wenn Männer Geld bekommen, benehmen sie sich schlecht.« Das Gerücht, daß Vorsitzender Hua eine Geliebte habe, erreichte schließlich auch Beibei. Sie weigerte sich, es zu glauben. Sie war ihm absolut treu und konnte sich nicht vorstellen, daß er sie betrog.

Doch eines Tages kam sie verfrüht von einer Geschäftsreise nach Hause und fand die Wohnung verschlossen. Während sie noch ganz verdutzt dastand, wurde die Tür einen Spalt geöffnet, und sie sah in das überraschte Gesicht des splitternackten Hua Dabin. Noch ehe einer von beiden etwas sagen konnte, ertönte von drinnen eine Frauenstimme: »Ist das endlich unser Essen? Du hast mich vollkommen fertiggemacht – ich bin am Verhungern!«

Beibei stürmte ins Zimmer, stolperte über eine Vase und stieß gegen das Aquarium. Nach einem explosionsartigen Knall ergoß sich das Wasser mit den zappelnden, bunten Tropenfischen über den Wohnzimmerboden.

Die Geliebte von Hua Dabin bekam es derart mit der Angst, daß sie sich – noch unbekleidet – aus der Wohnung flüchten wollte. Er hielt sie an der Taille fest. »Geh nicht. Was kann sie uns schon tun?«

Die nackte Frau ließ sich von ihm zum Sofa führen, schlug dort die Beine übereinander, kramte von irgendwo eine Zigarette hervor und fing an zu rauchen.

Nach diesem Zwischenfall dachte Beibei an Scheidung. Aber wenn sie sich von Hua Dabin scheiden ließe, was sollte sie dann tun? Zu jener Zeit stand die Fabrik kurz vor dem Bankrott, und sie brauchte Geld, um unabhängig zu sein. Sie wollte nicht schon wieder ihren Großvater bitten, ihr eine besser bezahlte Stellung zu verschaffen.

Beibei ließ sich nicht scheiden. Sie, die sich stets wie eine Prinzessin gebärdet hatte, schluckte ihren Stolz hinunter. Sie fing an, alte Kontakte aufzuwärmen, und schon bald vertrat sie Sänger und Sängerinnen, die in Peking auf ihren großen Durchbruch hofften. Sie gründete die Chichi Entertainment Company, heute eine der mächtigsten Künstleragenturen der Stadt, die begehrte Bands wie »Made in China«, »Peasants« und »Central Leadership« vertritt. Die Agentur nahm auch schon internationale Sängerinnen wie Whitney Houston und Sarah Brightman für Konzerte in China unter Vertrag, womit Beibei haufenweise Geld verdiente. Und für jedes Konzert schenkt sie mir und Lulu die teuersten Karten.

Das tut sie nicht nur, weil wir ihre besten Freundinnen sind. Lulu und ich arbeiten in der Medienbranche, und Beibei weiß sehr wohl um die Bedeutung von Werbung und Publicity.

Verglichen mit der sanftmütigen Lulu, ist Beibei hart, sogar tyrannisch. Als Lulu wegen des verabscheuungswürdigen Ximu ihre dritte Abtreibung hinter sich hatte und er die Bettlägerige kein einziges Mal besuchte, heuerte Beibei jemanden an, der Ximu kastrieren sollte. In einem Briefumschlag gab sie dem Mann sogar ein kunstvoll verziertes tibetanisches Messer mit glänzender Klinge, das sie aus Lhasa mitgebracht hatte. Hätte Lulu sie nicht wiederholt angefleht, so wäre Ximu zum Eunuchen geworden.

Hua Dabin gestand Beibei, daß der eigentliche Grund für seinen Fehltritt ihre Launenhaftigkeit und Arroganz sei. Obwohl diese Erklärung lächerlich und egoistisch war, traf er damit bei chinesischen Männern auf viel Verständnis.

Beibei sagt: »Die meisten Chinesen mögen keine starken Frauen. Sie wollen unterwürfige Weibchen, die ihnen in den Arsch kriechen. Aber einer servilen Frau, die finanziell von ihrem Mann abhängig ist, kann es schlecht ergehen. Egal, was sie für ihn tut, er wird es nie zu schätzen wissen. Wenn er sie verläßt, dann mit der Begründung, sie sei zu anhänglich oder nicht klug genug. Aber wenn sie eigenes Geld verdient, kann er niemals auf sie herabblicken.«

Seit sie es ist, die das größere Einkommen nach Hause bringt, behandelt Hua Dabin sie mit mehr Respekt. »Einmal von einer Schlange gebissen, willst du nicht mal mehr in die Nähe eines Seils gehen«, sagt Beibei. Sie spürt, daß es zwischen ihnen nie wieder so sein kann wie früher, und sie mißtraut ihren Gefühlen. Sie nimmt sich Liebhaber, die beiden führen eine offene Ehe.

Ich habe Hua Dabin ein paarmal getroffen. Sein Blick ist finster, und seine Augen wandern ständig hin und her. Dieser Mann ist ehrgeizig und berechnend. Beibei steht auf solche Typen. Ihre Liebhaber sind allesamt jüngere Versionen des Vorsitzenden Hua. Ich hingegen finde Ehrgeiz bei einem Mann nicht besonders attraktiv. Ich fühle mich mehr zu sanften, gelassenen Männern hingezogen. Warum das so ist, kann ich nicht erklären. Vielleicht liegt es an meiner buddhistischen Erziehung, vielleicht auch daran, daß ich ein eher aufbrausendes Temperament habe und zum Ausgleich einen ruhigen Menschen brauche.

Seit meiner Rückkehr hängt Beibei ständig mit mir und Lulu zusammen, geht mit uns ins Fitneßstudio, zur Kosmetikerin, ins Restaurant, als wäre sie ebenso ungebunden wie wir. Manchmal bringt sie ihren Liebhaber Iron Egg mit. Wir alle wissen, daß dieser aalglatte Typ nur hinter Beibeis Geld her ist. Selbst Beibei weiß es. Einmal klagte sie: »5.000 Yuan, also 600 Dollar, Taschengeld im Monat reichen ihm nicht aus. Ständig bittet er mich, ihm dies oder das zu kaufen. Er verbietet mir, mit Hua Dabin zu schlafen. Sagt mal, ist Iron Egg nicht ein Mistkerl?! Er denkt, nur weil ich älter bin als er, kommt er beim Sex zu kurz. Ich komme mir vor wie eine Kundin. Da kann ich genausogut losgehen und mir eine *xiao yazi* suchen – eine ›Kleine Ente‹, einen echten Gigolo. Zumindest wird so einer ehrlich zugeben, daß er nur mein Geld liebt.«

Manchmal wünsche ich mir, daß Beibei sich vom Vorsitzenden Hua scheiden läßt und jemanden heiratet, den sie wirklich liebt. Aber Beibei traut den Männern nicht mehr. Auf den ersten Blick erscheint sie zynisch, aber ich weiß, daß sie sich ebensosehr nach wahrer Liebe sehnt wie jeder andere Mensch auch.

4
Weihnachtsgeschenke

In den letzten zehn bis fünfzehn Jahren sind *shengdan*, Weihnachten, und *qingren jie*, der »Tag der Liebenden« oder Valentinstag, zu den beliebtesten westlichen Feiertagen in China geworden. Hersteller von Glückwunschkarten wie Hallmark waren viele Jahre sehr froh über diese Entwicklung, bis vor einiger Zeit die E-cards von Yahoo die konventionellen Karten nach und nach ablösten. Und die Chinesen sind auch froh! Ist es nicht herrlich, ein oder zwei weitere Gelegenheiten zum *chihewanle* zu haben: zum Essen, Trinken, Feiern und Fröhlichsein?

Chinesische Yuppies können Weihnachten auf verschiedene Weise feiern: Zunächst einmal können sie in eine Kirche gehen, um »echte Katholiken« beim Gottesdienst zu beobachten, oder nur zum *kan renao*, um das Bad in der Menge zu genießen. An Heiligabend ist die katholische Kirche im Geschäftsviertel Xidan so voll wie der Wochenmarkt. In China hat man sonst nicht oft die Möglichkeit, Kirchenlieder oder eine Orgel zu hören.

Da Religion in China kein alltägliches Gesprächsthema ist, bietet Weihnachten auch eine perfekte Gelegenheit, um religionsphilosophische Diskussionen zu führen. Männer können Frauen durch ihre intellektuelle Tiefgründigkeit beeindrucken und Begriffe wie »Erbsünde« und »Erlösung« anbringen. Natürlich gibt es auch englischsprachige Gottesdienste nur für Ausländer, die sich am Eingang ausweisen müssen. Die Regierung toleriert es, wenn Ausländer ihre eigene Religion ausüben, solange sie keinen »schlechten Einfluß« auf die Chinesen haben.

Mein Vater, Dr. Chen, ist gläubiger Christ. Vor dreißig Jahren erhielt er die amerikanische Staatsbürgerschaft, und seit seiner Rückkehr nach China nimmt er jedes Jahr an einem dieser Ausländergottesdienste teil, wo er voller Eifer jedes christliche Kirchenlied mitsingt.

Eine zweite Möglichkeit für chinesische Yuppies, die Weihnachtszeit zu zelebrieren, ist der Besuch von Weihnachtsfeiern in ausländischen Hotels (vorzugsweise Fünf-Sterne-Hotels). Wer es schafft, an einem solchen Fest teilzunehmen, der zeigt, daß er gute Verbindungen hat und in internationalen Kreisen verkehrt, denn die Feiern werden häufig von multinationalen Konzernen oder renommierten internationalen Organisationen veranstaltet. Beibei und ihr Mann Vorsitzender Hua werden jedes Jahr zu solchen Veranstaltungen eingeladen. Nachdem sie in getrennten Betten schlafen, ist es nicht verwunderlich, daß sie auch getrennt auf diesen Feiern erscheinen.

Eine dritte Möglichkeit: *cuo yidun*, ein Festmahl halten. Die begehrtesten Orte für solch ein Festbankett sind das Drehrestaurant im Great Wall Sheraton, das Windows on the World im CITIC-Gebäude, das Hard Rock Café oder das TGI Friday's in Sanlitun, dem Pekinger Stadtteil mit den vielen Ausgehmöglichkeiten und Treffpunkten für junge Leute. Deine Familie oder Freunde in eines dieser Lokale einzuladen beweist deinen Sinn für Zeitgeist und daß du genügend Geld hast.

Und viertens: kunstvoll verpackte Geschenke verteilen. Geschenke bedeuten den Chinesen sehr viel, und sie können dabei recht heikel sein. Du willst ihnen etwas Gutes tun, aber am Ende hast du sie ungewollt beleidigt.

Ich weiß, wovon ich spreche. Sechs Monate bevor ich aus den Staaten zurück nach China flog, packte mich die Nervosität. Ich würde mein erstes Weihnachtsfest als Erwachsene in Peking feiern. Alle erwarteten, daß ich aus Amerika tolle Geschenke mitbrachte. Womit also konnte ich meine Eltern und Großeltern erfreuen und ihnen so den gebührenden Respekt erweisen? Aus Berkeley rief ich meine Freundin Lulu an und bat sie um Rat, denn Lulu ist über die neuesten Trends in China stets bestens informiert.

»Die Chinesen sind im Moment verrückt nach jeder Art von Gesundheitstonikum. Kids wollen schlauer sein als andere Gleichaltrige. Zwanzigjährige wollen Streß bekämpfen. Frauen mittleren Alters wollen ihre Wechseljahre verschieben; Männer mittleren Alters wollen so potent sein wie mit achtzehn. Alte wollen nicht mehr altern. Alles dreht sich um *yangsheng*, die innere und äußere Körperpflege zur Erhaltung von Gesundheit und Ausgeglichenheit. Deshalb würde ich amerikanisches Ginseng empfehlen. Koreanisches Ginseng wirkt wärmend, und amerikanisches Ginseng wirkt kühlend. Die Chinesen bevorzugen das amerikanische. Außerdem ist Fischöl von Tiefseefischen ein heißer Tip.« Lulu zählte mir alles auf.

Bevor ich herausfinden konnte, wo es Tiefseefischöl zu kaufen gab, bekam ich eine E-Mail: »Vergiß das Fischöl, der neueste Trend ist Lecithin. Gut gegen hohen Blutdruck.«

Vier Wochen später erhielt ich wieder eine Mail: »Offensichtlich kommen selbst Leute wie ich in dieser Welt der wechselnden Trends nicht mehr mit. Lecithin ist out. Die Leute reden nur noch von Krebsschalenpulver und Ginkgo Biloba. Die sind gut fürs Gehirn. Alle versuchen, dieses Zeug aus den USA zu bekommen. Wie ich höre, sind die Preise hier dreimal so hoch wie in den Staaten.«

Ich wartete einen Monat. Nachdem ich keine weiteren Meldungen von Lulu erhalten hatte, ging ich los und besorgte die verschiedenen Heilmittel, die in den USA hergestellt wurden, dort aber nicht so begehrt waren wie in China.

Ich bin kein Fan dieser Heilwässerchen, aber ich kaufte sie für die Älteren in meiner Familie. Für meine Freunde wollte ich coolere Sachen besorgen. Also fragte ich Lulu wieder per E-Mail: »Was ist mit CDs oder DVDs?«

»Auf keinen Fall CDs oder DVDs«, kam die Antwort, »die werden hier am Straßenrand verhökert. Und bloß nichts kaufen, wo ›Made in China‹ draufsteht. Finde irgendwas mit ›Made in USA‹ oder ›Made in France‹.«

Ich durchstöberte die Einkaufszentren. Von Schuhen und Taschen über Spielzeug bis hin zu Jacken und Blusen war fast alles »Made in China«. Kein Wunder, daß die Leute meinen, China sei die Produktionsstätte der Welt geworden. Ich war frustriert. Lulu gab mir den Tip: »Ein ausländisches Parfüm oder gar eine kleine Sammlung ausländischer Parfüms zu haben ist heutzutage total in. Aber denk dran, daß Marken eine große Rolle spielen.«

Schließlich kaufte ich Produkte von Gucci, Yves Saint Laurent und Estée Lauder und reiste mit einem Koffer voll Heilwasser und Parfüm nach Peking.

Meine Mutter freute sich riesig, mich zu sehen. An Heiligabend veranstaltete sie in ihrem Eine-Million-Dollar-Haus in Riviera Villa in der Nähe des Flughafens ein großes Diner, um gleichzeitig Weihnachten und meine Heimkehr zu feiern. Alle engen und entfernten Verwandten waren geladen: mein Stiefvater Big John und die Kinder, also meine Stiefschwestern, mein Vater und meine Stiefmutter Jean Fang, meine Großeltern, Kindermädchen Momo samt Familie sowie meine Freundinnen Lulu und Beibei.

Mama servierte chinesische Klöße und amerikanischen Truthahn. Ich kann froh sein, eine so großartige Köchin als Mutter zu haben. Mit ihren Kochkünsten hat sie vor vielen Jahren das Herz meines Vaters gewonnen, als sie sich in Kalifornien kennenlernten. Nach dem Feinschmeckermahl, während alle mit Zahnstochern ihre Zähne säuberten oder nach chinesischem Brauch ungeniert rülpsten, verteilte ich meine Geschenke. Alte Verwandte bekamen ein Tonikum, junge Verwandte und Freunde eine Flasche Parfüm. Alle waren glücklich.

Nach der Bescherung erfuhr ich, daß Kindermädchen Momo seit ihrem sechzigsten Geburtstag zur Discobraut geworden war. Sie hörte gern Discomusik, lernte Englisch, ging auf Popkonzerte und mit ihren Enkeln zum Bowling. Um der alten Dame mit jungem Herzen eine Freude zu machen, schenkte ich ihr sowohl Tonikum als auch eine große Flasche Eau de Toilette von Estée Lauder.

Momo interessierte sich weitaus mehr für das Parfüm als für das Tonikum. Sie setzte ihre Lesebrille auf und las gewissenhaft die englische Aufschrift auf der Flasche. Sie zeigte auf »Eau der Toilette« und sagte: »Dieses Wort ›toilet‹ heißt Klo. Das habe ich letzte Woche von meinem Englischlehrer gelernt.« Ganz aufgeregt fuhr sie fort: »Denkt mal, die Amerikaner sind so reich! Sie stellen so hübsche Flaschen mit so gut duftendem Wasser in ihre Klos. Wie gut müssen dann erst ihre Wohnzimmer und Schlafzimmer riechen!«

5

Der heimliche Wunsch nach Aristokratie

Nachdem ich mich in Peking neu eingerichtet hatte, merkte ich, daß ich ganz mühelos neue Freunde fand. Mit dem Handy in der Tasche erhielt ich beinahe täglich Einladungen zu Abendessen und Partys. Aber die neuen Freunde waren hauptsächlich alleinstehende Frauen wie ich. Interessante Männer kennenzulernen ist in Peking sehr viel schwerer als interessante Frauen. Aber nach meiner chaotischen Beziehung in den Staaten hatte ich es nicht eilig, eine neue einzugehen.

Meine neue beste Freundin neben Lulu und Beibei heißt CC. Auch sie ist eine Heimkehrerin, die lange Zeit in Übersee gelebt hat. Viele Chinesen halten es für möglich, daß sie in den chinesischen Adel aufsteigt.

Ja, es stimmt, daß der Kommunismus den Egalitarismus unterstützen sollte. Es stimmt auch, daß der letzte Kaiser der Qing-Dynastie zu Beginn des 20. Jahrhunderts aus der Verbotenen Stadt getrieben wurde und China seitdem eine Republik ist. Gleichzeitig gilt aber auch, daß die Sehnsucht der Chinesen nach »Aristokratie« niemals ausgestorben ist. In ihren Augen darf eine privilegierte Minderheit wohl immer noch nach aristokratischen Maßstäben behandelt werden. Manche Politikwissenschaftler bezeichnen Mao als aristokratischen Bauern. Wenn man das chinesische Fernsehen anstellt, wird man auf jedem Kanal mit endlosen Seifenopern bombardiert, die das Leben im kaiserlichen Palast zeigen, vor allem aus der Zeit der Qing-Dynastie, die Chinas letzte war (z. B. die Serie *Huanzhu Gege* über – die fiktive – Prinzessin Perle, die zur Zeit des vierten und bedeutendsten Qing-Kaisers Qianlong spielt, also etwa um 1750). Bücher über frühere Kaiser werden millionenfach verkauft. Ein Schriftsteller namens Der Fluß im Februar, der sich auf Adelsfamilien spezialisierte, ist jetzt der reichste Schriftsteller in ganz China. Wie es scheint, können die Menschen von diesen Geschichten nicht genug bekommen.

Ganz nach Deng Xiaopings Motto, »Es ist egal, ob die Katze schwarz oder weiß ist – solange sie Ratten fängt, ist es eine gute Katze«, bekommen neuerdings manche Chinesen eine Ahnung davon, wie es ist, reich zu sein. Sie sind Chinas *xingui*, die »neuen Aristokraten«, die sich nicht nur ein Leben nach Aristokratenart wünschen, sondern auch echte Adlige sein wollen oder zumindest Beinahe-Adlige. Sie tragen Rolex-Uhren und Designerschuhe von Jimmy Choo. Sie schicken ihre Kinder auf Privatschulen und engagieren Privatlehrer in der Hoffnung, ihre Kinder mögen »kleine Kaiser« und »kleine Prinzessinnen« werden.

CC ist so eine chinesische Prinzessin.

Ihre Eltern stammen aus einem Dorf in der Provinz Guangdong. Während der Kulturrevolution, wo Klassenkampf wichtiger war als die Bewirtschaftung der Felder, starben viele Einwohner des Dorfes an Hunger. Jung, voller Träume und dem Drang, etwas aus ihrem Leben zu machen, wollten CCs Eltern heimlich in das nicht weit entfernte Hongkong fliehen. Allerdings war die Inselstadt damals eine andere Welt. Zwar konnten sie schwimmen, aber über die Grenze nach Hongkong zu schwimmen war höchst gefährlich. Das junge Bauernpaar kaufte eine Badewanne aus Emaille und übte ein Jahr lang jeden Tag, unter Wasser die Luft anzuhalten. Endlich waren sie bereit. Zu jener Zeit bewachte die Regierung äußerst gewissenhaft die Seegrenze rund um Hongkong, um jegliche Flucht zu verhindern. CCs Eltern kleideten sich ganz in Schwarz und malten sogar ihre Gesichter schwarz an, um nicht gesehen zu werden. Sie wählten eine Neumondnacht und waren dermaßen gut getarnt, daß sie sich nicht einmal gegenseitig sehen konnten, während sie mit wenigen Metern Abstand durchs Wasser schwammen. Um zu verhindern, daß sie einander in den Wellen verloren, banden sie sich mit einem Seil zusammen.

Die Flucht durch das Südchinesische Meer gelang. Sie arbeiteten zunächst als Bedienungen in einem Hongkonger Schnellrestaurant. Nicht lange danach eröffneten sie ihr eigenes Schnellrestaurant. Durch harte Arbeit und großen Ehrgeiz wurde das Paar innerhalb von zehn Jahren reich.

Als CC geboren wurde, spielten ihre Eltern den ganzen Tag Golf und ließen sich in ihrem Mercedes herumchauffieren. Doch in Hongkong hielt man es wie in England. Wegen ihrer niederen Herkunft sah man in der High Society auf die beiden hinab. So träumten sie bald davon, den eigenen Status anzuheben, indem sie ihre Tochter an einen Aristokraten verheirateten. Wenn schon nicht von Geburt, dann zumindest durch Heirat adlig!

Im Alter von zwei Jahren wurde CC auf eine Londoner Privatschule geschickt. Heute spricht die aus Hongkong stammende, in London und Oxford aufgewachsene CC perfektes Oxford-Englisch, fließend Französisch sowie etwas Spanisch und ein kleines bißchen Chinesisch. Sie spielt ausgezeichnet Klavier und Schach. Außerdem hat sie bereits Minikarrieren als Ballettänzerin, Violinistin und Opernsängerin hinter sich.

Aufgrund ihrer westlichen Erziehung und der internationalen Einflüsse hat CC ihren eigenen, ganz und gar unchinesischen Stil. In der heutigen Zeit versucht eine moderne Chinesin, so westlich wie möglich zu wirken. Stiletto-Absätze, Hüftjeans, gefärbte Haare und Markenjacketts sind angesagt. Doch während dieser Look für

Chinesinnen der gehobenen Schicht einen hohen Status und guten Geschmack bedeutet, findet CC ihn langweilig und wenig kreativ. CC ist klein und schmal mit zartem Knochenbau. Während die Chinesen denken: je weißer, desto besser, läßt sie sich von der Sonne bräunen. Ihr Stil ist eine Mischung aus Ost und West, genau wie sie selbst. Ihre Kleider sind weniger grell und aufdringlich als das, was man normalerweise auf den Straßen von Peking oder Shanghai sieht. Es kommt nicht selten vor, daß man CC in engen amerikanischen Jeans und dazu einer chinesischen Seidenjacke von Shanghai Tang antrifft. CCs Modemix ist eine unbewußte Metapher für ihre Hilflosigkeit im Hinblick auf ihren eigenen Platz in der chinesischen Gesellschaft.

Wir lernten uns bei Starbucks kennen. Da sie in Europa gelebt hat, geht CC gern in Bars und Cafés, wobei es nicht unbedingt Starbucks sein muß. Was mich angeht, so ist Starbucks seit meiner Zeit in den Staaten ein Synonym für »Frühstück«. Wir zwei saßen uns oft im Starbucks neben dem fünfstöckigen Freundschaftskaufhaus in Peking gegenüber. Die eine mit einem Cappuccino und der *Financial Times*, die andere hinter einem Mocha und dem *Wall Street Journal*.

CC ist Abteilungsleiterin in einer internationalen PR-Agentur namens Ed Consulting. Sie hat viele der Partys und Events organisiert, die Lulu und ich besucht haben. CC ist ein Fan der Sängerin Coco Lee, die den Titelsong des Films *Tiger & Dragon* sang. Außerdem verehrt sie die in England geborene, stets spärlich bekleidete Violinistin Vanessa Mae. CC verfolgt den Werdegang einer jeden Chinesin, die im Westen erfolgreich wurde, und versucht ihr nachzueifern.

Anders als Beibei und Lulu, die nicht im Ausland studiert haben, ist CC eher westlich als chinesisch geprägt.

Für mich ist das ein guter Ausgleich. Durch die Freundschaft mit Beibei und Lulu werde ich an meine chinesischen Wurzeln erinnert, und durch CC halte ich meine Verbindung zum Westen aufrecht. Ein weiterer Grund, warum ich CC so mag, ist ihr Humor. Sie hält sich selbst für eine Intellektuelle. Wenn ich mich mit ihr unterhalte, komme ich mir vor wie in einem Pariser Salon des 18. Jahrhunderts. Sie redet gern über Themen wie Kolonialismus und kann mit eleganten Gesten Namen wie Plato, Leonardo da Vinci, Mozart und Tolstoi in ein alltägliches Gespräch einstreuen.

Die kleine Prinzessin hat allerdings akute Identitätsprobleme: Sie weiß nicht, ob sie Chinesin oder Engländerin ist. In Gesellschaft von Chinesen fühlt sie sich als Engländerin, weil sie merkt, daß sie sich niemals mit ihnen identifizieren könnte. In Gesellschaft von Engländern leidet sie unter deren Rassismus, weil sie sie nicht als eine der ihren annehmen.

Irgendwann beschloß CC, monatlich zu wechseln. Einen Monat lang will sie ganz Chinesin sein, den nächsten dann ganz Engländerin. Wenn sie gerade Engländerin ist, gibt sie vor, kein Chinesisch zu verstehen. Und wenn sie Chinesin ist und ihr gebrochenes Mandarin spricht, kommt keiner auf die Idee, sie um eine Unterhaltung auf englisch zu bitten.

CCs Eltern hatten sich den Kopf zerbrochen, wie sie ihre Tochter als angehende Aristokratin erziehen könnten, damit sie ihnen eines Tages ihren Traum erfüllte und eine chinesische Jackie Kennedy würde. Nie hätten sie damit gerechnet, daß CC ein Identitätsproblem bekommen könnte. Und während sie immer noch hoffen, ihre Tochter werde einen chinesischen »Aristokraten« heiraten, interessiert CC sich überhaupt nicht für asiatische Männer. Manchmal sagt sie, das Vanillearoma der westlichen Männer sei ihr einfach lieber. Manchmal sagt sie, sich mit einem asiatischen Mann zu treffen sei, wie mit einem Bruder auszugehen, und das fände sie langweilig.

CCs derzeitiger Freund ist ein armer Waliser namens Nick. Nach ihrem Examen in Oxford nahm sie Nick mit zurück nach Peking. Er arbeitet als englischer Redakteur bei einigen chinesischen Internetseiten, aber sein Gehalt ist ein Bruchteil dessen, was CC verdient, weil er nur zwei oder drei Stunden am Tag arbeitet. So hat er viel Freizeit, die er dazu nutzt, mit Einheimischen Chinesisch zu lernen – in Bars, bei Starbucks, auf Partys und manchmal auch zu Hause.

Inzwischen macht CC sich große Sorgen, weil ihr einst so treuer Freund Nick entdeckt hat, daß sein eher durchschnittliches britisches Aussehen bei asiatischen Frauen extrem gut ankommt. Vorgeblich um die chinesische Kultur zu studieren, verbringt Nick neuerdings viel Zeit mit jungen Chinesinnen. Einmal ging er mit dreien von ihnen schwimmen, und CC kochte vor Wut, als sie ein Foto von ihm mit den drei heißen Bikinimiezen im Arm sah. Da sie weiß, daß ich wegen einer gescheiterten Beziehung nach China zurückgekehrt bin, sagt CC: »Du kannst wirklich froh sein, daß du im Moment keinen festen Freund hast! Da mußt du keine Sorge haben, daß die einheimischen Frauen ihn dir ausspannen. Du kannst einen neuen Anfang machen. Ist das nicht wunderbar?« CC hat Angst, daß Nick sich als ein Typ wie Frank entpuppt.

Frank? Zu dem kommen wir später.

6
Postmoderne Behausung

Meine Lieblingskette ist eine indianische Halskette. Ich habe sie in Santa Fe, New Mexico, gekauft, und sie besteht aus aufgefädelten Türkisen.

Santa Fe ist eine meiner Lieblingsstädte in Amerika, ein Schmelztiegel indianischer, spanischer, mexikanischer und angloamerikanischer Kulturen, mit diesen typischen Hütten aus luftgetrockneten roten Lehmziegeln, die sich auf weiter Prärie gegen die Kakteen absetzen. Man fühlt sich dort sehr ursprünglich und der Natur sehr nahe. Außerdem gibt es eine blühende Künstlergemeinde, die Kunstschaffende der verschiedensten Länder und Kulturen anzieht.

In Santa Fe wurde meine Lieblingsmalerin Georgia O'Keeffe zu den meisten ihrer Bilder inspiriert. O'Keeffe war eine unabhängige und gebildete Frau, deren Gemälde große Originalität und Sinnlichkeit ausstrahlen. Ich mag besonders ihre in Santa Fe entstandenen Blumenbilder, die an weibliche Genitalien erinnern. Sie zeigen, daß das Weibliche sowohl zart und schön als auch stark und entschlossen ist. O'Keeffe hatte eine romantische Affäre mit ihrem Mäzen Alfred Stieglitz, der als einziger ihre Werke in seiner Galerie ausstellte. Obwohl Stieglitz einunddreißig Jahre älter war, heirateten die beiden. Georgia sei seine Muse, erzählte er gern überall. Bei meinem Besuch in New Mexico hatte ich gehofft, von derselben Energie durchdrungen zu werden, die einst O'Keeffe zu einigen ihrer besten Bilder inspirierte.

Ich weiß noch, wie ich im ersten Stock des Coyote Cafés im Stadtzentrum saß, auf den saphirblauen Himmel über der Prärie blickte und an meiner Margarita nippte. Um zehn Uhr nachts waren die Arkaden unten an der Straße noch immer geöffnet, und ich nahm den betörenden Duft von Weihrauch wahr, der aus einem der Geschäfte heraufströmte. Bunt gekleidete Menschen flanierten paarweise, aber ich war allein. Ich wohnte direkt neben dem Coyote Café im alten Hotel Saint Francis, wo man anstelle einer Magnetkarte noch echte Schlüssel für die Türen benutzte.

Ich genoß das Flair solch alter Hotels. Antike Möbel aus Walnußholz, Bücher, deren Seiten unzählige Male umgeblättert worden waren, knarrende Holztreppen – das alles erinnerte mich an verstorbene Schriftsteller wie Mark Twain und Charles Dickens. In Amerika sind alte Dinge kostbar, weil das Land noch so jung ist, während in China alte Dinge als ein Hemmnis für die Zukunft angesehen werden.

Damals war ich gerade von Len verlassen worden, dem Augenarzt, der zwölf Jahre älter war als ich. Und dabei hatte ich meinen vorherigen Freund nur wegen Len ziehen lassen. Ich war deprimiert. Nachts erinnerte mich der Himmel über der Prärie an meinen Schulausflug nach Tibet. Es war dasselbe Saphirblau, im Osten wie im Westen, klar, fern, hypnotisierend. In jener Nacht verabschiedete ich mich innerlich von meiner gescheiterten Liebe und beschloß, nicht länger zum Psychiater zu gehen, sondern nach China.

Bevor ich nach Amerika kam, war ich sehr vor Rassismus und Vorbehalten gegenüber »den Gelben« gewarnt worden. So war ich überrascht, als es auf der Hochschule dann doch Männer gab, denen ich gefiel. Ich war sogar sehr beliebt. Ich hatte ein paar feste Freunde, von Football-Spielern über Anwälte bis hin zu afrikanischen Immigranten.

Der sanfte Len war jedoch der einzige Mann, der Leidenschaft in mir weckte. Mein Körper begann zu zittern, wenn ich nur an ihn dachte. Ich hatte damals das Gefühl, mein Leben könnte niemals schöner sein. Ich lernte ihn kennen, nachdem ich in Missouri mein erstes Examen gemacht hatte und zum weiteren Studium nach Berkeley umgezogen war. Da war ich nun, eine junge Ausländerin in Amerika, die mit einem älteren, gutaussehenden Amerikaner chinesischer Abstammung ausging. Da er als amerikanischer Chinese in dritter Generation in Amerika lebte, war Len amerikanischer als die meisten Amerikaner, die ich kannte. Wir gingen in San Francisco zum Baseball und in die Oper, fuhren mit dem Auto die Pazifikküste entlang und machten Campingurlaub in Oregon. Sogar Skilaufen und Tauchen brachte er mir bei. Er freute sich, wenn er mir die Namen von Cartoonhelden beibringen und Musik von Gruppen vorspielen konnte, die ich nicht kannte, oder mir psychologische oder literarische Fachbegriffe erklären konnte. Er war sehr gescheit, und es machte Spaß, mit ihm zusammenzusein. Gleichzeitig hatte er die typische Bescheidenheit eines Chinesen bewahrt. Als Arzt war Len geduldig und fürsorglich. Da er wußte, wie sehr ich Picasso und Matisse liebe, schenkte er mir einige Drucke ihrer Werke, um mein Zimmer im Wohnheim gemütlicher zu machen. Als ich einmal krank war, nahm er sich einen Tag frei, um mich zu pflegen.

Die romantischste Zeit, die wir zusammen verbrachten, war ein zweiwöchiger Urlaub in Yucatán, Mexiko. Ich hatte mich schon immer für die Kultur der amerikanischen Ureinwohner und ganz besonders die der Maya interessiert und Len oft erzählt, daß ich gern einmal dorthin reisen würde. Also plante er heimlich diese Reise, obwohl er selbst kein so großes Interesse an dieser Kultur hatte, wie ich wußte. Dort unten, umgeben vom üppigen Regenwald und dem warmen Wasser des Golfstroms, wurde ein Traum für mich wahr. Mehr noch als die wunderschöne Natur gefielen mir die alten Pyramiden und Skulpturen. Diese unglaublichen Kunstwerke einer längst verloschenen Kultur erfüllten mich mit Ehrfurcht und auch mit Trauer. Die schönste Nacht jener Reise erlebte ich, als Len und ich bei Sonnenuntergang einen Ausflug zur Spitze einer der alten Steinpyramiden machten. Es war gefährlich, so spät allein im Dschungel unterwegs zu sein, und Len hatte sowohl einen Führer als auch einen Wächter anheuern müssen, damit wir sicher in unser Hotel zurückkehrten. Es war das erste Mal, daß ich ernsthaft dachte, Len sei ein wahrer Seelenverwandter. Nach diesem Ausflug hätte ich nie damit gerechnet, daß die Dinge so enden würden.

Seit Len mich verließ, ist ein Jahr vergangen, und ich hatte seitdem keinen Sex mehr. Ich kann nicht erklären, warum. Ich bin nicht vorsätzlich abstinent. Es scheint, als hätte ich meine gesamte sexuelle Energie mit Len verbraucht. Jetzt bin ich mit dem Thema durch.

Die Leute sagen, ich hätte ein Kindergesicht. Es ist rund mit glänzenden, weit auseinanderliegenden mandelförmigen Augen, und ich sehe damit naiv und unschuldig aus. Viele halten mich für ein unerfahrenes Schulmädchen. Nur wenige Menschen in Peking, einschließlich meiner Mutter, können sich vorstellen, daß Niuniu in den Staaten ein ziemlich wildes Mädchen war. Aber Peking ist nicht Amerika. Mein dringlichster Wunsch ist nicht, einen Freund zu finden, sondern wiederzuentdecken, was es heißt, Chinesin zu sein.

Dies ist mein neues Leben: Ich düse in meinem roten Toyota Land Cruiser durch Pekings Innenstadt und besuche diverse Veranstaltungen. Kunstausstellungen, Modeschauen, Cocktailpartys, Maskenbälle, politische Kundgebungen, Presseempfänge – ich treffe Menschen und schnuppere in alles hinein, was Spaß macht und eine Nachricht wert ist. Ich führe das Leben einer Journalistin und alleinstehenden Großstadtfrau. Da das heutige China sich permanent ändert, gehen mir die Geschichten nie aus. Ich berichte über alles, von Politik über Wirtschaft bis hin zu gesellschaftlichen Themen.

Als ich die Stelle in der Pekinger Redaktion der englischen Nachrichtenagentur World News bekam, wurde mir ein Apartment in der Wohnanlage für Diplomaten zugewiesen. Inzwischen ist es mehr als an der Zeit, dort wieder auszuziehen. Ich will in einem *hutong* wohnen, einem traditionellen Wohnhof mit einstöckigen, eng zusammenstehenden Häusern und Durchgängen zu den Innenhöfen und Gärten. Ich bin nicht nach China zurückgekommen, um isoliert wie in einem Goldfischglas zu leben, sondern dicht zusammen mit den Menschen, die dieses Land einzigartig machen. Die vielen *hutongs*, die als kleine Flecken die Landschaft zieren, mit ihren schmalen Durchgängen und schlichten Höfen, erinnern mich an eine andere Zeit chinesischer Geschichte. Eine Zeit, der ich nur nachtrauern kann, weil sie bald unumstößlich vorbei sein wird.

In diesem diplomatischen Wohnkomplex zu leben verstärkt mein Gefühl, in Peking eine Ausländerin zu sein. Wann immer meine chinesischen Freundinnen und Freunde mich besuchen, werden sie von den Wachleuten aufgehalten, und ich muß persönlich hinuntergehen, um sie einzulassen. Wenn meine Freunde Autos mit blauen Nummernschildern aus Peking fahren, läßt man sie nicht durch – nur auf Ausländer zugelassene Autos mit schwarzen Nummernschildern dürfen passieren. Die Zeit vergeht, und meine Freunde kommen immer seltener vorbei, um Tennis zu spielen oder um die chinesischen Klöße zu essen, die ich so gerne koche.

»Du willst umziehen? Bist du verrückt? Du wohnst mitten in der Innenstadt, nahe der Chang'an Avenue, nur wenige Schritte von deinem Büro entfernt«, schimpft meine Mutter am Telefon. »Du bekommst alles geboten, was du brauchst. Du wohnst sicher. Du willst doch bestimmt nicht ohne Wachleute leben. Du weißt, daß es in Peking viele Wanderarbeiter gibt, die andere Menschen wegen ein paar Dollar ausrauben oder umbringen.«

»Mama, ich will aber in einem *hutong* wohnen. Ich bin in Peking aufgewachsen. Ich will wie eine ganz normale Chinesin leben.«

»Niuniu, ich *war* eine normale Chinesin und habe viele Jahre in einem *hutong* gewohnt. Ich will nie wieder an einer öffentlichen Toilette anstehen, um die Scheiße und Pisse aus den Nachttöpfen auszuleeren! Wie willst du dich daran gewöhnen, Kind? Es gibt nicht mal genug Platz, deinen Wagen zu parken.«

»Ich will keine Privilegien. Ich will nicht, daß die Leute mich als falschen ausländischen Teufel ansehen«, klage ich.

»Du *bist* ein falscher ausländischer Teufel«, erwidert meine Mutter. »Du bist amerikanische Staatsbürgerin, deine Mutter ist amerikanische Staatsbürgerin, dein Vater, dein Stiefvater, deine Halbschwestern, alle sind amerikanische Staatsbürger, und deine Stiefmutter Jean Fang träumt gerade davon, ein falscher ausländischer Teufel zu werden. Was ist falsch daran, ein amerikanischer Teufel zu sein? Die ganze Welt arbeitet für Amerika!« Mutter, die es gewohnt ist, in ihrer teuren Villa in Riviera zu leben, kann nicht nachvollziehen, warum ich in einem *hutong* leben will.

Ich weiß, daß gerade die Privilegien es sind, die meine Mutter besonders liebt. Ihr Leben war eine Achterbahnfahrt. In ihrer Jugend, als China arm und von der Welt abgeschnitten war, hatte sie nichts und arbeitete in einem Gefängnis als Küchenhilfe. Jetzt führt sie ein Leben im Wohlstand und ist regelmäßig bei ausländischen Botschaftern zu Gast. Da sie unter der Kulturrevolution gelitten hat, betrachtet Mutter das gewöhnliche Chinesendasein als Schande. »Gewöhnlich« ist für sie ein Synonym für Armut, Rückständigkeit und Plumpsklos.

Ich bin in den achtziger und neunziger Jahren in China aufgewachsen und habe ein entsprechend romantisches Bild von diesem Land. Für meine Generation der Großstadtkinder kann Armut eine Masche und Rückständigkeit ein postmodernes Experiment sein. Für ältere Generationen mögen die Diplomatenwohnungen Luxus bedeuten, für mich sind sie ein Haufen häßlicher, blöder Betonklötze, weder cool noch postmodern. Sie haben keinerlei Charakter. Allerdings sage ich das nicht meiner Mutter, die keine Ahnung von *hou xiandai* oder Postmoderne hat.

Mit Beibeis und Lulus Hilfe finde ich ein traditionelles *hutong*-Wohnhaus in der Nähe des Trommelturms. Die Lage ist gut und die nächste U-Bahn-Station nicht weit entfernt. Mein Hof umfaßt 200 Quadratmeter, zwei riesige Kamelienbäume, eine weinberankte Pergola und ein Blumenbeet. Ich habe richtige Erde unter den Füßen. Wenn ich hochschaue, sehe ich Bäume und den Himmel. Es ist die reinste Idylle.

Ich streiche Türen und Fensterrahmen blau und den Rest der Außenwände elfenbeinfarben. Von außen sieht mein Haus mediterran aus. Das Schlafzimmer dekoriere ich mit hellrosa und grünen Gazetüchern und hänge folkloristische, von Minderheitenstämmen gefertigte Brokatstoffe als Vorhänge ins Wohnzimmer. Auf dem Antiquitätenmarkt Panjiayuan kaufe ich einen runden Eßtisch aus Sandelholz für acht Personen, altmodische

Holzlehnstühle und einige Ming- und Qing-Vasen. Meine Großeltern schenken mir zum Einzug einen Vogelkäfig, Duftfläschchen und Räuchergefäße zum Abbrennen von Weihrauch. In meinem Haus verschmelzen Altes und Neues.

Nach viel gutem Zureden zieht auch CC aus ihrer Ausländersiedlung zu mir. Um mir in meinen Bemühungen nicht nachzustehen, stellt sie in ihrem Schlafzimmer ein schweres Opiumbett auf. Unser beider Berufe zwingen uns, der Kultur des neuen China zu folgen, sie zu dokumentieren und darin einzutauchen. Das neue China mit seinen schier endlosen, kastenförmigen Wolkenkratzern und riesigen Einkaufszentren kann oberflächlich, ermüdend und sogar furchteinflößend sein. Unser neues Zuhause verschafft uns eine Rückzugsmöglichkeit aus der geschäftigen modernen Welt. Es versetzt uns in eine Zeit, in der unsere chinesischen Vorfahren noch die Zuversicht und Würde besaßen, die den heutigen Chinesen verlorengegangen zu sein scheint. Ich liebe mein neues Haus sehr.

Nach unserem Einzug bekamen CC und ich die Geschichte unseres Vormieters Frank zu hören, der nicht nur postmodern war, sondern auch ein Frauenheld.

Frank, der an einem kleinen College in Indiana studiert hatte, war Lehrer an der Technischen Universität in Peking. Als er noch in den Staaten lebte, war er ein ehrlicher und aufrechter Kerl aus dem Mittelwesten gewesen, bescheiden und bodenständig. Während seines Studiums war er schüchtern, ein bißchen weltfremd und konnte keine Freundin finden. Nach dem Examen ging Frank nach Asien, wanderte durch Thailand und Vietnam und schlug sich als Englischlehrer durch, bis er schließlich nach Peking kam.

Die Zeit in Asien veränderte ihn völlig. In Amerika

hatte ihn niemand gutaussehend gefunden, aber die asiatischen Frauen schwärmten für seine lange Nase und sein blondes Haar. Er wurde als eine Art *baima wangzi* angesehen, als Märchenprinz. Frauen luden ihn zum Essen ein, öffneten ihm ihre Türen, verwöhnten ihn. Manchmal, wenn er durch die Straßen ging, wollten sich fremde Menschen mit ihm fotografieren lassen. Chinesische Fernsehsender rangen darum, Frank als Talkshowgast einzuladen. Sein Selbstvertrauen blühte auf.

Innerhalb des ersten Jahres in Peking hatte Frank neun Freundinnen. Sein Zimmer im Wohnheim der Schule war nicht länger zweckmäßig, da die Wachleute jede neue Frau in seiner Begleitung mißtrauisch beäugten. Also zog er in ein *hutong*.

Seine zehnte Freundin lernte er in der Nähe des City Hotels kennen. Sie hieß Grace und war Fremdenführerin. Frank und Grace waren zwei Monate zusammen, für Frank ein Rekord. Doch anders als seine vorherigen Freundinnen war Grace nicht dumm. Als Frank sie abservierte, heuerte sie eine Bande von Schlägern an und ließ ihn verprügeln. Sie drohte sogar, »den herzlosen Bastard« umzubringen, weil er »chinesische Frauen aufs Kreuz legt«. Frank wurde zusammengeschlagen, und obwohl es ihm dreckig ging, sah er ein, daß er sich die Sache selbst eingebrockt hatte. Er konnte nirgends Anzeige erstatten, also blieb ihm nichts anderes übrig, als seine beschämenden Verletzungen still zu ertragen. Danach war es ihm unmöglich, noch weiter in Peking zu bleiben, also kehrte er nach Indiana zurück.

Wann immer Franks Geschichte erzählt wird, lachen sich alle kaputt. Und wenn Frauen ausländischer Immigranten von der Geschichte mit Grace hören, achten sie mehr darauf, wo ihre Männer sich herumtreiben.

7
Der Harvard-Wahn

Raten Sie mal, was im Moment die beliebteste ausländische Marke in China ist. McDonald's? Nein, zu billig. Nike? Wieder nein, denn man kann die echten Klamotten nicht von den falschen unterscheiden. Marlboro? Auf keinen Fall. Die Yuppies geben gerade das Rauchen auf und werden Umweltschützer. Sony? Undenkbar! Noch immer haben viele Chinesen Vorbehalte gegenüber den Japanern. Motorola? Auch falsch, Nokia ist viel beliebter. Microsoft? Nicht jeder mag Bill Gates. Microsoft hat gerade ein dickes Geschäft mit der chinesischen Regierung verloren, und China hat geschworen, eine eigene Software als Konkurrenz zu Windows zu entwickeln. Was also ist es?

Was die Menschen in einer konfuzianischen Gesellschaft am meisten schätzen, sind Status, Ansehen und Bildung. Das erklärt vielleicht, warum der beliebteste Markenname in China … Harvard ist.

Eine Bekannte schrieb einen Roman mit dem Titel *Mein Geliebter aus Harvard* über eine Affäre zwischen einer Chinesin und einem Harvard-Absolventen. Das Buch hat sich in China gut verkauft. Diesem Beispiel folgend, schrieb ein chinesischer Harvard-Absolvent seine eigenen Memoiren: *Ich, ein Liebhaber aus Harvard.* Jedes Buch, das Harvard im Titel trägt, wird zum Bestseller.

Ein Mädchen aus Sichuan wurde in Harvard zugelassen, und ihre Eltern schrieben das Buch *Ein Mädchen in Harvard*. Bisher sind zwei Millionen Stück davon verkauft. Die Eltern haben genug Geld verdient, um ihrer Tochter ein vierjähriges Studium zu finanzieren. Gehen Sie in China in eine beliebige Buchhandlung, und Sie finden Titel wie *Das Harvard-Genie, Wie man nach*

Harvard kommt, Ein Junge in Harvard. Eltern kaufen diese Bücher, weil sie ihren Kindern eine gute Ausbildung verschaffen möchten. Kinder wiederum kaufen diese Bücher, um ihren Weg nach Harvard zu finden.

Reisebüros, englische Werkstätten und Buchhandlungen sind nach Harvard benannt. Harvard-Professoren werden nach China eingeladen, um Vorträge zu halten. Ein Mädchen, das im Sommer ein paar Fernkurse in Harvard belegt hatte, hielt vor Studenten Vorträge zum Thema »Meine Tage in Harvard«. Die Tatsache, daß sie nie einen Fuß nach Boston gesetzt hatte, spielte keine Rolle.

Wenn Chinesen mich fragen, wo ich studiert habe, sage ich: in Berkeley. Davon hat fast noch niemand gehört. Selbst Yale kann es in China nicht mit Harvard aufnehmen. Harvard ist die einzige Uni, die zählt. Als meine Mutter mir nach meinem ersten Examen in Missouri riet, mich in Harvard zu bewerben, hörte ich nicht auf sie. »California Dreamin'« von den Mamas & Papas und »Hotel California« von den Eagles lockten mich nach Berkeley.

»Du denkst, die Romantik hat dich geleitet? Nein, es war Dummheit. Wie kannst du nur eine für dein Leben so weitreichende Entscheidung aufgrund von irgendwelchen Popsongs treffen!« schalt meine Mutter.

Meine Freundin Lily kehrte nach ihrem MBA-Studiengang an der Harvard Business School nach China zurück. Aufgrund der hiesigen Hochachtung vor Harvard hofft sie nun, eine gute Position und einen guten Ehemann zu finden. Offensichtlich ist ihr der Ehemann zunächst wichtiger als eine Arbeit. Anstatt ein Stellengesuch aufzugeben, läßt sie durch eine Internet-Heiratsvermittlung eine Kontaktanzeige ins Netz stellen. Sie schreibt: »Lily, weibl., Ende Zwanzig, mit Diplom, 1,60 Meter, durchschn. Figur, langes schwarzes Haar u. schmale Taille, kein Modeltyp, aber süß, introvertiert, aber fröhlich, gutherzig, mag Wandern, Spaziergänge im Mondschein, ruhige Abendessen und Lesen am Strand. Lieblingsbuch: *Jane Eyre*, Lieblingsessen: Fisch, Lieblingsschauspieler: Tom Cruise, Lieblingsfarbe: Flieder. Möchte mit Stolz behaupten, daß ich e. gute Ehefrau, gute Mutter und gute Karrierefrau abgeben werde.

Du: liebst Kinder, bist e. Familientyp mit guten Manieren, sprichst fließend englisch, bist gebildet, freundlich, ehrlich. Du mußt kein Auto oder Haus besitzen, solltest aber gute Arbeit haben. Du mußt nicht aussehen wie Tom Cruise, solltest aber sexy sein. Bitte keine Partylöwen, Playboys, One-Night-Stands, Chauvinisten, Perverse, Muttersöhnchen, Lügner, Glatzköpfe, Übergewichtige, Geschiedene.«

Lily formuliert die Anzeige mit Absicht eher langweilig, weil sie kein rechtes Vertrauen in diese Art von Eheanbahnung hat. Dennoch bekommt sie sechzig Antworten an nur einem Tag. Trotz all der vorgegebenen Einschränkungen sind viele Antworten skurril.

Vier verheiratete Männer wollen geheime Treffen und sexuelle Abenteuer am Tage, einer will Nacktfotos austauschen, ein anderer bietet an, nackt ihre Wohnung zu putzen, zwei behaupten, sie würden eine Frau gern auf kreative Weise im Bett befriedigen, drei laden sie zu flotten Dreiern mit sich und ihren Ehefrauen ein. Lily staunt über das Ausmaß an sexueller Freiheit, das die moderne Entwicklung in ihrem Heimatland ausgelöst hat. Sie löscht alle unseriösen Zuschriften, woraufhin noch achtunddreißig übrigbleiben. Dabei fällt ihr auf, daß jede auf ähnliche Weise beginnt: »Ich bin Absolvent der Universität Tsinghua«; »Ich habe ein Zweitstudium absolviert, aber nicht in China, sondern in Australien«.

Lily sucht sich einen Computerspezialisten namens Jason aus, der eine eigene Internet-Auktionsfirma im Hightech-Distrikt Zhongguan Cun betreibt. Er sagt in seiner Antwort nichts über seine Ausbildung, sondern erzählt von seinen Hobbys und von Büchern, die ihm gefallen haben. Auf den mitgeschickten Fotos sieht er gut aus.

Sie treffen sich in der Bar 1952. Als Erkennungszeichen klemmt Lily eine Zeitung unter den Arm. Er trägt eine Baseballmütze. Er sieht in natura nicht so gut aus wie auf den Fotos, ist aber trotzdem ganz niedlich. Sie grüßen einander mit Kopfnicken, setzen sich und bestellen Gin und Rum. Dann beginnt im 1952 die berühmte Drag-Show. Während Transvestiten in Miniröcken Lieder von Teresa Teng pantomimisch begleiten, erzählt Jason von einer Frau in Thailand, die, wie er später herausfand, ein Mann war. »Ich wollte mich übergeben, als ich hinterher merkte, daß es ein Mann war. Es war wie in diesem Film«, sagt Jason und kratzt sich am Kopf, weil ihm der Titel nicht einfällt.

»*The Crying Game?*« schlägt Lily vor.

»Ja, genau den meine ich.«

Anstatt persönliche Fragen zu stellen, etwa, wo man wohnt und was man arbeitet, fangen sie an, über ihre Reisen in alle Welt zu reden. Lily schließt daraus, daß Jason ebenfalls ein Heimkehrer ist, der in Übersee studiert hat; andere Chinesen hätten nicht die Freiheit oder das Geld, so häufig zu reisen.

Eine Stunde vergeht.

»Wo hast du studiert?« will Jason wissen. Seine erste persönliche Frage.

»In Boston.« Lily vermeidet Details.

Jason erzählt weiter von seinen Reisen, von fremdländischer Küche und vom Brauchtum anderer Kulturen.

Lily hört aufmerksam zu und genießt Jasons lustige Art. Sie mag Männer mit Humor.

Eine weitere Stunde vergeht.

»Und wie heißt die Uni, an der du studiert hast?« fragt Jason nun.

Widerstrebend antwortet Lily. »Harvard.«

Jason nickt. Kurz darauf bezahlt er die Rechnung und sagt: »Ich muß jetzt los, aber ich melde mich bei dir. Es war schön, dich kennenzulernen.«

Lily hört nie wieder etwas von ihm. Das gleiche Erlebnis hat sie mit Frank, Brian und Tony. Jedesmal, wenn sie den Namen ihrer Universität nennt, stehen die Männer auf und gehen.

Warum? Lily ist ratlos.

Um Lilys Problem zu ergründen, lade ich ein paar Freundinnen als Beraterteam ins Teehaus Lila Wind ein. Wir bestellen fünfzehn Jahre alten Pu-Erh-Tee, Sonnenblumenkerne und Trockenpflaumen. Eine der Frauen, Psychologieprofessorin Dr. Bi, sagt: »Chinesische Männer wollen, daß ihre Frauen sie bewundern und nicht umgekehrt. Sie ertragen es nicht, wenn Frauen besser sind als sie, vor allem im intellektuellen Bereich. Je gebildeter eine Frau ist, desto schwerer tut sie sich heute, einen Mann zu finden.« Und Lulu meint: »Harvard hat für viele Chinesen fast eine Aura des Göttlichen. Aber wer will schon einen Ehepartner mit einer göttlichen Aura?«

Es mag stimmen, daß Harvard manche Menschen in China reich und berühmt macht, aber Lily läßt es Single bleiben. Vielleicht war es letztendlich doch nicht so schlecht, daß ich nach Berkeley und nicht nach Harvard gegangen bin.

8

Der Jeremy-Irons-Fanclub

Wer ist dein Lieblingsschauspieler?

Diese Frage ist bei meinen Freundinnen sehr beliebt.

In unserer Runde sind dreißig Prozent Fans vom Schauspieler und Sänger Ricky Martin, und das ist mit Abstand die größte Gruppe. Richard Gere und Pierce Brosnan stehen an zweiter und dritter Stelle, Tom Cruise und Leonardo Di Caprio rangieren auf Platz vier und fünf.

Die Fans treffen sich in Chatrooms und tratschen über ihre Idole: Ob Ricky Martin tatsächlich sieben Kinder mit verschiedenen Frauen hat, ob Nicole Kidman ihrem Exmann Tom Cruise das Glück geraubt hat, wie Pierce Brosnans Augenfarbe sich in jedem James-Bond-Film ändert.

Fans der verschiedenen Schauspieler bilden eigene Splittergruppen, um gegen andere Splittergruppen zu wettern. Ricky-Martin-Hasser bringen E-Mails mit Gerüchten über seine sexuelle Orientierung in Umlauf. Tom-Cruise-Hasser bezeichnen selbigen als breitärschigen Zwerg. Richard-Gere-Hasser zitieren dessen Anti-China-Äußerungen und machen sich über seine Schlitzaugen lustig. Es birgt schon eine gewisse Ironie, daß eine Gruppe von Chinesinnen herumsitzt und sich über die Schlitzaugen von Richard Gere lustig macht. Sie erwarten, daß ihre Idole aussehen wie Europäer und nicht wie sie selbst. Das liegt am Minderwertigkeitskomplex, unter dem die gesamte chinesische Nation leidet.

Ein einziger Fanclub attackiert jedoch niemals die anderen. Er ist vollkommen selbstgenügsam. Es ist der Fanclub von Jeremy Irons, den ich persönlich über das Internet ins Leben gerufen habe – klein, aber exklusiv. Man braucht kein detektivisches Gespür, um zu erkennen, daß die Frauen in meinem Club vieles gemein haben: Es sind allesamt Städterinnen (vierzig Prozent aus Shanghai, vierzig Prozent aus Peking und zwanzig Prozent aus Kanton) mit Hochschulabschluß (BA oder MA), das Haar lang und glatt oder kurz und mit Gel gestylt; sie tragen am liebsten schwarze oder weiße Kleidung aus Baumwolle oder Leinen, bevorzugen dunklen Lippenstift und wirken sehr sanft, können allerdings auch neurotisch, arrogant und narzißtisch veranlagt sein. Vor allem aber sind sie romantisch. Sie lesen Marguerite Duras, hören irische Musik, kaufen Drucke von Van Gogh, trinken Cappuccino, rasieren ihre Beine (die meisten Chinesinnen tun es nicht), haben im Internet mehrere Spitznamen, besitzen eine Flasche importiertes Parfüm (die Größe hängt vom Einkommen ab) und reden offen über Sex, obwohl sie beim Verkehr den Orgasmus oft nur vortäuschen.

Jeremy Irons! Dieser britische Schauspieler mit der tragischen Eleganz eines Aristokraten und der Stimme, die aus Himmel und Hölle zugleich zu kommen scheint. Er sieht nicht besonders gut aus, ist aber groß, tiefgründig, kultiviert und komplex – und damit das genaue Gegenteil von einem Cowboytyp wie zum Beispiel George W. Bush.

Ich hätte nicht erwartet, daß Jeremy Irons in China bekannt ist, weil er in keinem der in Asien erschienenen Filme mitspielt, abgesehen von *Chinese Box*. Seine Fans kennen ihn durch Raubkopien seiner Filme auf DVD.

In all seinen Filmen – von *Verhängnis* und *Lolita* über *Die Geliebte des französischen Leutnants* bis *Chinese Box* – stellt er Männer dar, die einer verrückten oder perversen Liebe verfallen sind. Diese Figuren vereinen in sich die Bösartigkeit einer Schlange und die Reinheit eines Engels.

Wie könnte es anders sein, als daß Lulu, Beibei, CC und ich Fans von Jeremy Irons sind! »Jeremy Irons ist das geheime Erkennungszeichen für Frauen mit Verstand und Geschmack«, behauptet Lulu.

Nachdem CC und ich in unser neues Haus eingezogen sind, laden wir unsere Gleichgesinnten zum Essen ein. Mit Anwältin Mimi, einer ehemalige Studienkollegin aus Berkeley, und Harvard-Absolventin Lily wird unsere Runde durch zwei wirklich eingefleischte Jeremy-Irons-Fans bereichert.

Ich serviere kalte Vorspeisen – Gurken, Tomaten, »Tigersalat« aus Tomate, Paprika und Koriander, fritierte Erdnüsse – und bereite »Drei-Köstlichkeiten-Klöße« zu. In China bin ich mit einem Hausmädchen aufgewachsen, aber in den Staaten lebte ich allein und mußte in dem Land, das die Unabhängigkeit propagiert, kochen und putzen lernen. Jetzt komme ich gut allein zurecht. Ich brauche weder Putzfrau noch Hausmädchen und will auf keinen Fall eine Stufe höher stehen als andere.

Beibei denkt da anders. »Warum hast du keine Köchin, Niuniu? Wenn ich du wäre, würde ich das Essen bestellen. Außerdem gibt es so viele Chinesen, die für wenig Geld arbeiten – du mußt ihnen eine Chance geben. Du darfst das Kochen nicht einfach als dein Privatvergnügen ansehen«, neckt sie mich. Sie hat Kaffee von Starbucks und ein Pfund Kaviar mitgebracht.

CC steuert Bier und den starken chinesischen Maisschnaps *Erguotou* bei.

Lulu hat alle Filme von Jeremy Irons auf DVD dabei.

Mimi kommt mit einem Käsekuchen.

Wir sitzen unter der Pergola im Garten, essen Klöße, trinken Bier, reden über Jeremy Irons und sehen seine Filme.

»Ich liebe seine Verrücktheit, seine Leidenschaft, seinen

englischen Akzent, seinen Schmerz und seinen herzzerreißenden Blick«, erklärt CC. »Seine englische Traurigkeit erinnert mich an den englischen Regen.«

Mir fällt ein, daß CC früher einmal sagte, chinesischen Männern fehle die Poesie. Vielleicht ist das der Grund, warum sie Engländer bevorzugt.

Die Anwältin Mimi analysiert: »Er ist ein reifer und erfolgreicher Mann, aber wenn es um Liebe geht, wird er zwanghaft. Sein Mangel an Kontrolle führt zu Verzweiflung und Verletzung. Ich habe auch mal einen solchen Mann gekannt.«

»Heutzutage sind alle Männer Feiglinge«, kommentiert Lulu. »Bevor sie sich verlieben, überlegen sie, ob sie verletzt werden können. Und wenn diese Gefahr besteht, verlieben sie sich erst gar nicht. Aber welche Art von Liebe verletzt nicht? Ich hatte aus Liebe drei Abtreibungen!«

»Wir lieben die Geschichte von Romeo und Julia, weil moderne Menschen einfach nicht mehr so romantisch sind«, sagt Lily, »vor allem Männer. Die wollen immer wissen, was sie von ihren Frauen bekommen. Sie nehmen, aber sie geben nicht.«

»Jeremy Irons kann unheimlich sein, sogar grausam«, meint Beibei, »aber in der Liebe gibt er alles. Von einem so leidenschaftlichen Liebhaber und einer so dramatischen, die Seele erschütternden Liebe träume ich! Ich habe sie nie erlebt. Die Männer, die ich kennengelernt habe, waren nicht romantisch. Sie wollten entweder meine Beziehungen ausnutzen oder mein Geld.« Obwohl sie sich beschwert, weiß jeder, daß Beibei ihre Beziehungen und ihr Geld immer wieder gern erwähnt.

»In Wirklichkeit existieren solche Männer doch gar nicht. Vielleicht gibt es deshalb immer mehr Single-Frauen wie uns«, fügt Lulu hinzu.

»Und darum brauchen wir Jeremy. Er weckt in uns die Phantasie, daß wir uns wenigstens einmal in unserem Leben richtig verlieben«, sage ich mit einem verträumten Lächeln.

Ich denke wieder an Len. Len hatte Jeremys Selbstbeobachtungsgabe, seine Traurigkeit und seine inbrünstige Hoffnung. Als Lolita in den Staaten herauskam, redeten wir viel darüber. Der kontroverse Film gefiel etlichen Leuten dort nicht, weil sie ihn unmoralisch fanden. Aber Len mochte ihn. Er sagte, Zerstörung und Perversion faszinierten ihn. Vielleicht war das schon ein Hinweis darauf, wie es zwischen uns enden würde. Damals verfiel ich meiner eigenen morbiden Liebe zu Len.

An jenem Tag schneite es viel, und ich saß in der kleinen Stadt Jackson Hole in den Rocky Mountains in einer Cowboy-Bar. Im Hintergrund lief Countrymusik, und vor mir stand ein frisch gezapftes Budweiser. Ich rief ihn von meinem Handy aus an. Wir sprachen über *Lolita*. Len sagte: »Vielleicht interessiert mich das Krankhafte so sehr, weil ich Arzt bin. Oft denke ich, daß Krankheit den Hauptteil des Lebens ausmacht. *Lolita* läßt uns die Abnormität hinter der Fassade der normalen Menschen sehen.«

Len hatte die gleiche versonnene Ausstrahlung wie der Cellist Yo-yo Ma. Er redete nicht viel und wirkte auf anmutige Weise verzweifelt. Obwohl sein Gesicht starr und emotionslos schien, verrieten seine Augen die Leidenschaft und Intensität, mit denen er sein Leben lebte. Wenn er dann sprach, hörte ein jeder ihm zu.

Vielleicht habe ich Len nie wirklich verstanden. Er sagte mir, er sei nicht gut für mich. Er sei kein Mann, der Frauen Glück verschaffen könne. »Wenn du klug bist, hältst du dich von mir fern.«

In Amerika habe ich es ausgenutzt, fern von meiner Familie und meiner strengen Erziehung zu sein. Ich war wie ein freier glücklicher Vogel, bis ich Len begegnete, dem Mann, der mich Schmerz, Grausamkeit, Wahnsinn und Leiden lehrte.

Als ich ein Kind war, kam einmal ein buddhistischer Meister zu uns zu Besuch. Er sagte, er spüre meine spirituelle Verbindung zum Buddhismus. Man nennt es *huigen*, Wurzeln der Weisheit. Er könne den Nimbus über meinem Kopf sehen, sagte er. Weil ich ein rundes, lächelndes Gesicht hatte, nannten die Erwachsenen mich immer »Kleiner Buddha«. Als Kind konnte ich manchmal merkwürdige Dinge sehen. Ich hatte eine Vorahnung vom Selbstmord meiner Sprachlehrerin in der Grundschule, vom Lungenkrebs meines Rechenlehrers und vom Verschwinden des geistig zurückgebliebenen Jungen unten an unserer Straße. Sogar die Trennung meiner Eltern sah ich voraus. Als sie sich scheiden ließen, war ich mit meinen elf Jahren so ruhig, daß die Leute verständnislos danebenstanden. Ich frage mich, wann ich diese Fähigkeit verlor. Der kleine Buddha mit den Wurzeln der Weisheit konnte Lens eindringlichem, glühendem und gleichzeitig melancholischem Blick nicht widerstehen.

Die Buddhisten streben nach Askese: »Befreie dich von menschlichen Begierden und Leidenschaften; alles Körperliche ist vergänglich.« Ich entdecke, daß ich mich mit fortschreitendem Alter immer mehr davon entferne, »frei von menschlichen Begierden und Leidenschaften« zu sein. Warum habe ich mich einer obsessiven Liebe hingegeben und damit das größte Tabu der buddhistischen Lehre gebrochen? Beibei sagt: »Du bist eben selbst *qingzhong*, die Saat von Gefühlen, die Frucht einer hingebungsvollen Liebe.« Ich widerspreche nicht. Meine

Eltern gaben ihrer verbotenen Liebe nach, weil sie sich unwiderstehlich voneinander angezogen fühlten. Ich bin das Produkt dieser Leidenschaft.

Hier, im abwechslungsreichen, wandelbaren China, sind all die Erinnerungen an Len und unsere gemeinsame Zeit weit weg – so weit wie Amerika selbst. Ich ertappe mich manchmal dabei, daß ich tage- oder gar wochenlang nicht an Len gedacht habe. Wenn ich mich dann auf ihn besinne, kommt er mir vor wie ein Einbrecher, der irgendwie die Sicherheitsschranken meines geschäftigen Gehirns durchbrochen hat und mir den Frieden rauben will, um dessentwillen ich nach China gegangen bin.

Ich, die junge Journalistin, scheine alles zu haben: ein gutes Einkommen, einen guten Job, ein ausgefülltes Privatleben. Trotzdem langweile ich mich schnell. Ständig suche ich nach neuen Abenteuern. Strebe nach Vergnügen, meide Schmerz; vielleicht werde ich eine Hedonistin wie Beibei. Auch wenn das Leben einer Hedonistin keinerlei Bedeutung hat – es ist behaglich. Behaglichkeit, ein Zuhause, ist für mich im Moment lebensnotwendig.

9

Rachedurst

Während meine Freundinnen und ich über Jeremy Irons reden, klingelt es an der Tür. Ein fremder Chinese steht vor mir.

»Ist hier das Treffen des Jeremy-Irons-Fanclubs?« fragt er zögernd.

»Sind Sie auch ein Fan?« frage ich zurück.

»Ja. Ich heiße John«, sagt der Mann. Er ist ein bißchen nervös.

»Kommen Sie herein. Wir sehen gerade *Verhängnis*.«

John hat allen Grund, nervös zu sein. Sämtliche anderen Clubmitglieder sind Frauen.

Nach dem Film sind alle neugierig auf ihn. Er erzählt seine Geschichte.

Auch John ist ein *haigui*, was eigentlich Seeschildkröte heißt, aber als Begriff für Heimkehrer aus Übersee gebraucht wird. Als diplomierter Soziologe verkaufte er drei Jahre lang Lebensversicherungen in Silicon Valley und verdiente fünfzig Riesen im Jahr – nach den Maßstäben des Silicon Valley nicht sehr beeindruckend.

Obwohl er ein gutaussehender Chinese ist, konnte John in den Staaten keine Freundin finden. Tatsache ist, daß zwei Drittel der in Amerika lebenden Chinesinnen es vorziehen, mit Einheimischen auszugehen, hauptsächlich mit Weißen. Diejenigen, die einen Partner unter ihren Landsleuten suchen, sind dementsprechend heiß begehrt und werden von ganzen Horden hochgebildeter männlicher Bewunderer geradezu belagert. Auch nur halbwegs attraktive Chinesinnen können es sich leisten, wählerisch zu sein.

Sein Freund Mike erbarmte sich des gezwungenermaßen zölibatär lebenden Mittdreißigers und verschaffte John in San Francisco ein Blind Date. Die Glückliche war eine ausgewanderte Chinesin namens Jane, die am College Krankenpflege studierte. Sie war von durchschnittlichem Aussehen und frisch geschieden.

Sie trafen sich in der Borders' Buchhandlung nahe dem Union Square. Wie vereinbart, trug Jane als Erkennungszeichen eine Einkaufstasche von Gucci. Im hauseigenen Coffee Shop begrüßten sie einander kurz, und John holte zwei Espressi. Während sie sich setzten, sagte die Frau: »Hallo. Ich habe nicht viel Zeit. Dein Freund hat mir dein jährliches Einkommen nicht genannt. Wie hoch ist es?«

Offensichtlich hatte Jane die amerikanische Direktheit bereits übernommen. John beantwortete ihre überraschende Eröffnungsfrage: »Ich verdiene fünfzigtausend Dollar pro Jahr. Dazu kommt noch der Bonus …«

»Hast du ein Haus?« unterbricht sie ihn.

»Im Moment wohne ich zur Miete in einem Apartment in San Mateo. Ich spare auf ein …«

»Tut mir leid, John. Ich gehe nur mit Männern aus, die die drei Ps haben.«

Sprach's und ging, ohne ihren Espresso auch nur angerührt zu haben.

John fühlte sich gedemütigt. Er versuchte herauszufinden, wofür »die drei Ps« standen, und erhielt von verschiedenen Freunden verschiedene Antworten. Einige mutmaßten, sie meinte Ph.D. (Doktortitel), permanent residency (unbeschränkte Aufenthaltsgenehmigung) und property (Kapital). Andere tippten auf Paß (natürlich amerikanischer), Porsche und Ph.D. Sein Freund Mike tröstete ihn: »Wen kümmert es, was die drei Ps bedeuten? Wenn Jane sich für so toll hält, warum trifft sie dann nicht Prinzen, Präsidenten und Premierminister?«

Ähnlich wie bei mir, führte Johns schmerzliches Treffen mit der unbarmherzigen und arroganten Jane letztendlich zu seinem Entschluß, nach China zurückzukehren.

Er bekam Stellenangebote aus Shanghai, Peking und Shenzhen. Er entschied sich für die Position des Verkaufsleiters einer Elektronikfirma in Peking. Obwohl er nur ein Drittel seines vorherigen Einkommens verdient, gehört er plötzlich zur Oberschicht. Überall ist er willkommen: Er schreibt sich in einer Partnerbörse ein und wird dort zum begehrtesten Junggesellen.

Eines Tages macht der Inhaber dieser Kontaktbörse John ein Angebot: »Bitte versprechen Sie mir, daß Sie sich in absehbarer Zeit keine feste Freundin zulegen. Solange Sie bei uns als verfügbarer Partner eingetragen sind, werden sich jede Menge Frauen bei der Börse melden.«

»Was bekomme ich dafür?«

»Die Hälfte des Gewinns«, verspricht der Inhaber.

John nimmt das Angebot an. Seine Aufgabe ist es, sich mit Frauen auf Partnersuche zu treffen und sie abzuweisen. Dafür bekommt er jeden Monat eine bestimmte Geldsumme überwiesen. Die von ihm verschmähten Frauen sehen allesamt besser aus als die fade Jane, die ihn in San Francisco abgefertigt hat. Er weist sie alle zurück mit den Worten: »Ich mag nur Frauen, die die drei Ps haben.«

Viele der Frauen sind gebildet. Sie diskutieren mit ihren Freundinnen, was die drei Ps bedeuten mögen, und entwickeln alle erdenklichen Theorien. Die zwei plausibelsten sind zum einen chinesischen, zum anderen englischen Ursprungs. Die chinesische Erklärung lautet *pigu, pifu und piqi*: hübscher Po, weiche Haut und sanftes Temperament. Die englische bezieht sich auf *pretty, pure* und *pleasing*: hübsch, keusch und lieb. Allein John weiß, daß seine drei Ps überhaupt keine Bedeutung haben. In gewisser Hinsicht bestraft er alle Frauen dafür, daß Jane seine Selbstachtung beschädigte.

Wenn Frauen zu leicht zu haben sind, verlieren sie schnell an Reiz. Darüber hinaus hat John die Vereinbarung mit der Partnerbörse, daß er keine der Frauen zur Freundin wählt. Je mehr interessierte und verfügbare Frauen er trifft, desto mehr schwindet sein Interesse an ihnen. Schließlich beginnt er, sich auf Männer einzulassen, meistens Ausländer. »Chinesische Frauen bedeuten mir nichts mehr. So wie sie bevorzuge ich den Import.«

Nachdem ich Johns Geschichte gehört habe, frage ich ihn: »Was ist mit Jeremy Irons? Warum bist du ein Fan von ihm?«

»Ich liebe es, wenn die Männer mir verfallen – so wie Jeremy Irons in *M. Butterfly* seiner Geliebten in Peking verfällt«, sagt John und lächelt verschmitzt.

10
Sean und Hugh

Die Redaktion unserer Agentur World News besteht aus neun Mitarbeitern. Die Belegschaft ist ziemlich international. Als Redaktionsleiter und stellvertretender Redaktionsleiter sind der Engländer Sean und der Amerikaner Hugh meine beiden Chefs. Die Neuseeländerin Linda ist unsere Expertin bei Umweltdingen, Mr. Chun aus Hongkong unser Finanzexperte und Mr. Lai aus Singapur der Buchhalter. Der Rest des Teams besteht, abgesehen von mir, aus zwei Sekretärinnen, hinzu kommt ein Fahrer aus Peking.

Sean und Hugh setzen unterschiedliche Schwerpunkte. Sean interessiert sich für politische Themen wie Verletzung der Menschenrechte und Chinas rückständige Innenpolitik. Hugh schreibt lieber über das Wirtschaftswachstum der finanzkräftigen Küstenregionen. Hugh beauftragt mich mit Storys über chinesische Internetfirmen, über die Nutznießer von Luxusgütern oder General Motors in Shanghai. Sean bittet mich um Artikel über Chinas Denkfabriken, das Verhältnis zu Taiwan und Religiosität.

Ich erinnere mich an ein Gespräch in Seans Büro kurz nach meiner Einstellung. »Niuniu, Sie haben viele ideale Eigenschaften für eine Reporterin. Sowohl Ihr Chinesisch als auch Ihr Englisch sind perfekt, und Sie haben viele Freunde und Beziehungen. Sie haben grenzenloses Potential. Am meisten jedoch schätze ich Ihre Ausgewogenheit. Ihre Erfahrungen mit der chinesischen und auch der amerikanischen Kultur bedeuten, daß Sie nicht einseitig politisiert sind. Zu viele westliche Journalisten werden von ihren persönlichen Vorstellungen geleitet, so daß ihre Sichtweise auf China verzerrt ist. Und ich denke, Sie sind eine Ausnahme.«

Ich fühlte mich durch seine Worte so geschmeichelt, daß ich seither hart daran arbeite, sowohl chinesische Gewissenhaftigkeit als auch amerikanische Eigenständigkeit zu demonstrieren.

Meine zwei Bosse haben Traumjobs – aber der Wettbewerb ist hart. Bevor man im Ausland Redaktionsleiter werden kann, muß man normalerweise erst sein Können im eigenen Land viele Jahre unter Beweis gestellt haben. Korrespondent in einer Großstadt wie Peking, Moskau oder Paris zu sein ist ein besonderes Zeichen von Kompetenz und Erfolg.

Sean und Hugh verdienen beide über 150.000 US-Dollar pro Jahr, und jeder bekommt ein Apartment, Hausmädchen, Fahrer, Reisekostenzuschüsse sowie ein üppiges Spesenbudget von der Firma gestellt. Außerdem gelten für sie sowohl die chinesischen als auch die englischen Feiertage. Verglichen mit der Mittelschicht der meisten zivilisierten Länder, führen sie ein fürstliches Leben.

Der 37jährige Engländer Sean hat in Oxford Politik studiert. Er spricht fließend Mandarin, und unabhängig davon, ob er gerade Englisch oder Mandarin spricht, flucht er gern. Sein Oxford-Akzent ist gespickt mit Kraftausdrücken aus dem Themenkreis Sex, Genitalien und Mütter.

Sean gilt als Workaholic. Außerdem ist er ein Hitzkopf und ein Schnelldenker, und nur wenige können mit ihm mithalten. Er kommt jeden Tag um acht in die Redaktion und arbeitet oft bis spät in die Nacht mit dem Anspruch, daß jeder Artikel bei den Lesern Bewunderung hervorrufen soll. Dabei ist er äußerst rücksichtsvoll und seriös. Verglichen mit anderen Ausländern in China, die gern auf Frauenjagd gehen, hat der gutaussehende Sean anscheinend kein Interesse an Liebesbeziehungen. Selbst wenn er mit Freunden zum Essen ausgeht, spricht er nur über aktuelle Themen und die politischen Beziehungen zwischen China und den USA.

Als seine Mitarbeiterin habe ich mit ihm noch nie über etwas anderes gesprochen als die Arbeit. Nur einmal, als ich in der Mittagspause bei Häagen-Dazs ein Eis kaufen ging, gleich neben dem International Club Hotel, sah ich Sean vor dem lila Häagen-Dazs-Schild allein auf einer leuchtendgelben Bank sitzen und vollkommen versunken ein Cappuccino-Eis verspeisen. Es kam mir komisch vor, ihn so zu beobachten. Als ich ihn grüßte, lächelte er mich zum erstenmal an und zeigte seine weißen Zähne. »Ich liebe Süßes. Je süßer, desto besser. Vor allem Eiskrem.«

Mein anderer Vorgesetzter Hugh hingegen spricht schon eher einmal über private Themen. Hugh studierte Geschichte an der Stanford University in Kalifornien und kam über ein Fulbright-Stipendium nach China. Daß wir beide für einige Zeit in der Bay Area wohnten, verbindet uns.

Hugh und Sean sind beide groß und gutaussehend, pflegen aber unterschiedliche Stile. Sean ist mehr der autoritäre Typ und genießt das Rampenlicht, während Hugh gelassen und kultiviert auftritt. Er sagte einmal, er sei ein Träumer und nach China gekommen, um den Sinn des Lebens zu finden. Täglich übt er Yoga und meditiert. Er ist das, was die Menschen hier »ein Ei« nennen: außen weiß und innen gelb.

11

Liebesgrüße aus dem Internet

An meiner Arbeit als Journalistin gefällt mir unter anderem, daß ich nicht den ganzen Tag im Büro verbringen muß. So kann ich mich vom alltäglichen Hickhack fernhalten und eine gute Beziehung zu den meisten meiner Kollegen pflegen. Allerdings hätte ich nie gedacht, daß diese Beziehungen so gut sind, wie sie mir heute erscheinen.

Ich komme ins Redaktionsgebäude und betrete den Fahrstuhl. Drei Personen sind bereits darin, die mich ausgesprochen herzlich grüßen: ein Chor aus enthusiastischen Guten-Morgen-Rufen. Ich bin etwas überrascht, versuche aber, den Gruß ähnlich begeistert zu erwidern.

»Wie war dein Wochenende, Niuniu?« fragt Mr. Lai.

»Gut, danke«, antworte ich.

Da zwinkert Mr. Lai mir zu.

Das Zwinkern wirkt einstudiert. Nicht unsicher, sondern gut geübt. Fast, als hätte Mr. Lai das Zwinkern den ganzen Morgen über in seiner Tasche versteckt, um es dann plötzlich herauszuziehen. Ich stutze. War das ein Wie-geht-es-dir-Zwinkern? Nein. Das war eher ein Danke-für-die-letzte-Nacht-Zwinkern.

Ich lächle schief und starre auf die Fahrstuhltür. Als sie sich endlich öffnet, steige ich aus und eile in mein Büro, während ich spüre, wie Mr. Lais Blick sich in meinen Rücken bohrt.

Ich gehe zum Schreibtisch, stelle meine Tasche ab und

nehme meine Tasse. Dann gehe ich in die Küche, um mir heißes Wasser zu holen, während Linda, die Neuseeländerin, hereinkommt. Ich bin schon einige Male mit Linda Mittagessen gegangen und mag sie sehr gern.

»Ich kann es gar nicht glauben«, sagt Linda und stellt sich dicht hinter mich. »Du hast mich ganz schön an der Nase herumgeführt. Aber ich bin froh, daß du den Mut hattest, es mir zu sagen. Ich glaube nicht, daß ich dich darauf angesprochen hätte.«

»Oh, äh … Linda, es tut mir leid, aber ich kann dir nicht ganz folgen.«

»Ach, mach dir bitte keine Gedanken darüber«, sagt Linda. »Ich verstehe vollkommen. Mir ging es erst genauso. Hör zu, hier ist nicht der richtige Ort zum Reden, aber laß uns doch heute mittag zum Essen gehen, ja?«

Und damit ist sie verschwunden.

Auf dem Weg zurück zu meinem Schreibtisch treffe ich Mr. Chun, der schon einige Male unangebrachte Fragen zu meinem Privatleben gestellt hat. Ich habe mir angewöhnt, ihm immer schnell aus dem Weg zu gehen. Diesmal steht er einfach da und hält einen Stapel farbcodierter Akten und eine Schachtel Büroklammern in den Händen. Er sagt nichts, lächelt nur und nickt andauernd selbstzufrieden, als wolle er sagen: »Ich hab's ja gleich gewußt.«

Was ist hier los? denke ich. Wenn es je einen Tag gab, an dem ich auf der Suche nach einer Story schnellstens das Büro verlassen sollte, so ist es dieser.

Ich husche an Mr. Chun vorbei zu meinem Schreibtisch, um noch schnell meine E-Mails zu lesen, bevor ich mich auf den Weg mache.

Ich entdecke 67 neue Nachrichten – erstaunlich viele für einen Freitagmorgen. Aber noch erstaunlicher ist der Betreff des Großteils davon: »Re: I Love You.«

Schon wieder so ein Kettenbrief? überlege ich verwirrt.

So viele Mails zu einem Thema habe ich nicht mehr bekommen, seit ich auf den Internetschwindel mit dem kleinen Mädchen hereinfiel, das angeblich eine Lebertransplantation benötigte. Für jede Person, der ich diesbezüglich eine E-Mail schicke, werde McDonald's einen Dollar spenden, hieß es.

Ich öffne die erste Mail, sie ist von Sean. Darin steht: »Ich schätze Ihre Offenheit, aber ich bin bereits gebunden. Ich respektiere Sie wirklich sehr. Bitte lassen Sie uns nicht Arbeit und Vergnügen vermischen.«

Die nächste ist von Mr. Chun: »Meine Frau besucht in dieser Woche ihre Eltern. Lassen Sie uns nach der Arbeit auf dem Parkplatz treffen. Ich kenne einen Ort, an dem wir ungestört sind. PS: Haben Sie sich jemals vorgestellt, daß wir es auf Ihrem Schreibtisch treiben? Ich ja!«

Dann lese ich eine E-Mail von meinem Cousin: »Ich glaube, du weißt, daß ich dich auch liebe. Zwischen uns war schon immer etwas ganz Besonderes. Aber diese Art von Liebe ist verboten, und ich halte es für das beste, wenn wir nicht mehr daran denken. Es schmerzt mich, daß es uns niemals möglich sein wird, zusammen zu sein. Ich glaube nicht, daß unsere Familien es akzeptieren würden.«

Die letzte E-Mail stammt von Hugh: »Hallo Niuniu, ich muß gestehen, daß ich über Ihre E-Mail sehr überrascht war, es klang so gar nicht nach Ihnen. Ich fühle mich geschmeichelt, daß Sie an mir interessiert sind, aber ich halte es für einen äußerst ungünstigen Zeitpunkt.«

Unter seiner Nachricht lese ich den ursprünglichen Text, auf den er geantwortet hat. Es ist ein sehr überzeugender und wortgewandter Liebesbrief, der in meinem Namen abgefaßt wurde.

Ich bin das neueste Opfer des Computervirus »I Love

You«. Das Virus befällt Microsoft Office und verschickt Liebesbriefe an alle Personen, die im Adreßbuch des Opfers verzeichnet sind.

Einige Stunden später wird die Nachricht über dieses Virus in allen Medien verbreitet, und ich bekomme unzählige Mails von Leuten, die mich bitten, ihre vorherige Nachricht zu vergessen.

Abgesehen von Mr. Chun, der schreibt: »Ich bin immer noch interessiert, wenn Sie es sind.«

12

Schon geschieden?

Ein häufig gehörter chinesischer Gruß war früher *»Chile ma?«* – »Hast du schon gegessen?« Er unterstreicht die Bedeutung des Essens in der chinesischen Kultur.

Doch das ist lange her.

Heute hat *»Lile ma?«* – »Bist du schon geschieden?« – seinen Platz eingenommen, zumindest bei der jüngeren und mittleren Generation in Großstädten, wo die Scheidungsrate inzwischen im zweistelligen Bereich liegt.

In der Yoga-Klasse, die Lulu und ich jede Woche besuchen, treffen wir eine ganze Reihe berufstätiger Frauen zwischen Ende Zwanzig und Anfang Vierzig. Wie ich bald erfahre, ist fast jede der Frauen geschieden, einschließlich unserer Lehrerin Gigi.

An Gigis vierzigstem Geburtstag lädt die Klasse die gesundheitsbewußte Lehrerin zum Feiern bei Häagen-Dazs ein.

Einige bestellen Eis, andere Kuchen. Ich nehme beides, ein Tiramisu und einen Eisbecher »Grüner Tee«. Obwohl wir sie bedrängen, sich ausnahmsweise einmal etwas Ungesundes zu gönnen, trinkt Gigi nur ein Perrier.

Wir genießen also unsere kalorienreichen und fetthaltigen Süßspeisen und singen »Happy Birthday«.

Gigi blickt trübselig in die Runde. »Ich bin aber gar nicht happy«, sagt sie. »Als Frau vierzig zu werden ist geradezu tragisch. Kennt ihr nicht diesen Ausspruch? Frauen in den Zwanzigern sind wie Basketbälle, Frauen in den Dreißigern sind wie Volleybälle, und Frauen in den Vierzigern sind wie Fußbälle.«

»Was soll das heißen?« frage ich.

Gigi seufzt. »Beim Basketball sind alle Spieler hinter dem Ball her. Wenn beim Volleyball der Ball zu dir fliegt, mußt du ihn annehmen. Und beim Fußball schießt du den Ball so schnell wie möglich weiter.« Zur Betonung tritt Gigi heftig mit dem Fuß in die Luft.

»Aber Reife ist doch auch eine Art von Schönheit, oder nicht?« versuche ich Gigi zu trösten.

»Stimmt!« meint auch Lulu. »In Modemagazinen heißt es, daß wirklich reife Frauen diejenigen sind, die Kinder erst mit ihren zweiten oder dritten Ehemännern haben.«

»Wie Yoko Ono«, fügt eine andere Frau unterstützend hinzu.

»Wie Zsa Zsa Gabor«, fährt Lulu fort.

»Cathérine Deneuve hat zwei Kinder, aber keines von ihrem Ehemann. Ist sie damit noch reifer als die anderen Frauen?« stelle ich Lulus Theorie in Frage.

»Ich schätze, so reif werde ich niemals sein. Seit ich vor drei Jahren geschieden wurde, habe ich keinen Mann gefunden, den ich heiraten könnte. Alle wollen jüngere Frauen. Ich verstehe nicht, wo die vielen jungen Chinesinnen herkommen, unter denen die Männer wählen können. Selbst verheiratete Männer haben bessere Chancen als geschiedene Frauen.« Gigi ist mächtig frustriert.

Lulu hat mir mal erzählt, was sie über Gigis Exmann hörte: Er hat sich als Professor mit einer seiner Studentinnen eingelassen. Durch ihn bekam die Studentin einen tollen Job, aber schon bald gab sie ihm den Laufpaß und wanderte mit einem Amerikaner in die Staaten aus. Der Professor wollte zu Gigi zurück, aber es war schon zu spät.

Nachdem Gigi ihre Scheidung erwähnt hat, fragen sich die Frauen nun gegenseitig: »Bist du geschieden?«

»Ja.«

»Was ist mit dir? Bist du schon geschieden?«

»Ja.«

Und plötzlich finden alle Frauen außer mir und Lulu ein gemeinsames Thema und erzählen ihre Geschichten.

Ah Du sagt: »Mein erster Mann war nett, aber ein lausiger Liebhaber. In China ist es besonders bei den älteren Generationen ja so, daß die Frauen stolz auf ihre Unnahbarkeit sind. Frauen mit sexuellen Ansprüchen bringen angeblich Unglück. Ich wußte das. Zuerst war ich frustriert, aber ich nahm es hin. Ich meditierte, übte Taichi und versuchte alles mögliche, um meine natürlichen Bedürfnisse zu unterdrücken. Aber alles änderte sich, als ich anfing, Jura zu studieren.«

»Hast du einen anderen Mann kennengelernt?« will Lulu wissen.

»Nein. In den Lehrbüchern las ich, daß ich einen rechtlichen Anspruch auf die Erfüllung meiner sexuellen Bedürfnisse habe. Somit ist es rechtens, sich aufgrund von schlechtem Sex scheiden zu lassen«, erklärt Ah Du.

»Dann bist du also eine Intellektuelle geworden, die ihre Rechte kennt«, necke ich sie.

»Scheidung ist für mich wie Sex. Wenn man es einmal gemacht hat, will man es immer wieder. Nun bin ich schon zum drittenmal geschieden. Aber um mit Liz Taylor Schritt zu halten, muß ich mich schon anstrengen.«

»Fühlst du dich gut, wenn du Männer abservierst?« erkundigt sich Lulu.

»Man müßte die Männer im Hinblick auf Sex aufrüsten können wie einen Computer! Im Grunde wollen wir von ihnen doch dasselbe: bessere und schnellere Leistung.«

Eine Kunstlehrerin kann es kaum erwarten, ihre Geschichte loszuwerden. »Mein Ex und ich waren schon auf dem College zusammen. Wir kommen aus der armen Provinz Guangxi. Er war nett, aber schüchtern.«

»Ein typischer chinesischer Intellektueller«, kommentiert Ah Du.

»Stimmt. Nach dem Examen bekam er in Peking eine Stellung als Bibliothekar und verdiente nur dreihundert Yuan pro Monat. Ich wurde Lehrerin und verdiente fünfhundert Yuan im Monat. Er wohnte mit Zimmergenossen in einem Wohnheim, und auch ich teilte ein Zimmer mit Kolleginnen in einem Wohnheim. Eine gemeinsame Wohnung konnten wir uns nicht leisten.«

Gigi versteht das Problem gut. »Wenn man damals nicht für eine *waiqi*, eine ausländische Firma, arbeitete oder ein korrupter Beamter war oder einen korrupten Beamten als Verwandten hatte, hatte man keine Chance, eine Wohnung zu kaufen.«

Die Kunstlehrerin nickt. »Wie viele ehrgeizige junge Leute schafften wir es, in Peking zu bleiben, der Stadt der vielen Möglichkeiten, aber wir hatten keinen Ort für uns allein. Die einzige Möglichkeit zur Zweisamkeit hatten wir, wenn unsere Zimmergenossen nicht da waren.«

»Wie traurig.« Lulu schüttelt den Kopf.

»Wir führten ganze fünf Jahre lang solch ein trauriges Leben«, wirft Gigi ein. »Schließlich wies mir die Schule eine Zwölf-Quadratmeter-Wohnung in einem uralten Gebäude zu. Es gab jede Menge Kakerlaken, und die Wohnung hatte weder Badezimmer noch Küche. Die nächste öffentliche Toilette lag fünfzig Meter entfernt.« Sie schüttelt sich bei der Erinnerung an das Grauen.

»Während wir unter diesen schrecklichen Umständen dahinvegetierten, erschien meine ehemalige Zimmergenossin Colorful Clouds auf der Bildfläche.«

»Colorful Clouds?« rufen Lulu und ich wie aus einem Mund. Wir können es nicht fassen, den bekannten Namen zu hören, der soviel bedeutet wie Bunte Wolken.

»Sie war nicht intelligent genug, um zu unserem College zugelassen zu werden, setzte sich aber trotzdem in die Vorlesungen. Meinem Ex schrieb sie mal Liebesbriefe. Er hielt sie für oberflächlich. Später verführte sie den Vater einer Studienkollegin und ging mit ihm nach Peking. Dann hörten wir, daß sie einen alten Amerikaner geheiratet hatte und in die Staaten gegangen war.«

»Klingt nach einem hinterhältigen Luder, das die Männer manipuliert und ausnutzt«, sagt eine Frau, die die berüchtigte Colorful Clouds nicht kennt.

»Als ich sie traf, war sie die Frau eines gutaussehenden amerikanischen Physikers und hatte drei Kinder. Sie war nach Peking zurückgekehrt und wohnte im Great Wall Sheraton«, führt Gigi ihre herzzerreißende Geschichte fort.

»Ein vornehmes Hotel!« bemerke ich.

»Sie rief mich an und lud mich zum Frühstücksbüfett des Hotels ein. Sie benahm sich mir gegenüber wie eine Königin.«

»Für wen hält die sich? Sie hat es doch nur so weit gebracht, indem sie Männer benutzte«, sagt Lulu.

»Das ist es ja gerade. Was auch immer wir von ihr halten – sie konnte es sich durch ihre Scheidung und Heirat leisten, in einem guten Hotel zu wohnen. Und ich? Ich war eine hart arbeitende Frau mit Hochschulabschluß und eine gute und treue Ehefrau, lebte aber ein ärmliches

Leben ohne eigenes Badezimmer und ohne Hoffnung auf eine bessere Zukunft!«

»Die Welt gehört heutzutage den bösen Mädchen«, sagt Lulu. »Wie heißt es noch mal? Brave Mädchen kommen in den Himmel …«

»… böse kommen überall hin«, ergänze ich.

Die Kunstlehrerin nickt. »Genau das wurde mir auch klar. Nach zehn Jahren Ehe hatte ich schließlich das Gefühl, als braves Mädchen nur die Dumme zu sein. Liebe und Treue haben keine Bedeutung, wenn sie dir nicht mal eine Wohnung mit eigenem Badezimmer verschaffen können. Ich verließ meinen Mann.«

»Und wie geht es dir jetzt?«

»Ich fühle mich verdammt gut dabei, ein böses Mädchen zu sein. Nächsten Monat gehe ich mit meinem neuen Freund nach Australien.«

Jetzt erzählt Lan Huahua ihre Geschichte. Sie ist seit kurzem Sängerin bei der Chichi Entertainment Company.

»Für mich gab es keinen speziellen Grund, mich scheiden zu lassen. All meine Bekannten ließen sich scheiden. Dadurch war ich als Verheiratete plötzlich eine Langweilerin.«

»Du hast dich von deinem Mann scheiden lassen, nur weil du nicht langweilig wirken wolltest?« fragt Gigi schockiert.

»Als Sängerin kannst du es ganz und gar nicht gebrauchen, daß die Leute dich für langweilig halten.«

»Reicht eine gute Stimme denn nicht aus?« Gigi kann diese Dreistigkeit immer noch nicht fassen.

»Natürlich nicht. Um ein Star zu werden, eine Berühmtheit, mußt du in den Medien interessante Dinge über dich verbreiten. Meine Scheidung ist erst der Anfang. Wenn nötig, würde ich sogar alleinerziehende Mutter werden – oder eine Lesbe. Oder bi.«

13
Colorful Clouds

Die zweiundvierzigjährige Colorful Clouds stammt aus der Region Guangxi.

Sie schaffte es, ihr kleines Heimatdorf zu verlassen, indem sie einem Kerl aus der Stadt den Kopf verdrehte.

Sie schaffte es, China zu verlassen, indem sie einen vierzig Jahre älteren Amerikaner dafür bezahlte, daß er sie heiratete.

Sie schaffte es, in die gehobene Mittelschicht der amerikanischen Nobelvorort-Hausfrauen aufzusteigen, indem sie sich vom Enkel dieses Mannes schwängern und nach der so erzwungenen Scheidung heiraten ließ.

Natürlich ist Colorful Clouds bewußt, daß es die Männer waren, die ihr zu ihrem sozialen Aufstieg verholfen hatten. Doch da sie selbst es war, die sich zu diesen Männern verholfen hatte, hält sie ihr Leben und ihren Status ganz allein für ihr eigenes Verdienst. Zeit also, nach China zurückzukehren und damit zu prahlen! In Peking kontaktiert sie jeden Journalisten, den sie kennt. Wir kennen uns aus St. Louis, also bin auch ich dabei.

»Weißt du, Niuniu, mein Leben ist eine echte chinesisch-amerikanische Erfolgsstory. Ich bin reich, ich sehe gut aus, ich fahre einen Jaguar. Ich habe das alles aus eigener Kraft geschafft. Meine chinesischen Landsleute sollten mich bewundern.«

Während Colorful Clouds mir mit ihrer Selbstbeweihräucherung immer mehr auf die Nerven geht, schlägt Sean vor, ihre Geschichte in einem Bericht zu verwenden, Überschrift: »Moral und Opportunismus im heutigen China als Resultat des rasanten Wirtschaftswachstums und des gleichzeitig nur langsamen Fortschritts der Demokratie«.

Ich muß mich also weiter mit ihr treffen.

»Reich und schön wie ich bin, kann ich mich in China blendend amüsieren.« Mit diesem Satz beginnt mein Tag mit Colorful Clouds, als ich sie von ihrem Hotel abhole. Da sie weiß, daß ich über sie schreiben werde, besteht sie darauf, daß ich sie herumchauffiere und für alles bezahle. »Bring mich zum Restaurant Roter Mond. Ich habe gehört, es sei berühmt für seine gutaussehenden Kellner und männlichen Gäste.«

Das klingt nicht schlecht, und ich fahre sie gerne dorthin.

Sobald wir uns setzen, gewinnt ein großer, athletischer junger Mann ihre Aufmerksamkeit. Sie zwinkert ihm zu. Der Mann lächelt zurück. Sie fühlt sich geschmeichelt. Also wird sie mutiger. Sie winkt mit dem Finger, um den Mann an unseren Tisch zu locken. Während er auf uns zukommt, flüstert sie: »Tja, Niuniu, so bin ich nun mal. Obwohl ich eine Mutter von drei Kindern bin, kann dieser Mann mir nicht widerstehen. Sehe ich nicht jung aus!«

Mir ist aufgefallen, daß Colorful Clouds ihren Ehering in China nicht trägt.

»Du solltest lieber vorsichtig sein«, warne ich sie vor den »kleinen Enten«, doch sie schwirrt mit dem Kerl ab.

Auf meinem Nachhauseweg erhalte ich einen Anruf per Handy. Colorful Clouds erzählt stolz, der Mann sei keine kleine Ente, sondern ein Student, der ihre Schönheit und Eleganz bewundere. Sie will ihn zum Abendessen einladen.

Eine halbe Stunde später treffe ich meine Freundinnen Lulu und Beibei in einem Teehaus. Wieder klingelt mein Handy.

»Stell dir vor! Kaum zu fassen, daß man in Peking derart unhöflich ist!« Es ist Colorful Clouds.

»Was ist passiert?«

»Der Kellner kam und fragte: ›Möchten Sie und Ihr Sohn bestellen?‹ Wie kann er es wagen!« Sie ist wütend. »So alt sehe ich bestimmt nicht aus! Ich benutze jeden Tag Estée Lauder!«

»Vielleicht war der Kellner nur eifersüchtig auf deinen Freund«, versuche ich sie zu beschwichtigen.

»Vielleicht!« wiederholt Colorful Clouds schon fröhlicher.

Nachdem ich aufgelegt habe, fragen Beibei und Lulu: »Wer war das?«

»Colorful Clouds«, gestehe ich.

»Die Frau, die sich für Gong Lis Doppelgängerin hält, dabei aber doppelt so dick ist?« fragt Beibei.

»Die Bäuerin, die denkt, sie könne Aristokratin werden, indem sie ihren eigenen amerikanischen Enkel heiratet?« fragt Lulu.

Beide mögen Colorful Clouds nicht.

Ich weiß nicht recht, was ich sagen soll. Ich betrachte Colorful Clouds nicht als Freundin, aber sie ruft mich dauernd an. Und ich wage es aus Angst vor möglichen Repressalien nicht, diese unermüdliche Klatschtante abzuweisen.

Gegen Mitternacht werde ich durch ihren Anruf geweckt.

»Niuniu, hilf mir! Ich bin beraubt worden!«

»Wo bist du?« frage ich mitleidig.

»In einem Hotelzimmer. Wir sind nach dem Essen hierhergegangen, um es zu tun, aber ich wollte vorher noch duschen. Als ich aus der Dusche kam, war er weg. Und meine Handtasche und mein Geld waren auch weg! Bitte komm, und hol mich ab.«

Ich seufze und schelte mich: Das ist der Preis dafür, daß du zu unsensiblen Leuten wie Colorful Clouds nicht nein sagen kannst. Nun mußt du den Ärger ausbaden, den sie sich selbst eingebrockt hat.

»Und bring was zum Anziehen mit! Er hat sogar meine Kleider gestohlen!« ruft Colorful Clouds noch.

Wahrscheinlich denkt er, sie könnten seiner Mutter gut passen, feixe ich im stillen, während ich das Haus verlasse. Dabei verfluche ich Colorful Clouds beharrliche Weigerung, sich endlich ihrem Alter entsprechend zu benehmen.

14
Junge Revolutionäre

Ein typischer Samstagmorgen. Ich bin in Lulus Apartment. Wir haben ein Workout nach Cindy Crawfords Aerobic-Video absolviert und sind in der Sauna im neuen Clubhaus gewesen. Nun lehrt mich Lulu *baotang*, Suppe kochen nach Kanton-Art. Suppe ist das A und O der kantonesischen Küche. Die Kantonesen halten Suppe für ein Allheilmittel, das im menschlichen Körper erstaunliche Dinge bewirken kann. Lulu erzählt: »Mein Vater kommt aus Kanton. Er sagte immer, eine gute Ehefrau müsse *baotang* lernen. Kontonesen werfen alles mögliche in ihren Suppentopf. Sie glauben, daß Schlangensuppe Fieber senken und Schildkrötensuppe die Potenz steigern kann.«

Baotang dauert, manchmal über drei Stunden. Die Frau muß sehr geduldig sein. Lulu ist extrem geduldig, während sie die Suppe kocht. Sie träumt davon, dem Mann, den sie liebt, eine gute Ehefrau zu sein, aber ein so simpler Traum ist schwer zu erfüllen. Immer wieder trifft sie auf verlogene verheiratete Männer.

Während wir Suppe kochen, kommt Beibei mit einem Stapel Musikvideos und Livekonzerten auf DVD. »Ihr

Süßen, ich brauche euch zum *cehua*, wie wir die neueste Band unserer Agentur herausbringen können, die Young Revolutionaries.«

Cehua ist eines der neuesten chinesischen Wörter. Als Verb bedeutet es planen, promoten, publizieren, ein bestimmtes Image kreieren. Als Substantiv benutzt man es für diejenigen, die in diesen Bereichen arbeiten. Ein *cehua* kann der Leiter einer Werbekampagne sein, ein Filmproduzent oder ein Marketingdirektor – Berufe, die die Marktwirtschaft hervorgebracht hat.

Beibei setzt mich und Lulu gelegentlich als die *cehua* ihrer Klienten ein.

»Laß es uns machen wie immer. Erst Gesichtspflege, dann *cehua*«, sagt Lulu, während sie ins Badezimmer geht, um die nötigen Utensilien zu holen.

Wir genehmigen uns alle drei eine Gesichtsmaske. Ich wähle Seegras, Beibei Schlamm und Lulu Milch und Mandel. Unsere Gesichter haben alle unterschiedliche Farben, als seien wir drei Hexen mit unterschiedlichen Kräften. Wir essen frische Pfirsiche, lümmeln uns auf dem Sofa und gucken Musik-DVDs.

Als ich Sting einsam und stolz in *Desert Rose* sehe, denke ich wieder an Len. In dem Video sitzt Sting allein auf dem Rücksitz eines Jaguar-Cabrios und läßt sich bei Höchstgeschwindigkeit durch die Wüste chauffieren, während der Wind sein Haar zerzaust. Ich habe mich immer gefragt, wohin er wohl fährt und wen er dort treffen wird. Diese geheimnisvolle und sexy Aura, die Sting in diesem Video anhaftet, vermittelt mir immer dasselbe Gefühl, das ich mit Len hatte. Eines Tages fuhren wir in seinem Jaguar auf dem Highway, als Len den Wagen plötzlich neben der Straße anhielt und mich küßte. In diesem Augenblick fühlte ich mich wie die Frau, die meiner Meinung nach in dem Video fehlt. So müßte dieses Video eigentlich ablaufen, dachte ich.

Und lange Zeit dachte ich immer sofort an Len, sobald ich einen Jaguar sah. Dieser Len, der auf die verrückte, spontane Idee kam, den Wagen plötzlich am Straßenrand anzuhalten, um mich leidenschaftlich zu küssen – dieser Len war es dann aber auch, der mir eines Tages, nachdem er mich schon so viele Male geliebt hatte, plötzlich sagte: »Verliebe dich nicht in mich. Wenn du mich liebst, werde ich dich hassen. Ich kann es einer Frau niemals verzeihen, daß sie mich liebt.« Diese Ankündigung kam aus dem Nichts und traf mich wie ein Schlag. Was war so schlimm daran, geliebt zu werden, und warum hatte Len solche Angst davor? Ich fragte mich, was in seiner Vergangenheit geschehen war, das es ihm so schwer machte, sich von jemandem lieben zu lassen.

Aber jetzt bin ich bei meinen Freundinnen. Ich bin glücklich und zuversichtlich und habe Spaß. Ich sage mir: Du brauchst diese perverse, selbstzerstörerische Leidenschaft und den Schmerz nicht mehr.

Nachdem wir Eminem mit *My Name Is* gesehen haben, verkündet Beibei: »Ich glaube, ich habe meine Inspiration gefunden. Nach diesem Musik-Cocktail habe ich eine Idee für die Young Revolutionaries.«

»Wie willst du sie denn charakterisieren?« erkundige ich mich.

»Eine Prise Rebell, eine Prise Faulenzer und eine Prise Bürgerschreck«, antwortet Beibei mit listigem Lächeln.

»Nicht schlecht. In der heutigen Zeit des Zynismus ist es unmöglich, kein Rebell zu sein«, stimmt Lulu zu.

»Ich finde, sie sollten etwas von der jugendlichen Hingabe der Backstreet Boys haben, aber auf keinen Fall so ein ›bad boys‹-Image. Immerhin braucht diese Generation noch Vorbilder«, sage ich.

»Warum soll diese Generation Vorbilder brauchen? Das finde ich überhaupt nicht. Heutzutage kümmert sich doch jeder einen Dreck um andere Dinge oder Menschen. Wir brauchen Bilderstürmer, keine Vorbilder«, kontert Lulu tiefsinnig.

Beibei nickt. »Das stimmt, niemand glaubt mehr an irgend etwas. Jeder kann diese oberflächlichen, verlogenen Aufschneider durchschauen!«

»Aber gerade weil es nichts mehr gibt, an das man glauben kann – findest du da nicht, daß die Leute erst recht Idole brauchen?« frage ich zurück.

»Was meinst du damit?« will Beibei wissen.

Ich denke an den momentanen Stellenwert der Religion in China. »Alle rebellieren gegen alles, bis sie am Ende an nichts mehr glauben können. Aber ohne Glauben fühlt sich jeder einsam und ratlos. Wenn die Menschen einsam und ratlos sind, suchen sie verzweifelt nach etwas, an das sie glauben können. Manche wenden sich dann irgendeinem Kult zu, einer Sekte möglicherweise, oder sie sind heiß auf Geld oder Sex oder eine Band. In einer Zeit ohne Glauben ist es für eine Band viel leichter, Fans zu gewinnen und Vorbild zu werden.«

»Du hast ganz recht damit, daß die Leute sich so lange gegen alles auflehnen, daß sie am Ende an nichts mehr glauben. In der heutigen Zeit brauchen wir bestimmt niemanden mehr, der andere zur Rebellion anstiftet. Was wir brauchen, ist etwas Neues, das Hoffnung bringt.« Beibei versteht, was ich meine.

»Deshalb meinte ich, daß die Young Revolutionaries nicht nur alles niedermachen und darauf beharren dürfen, daß Rebellion gut ist. Ziel einer Revolution ist es, eine gerechtere Welt aufzubauen. Nehmt zum Beispiel die Beatles: Sie waren gegen Krieg und gegen Tradition, aber sie wollten Frieden und Liebe. Bob Dylan setzte sich für

Menschenrechte ein. Und P. Diddy läuft heute den New Yorker Marathon, um Geld für Schulen in Armenvierteln zusammenzutreiben. Deine jungen Revolutionäre müssen etwas zu bieten haben«, erkläre ich.

»Es wäre toll, wenn sie beides verkörpern: Protest und Ideale«, fährt Lulu fort.

»Sie sollten nicht so drastisch sein wie diese alten Käuze Black Panther und Tang Dynasty. Heute sieht man keine wütenden jungen idealistischen Proletarier mehr. In einer Marktwirtschaft wollen die Leute leichte Unterhaltung.« Beibei ist sichtlich genervt.

»Was für einen Musikstil spielen sie überhaupt?« erkundige ich mich.

»Pop, Hip-Hop, Rock, Reggae, ein bißchen von allem. Ein Mischmasch. Ich will nicht, daß sie reine Rockmusiker sind, weil die Mehrheit der Chinesen Rock nicht versteht.«

»Warum nicht noch ein bißchen revolutionäre Oper?« schlage ich vor. »Das hat chinesisches Flair, gleichzeitig aber auch satirische Untertöne.«

»Super! Tolle Idee! Warum bin ich nicht selbst darauf gekommen? Niuniu, du solltest unbedingt bei uns arbeiten. Leute, die aus Übersee zurückkommen, sind wirklich anders! Aber ich kann mir dich nicht leisten, die Engländer bezahlen dich zu gut. Ist es nicht traurig, daß unsere talentiertesten Leute für Ausländer arbeiten?«

»Sei doch nicht so nationalistisch. Ich finde nur, du solltest den Young Revolutionaries internationales Flair geben. Reden nicht alle von Globalisierung? Ihre ideale Welt sollte also eine geeinte Welt sein. Laß sie ein Lied darüber singen«, rate ich.

»Genau, das paßt zum Image der Young Revolutionaries.«

»Aber hat das nicht einen zu starken kommunistischen Anstrich? Wenn sie später im Ausland Erfolg haben wollen, könnte das ein Problem werden«, wendet Lulu ein.

»Darüber werden wir uns später Gedanken machen. Vorerst ist der Erfolg in China wichtig. Stars sitzen heutzutage sowieso alle in der Achterbahn, mal geht es rauf, mal runter. Der Ruhm eines Stars hält selten lange an«, belehrt uns Beibei.

»Wie sehen sie denn aus?« will die modebewußte Lulu wissen.

»Gefärbte Haare, gepiercte Ohren, weite Hosen, japanische Samurai-Tätowierungen auf den Armen und umgedrehte Baseballkappen – der typische Stil der Generationen X und Y.«

Ich gebe als erste meinen Kommentar dazu: »Das klingt viel zu abgedroschen – wie ein chinesisches Sammelsurium an diversen ausländischen Bands und Stilrichtungen. Es vermittelt den Eindruck, daß Chinesen nichts anderes können, als zu imitieren. Ich glaube, andere zu kopieren ist ein Ausdruck mangelnden Selbstbewußtseins. Sie sollten einzigartig sein.«

»Ja, das finde ich auch«, stimmt Lulu zu. »Sich so auszustaffieren macht einen noch lange nicht modern. Im Gegenteil, man folgt damit der Herde. Ich finde, die Young Revolutionaries sollten Militärmützen und Gürtel tragen wie damals die Rotgardisten. Auf diese Weise haben sie ihren eigenen revolutionären Charakter.«

»So wie die Designerin Vivienne Tam die chinesische Flagge und Maos Portrait bei ihren Mode-Entwürfen verwendet hat«, füge ich hinzu. »Wie nennt sie es noch gleich? ›China-Chic‹?«

Beibei meint: »Ja, dieses alte Zeug aus der Kulturrevolution ist heute wirklich gefragt. Es ist Chinas ureigener ›Retro-Chic‹.«

Was niemanden zu kümmern scheint: Nur weil Beibeis Agentur die Young Revolutionaries als »einzigartig« oder »rebellisch« brandmarkt, heißt das noch lange nicht, daß sie es auch sind. So allerdings funktionieren die Mechanismen der Marktwirtschaft. Um zu überleben, mußt du der Masse gefallen – selbst wenn das bedeutet, daß du dich selbst verrätst.

15

Und die Größe spielt doch eine Rolle!

Meine Freundin Diana ist halb Engländerin, halb Norwegerin. Mit sechzehn sah sie den Film *Der Liebhaber* nach dem autobiographischen Roman von Marguerite Duras. Diana verliebte sich sofort unsterblich in den Hauptdarsteller, den Hongkonger Schauspieler Tony Leung, der im Film den vornehmen und leidenschaftlichen Liebhaber spielt.

Diana fing an, Chinesisch zu lernen, und träumte davon, eines Tages mit einem Chinesen zusammenzusein: einem Mann mit knackigem Po und unbehaarter, seidiger Haut, der jünger aussah, als er war, und der so treu, vornehm und wohlhabend war wie Duras' Liebhaber. Sie würde mit ihm Chinesisch üben – und er wäre hoffentlich ein guter Koch oder zumindest der Sohn eines guten chinesischen Kochs. Diana liebt chinesisches Essen.

Nach dem College hatte Diana die Chance, ihrem Traum ein ganzes Stück näher zu kommen. Sie wurde in das Pekinger Büro einer gemeinnützigen Organisation versetzt. Nach ihrem Umzug sah Diana häufig ausländische Männer mit ihren chinesischen Freundinnen, aber nur sehr wenige ausländische Frauen mit Chinesen. Die meisten ihrer Freundinnen stehen eben nicht auf asiatische Männer. Gut, sie sieht hin und wieder chinesische Punk-Künstler mit ihren ausländischen Frauen an Orten wie dem Moon House in Haidian herumhängen. Aber die meisten dieser Ausländerinnen sind aus westlicher Sicht unattraktiv. Und solch eine Art von Beziehung erscheint ihr ein wenig wie kollegiales Masturbieren. Die ausländische Frau kommt sich cool vor, weil sie mit einem regimekritischen Künstler verheiratet ist, und der chinesische Künstler ist stolz, weil er cool genug ist, eine Ausländerin zu erobern – und außerdem kann er ein Visum bekommen!

Diana ist entschlossen, das Stereotyp zu brechen und einen chinesischen Mann zu finden. Zu ihrer großen Enttäuschung ist dies jedoch nicht leicht. Bei ihrer Körpergröße von beinahe einem Meter achtzig gibt es kaum Chinesen, die größer sind als sie. Die wenigen, die tatsächlich größer sind, sind meistens Chauvis. Natürlich stellen ihr einige dieser chinesischen Punkrocker und Avantgarde-Maler nach, aber die sind nicht wirklich ihr Typ. Diana sagt, sie seien ihr zu westlich. Sie bevorzuge konservative, häusliche Männer.

Eines Abends trifft sie in der Schiller's Bar einen Mr. Lee, der sich auf Geschäftsreise in Peking befindet. Mr. Lee arbeitet in Hongkong in der Investment-Branche und ist noch viel attraktiver und vornehmer als Tony Leung. Halb Chinese und halb Amerikaner, spricht er sowohl chinesisch als auch englisch fließend. Abgesehen von seiner ungewöhnlichen Größe und der langen westlichen Nase sieht er aus wie ein reinblütiger Chinese mit schwarzem Haar, asiatischen Augen und heller, glatter Haut.

Mr. Lee gesteht Diana, er halte asiatische Frauen nicht für attraktiv, weil er »große Brüste, blonde Haare und intelligente Gespräche« vorziehe – wobei er nicht weiter erläutert, mit welcher Priorität. Diana kann ihm all dies bieten. Er sagt: »Zu viele Asiatinnen sind flachbrüstige materialistische Dumpfbacken.« In der Ausländercommunity von Peking hat Diana so viele Asien-Fetischisten kennengelernt – Männer aus dem Westen, die vom »Gelbfieber« gepackt waren –, daß Mr. Lees Aussage wie Musik in ihren Ohren klingt.

Mr. Lee fliegt jedes Wochenende von Hongkong nach Peking, um sich dort mit Diana zu treffen. Jedesmal bringt er ihr hübsche Geschenke mit, von Parfüm bis hin zu Schmuck. Sie unterhalten sich angeregt und dinieren bei Kerzenschein, aber er küßt oder berührt sie nie. Diana ruft mich danach immer an und sagt: »Wow, Chinesen sind ja so viel konservativer als westliche Männer! Er wird einen guten Ehemann abgeben.«

Vier Monate vergehen, und Mr. Lee behandelt Diana stets mit Respekt. Sie beschließt, die Initiative zu ergreifen.

An einem Samstagabend, nachdem Mr. Lee sie ins St. Regis Hotel zum Essen ausgeführt hat, lädt Diana ihn ein, die Nacht in ihrer Wohnung im Künstlerviertel Maizidian zu verbringen. Mr. Lee lehnt nicht ab.

In Dianas Wohnung fragt er höflich: »Darf ich mit dir schlafen?«

»Ja«, erwidert Diana euphorisch. Schon so lang hat sie auf diese Nacht gewartet!

»Hast du ein Kondom?«

»Ja, habe ich.« Diana hat vorausgeplant und schon am Nachmittag eine Schachtel Kondome gekauft.

Ihre Leidenschaft steigert sich allmählich, bis plötzlich das Unerwartete passiert. Das Kondom paßt nicht: es ist zu klein. »Tja, dieser Teil meines Körpers ist amerikanisch, nicht chinesisch«, meint Mr. Lee grinsend. »Die Chinesen denken ja, daß beim Mann die Größe der Nase auf die Größe seines Spechts schließen läßt, und bei meiner großen Nase kommt das wirklich hin.«

»Oje, wenn die Kondomgröße nicht stimmt, frage ich mich, wie andere Ausländer in Peking das bewerkstelligen. Müssen die immer Kondompackungen von zu Hause mitbringen?« Diana ist frustriert. »Können wir es nicht ohne Kondom machen?« fragt sie Mr. Lee.

»Nein, das geht nicht. Meine Frau sagt, ich muß ein Kondom tragen, wenn ich mit anderen Frauen zusammen bin.«

»Wie bitte? Du bist verheiratet?« Diana ist so schokkiert, daß erst nach etwa einer Minute der Ärger in ihr aufsteigt.

»Ja«, antwortet Mr. Lee ganz ruhig und ohne eine Spur der Verlegenheit.

Diana wird richtig wütend. »Was hast du dann hier zu suchen?«

»Viele Männer in Hongkong haben *xiao mi* – Mätressen auf dem Festland. Wo liegt das Problem?«

»Wie kann deine Frau es zulassen, daß du Affären hast?«

»Meine Frau versteht das – sie toleriert es. Wenn andere *taitais* in Hongkong mit Affären umgehen können, dann kann sie es auch.«

»Aber wie ist es möglich, daß du mit einer Frau aus Hongkong verheiratet bist? Du hast doch gesagt, du fändest Asiatinnen nicht attraktiv, weil sie zu materialistisch sind!«

»Das Gute an materialistischen Frauen ist, daß sie sich mehr um ihr Taschengeld kümmern als um deine Affären. Solange sie bei Pacific Place ihre Handtaschen von Prada und Sonnenbrillen von Gucci kaufen kann, ist sie glücklich.«

Diana erträgt es nicht länger. Sie wirft Mr. Lee aus ihrer Wohnung. Dann ruft sie mich an und erzählt mir alles haarklein. Sie sagt: »Niuniu, ich bin diesem chinesischen Kondomhersteller ja so dankbar, daß er mich davor bewahrt hat, Mr. Lees neueste Festlandgeliebte zu werden.«

»Willst du immer noch einen Chinesen zum Mann?« frage ich am Telefon.

Sie hält eine Sekunde inne, dann sagt sie: »Wie heißt es auf chinesisch? *Couhe* – sich arrangieren? Vielleicht ist einer dieser regimekritischen Künstler ja doch nicht so schlecht.«

16
Ximu zeigt sein wahres Gesicht

Ich schreibe an einem Artikel über ein kleines Dorf im Süden Chinas, dessen Bewohner Drogenhandel betreiben, und kehre von meiner Reise dorthin nach Peking zurück. Noch bevor ich mein Haus betrete, sehe ich, daß das Nummernschild meines Jeeps abgerissen wurde. Außerdem sind Kratzspuren am Kotflügel zu entdecken, und auf der Windschutzscheibe liegt eine vergammelte Bananenschale. Ein offensichtlicher Akt von Vandalismus. Meine Mutter Wei Mei hatte anscheinend recht damit, daß es nicht sicher ist, sein Auto an einem *hutong* zu parken. Seit meinem Auszug aus der Diplomatenwohnanlange ist dies allerdings das erste Mal. Aber in einem Land, in dem die Menschen alle einmal gleich arm waren, ist es wohl schwer, die Reichen nicht zu hassen. Ich bin nicht reich, ich besitze nur ein Auto. Was, wenn es nicht ein Auto gewesen wäre, frage ich mich, sondern ein Pferd, ein lebendes, atmendes Tier – hätte es dann dieselbe Mißhandlung erleiden müssen?

Ich öffne das Gartentor und bin überrascht, Lulu in der Pergola unter den Weinranken sitzen zu sehen. Was macht sie in meinem Garten? Muß sie heute nicht arbeiten?

Sie trägt ein Jackett im chinesischen Stil mit hochgeschlagenem Kragen, und das Haar hängt ihr in wilden Strähnen ums Gesicht. Auf dem Tisch steht eine offene Flasche Reiswein. Sie trinkt aus der Flasche und rauft sich wieder die Haare.

»Lulu, was ist los?« Ich weiß sofort, daß es etwas mit Ximu zu tun haben muß.

Lulu hebt den Kopf, ihre Augen stehen voller Tränen. Sie beißt sich auf die Lippe. Ihr Gesichtsausdruck ist kalt, hart und haßerfüllt.

Plötzlich steht sie auf und öffnet eine große bunte Keksschachtel, die neben ihr auf dem Stuhl steht. Sie ist voller Asche.

Ich bekomme einen Riesenschreck.

»Ich habe all meine Tagebücher verbrannt«, zischt Lulu. »Was habe ich all die Jahre geschrieben? Immer nur von Ximu. Wie sehr ich ihn liebe, ihn verstehe, auf ihn warte, ihn akzeptiere, ihn bewundere, ihn verehre, sein treuester Fan bin. Wenn er mich verletzte, ging ich nach Hause, bis der Schmerz verheilt war, und danach ging ich wieder zu ihm, um mich erneut verletzen zu lassen. Um mich herum wanderten die Frauen inzwischen nach Übersee aus, heirateten, verdienten Geld, machten Karriere. Und ich? Außer ihm gab es nichts für mich. Ich dachte immer, meine Liebe sei so groß, aber jetzt erkenne ich, daß diese Liebe nur ein Witz war. Ich bin ein Witz.«

»Lulu, sag mir, was dieser Mistkerl dir angetan hat!« Ich halte ihre Hand und sehe Lulu besorgt und bekümmert an.

»Dieser Mann ist es nicht einmal wert, zusammengeschlagen zu werden.« Sie winkt ab und schüttelt heftig den Kopf.

»Nun sag schon, was passiert ist«, dränge ich sie.

»Was passiert ist?« Lulu lacht eisig. »Etwas, das ich schon vor langer Zeit hätte herausfinden sollen. Ich war eine Idiotin, daß ich ihm geglaubt habe. Er sagte, die Ehe mit seiner Frau sei gescheitert, und das habe ihm fürs Leben gereicht. Er sagte, er sei ein Künstler. Künstler brauchten Inspiration durch die Körper verschiedener Frauen, deshalb könne er nicht monogam sein. Und ich habe diesen Schwachsinn geglaubt! Ich habe ihm voller Bewunderung zugehört. Ich akzeptierte es, daß er verheiratet blieb und mit anderen Frauen herummachte. Er lebte mit anderen Frauen, und sogar das habe ich toleriert. Ich sagte mir, daß erfolgreiche Männer eben Freiraum brauchen.«

»So erfolgreich ist er nun auch wieder nicht! In Frankreich zu studieren ist doch nichts Besonderes! Und wie es aussieht, hat er es dort ja zu nichts gebracht und mußte deshalb nach China zurückkehren.«

»Manchmal sprach er stundenlang von seinen Träumen und Plänen. Er sagte, von allen Frauen sei ich die einzige, die ihn versteht. Ich fühlte mich so geschmeichelt. Ich hörte aufmerksam zu, ich applaudierte ihm. Wenn Ximu Sartre ist, dachte ich, dann kann ich seine Simone de Beauvoir sein. Es spielte keine Rolle, daß wir nicht heirateten. Unsere Liebe hatte solch weltliche Aspekte längst überwunden.«

»Hast du nie gemerkt, daß das alles nur Ausflüchte waren? Ein Mann erzählt alle möglichen romantischen und schmeichelhaften Dinge, um eine Frau ins Bett zu kriegen«, schelte ich meine Freundin.

»Wenn Menschen lieben, wenn sie wirklich abgöttisch lieben, dann sind sie dumm. Erinnerst du dich an Jeremy Irons in *Verhängnis*? Er spielte einen erfolgreichen Politiker. War der etwa nicht dumm? Und am Ende hatte er aufgrund seiner Liebe überhaupt nichts mehr. Manche Menschen sind wie Dämonen – wie diese Anna in *Verhängnis* –, und sie zu lieben ist dasselbe, wie Gift zu schlucken. Wie rasiermesserscharfe Felsen zu erklimmen und in einem Meer aus Flammen zu baden.«

Sie zu lieben ist dasselbe, wie Gift zu schlucken. Sind Beibei und ich nicht genauso? Seit Vorsitzender Hua sie betrog, glaubt Beibei nicht mehr an die Liebe. Und ich? Meine Vergangenheit mit Len ist wie ein schlafender Dämon. Ich spreche mit niemandem darüber.

»Die Psychologen sagen, daß einige Arten der Liebe krankhaft sind, eine unkontrollierbare Obsession«, sage ich.

»Vielleicht gehöre ich ja zu den Frauen, die schnell süchtig werden«, sagt Lulu. »Die Frau, über die Ricky Martin in *Livin' La Vida Loca* singt, ist eine teuflische Frau, die die Männer nach ihrer Pfeife tanzen läßt. Beibei wirft mir oft vor, daß ich, obwohl ich hübsch bin, mir keinen Mann suche, der nach meiner Pfeife tanzt. Aber ich verstehe es einfach nicht, Männer zu manipulieren. Und ich überlasse es meinen Freundinnen, sich meinen Kopf zu zerbrechen.«

Lulu schluchzt kurz auf. Dann erzählt sie die Geschichte weiter: »Neulich war Ximu über einen Monat lang verschwunden. Ich vermißte ihn so sehr, vermißte seinen üppigen Bart, seine feurigen Augen, seine Leidenschaft und Wildheit im Bett. Also rief ich seine Handynummer an. Aber er meldete sich nicht. Ich weiß, ich hätte nicht anrufen sollen, weil er das nicht mag. Und dann klingelte plötzlich mein Telefon, und eine Frau fragte, ob ich nach Ximu suche.

Ich fragte, wie sie an meine Telefonnummer gekommen sei, und sie sagte, ihr Name sei Liu Hong und daß Ximu nicht da sei. Sie verwahre sein Handy für ihn und habe dort meine Nummer gesehen. Da wußte ich plötzlich, wer sie ist: diese in China aufgewachsene Japanerin, mit der Ximu in einer Wohnung wohnt. Ximu hatte mir gesagt, an ihr sei nichts Besonderes, aber sie habe eine gute Figur und könne gut rechnen. Da es um seine Rechenkünste schlecht bestellt sei, brauche er sie, um seine Bücher zu führen, also lebe er mit ihr zusammen.

Liu Hong sagte, sie sei Ximus Frau. Dann fragte sie mich, ob ich Lulu sei. Ich fragte: ›Woher kennen Sie meinen Namen?‹ Sie antwortete: ›Mein Mann erzählt oft von Ihnen, er schwärmt geradezu. Ihr Name ist mir schon lange geläufig.‹ Ich fragte: ›Sie sind mit ihm verheiratet? Warum hat Ximu mir nichts davon gesagt? Ist er nicht immer noch mit dieser Französin verheiratet?‹ Sie sagte: ›Sie haben sich vor zwei Jahren scheiden lassen, und wir sind seit fast einem Jahr verheiratet. Wir feierten Hochzeit in meiner Heimatstadt Nikko. Sogar der Bürgermeister der Stadt kam und sagte, unsere Ehe sei ein Symbol der chinesisch-japanischen Freundschaft. Hat Ximu Ihnen wirklich nichts davon erzählt? Im Moment ist er in Hongkong, um mir einen großen Diamantring zu unserem ersten Hochzeitstag zu kaufen. Wenn er zurückkommt, werde ich ihn gleich fragen, wie er es nur vergessen konnte, seine Freundin Lulu derart zu übergehen!‹ Dann fragte sie mich, ob ich eine Nachricht für ihn hätte, aber ich sagte nichts und legte einfach auf.

Ich dachte, sie lügt, nur um mir eins auszuwischen. Sie ist wütend, weil Ximu mich mehr liebt als sie. Außerdem liebt Ximu seine Freiheit und wollte nie wieder heiraten – und selbst wenn, dann würde er nicht diese gewöhnliche Frau nehmen, die immer so auf ihre japanische Herkunft pocht. Und warum sollte Ximu etwas so Kitschiges tun und einen Diamantring kaufen? Er macht Frauen nie

Geschenke. Mir hat er nie irgendwelche Geschenke gemacht. Er sagte, das sei gewöhnlich.

Ein paar Tage später tauchte der verschollene Ximu bei mir auf. Wir trieben es wie die Wilden. In jener Nacht hatte ich acht Orgasmen und das Gefühl, mit den Engeln zu fliegen. So, als würde ich gleich sterben. Später hörten wir Yo-Yo Mas Cellosuiten, zündeten Kerzen an, tranken französischen Wein, nahmen ein Schaumbad. Wir waren erschöpft. Vorher, in unserer Wildheit, hatten wir keine Chance gehabt zu reden. Nun, da wir ruhig wurden, schmiegte ich mich in seinen Arm und fragte: ›Wo warst du? Ich habe dich so vermißt!‹ Er sagte: ›In Hongkong.‹ Als ich das hörte, dachte ich, zumindest hat Liu Hong in dieser Hinsicht nicht gelogen.

Dann fragte ich Ximu, warum er nach Hongkong gereist sei. Er sagte, er habe etwas kaufen müssen. Und als ich das hörte, blieb mir fast das Herz stehen. Stimmte es vielleicht doch? ›Hast du eigentlich wieder geheiratet?‹ Ich fragte es scheinbar beiläufig und sah ihn an und dachte, er würde nein sagen. Aber sein Gesicht wurde hart. ›Wer hat dir davon erzählt?‹ wollte er wissen.

Ich war wie vor den Kopf geschlagen, meine Gedanken wirbelten nur so herum. Es war viel zu einfach. Sein Gesicht und seine Reaktion hatten alles verraten. Er war tatsächlich wieder verheiratet! Aber warum? War er nicht ein Freigeist? Warum hatte er sich heimlich scheiden lassen und dann wieder geheiratet? Warum mußte er mich hintergehen? Ich hob den Kopf und sah ihn durch den Wasserdampf hindurch an. Ich brachte keinen Ton heraus. Dieser Mann, der sich gerade mit Leib und Seele mit mir vereint hatte, war nichts weiter als ein verabscheuungswürdiger Betrüger. Ich schüttete ihm den Inhalt meines Weinglases ins Gesicht, sprang tropfend aus der Wanne und lief weinend zum Bett.

Er eilte mir nach und bekniete mich, seine Erklärung anzuhören. Er sagte, auch wenn er verheiratet sei, würde das unsere Beziehung nicht im geringsten beeinträchtigen. Er habe Liu Hong seine Liebe zu mir gestanden, und Liu Hong würde es verstehen. Er schlug vor, wir könnten zu dritt zusammenleben.«

»Er will eine Ehefrau haben und dich als Geliebte? Für wen hält der sich eigentlich? Das ist ja widerlich!« rufe ich.

Lulu schnaubt: »Der denkt wohl, er sei ein Kaiser, der sich einen Harem halten kann! Verdammt noch mal, manche Männer sind wirklich zu eingebildet!«

»Er wurde nur so unverschämt, weil du ihn verwöhnt und verdorben hast. Als er sich deiner sicher fühlte, hat er dich als selbstverständlich betrachtet und nicht mehr ernst genommen. Du mußt ihn verlassen!« Zur Bekräftigung schlage ich mit der Faust auf den Tisch.

»Endlich hat er mir sein wahres Gesicht gezeigt. Und ich kann mich endlich von ihm lösen, weil ich schon anfange, ihn zu verachten. Aber ich verstehe noch immer nicht, warum er Liu Hong geheiratet hat, nachdem er doch immer sagte, ich sei diejenige, die er liebe. Sind die Worte eines Mannes wirklich nur Schall und Rauch?«

Lulu ist vor lauter Ärger ganz erschöpft. Sie schließt die Augen und schmiegt sich in meinen Arm. Ihr Gesicht ist tränenüberströmt. Ich nehme ein Papiertaschentuch und wische es vorsichtig trocken.

»Niuniu, sag mir: Werden amerikanische Frauen von den Männern auch so ausgenutzt?« flüstert sie.

Ich seufze. »Um ehrlich zu sein: Amerikanerinnen verwöhnen ihre Männer nicht so, wie du es getan hast. Sie nehmen es nicht hin, wenn die Männer sie betrügen. ›Wenn du mich nicht gut behandelst, dann lasse ich mich scheiden. Die Hälfte deines Vermögens gehört mir!‹ So sind die Amerikanerinnen.«

»Sie haben so viel Selbstachtung! Ich wünschte, ich wäre in den Staaten geboren!«

»Aber ich glaube, auch amerikanische Frauen wären am Boden zerstört und täten sich ebenso schwer, der Wahrheit ins Auge zu sehen«, füge ich tröstend hinzu.

17
Der Wahrsager

Lulus fünfjährige Beziehung mit dem selbsternannten Freigeist Ximu ist endlich vorbei. Aber wie kann man der neurotischen Lulu wieder auf die Beine helfen?

Ich erzähle Lulu von mir. Nachdem Len mich abserviert hatte, empfahl mir mein Psychiater, mich auf meine Begabungen und meine Karriere zu konzentrieren und so mein Selbstbewußtsein wieder aufzubauen. Vielleicht würde das jetzt auch Lulu guttun.

Beibei und ich stellen einen »Kampfgenossinnen-Rettungsplan« auf. Als erstes kaufen wir Lulu einen Computer, weil wir hoffen, daß sie mit dem Schreiben anfangen wird. Alle, die Lulu kennen, sind sich darin einig, daß sie schriftstellerisches Talent hat. Sie kann herzzerreißende Liebesgeschichten erzählen. Außerdem ist sie sexy, arbeitet in der Modebranche und weiß, wie man vor der Kamera posiert. Damit erfüllt sie alle Voraussetzungen für eine *meinu zuoja*, eine hübsche Schriftstellerin, abgesehen vom Wichtigsten: ein bereits veröffentlichtes Buch. Beibei regt Lulu an, Liedtexte für ihre Sänger zu schreiben. Für 5.000 Yuan, also etwa 600 US-Dollar pro Song. Keine schlechte Quote für das Anfangsstadium unseres *chuji jieduan*, der »ersten Stufe des Sozialismus«! (So bezeichnet die Kommunistische Partei das derzeitige politische System in China.) Ich kontaktiere RedSkirt.com, die sich anbieten, Lulu an den Wochenenden als Redakteurin ihres Modekanals zu engagieren. Lulu wird so viel zu tun haben, daß ihr keine Zeit bleiben wird, Ximu nachzutrauern.

Nachdem alles arrangiert ist, laden Beibei und ich Lulu zum Essen zu Shun Feng an der Dritten Östlichen Ringstraße ein. Ich schlage vor, eine Psychiaterin mitzubringen, meine Bekannte Dr. B., aber Beibei hält einen Wahrsager und Feng-Shui-Meister eher für angebracht. Sie bringt Meister Leuchtender Mond mit.

Leuchtender Mond stammt aus der alten Hauptstadt Xi'an und ist auf taoistische Metaphysik und Mystik spezialisiert. Schon als Junge verließ er seine Familie, um Tao-Priester zu werden. Es heißt, er sage die Zukunft von Regierungsbeamten und berühmten Persönlichkeiten voraus. Am bekanntesten ist die Geschichte von einer Goldmedaillengewinnerin namens Wendy.

Bevor Wendy im Jahr 2000 zu den Olympischen Spielen in Sydney aufbrach, war sie aufgrund starker Rückenschmerzen tief frustriert und demotiviert. Meister Leuchtender Mond erklärte, sie werde hundertprozentig gewinnen, wenn sie in Sydney immer auf der linken anstatt auf der rechten Seite schliefe. Wendy folgte seinem Rat, und ihre Rückenschmerzen verschwanden. Sie gewann Gold.

So wie in Hollywood kuriose spirituelle Lehren, wie etwa die Kabbala, in Mode sind, ist es bei chinesischen Popstars heutzutage in, sich mit Wahrsagern und Mönchen zu umgeben. Man munkelt, dies sei der Grund, warum sich gewisse kantonesische Popstars jahrelang an der Spitze der Charts halten können.

Viele Stars verehren den Tao-Meister Leuchtender Mond. Er berechnet 1.000 Yuan pro Stunde, mehr als ein Psychologe, und dennoch übertrifft die Nachfrage das Angebot. Man muß mindestens einen Monat warten, um einen Termin bei ihm zu bekommen. Außerdem nimmt er nur Klienten, die ihm persönlich empfohlen wurden. Um sich bei Beibei einzuschmeicheln, verzichtete eine von Beibeis Sängerinnen, Lan Huahua, auf ihren eigenen Termin bei Leuchtender Mond.

Zuerst berechnet der Meister Lulus und Ximus *bazi*. Das sind die »acht Zeichen«, die sich aus Jahr, Monat, Tag und Stunde der Geburt eines Menschen ermitteln lassen und gemäß chinesischer Astrologie Aufschluß über sein Schicksal geben. Er zählt irgend etwas an seinen Fingern ab und erklärt, daß der um fünfzehn Jahre ältere Ximu mit dem Element Feuer geboren worden sei, Lulu hingegen mit dem Element Metall. Metall schmilzt im Feuer, damit beherrsche Feuer Metall, sagt Meister Leuchtender Mond. Überdies hätten die beiden seiner Berechnung nach inkompatible Raum-Komponenten, so daß ihre Trennung vorherbestimmt gewesen sei.

Als nächstes bittet Leuchtender Mond unsere Freundin, ihre Wohnung zu beschreiben und sie zu skizzieren.

Lulu zeichnet den Grundriß und die Möbel auf eine Serviette. Leuchtender Mond mustert den Entwurf durch seine kleinen Brillengläser, dann schüttelt er den Kopf. Er sagt, Lulus Bett stehe falsch. Erstens sei es von Osten nach Westen ausgerichtet, während das magnetische Feld von Norden nach Süden verlaufe. Somit werde sie jede Nacht im Schlaf durch das magnetische Feld zerteilt. Zweitens stehe das Bett in der südöstlichen Ecke des Raumes, neben dem Fenster. Das sei nicht abgeschirmt genug; das Bett müsse mehr Entfernung zum Fenster haben. Außerdem sei für Lulus Element als ideale Bettposition der Südwesten empfohlen. Der Südosten hingegen stehe bei ihr unter einem schlechten Stern. Überdies schlägt Meister Leuchtender Mond vor, daß Lulu zum Ausgleich ihres Elements Metall ein Goldfischglas, einen

Tischbrunnen oder ähnliches in ihrem Zimmer aufstellen solle, um den Raum durch mehr Wasser zu stärken.

»Wasser löscht Feuer. Sie brauchen die Hilfe des Wassers«, erklärt Leuchtender Mond ruhig.

Dann deutet er auf ein Muttermal auf Lulus Wange. »Sie müssen diesen Leberfleck unter dem Auge entfernen lassen. Es ist ein Mal des Weinens und wird Ihnen viele Tränen bringen. Außerdem tragen Sie gern Schwarz, aber Schwarz bringt Ihnen Unglück. Ihr ›Yin‹ ist stark genug ausgeprägt. In Zukunft sollten Sie mehr bunte Kleidung tragen. Und am besten schlafen Sie auf einem roten Kopfkissen.«

Lulu hört sich alles an und lächelt.

Am Ende ermahnt sie der Meister noch: »Sie sollten aus ganzem Herzen dankbar sein und die Götter ehren. Ohne Glauben werden die Dinge nur schlimmer. Ich empfehle Ihnen, nach Xiang He in Hebei zu reisen und dort der asketischen heiligen Frau des Tao Ihren Respekt zu erweisen. Sie hat das wahre Licht empfangen: Acht Jahre nach ihrem Tod ist ihr Körper noch immer nicht verwest. Wenn Sie sie sehen, werden sie verstehen, daß alle Dinge, die im Dunklen liegen, längst vorherbestimmt sind.«

Lulu nickt fortwährend.

»Was halten Sie vom Buddhismus?« frage ich den Meister.

»Ich unterscheide nicht zwischen Buddhismus und Taoismus. Jeder Glaube ist mit allen anderen verbunden.« Bevor er geht, überreicht Leuchtender Mond mir ein Exemplar vom *Buch der Wandlungen*. »Nehmen Sie es und lesen Sie. Ich kann sehen, daß Sie zu jenen gehören, die verstehen.«

Lulu folgt all seinen Empfehlungen und installiert den Computer, den Beibei und ich ihr geschenkt haben. Sie beschließt, den Schmerz hinter sich zu lassen, den Ximu verursacht hat. Sie schreibt mir eine E-Mail: »Ich will wie der Phönix sein: aus der Asche meines eigenen Körpers aufsteigen und neu geboren werden.«

18

Chinas letzter Aristokrat

Der fünfunddreißigjährige Weiwei ist ein Freund meiner Familie und behauptet oft, Chinas letzter Aristokrat zu sein. Wenn die Regierung und die Medien die »edle Gesinnung« preisen, sagt er: »Wißt ihr, was China am meisten fehlt? Edle Menschen. Es gibt zu viele Bauern und zu viele Neureiche, die sich mit Rolex-Uhren und Goldketten behängen. Edle Gesinnung aber steckt einem im Blut. Man kann sie nicht kaufen. Ich bin der letzte chinesische Aristokrat.« Obwohl ich nicht sicher bin, daß diese letzte Behauptung stimmt, kann ich seiner Kritik an der modernen chinesischen Gesellschaft nur beipflichten.

Wie bei meiner Mutter Mei fließt auch in Weiweis Adern mandschurisches Blut. Weiweis Großvater war einer der berühmtesten Sprachwissenschaftler Chinas und Herausgeber vieler chinesischer Standardlehrwerke für die Universität. Weiweis Vater ist ein berühmter Dichter und Übersetzer. Als der amerikanische Poet Allen Ginsberg im Jahr 1984 China bereiste, war er bei Weiweis Vater zu Gast.

Der langhaarige Weiwei ist ein gescheiterter Maler und Musiker. Früher saß er oft den ganzen Tag in seinem Zimmer und schwang den Taktstock zur klassischen Musik, die er hörte, oder er nahm durch seine Gemälde Kontakt mit Van Gogh auf. Neuerdings arbeitet er als Aushilfs-DJ in einer Techno-Bar namens The Loft. Diese Bar wurde von einem chinesischen Brüderpaar gestaltet, die beide Performance-Künstler sind. Sie erinnert mich an diese Bars in Manhattan, die aussehen wie metallene Lagerhallen.

»Niuniu, du kommst zurück nach China und rufst mich gar nicht an! Wie ich höre, gehst du dauernd auf Partys und hängst jede Nacht in Bars und Discos herum. Stimmt das?« begrüßt mich Weiwei im Haus meiner Mutter.

»Das sind nur Gerüchte. Ich arbeite hart, um dem Volk zu dienen«, sage ich und lege die Hand aufs Herz.

Weiwei lacht. »Du kennst immer noch die alten chinesischen Parolen! Aber wenn es um Partys geht, bin ich dir weit voraus. Heutzutage hat jeder Geld, um auszugehen und zu feiern. Ich aber habe mich schon in den Achtzigern in Bars und Discos amüsiert, als es noch ein Privileg der Reichen war. Damals seid ihr Kids der Siebziger noch in Windeln rumgelaufen!«

»Und du bist immer noch der alte Aufschneider«, necke ich Weiwei.

»Niuniu, du warst damals klein und kannst dich nicht erinnern. Mitte der Achtziger verkaufte ich mein erstes Bild an einen Japsen. 3.000 Yuan in ausländischen Devisen, das war damals so viel wie heute eine Million. Wir schlossen den Handel im Hotel Shangri-La, und der Japs brachte mich in einem Toyota Crown nach Hause, dem damals besten Taxi in China. Zuerst kaufte ich ein Paar Nike-Turnschuhe. Dann, in meinen neuen Nikes, lud ich all meine Freunde in die Disco im Peace Hotel ein, die damals total in war. Der Preis für ein Gedeck betrug pro Person 150 Yuan, das weiß ich noch genau. Später gingen wir dann immer in die Disco vom Kunlun Hotel. Und danach trafen wir uns in der Disco Nightman!«

»Im Nightman? Wer geht denn da noch hin?« frage ich spöttisch.

»Lästere nicht über das Nightman, nur weil es nicht so trendy ist wie das Rolling Stone oder das Hard Rock oder all die anderen Discos, die von Amerikanern eröffnet wurden. In den Achtzigern war das Nightman phantastisch. Nur die besten und feinsten Leute gingen dort mit den Diplomaten ein und aus. Wenn du mir nicht glaubst, frag deine Mutter Mei. Allerdings muß ich zugeben, daß das Nightman heute seine beste Zeit hinter sich hat.«

»Echte Helden prahlen nicht über vergangene Taten. Erzähl mir, was du in letzter Zeit so gemacht hast«, bitte ich den geschwätzigen Weiwei.

»Zu viele Frauen sind hinter mir her. Kunststudentinnen, Musikstudentinnen, Theaterstudentinnen, Filmstudentinnen, Medizinstudentinnen und großnasige Sprach- oder Kulturstudentinnen. Sie verfolgen mich den ganzen Tag und sagen, sie wollen mit mir leben, mich heiraten. Warum hängen die Frauen heute wie Kletten an einem dran? Ich sage ihnen, ich hätte absolut keinen Respekt und täte bestimmt alles, um sie ins Bett zu kriegen. Ich sage, ich sei verantwortungslos, unzuverlässig, würde jeden Augenblick meine Meinung ändern und nichts erreichen, und trotzdem bleiben sie mir auf den Fersen. Sie sagen, sie schätzen meine Ehrlichkeit. Wie es scheint, haben nur wenige Männer in China aristokratische Tugenden. Deshalb wollen alle mich.«

Weiwei prahlt gerne damit, daß die Frauen hinter ihm her seien. Aber ich weiß nie, ob das nur seine Einbildung ist oder tatsächlich die Wahrheit. Sicher gibt es Frauen, die Dampfplauderer wie Weiwei mögen, andere bevorzugen eher den stillen Typ. Ich denke an Len. Er ist das genaue Gegenteil von Weiwei: ruhig, zurückhaltend, extrem zuvorkommend bis hin zur Unterwürfigkeit. Aber vielleicht sind seine Höflichkeit und Demut nur eine bessere Art der Prahlerei?

»Ich habe gehört, du kennst dich gut mit Computern aus. Stimmt das?« frage ich Weiwei.

»Nein. In letzter Zeit stehe ich mehr auf Autos«, erwidert er. »Audi, Shanghai Buick und Guangzhou Honda repräsentieren jeweils deutsche, amerikanische und japanische Eigenart. Deutsche Autos haben europäisches Prestige und Qualität. Amerikanische Wagen sind geräumig, weil es dort so viele Dicke gibt. Japanische Autos sind sparsam im Verbrauch, zuverlässig und gut für alle mit kleinem Portemonnaie. Mein Lieblingsauto ist übrigens der BMW Z8.«

»Der kleine Zweisitzer, den James Bond fährt?«

»Dieser Wagen ist aufregend, sexy und voller Leidenschaft, ein vollkommen neues Konzept. Ein reiner BMW, nicht irgend so ein Mischtyp. Breite Räder, kleiner Kofferraum, bequemer Fahrersitz. Als ich ihn das erste Mal sah, wollte ich gleich reinspringen. Die Karosserie ist aus einer Aluminiumlegierung, die hinteren Stoßdämpfer aus stoßfestem Polyurethan. Der Z8 beschleunigt von null auf hundert in weniger als fünf Sekunden. Aus einer Fahrgeschwindigkeit von hundert Stundenkilometern kann er in weniger als zweieinhalb Sekunden stoppen. Verdammt, unsere chinesischen Autos kommen da nicht mal annähernd dran!« Weiwei klingt wie ein versierter Autohändler, der einen Verkauf tätigen will.

»Wie bist du zu so viel Geld gekommen, daß du dir einen Z8 leisten kannst?« frage ich nach.

»Im Moment betreibe ich immer noch mit eigener Muskelkraft mein altes, verdeckloses, zweirädriges Gefährt.«

»Ein Fahrrad?« Ich schmunzle.

Weiwei lacht.

»Woher weißt du dann so viel über den Z8, daß du ihn anpreist wie deine beste Freundin?«

»Ich habe ihn bei der Internationalen Motormesse gesehen.« Weiwei hält es wie fast alle Männer in Peking. Wenn sie mit Computern spielen wollen, gehen sie zur Computermesse. Wenn sie mit Autos spielen wollen, gehen sie zur Autoausstellung. Sie kennen die neuesten und teuersten Auto- und Computermodelle, ja, sogar Flugzeuge, aber zu Hause haben sie nichts davon. Weiwei, der selbsternannte Aristokrat, hat nicht mal einen richtigen Job.

»Wenn der Hauptgeschäftsführer von BMW wüßte, wie du dich mit kostenloser Werbung für sein Auto geradezu überschlägst, würde er sich freuen.«

»Ich sage nur, wie es ist. Abgesehen davon, können normale Leute diese Art von Klasse gar nicht richtig schätzen. Nur aristokratisch geprägte Menschen wie ich können das Konzept des Z8 begreifen. Man hört oft, das Auto sei eine Verlängerung deines Körpers. Deshalb kommen chinesische oder japanische Autos für mich nicht in Frage. Später will ich entweder einen Jaguar fahren oder einen BMW der 7er-Serie oder höher. Ich würde mich nicht so weit erniedrigen, irgendein anderes Auto zu fahren.«

»Was ist mit Mercedes?« frage ich.

»Ein Mercedes ist etwas für große Bosse. Für mich zu konventionell. Außerdem besitzen alle Neureichen in China einen, das wird allmählich langweilig. Einen Mercedes-Sportwagen könnte ich allerdings in Erwägung ziehen.« Das einzige, woran es Weiweis bei seinem aristokratischen Geschmack fehlt, ist Geld.

Manchmal ist es schwer zu sagen, ob Weiwei das alles ernst meint oder ob er nur Spaß macht. Doch er sorgt stets für Unterhaltung und ist ein sehr guter Freund.

19

Der zukünftige Präsident

Meine nur acht Jahre ältere Stiefmutter Jean Fang und ich sind Freundinnen. Das finden manche kurios. Um sich meinen Vater Dr. Chen zu angeln, konvertierte die aus der Stadt Dalian stammende Jean zum Christentum.

Als Ehefrau meines Vaters verhält sie sich seinen Angestellten gegenüber oft herrisch und herablassend. Sie liebt es, vor den Arbeitern und Sekretärinnen ihren Status herauszukehren, und droht ihnen mit Strafen, falls sie nicht hart genug arbeiten. Sie meint das nicht wirklich ernst, sie genießt nur ihre Macht und liebt es, sie auszuspielen. Viele Menschen fühlen sich in ihrer Gegenwart unwohl. Dann kommen sie zu mir und bitten mich, mit ihr zu reden. Doch Jeans aggressive Art stört mich nur wenig, weil ich schon zu viele Chinesen erlebt habe, die genauso sind. Man nennt es *xiaorendezhi*: kleine Menschen ergreifen triumphierend ihre Chance.

Nach der Scheidung lebte mein Vater viele Jahre allein. Er hat guten Geschmack, von der Kleidung bis hin zu den Menschen. Nun, da er Jean als die Richtige auserkoren hat, muß ich davon ausgehen, daß sie, abgesehen von ihrem modelhaften Äußeren, noch andere Qualitäten hat. Als seine Sekretärin hat sie jahrelang treu und zuverlässig für ihn gearbeitet.

Vor einiger Zeit beschloß Jean, in die Staaten zu fliegen, um dort Englisch zu studieren. Sie fand eine Sprachenschule in Manhattan und mietete dort in der Nähe für 2.000 Dollar im Monat ein Apartment. In einem Monat wird sie abreisen.

»Aber du kannst doch auch in China Englisch lernen«, sage ich ihr am Telefon, »mit einem Muttersprachler. Dazu mußt du nicht den ganzen Weg nach New York fliegen! Warum willst du dafür Heim und Herd und Ehemann zurücklassen?«

»Ich habe es dir noch nicht gesagt, Niuniu: ich bin schwanger.« Jean flüstert fast am anderen Ende der Leitung, als könne jemand unser Gespräch belauschen.

»Dann ist es sogar noch verrückter! Du solltest an das Baby denken und eine so lange Reise vermeiden.«

»Aber Niuniu! Siehst du denn nicht, daß ich dabei gerade an das Baby denke! Muß ich dir extra erklären, daß mein Sprachstudium nur ein Vorwand ist? Der eigentliche Grund für meine Reise ist, daß das Baby in Amerika geboren werden soll!« Nun schreit Jean fast und vergißt ihre vorherige Vorsicht.

»Ach, ich verstehe! Du willst, daß mein Halbbruder oder meine Halbschwester *meiguo huzhao* bekommt!« Endlich kapiere ich. *Meiguo huzhao* bedeutet wörtlich »schützende Dokumente eines schönen Landes« und bezieht sich damit auf – den amerikanischen Paß! Viele neureiche Chinesen wollen ihre Kinder unbedingt in den Staaten zur Welt bringen. Um die amerikanische Einwanderungsbehörde auszutricksen, beantragt die werdende Mutter das Geschäfts- oder Studentenvisum, wenn sie erst im zweiten oder dritten Monat schwanger ist.

Jean erwidert: »Genauso ist es, Kindchen. Du kannst dir nicht vorstellen, wie sehr es nervt, einen chinesischen Paß zu haben! Jedesmal, wenn wir verreisen, ist es so ein Aufwand! Als wir letztens nach Brasilien flogen, bekam dein Vater mit seinem amerikanischen Paß sofort ein Visum. Aber zu mir sagte der Beamte dort unten, ich solle einen Zwanzigdollarschein in meinen chinesischen Paß legen, sonst gäbe es mit dem Visum Schwierigkeiten. Ich dachte, dein Vater und ich sehen beide chinesisch aus – warum soll es also nur wegen des unterschiedlichen Passes Schwierigkeiten geben? Ich legte keine zwanzig

Dollar hinein. Da bekam ich kein Visum. Am Ende mußte ich denen das Geld dann offen zustecken, um ins Land zu kommen.

Ein anderes Mal war es noch demütigender. Ich reiste mit einem Touristenvisum in die USA. Ein anderer Chinese und ich waren die einzigen, deren Gepäck am Zoll durchsucht wurde. Der Zollbeamte öffnete meinen Koffer, durchwühlte ihn und hielt meine beiden neuen Spitzen-BHs in die Höhe. Im Koffer war ein heilloses Durcheinander, aber er hatte noch immer nicht genug. Er fragte, ob meine Rolex echt sei. Ich sagte ja, ich hätte zehntausend Dollar dafür bezahlt. Dann wollte er wissen, wieviel Bargeld ich dabeihätte. Ich sagte neuntausend Dollar. Da befahl er, daß ich es ihm vorzähle! Nun hatte ich das Geld aber in meiner Unterwäsche versteckt – wie fast alle Chinesen, die verreisen. Ich wußte nicht, was ich machen sollte. Ich sagte, ich könne das Geld nur vor einer weiblichen Beamtin zählen. Da ging er weg, und ich zog schnell meine Hose aus, um das Geld zu holen. Gerade als ich sie wieder anziehen wollte, kam er mit einer dicken Frau an seiner Seite zurück. Ich habe mich so geschämt, weil ich nur halb angezogen war! Später schwor ich mir: Mein Baby soll amerikanischer Staatsbürger sein, damit es überall auf der Welt ungehindert reisen kann und nicht solche Demütigungen erleiden muß wie ich. Auch wenn ich keine Amerikanerin bin, kann ich dafür sorgen, daß ich die Mutter eines amerikanischen Kindes werde.«

Jean ist nicht die einzige Chinesin, die heiß auf einen amerikanischen Paß ist. Ob gut oder schlecht, sei dahingestellt – Tatsache ist, daß die Chinesen seit über hundert Jahren versuchen, China den Rücken zu kehren. In den Augen vieler Chinesen ist ein amerikanischer Paß nicht einfach ein Paß – er ist ein Ideal, ein Statussymbol, ein Schlüssel zur Freiheit.

»Aber mein Vater ist amerikanischer Staatsbürger. Da wird sein Kind es doch automatisch auch sein«, wende ich ein.

»Wie ich gehört habe, können aber nur in den USA Geborene zum Präsidenten gewählt werden«, entgegnet Jean.

»Ich wußte nicht, daß du derart ehrgeizige Pläne hast«, necke ich sie.

»Man kann nie wissen. Ich bin einfach überzeugt, daß es gut für mein Kind ist, in Amerika zur Welt zu kommen. Aber selbst dann habe ich noch andere Sorgen.«

»Welche?«

»Seine Ausbildung. Ich will, daß es in Amerika zur Schule geht. Nun habe ich aber gehört, daß die Schulen in den USA sehr nachlässig arbeiten. Einige Kinder meiner Freundinnen können in Peking dem Mathematikunterricht nicht mehr folgen, nachdem sie ein paar Jahre in den Staaten waren. Außerdem fürchte ich, wenn ich einen Jungen bekomme, daß er dort von den weißen Jungen zusammengeschlagen wird und auch keine Freundin bekommt. Abgesehen davon ist das amerikanische Englisch nicht das echte.« Jean klingt wie eine typische chinesische Gluckenmutter.

»Dann schick dein Kind doch nach England, damit es Oxford-Englisch lernt«, schlage ich vor.

»In England ist man sehr konservativ und voller Vorbehalte gegenüber Einwanderern. Ich fürchte, mein Kind wird dort sehr verunsichert werden, genau wie deine Freundin CC«, jammert Jean.

»Was ist mit Australien oder Kanada? In beiden Ländern ist man sehr offen gegenüber Einwanderern.«

»Aber die Schulen und Universitäten dort sind nicht so angesehen wie in Amerika oder England. Mein Kind wird denen gegenüber benachteiligt sein, die in den USA studiert haben.« Jean scheint extrem hohe Ansprüche zu stellen.

»Ich kann nicht fassen, daß du derart snobistisch bist!«

»Nicht ich bin snobistisch. Die chinesische Gesellschaft ist es. Taiwan, Hongkong und auf dem Festland: Es ist überall dasselbe!« klagt Jean.

»Was wäre so schlecht daran, wenn mein kleiner Bruder oder meine Schwester in China bliebe?« will ich wissen.

»Du bist in China aufgewachsen und weißt doch selbst, daß der Konkurrenzdruck an chinesischen Schulen schrecklich ist. Außerdem soll mein Kind Englisch als Muttersprache haben.«

»Wie wäre es dann mit dem Kindergarten in England, damit es Oxford-Englisch lernt, der Internationalen Grundschule in China für eine solide Grundausbildung in Mathematik, dem Gymnasium in Kanada oder Australien, um dort andere Immigranten kennenzulernen, und einem Studium schließlich in den USA – für das von dir ersehnte Prestige.«

»Ja! Perfekt!« Meinen ironischen Unterton hat Jean offenbar völlig überhört. »Niuniu, du bist so schlau. Solch eine Ausbildung wird deinen Bruder zum Weltbürger machen. Erst neulich habe ich in den Fernsehnachrichten gehört, wie Präsident Hu Jintao darüber sprach, globale Talente zu fördern. Tja, sieh nur: Ich bin eine gute Chinesin, die genau den Wünschen der Kommunistischen Partei nachkommt!«

20

Eine coole Mutter

Im stillen denke ich: Himmel, Jean ist genauso überkandidelt wie meine Mutter. Offenbar steht mein Vater auf diesen Typ Frau.

»Was macht Mei denn so in letzter Zeit?« fragt Jean mich über meine Mutter aus.

»Sie ist viel zu Hause.«

»Oh. Wie ich höre, organisiert sie aber doch so ein chinesisch-amerikanisches Forum für Frauen im 21. Jahrhundert«, bohrt Jean nach.

»Davon weiß ich gar nichts«, erwidere ich überrascht.

»Ach ja, es kursieren immer viele Gerüchte«, sagt Jean.

»Nun, es interessieren sich eben sehr viele Leute für sie.«

»Das stimmt. Ständig hat sie irgendein Projekt. Ich kann mir gar nicht vorstellen, daß sie mal zu Hause sitzt und nur auf die Kinder aufpaßt. Sie plant wahrscheinlich gerade eine große Sache.«

»Meinst du?«

»Bestimmt. Neulich habe ich gehört, als Mei jung war, habe sie ausgesehen wie die Popsängerin Faye Wong«, plappert Jean weiter.

»Ach ja?«

»Sie sind beide groß, mit dichten, dunklen Brauen, mandelförmigen Augen und geheimnisvoller Ausstrahlung. Außerdem haben sie dieses für Pekinger Frauen so typische Wilde und Ungestüme. Ich schätze, diese Art Frau ist für Männer besonders attraktiv.«

»Jean, warum interessierst du dich so für meine Mutter?« Es scheint mir ein ganz anderer Grund hinter diesem Anruf zu stecken.

»Manchmal glaube ich, dein Vater liebt sie noch immer«, gesteht sie mir endlich.

»Sei nicht albern, meine Mutter hat jetzt drei Kinder. Und du? Du bist jung und hübsch und gebildet und hast gar keinen Grund, eifersüchtig zu sein.«

»Ich bin nicht eifersüchtig. Ich bewundere sie nur. Ich weiß, dein Vater wird mich nie so lieben, wie er deine Mutter geliebt hat. Wann immer er von ihr spricht, liegt Bewunderung in seiner Stimme. Er hat ihr gegenüber keinerlei Ressentiments. Ich komme mir fast vor wie die zweite Frau des berühmten Architekten Liang Sicheng, die immer im Schatten der ersten Frau lebte, der schönen und beliebten Lin Huiyin.«

»Wie kannst du meine Mutter mit Lin Huiyin vergleichen? Meine Mutter wurde als Schulmädchen aufs Land geschickt, um auf einem Bauernhof zu arbeiten. Sie hat nie studiert, weder in China noch in den Staaten.« Ich versuche, Jean zu trösten.

»Hör auf damit. Sie hat zwar keinen Hochschulabschluß, aber sie spricht englisch wie eine Amerikanerin, und allein deshalb bewundere ich sie. Ich habe schon etliche Male den TOEFL-Test gemacht, aber sobald ich mit einem Ausländer spreche, fange ich an zu zittern.«

»Sie hat eben ein Talent für Sprachen, das ist alles.«

»Jedesmal, wenn ich deinen Stiefvater John treffe, sagt er: ›Ich wüßte nicht, wie ich ohne Mei leben sollte. Sie ist wahrlich ein Geschenk des Himmels.‹ Und so weiter.«

»Amerikaner übertreiben gern, das weißt du doch.« Von so vielen verunsicherten modernen Chinesinnen umgeben zu sein hat mich zur Expertin für Beruhigungsfloskeln werden lassen.

»Es ist jedenfalls erstaunlich, wie sie es schafft, von so vielen Männern bewundert zu werden. Du solltest dir ein Beispiel an ihr nehmen, Niuniu.«

Ja. Das sollte ich. Wei Mei ist Ende Vierzig und Mutter

dreier Kinder, aber sie sieht aus wie Mitte bis Ende Dreißig und ist immer noch sehr attraktiv.

Alle sagen, ich hätte eine coole Mutter. Sie weiß genau, was sie will. Mutter kann nichts überraschen. Sie ist eine Mischung aus Han und Mandschu und besitzt jene gesunde, natürliche Schönheit hart arbeitender und stoisch ihr Unglück ertragender Proletarier, die im China der Fünfziger als Ideal galten.

Während der Kulturrevolution waren meine beiden Großeltern Schauspieler in der revolutionären Oper. Sie sympathisierten mit der Viererbande und gehörten zu jenen Intellektuellen, die in der Gunst der Partei standen. Als alle anderen jungen Leute ihres Alters nach der Schule aufs Land oder in die Armee geschickt wurden, bekam meine Mutter durch die Verbindungen ihrer Eltern eine Stelle als Verkäuferin in einer der Genossenschaften im Westen von Peking. Zu jener Zeit war das eine der besten Stellungen überhaupt. Später arbeitete sie als Küchenhilfe in einem Gefängnis. Aber sie blieb weiterhin in der Stadt und hatte immer genug zu essen, was zur damaligen Zeit auch nicht schlecht war.

Von meiner Großmutter hörte ich, daß meine Mutter gegen Ende der Kulturrevolution eines der berüchtigten »Punkmädchen« von Peking wurde.

Als ich sie fragte, was das bedeute, antwortete sie: »Punkmädchen waren damals einfach Mädchen, die mehr Mut besaßen als andere, buntere Kleider trugen und die es wagten, mit Jungen zu sprechen. Zu jener Zeit war das wirklich eine große Sache. Und deine Mutter war so eine. Sie war sorglos und eigenwillig und traute sich, Zöpfe zu tragen, was damals ein Zeichen eher kleinbürgerlicher Gesinnung war.«

Meine Großeltern waren damals den ganzen Tag damit beschäftigt, »mit dem Volk zu kämpfen«, und hatten deshalb keine Zeit, sich um ihre einzige Tochter zu kümmern.

Meine Mutter heiratete Fan Wen, der sehr unter der Kulturrevolution gelitten hatte. Großmutter erzählte mir, daß Fan Wens Vater, Fan Yingchun, aus einer wohlhabenden alten chinesischen Adelsfamilie stammte und Ende der Dreißiger nach Amerika gegangen war, um Metallurgie zu studieren. Dort traf er Fan Wens Mutter, die aus Frankreich stammende Studentin Marguerite. Sie interessierte sich für asiatische Kultur, war selbst halb Chinesin und vergötterte Fan Yingchun. Fan Wen wurde 1945 in Minnesota geboren.

Nach der Gründung der Volksrepublik China sagte Fan Yingchun, der den Kopf voller revolutionärer Ideen und Ideale hatte, er wolle nach China zurückkehren und seinem Vaterland dienen. Seine französische Frau weigerte sich, doch Fan Yingchun war fest entschlossen. Für den Aufbau seines Landes zerstörte er seine Familie und nahm den kleinen Fan Wen, der zu jener Zeit nur Englisch und Französisch sprach, mit zurück in sein Heimatland.

Später, während der Kulturrevolution, wurde Fan Yingchun, der mit seinem Mischlingskind aus Übersee gekommen war, für einen amerikanischen Spion gehalten. Er wurde tagelang von der Roten Garde verprügelt, und nach all den Erniedrigungen und Qualen verlor er jegliche Hoffnung und nahm sich selbst das Leben.

Ohne seinen Vater lebte der schüchterne Fan Wen allein auf den Straßen von Peking. Er wurde beschimpft und geschlagen, litt Hunger und Kälte, war schwach und schmutzig, trieb sich überall herum, aber sein Chinesisch wurde von Tag zu Tag besser. Eines Tages ging er in den Genossenschaftsladen, um Tee zu kaufen, und begegnete dort meiner Mutter.

Großmama sagt, sie sei überrascht gewesen, daß Mutter sich in ihn verliebte. Sie erzählt: »Deine Mutter war wild und furchtlos. Fan Wen war schüchtern und still, freundlich, schmuddelig und tolpatschig und viel älter als deine Mutter. Ich war gegen die Heirat, aber deine Mutter war eine Rebellin. Sie rannte weg. Und du bist genau wie sie, eine kleine Rebellin!« Großmama stupst mich an der Nase.

»Erzähl mir mehr«, bettle ich.

Deng Xiaoping kam an die Macht, die Gesetze wurden gelockert, und Fan Wen verließ mit seiner jungen Frau Wei Mei das Land, um in Amerika seine Mutter zu suchen. Zu jener Zeit wußte Fan Wen nur, daß sie Marguerite hieß. Er wußte aber nicht, wie sie aussah.

Marguerite hatte wieder geheiratet. Ihr zweiter Mann war ein erfolgreicher irischer Psychiater. Sie hatten zwei Söhne und eine Tochter, alle bereits erwachsen, und lebten im wohlhabenden Städtchen Tiburon nahe San Francisco.

Marguerite war sehr freundlich zu Fan Wen und Wei Mei. Sie erzählte, daß sie Fan Yingchun tief in ihrem Herzen immer noch liebe und ihn lange beweint habe.

Um ihn für seine Leidenszeit in China zu entschädigen, mietete Marguerite ihrem Sohn und der Schwiegertochter ein Haus und meldete sie zu einem Sprachkurs für Erwachsene an. Außerdem überwies sie 10.000 Dollar auf ihr Konto, damit Fan Wen studieren oder ein Geschäft eröffnen könne.

Mei und Fan Wen führten ein typisches Immigrantenleben. Sie studierten, arbeiteten, paßten sich an, kämpften, klagten, fluchten und ergaben sich in ihr Schicksal.

Doch an Weihnachten änderte sich alles.

In den Siebzigern traf man in den Staaten nur sehr selten auf Festlandchinesen. Marguerites drei Kinder kamen an Weihnachten zu Besuch nach Tiburon und sahen ihren Halbbruder Fan Wen zum erstenmal. Mark, der Zweitälteste, brachte seinen taiwanesischen Kollegen Dr. Chen Siyuan mit, einen Dozenten am Massachusetts Institute of Technology, damit Fan Wen und Mei mit einem chinesischen Landsmann reden konnten. Ich habe meinen Onkel Mark nie kennengelernt, aber ohne ihn gäbe es mich überhaupt nicht. Aus diesem Grund würde ich ihn eines Tages sehr gerne treffen und ihm danken.

Mei war schon immer eine gute Köchin gewesen. Sie kochte für Marguerites gesamte Familie ein chinesisch-amerikanisches Festessen, von dem alle hellauf begeistert waren. Ihre Apfeltorte und die gebratenen Klöße sowie ihre Schönheit und Güte hinterließen bei allen einen tiefen Eindruck.

Vor allem bei Marks Freund Chen Siyuan, der eine Schwäche für gutes Essen hatte. Vielleicht gilt das alte chinesische Sprichwort »Um einen Mann zu gewinnen, mußt du seinen Gaumen verwöhnen« ja doch. Für Mei war es nie ein Problem, einen Mann zu finden. Vielleicht sollte ich einfach besser kochen lernen? Nein, ich verwerfe diesen Gedanken sofort wieder. Lulu ist eine hervorragende Suppenköchin, aber in der Liebe hatte sie bisher wenig Glück. Vielleicht war es auch ihre Stärke, mit der Mei den Taiwanesen Chen Siyuan für sich gewann. Chen Siyuan selbst ist ein schwacher Mensch. Bis heute kann ich mir schwer vorstellen, wie er Mei den Hof machte und dabei riskierte, als Ehebrecher zu gelten. Was war die treibende Kraft? Mir sagte mein Vater einmal, ihn fasziniere einfach die aufrichtige, unverblümte Art der nordchinesischen Frauen. Die habe er bei den verschämten Südchinesinnen nie erlebt. Er sagte: »Nordchinesische Frauen sind anders als andere Chinesinnen. Sie sind stark und lassen dich wissen, was sie wollen – nicht wie die Frauen, die ihre Spielchen spielen und dich immerzu im ungewissen lassen.«

Mei erzählte mir, daß sie und Fan Wen sich in Amerika auseinandergelebt hätten. Er wollte immer, daß sie sich um alles kümmerte. Wenn er Schwierigkeiten bekam, versteckte er sich hinter Mei. Monatelang nahm er Fahrstunden, unterzog sie sich aber nie einer Prüfung. Mei hingegen erhielt nach nur acht Stunden hinter dem Steuer ihren Führerschein und begann, als Lieferantin für ein chinesisches Restaurant zu arbeiten. Eigentlich war Mei der Mann im Haus.

Da Fan Wen sich nur schwer in seiner neuen Heimat zurechtfand, stritt er sich oft mit Mei über Kleinigkeiten. Und obwohl der gutaussehende und belesene Chen Siyuan meine Mutter mit seiner ehrlichen Zuneigung tief beeindruckte, brachte sie es nicht übers Herz, den armen Fan Wen zu verlassen.

Schließlich entdeckte Marguerites Sohn Mark ihr Geheimnis. Er setzte sich für ihre Liebe ein und reiste extra aus Massachusetts nach Hause, um mit seiner Mutter zu reden. Als Marguerite erkannte, daß Mei ihren Sohn nicht länger liebte, hatte sie ein Einsehen. Drei Tage und drei Nächte lang sprach sie mit Fan Wen. Er drehte beinahe durch, willigte aber schließlich in die Scheidung ein. Auf diese Weise wurde Mei zu Mrs. Chen, und 1977 kam ich zur Welt, als Kind der Leidenschaft. 1983, als ich sechs war, wurde Vater als Auslandsvertreter von Hewlett Packard nach Peking versetzt.

In Peking half meine Mutter ausländischen Firmen bei der Eröffnung ihrer Niederlassungen. Sie organisierte Empfänge für ausländische Botschaften und initiierte chinesisch-amerikanische Städtepartnerschaften. Fernsehmoderatoren, Diplomaten, Geschäftsführer ausländischer Firmen und Kulturattachés waren oft bei uns zu

Gast. Mutter war rund um die Uhr beschäftigt, und ihre Macht und ihr Einfluß waren allgemein anerkannt. Die chinesische Regierung verlieh ihr sogar einen Preis und bezeichnete sie als Kulturbotschafterin zwischen Ost und West. Ich bewundere sie wirklich für ihre Energie, doch ich selbst habe weder ihren Ehrgeiz noch ihre gesellschaftliche Gewandtheit geerbt.

Verglichen mit Mutter, kann ich mit mehr Beziehungen zu verschiedenen Männern aufwarten, weil meine Generation mehr sexuelle Freiheit genoß. Ich besitze jedoch nicht die umfangreiche Lebenserfahrung meiner Mutter. Len, ein einziger Mann also, konnte mein ruhig dahingleitendes Leben schon durcheinanderbringen. Mutter hat es nie zugelassen, daß Männer oder deren Liebe ihr Leben bestimmen.

Im Jahr 1989, als ich elf war, ließen meine Eltern sich plötzlich scheiden. Bis heute ist mir der Grund dafür ein Rätsel. Sie halten ihn geheim. Enge Freunde vermuten, daß sie sich wegen politischer Differenzen trennten. 1989 war das Jahr, in dem viele chinesische Studenten in Peking gegen die Regierung protestierten. Vielleicht erinnern Sie sich an das berühmte Bild des einzelnen Studenten, der mit einer Einkaufstüte in der Hand eine Karawane von Panzern aufhielt, weil er sich weigerte, aus dem Weg zu gehen. Aber selbst ein so vergängliches Ereignis wie das auf dem Platz des Himmlischen Friedens sollte es nicht schaffen, zwei Menschen auseinanderzureißen, die sich lieben, oder? Wie konnten sie es der Politik erlauben, derart in ihr Privatleben einzudringen? Es ist dumm. Meine Eltern haben nie gestritten. Sie trennten sich in aller Freundschaft. Keiner von beiden hat mir je eine befriedigende Erklärung geben können. Sie sagten nur, sie hätten ihre unterschiedlichen Ziele im Leben erkannt. Mutter zog mich dann allein groß, aber richtig allein war sie nie, denn es gab genug Bewunderer, die ihr den Hof machten. Mir brachten sie Bonbons oder Schokolade mit, um mich für sie einzunehmen. Die vielen Besucher bei uns zu Hause haben mich aber nur gestört, und ich genoß es sehr, ruhige Zeiten bei meinem Vater zu verbringen. Er nahm mich auf Ausflüge in die Berge oder zum Zelten mit.

Später heiratete meine Mutter einen weißhaarigen Amerikaner, den Generalbevollmächtigten einer Ölgesellschaft aus Texas. Der alte Mann ist groß und dünn, gebildet und fünfzehn Jahre älter als sie. Ich nenne ihn Big John. Als Mutter vierzig war, brachte sie meine Halbschwestern zur Welt. Sie gehen jetzt auf die Beijing International School, gleich neben dem Holiday Inn am Lido. Mutter und Stiefvater Big John leben im Stadtteil Riviera Villas in der Nachbarschaft von Stars und Inhabern multinationaler Konzerne.

Obwohl wir Mutter und Tochter sind, könnten wir verschiedener nicht sein: Mei ist ungeheuer praktisch veranlagt. Sie liebt Macht und Status eines Mannes mehr als den Mann selbst. Ich bin das genaue Gegenteil: romantisch und sentimental. Ich will einen Mann um seiner selbst willen lieben. Aber ich kann nicht leugnen, daß Mutter mit ihrer Art mehr Erfolg bei Männern hat als ich.

Mein Vater blieb mehr als zehn Jahre Single. Ich hatte immer das Gefühl, daß er meine Mutter mehr liebte als sie ihn. Wenn ich ihm das sagte, meinte er jedoch, das sei meiner Mutter gegenüber unfair. Vater konzentrierte sich nach der Scheidung voll und ganz auf sein Geschäft. 1992 verließ er Hewlett Packard und gründete mit einigen Kollegen Chen's Computer Company, die Computerteile für Amerika und Taiwan produziert.

Inzwischen besitzt er in China mehrere Fabriken. Vor zwei Jahren heiratete er seine ehemalige Sekretärin Jean

Fang. Wie zuvor bei Mei faszinierten ihn ihr starker Wille und ihre aufgeschlossene Persönlichkeit. Dieser Typ Frau scheint ihm sehr zu liegen.

21

Politisches Rendezvous

Ich habe einen männlichen Bewunderer. Es ist der umwerfend aussehende Professor Yuan, der in Chicago studierte und als Aushängeschild für Chinas Neue Linke gilt.

Wir lernten uns bei einer Lesung im New China Bookstore kennen. Er brauchte keine lange Bedenkzeit und schickte mir gleich am nächsten Tag einen Brief. »Gute Erziehung, gute Ausbildung, gutes Aussehen, klug und interessant: Heute habe ich meine Venus getroffen. Ich fühle mich wie Goethes junger Werther. Mein Leiden kam, als sie verschwand.«

In den nächsten zwei Wochen faxte er mir jeden Tag Liebesbriefe zu, in denen er Plato, Hegel und Shakespeare zitierte. Ich finde das zwar leicht idiotisch, aber trotzdem süß. Meine Mutter drängt mich, mit ihm auszugehen. »Die Leute sagen, Yuan sei in der Politik so etwas wie ein Star. Wer weiß, vielleicht wird er eines Tages Präsident.«

Ich nehme also seine Einladung zum Essen an. Nicht, weil ich etwa interessiert daran wäre, Chinas First Lady zu werden! Ich will meine Vergangenheit mit Len hinter mir lassen. Es ist ein Jahr her, seit ich nach China zurückkam. Manchmal fühle ich mich einsam, wenn ich junge Paare auf der Straße sehe. Es wird langsam Zeit für eine Verabredung.

Weder Professor Yuan noch ich konnten voraussehen, daß unsere Verabredung zu einer heftigen politischen

Debatte zwischen einer Liberalen und einem Anhänger der Neuen Linken ausufern würde.

Im Moment liefern sich die Liberalen und die Neuen Linken in China eine ideologische Schlammschlacht. Grundsätzlich ist es so, daß die Liberalen proamerikanisch und die Neue Linke antiamerikanisch eingestellt ist. Die Neue Linke bezeichnet die Liberalen als »Lakaien des Imperialismus« und als *hanjian*, chinesische Verräter, während die Liberalen die Neue Linke als einen Haufen fremdenfeindlicher Verrückter und Opportunisten beschimpft.

Professor Yuan und ich trinken Drachenbrunnentee im Restaurant Kongyiji, das nach einer Erzählung des bedeutenden chinesischen Schriftstellers Lu Xun über einen verarmten Intellektuellen benannt ist, und der Professor fragt: »Interessieren Sie sich für Politik?«

»Natürlich.«

»Großartig. Ich liebe Frauen, die sich für Politik und Fußball interessieren!« Professor Yuans Augen leuchten vor Leidenschaft. Eine Stunde lang schwelgt er im Fachjargon: »Neuer Orientalismus«, »Multipolarität«, »Postkolonialismus«, »Globalisierung« und »Kampf der Kulturen«.

Ich nicke immerzu und denke: Er sieht heiß aus. Ich werde mir sein Politikgeschwafel eine Weile anhören und dann versuchen, ein romantischeres Thema anzuschneiden.

Yuan plappert eifrig weiter: »Manche Leute nennen mich einen Vertreter der Neuen Linken. Ich mag das nicht, weil Chinas Neue Linke sich an die Ärsche irgendwelcher intellektuellen Versager aus dem Westen hängt. ›Links‹ und ›Rechts‹ sind sowieso ein westliches Konzept. Wenn sie mich schon als irgend etwas titulieren müssen, dann als Mittler des Reichs der Mitte.« Professor Yuan liebt es, über sich selbst zu sprechen.

»Ach ja?« Vielleicht bin ich altmodisch. Vielleicht ist es in Peking heutzutage sexy, über Politik zu reden. Immerhin ist Politik gleichbedeutend mit Macht, das ultimative Aphrodisiakum.

Professor Yuan fährt fort, als predige er seinen Studenten: »Die westliche Kultur ist aggressiv und will sich immer weiter ausbreiten. Das Problem der Christen besteht darin, daß sie ihren Gott für den einzigen halten. Die Kolonialisierung hatte das Ziel, andere von ihrem eigenen Glauben abzubringen und sie statt dessen dem christlichen System zu unterwerfen.«

»Was ist mit der christlichen Wertschätzung der Menschenrechte, des Individualismus und der Freiheit?« frage ich nach, während ich im stillen denke: Er klingt zwar fast so lächerlich wie damals die Parolen der Viererbande, aber der Versace-Anzug steht ihm hervorragend.

»Die Christen schätzen diese Werte nur bei Menschen, die sich ihren christlichen Lehren beugen. Aber für Außenseiter gilt das nicht. Denken Sie daran, wie diese Christen die Indianer behandelten, die Negersklaven und die Ureinwohner ihrer Kolonien!«

Ich denke: Der legendäre Revolutionär Che Guevara ist in China heute hoch angesehen. Versucht Professor Yuan vielleicht den Eindruck zu erwecken, er sei die Reinkarnation des Che, der sich für die Unterdrückten einsetzt? Warum sonst versteigt er sich derart in ein politisches Klischee?

»Sind andere Kulturen denn perfekt? In der chinesischen oder islamischen Kultur gab es auch nicht nur Humanisten«, entgegne ich.

»Der Islam ist zu kompliziert, da kenne ich mich nicht aus. Aber das ungebremste Streben nach Geld im heutigen China resultiert daraus, daß China den Westen blind verehrt«, sagt Professor Yuan. Anscheinend ist China in seinen Augen für keines seiner Probleme selbst verantwortlich.

»Was ist mit der Kulturrevolution?« frage ich nach. Ich hatte nicht erwartet, daß der in Versace gekleidete Professor derart radikal ist. Ich beschließe, mit meinem Fuß doch nicht an seinem Bein hinaufzustreichen.

Professor Yuan präsentiert seine lang vorbereitete Antwort: »Die Kulturrevolution war das Ergebnis davon, daß man westlichem Marxismus und Stalinismus gefolgt ist. Wäre China seinem eigenen Weg des Konfuzianismus und Taoismus gefolgt, dann hätten die Chinesen niemals so viel Schmerz erleiden müssen.«

»Glauben Sie denn, daß es in den alten Zeiten nur friedlich zuging? Waren die meisten Kaiser nicht grausame Tyrannen? Bereits die Legalisten unter Zheng in vorchristlicher Zeit waren totalitär.« Ich denke außerdem an das Füßebinden, an die Palasteunuchen in der Ming-Zeit, an *emie jiuzu* – das Auslöschen gesamter Familien bis in den neunten Grad wegen des Vergehens eines einzelnen Familienmitglieds, an *shougua* – die Sitte, daß eine Frau nach dem Tod ihres Mannes unverheiratet und dadurch »rein« blieb, an *wenzi yu* – die Hinrichtung regimekritischer Schriftsteller, aber ich schweige. Kein Sadomasochismus vor dem Hauptgericht.

»Ich kann nicht leugnen, daß es in der Geschichte Chinas Grausamkeiten gegeben hat, aber in welchem Land war das nicht so? Denken Sie an Amerika, das sich für das zivilisierteste und menschenfreundlichste Land der Welt hält, wo aber noch in den Fünfzigern Rassentrennung herrschte. Ich rede von der kollektiven Kultur Chinas, nicht von der Kultur seiner Herrscher. Die chinesische Kultur der Massen ist tolerant und friedliebend.«

»Aber die Bauernaufstände und die Kämpfe zwischen

den verschiedenen Fürstenhäusern waren keineswegs friedlich!« Ich frage mich, wann Professor Yuan endlich von seiner Rednerbühne herabsteigen und an eine Schlacht zwischen den Bettdecken denken wird. Können eine Liebhaberin und ein Gegner des Westens gemeinsame Leidenschaft im Bett entwickeln? Professor Yuan widerspricht: »In Europa gab es auch blutige Kriege. Nur auf Chinas dunkle Seite zu zeigen ist der Stil der Liberalen. Die Liberalen meinen, der Mond sei im Westen größer als im Osten. Wenn man an das alte China denkt, an die großen Dynastien der Qin und Han, an das goldene Zeitalter der Tang- und Song-Dynastien, dann erkennt man den Stolz und die Würde der Chinesen! Jetzt aber rennen wir den anderen hinterher. Zuerst war es der große Bruder Sowjetunion. Jetzt ist es Amerika. Immer hängt China sich anderen an den Arsch.«

»Wenn Sie den Westen so sehr verabscheuen, warum haben Sie dann acht Jahre in den USA gelebt? Warum haben Sie Amerika nicht eher verlassen und sind nach China zurückgekehrt?« Den Rest verkneife ich mir: Warum tragen Sie einen Anzug von Versace, Schuhe von Nike und eine Swatch und fahren einen Buick? Ich will aber nicht, daß Professor Yuan das Gesicht verliert, selbst wenn er an Ärsche denkt.

»Das war doch nur, damit ich meinen Doktor machen und meine Green Card bekommen konnte. Ist es für Chinesen denn nicht wichtig, ehrenvoll nach Hause zurückzukehren? Wenn ich schon nicht nach Silicon Valley gehen und als Computermillionär zurückkehren konnte, so wollte ich wenigstens mit einem Doktorhut zurückkommen.«

Ich kann seine Heuchelei nicht länger ertragen und fauche ihn an: »Sie nutzen den Westen aus, indem Sie dessen Stipendien und die Green Card annehmen, aber auf der anderen Seite verfluchen Sie den Westen als kolonialistisch und imperialistisch. Sie tun mir leid!«

»Niuniu, ich glaube, Sie sind schon zu sehr vom Westen geprägt. Sie müssen aufpassen: Der westliche Einfluß verdirbt. Chinesische Männer bevorzugen bei Frauen noch immer die traditionellen Werte.«

Ich zünde mir eine seiner Zigaretten an und tue so, als sei ich eine Raucherin. »Ich bin bereits verdorben.«

Der Professor schlägt eine neue Richtung ein: »Ich rede übrigens nicht ständig über solche Dinge. Ich mag auch Fußball. Wer, glauben Sie, wird den World Cup gewinnen?«

»Ich wünschte, mein Lieblingssänger Ricky Martin würde dort wieder einmal die Hymne singen!«

»Ricky Martin? Ein Latino? Nun, zumindest kein Imperialist!«

»Ich wünschte, mein Lieblingsspieler David Beckham wäre bald wieder auf den Beinen!«

»Dieser englische Teufel ist auch mein Lieblingsfußballer.« Professor Yuan kapituliert.

22

Die Weisheit der Armen

Manchmal, wenn ich durch die Straßen von Großstädten wie Peking oder Shenzhen fahre, sehe ich unglaublich viele Luxuswagen. Dann kann ich nur darüber staunen, wie reich die Chinesen innerhalb der letzten zwanzig Jahre geworden sind. Nehmen wir eine meine Studienkolleginnen als Beispiel. Der Ort, aus dem sie vor zehn Jahren nach Peking kam, war so klein und abgeschiedenen, daß die meisten seiner Bewohner noch nie von einem BMW gehört, geschweige denn einen gesehen hatten. Heute arbeitet sie für eine Zeitung, fährt einen europäischen Wagen und hat gerade eine Eigentumswohnung für 800.000 Yuan gekauft. Doch laut Aussage ihrer Mitstudenten ist sie nur mittelmäßig erfolgreich. Als Heimkehrerin, die einige Jahre in den USA gelebt hat, erkenne ich, daß die jungen Großstadtchinesen sich nach und nach dem Lebensstil der westlichen Mittelschicht anpassen. Und die Auswirkungen dieses Wandels sind sowohl positiv als auch negativ.

Während Reichtum in China früher geradezu verpönt war, ist Geld heutzutage gleichbedeutend mit Ruhm und Ehre. Aber macht ein höherer Lebensstandard die Leute zu besseren Menschen? Sind die Reichen großzügiger als die Armen? Was ist mit der Diskrepanz zwischen Arm und Reich? Macht Geld glücklich? Dies sind ernste Fragen, über die man in China häufiger nachdenken sollte.

An einem Samstagabend warte ich in inmitten einer Autoschlange, um von einem überfüllten Parkplatz zu fahren. Vor mir stehen fünf Wagen. Zehn Minuten lang hat sich die Schlange nicht bewegt. Bald sehe ich, daß der Besitzer eines BMW SUV, ein Mann in den Dreißigern, sich weigert, die Parkgebühr von einem Yuan zu bezahlen, weil der Parkwächter seiner Meinung nach zu heftig an die Scheibe geklopft hat. Dem Wagen ist nichts passiert, aber der Fahrer bleibt stur. Der Parkwächter, in gefütterter Baumwollkleidung und dem Aussehen nach mindestens fünfzig Jahre alt, besteht darauf, daß der Fahrer die Gebühr entrichtet. Er hält den Wagen auf und holt vier Kameraden vom nahegelegenen Lebensmittelstand, die den BMW daran hindern sollen, den Parkplatz zu verlassen. Dann droht er dem Fahrer, ihn zu verprügeln, wenn er nicht bezahlt.

Ich weiß nicht, ob ich aussteigen und meine Hilfe anbieten oder zur eigenen Sicherheit lieber im Wagen bleiben soll. Da nähert sich der Gruppe, die tatsächlich kurz vor einer Prügelei steht, ein Mann auf einem Fahrrad. Er trägt eine zerschlissene Tasche. Er steigt ab, holt einen Yuan aus der Hosentasche und bietet an, die Parkgebühr für den BMW-Fahrer zu zahlen.

»Es geht mir nicht ums Geld. Ich habe Geld genug!« Der BMW-Fahrer zieht stolz ein Bündel Hundert-Dollar-Scheine aus der Brieftasche.

Der Radfahrer winkt dem BMW-Fahrer zu und sagt: »Dann fahren Sie jetzt weiter. Und fahren Sie vorsichtig.«

Ich werde neugierig. Die vier Autofahrer hinter dem BMW in ihren teuren Wagen haben nicht eingegriffen. Ein Polizist, der das Ganze beobachtete, hat nichts getan. Aber der arme Radfahrer hat sich eingemischt und das Problem gelöst. Ich folge ihm, bis er ein Stückchen neben dem Parkplatz an einer Reparaturwerkstatt für Fahrräder anhält.

»Die Räder müssen justiert und ein Reifen geflickt werden«, sagt er zu den drei Männern, die dort arbeiten.

»Wir haben Sie beobachtet! Zuerst dachten wir, Sie gehören zu dem Mann im BMW – aber jetzt sehen wir, daß Sie allein sind «, sagt einer von ihnen.

»Ja.« Der Radfahrer nickt.

»Dann haben Sie also einfach ein gutes Herz. Wir können nicht fassen, heute abend einen so guten Menschen zu treffen! Wir werden Ihr Fahrrad komplett überholen und Ihnen sechzig Prozent Rabatt geben. Sie müssen nur sechs Yuan bezahlen!« sagt ein anderer.

Der Radfahrer wühlt in seiner Brieftasche und sagt: »Es tut mir leid, aber ich habe nur noch drei Yuan übrig.« Es rührt mich, daß dieser arme alte Mann dem reichen Mann in seinem BMW geholfen hat. Wie können arme Leute nur so großzügig sein? Ich nehme drei Dollar-

Münzen und gehe zu den Männern. »Lassen Sie mich für ihn bezahlen.«

»Oh, noch ein fremder Mensch mit einem guten Herzen!« sagt einer der Monteure mit breitem Grinsen.

Während ich zu meinem Wagen zurückgehe, denke ich: Vielleicht ist es ehrenvoll, reich zu werden – aber arm auszusehen und Hilfe anzubieten ist um vieles ehrenvoller, als reich auszusehen und sich armselig zu verhalten.

23
Drei Männertypen

Eines Samstagnachmittags gehen Beibei, Lulu und ich zum Tennisspielen ins 21st Century Hotel. Uns fehlt eine vierte Spielerin, aber wie sich plötzlich herausstellt, hat Beibei eine wunde Stelle am Fuß, so daß Lulu und ich Einzel spielen.

Nach ihrer Trennung hatte ich mir Sorgen um Lulu gemacht, aber sie benimmt sich so, als sei nichts geschehen. Tatsächlich ist sie so konzentriert bei der Sache, daß sie mich mit Leichtigkeit schlägt, zwei zu null.

Es ist Beibei, die schweigsamer ist als sonst, als läge ihr etwas auf dem Herzen. Nach dem Tennis gehen wir ins Half Acre Garden an der Dritten Östlichen Ringstraße und bestellen leichte taiwanesische Snacks. Nach dem Essen gehen wir ins TGI Friday's. In China bieten nur wenige Lokale kostenloses Nachschenken von Cola und Eistee an. Das TGI Friday's ist eines davon.

Zu Sades Song *Lover's Rock*, der im Hintergrund läuft, frage ich Beibei: »Was ist los?«

Beibei verdreht die Augen. »Ich will nicht darüber sprechen. Es war schrecklich!«

Schnell klärt mich Lulu auf: »Einer von Beibeis heißesten Sängern, Little Bench, hat sich in Schwierigkeiten gebracht. Vor zehn Tagen gab er ein Konzert im Arbeiterstadion von Peking, der erste Auftritt seiner China-Tournee. Als seine Limousine in Richtung Norden am Stadion vorbeifuhr, liefen die Fans hinter ihm her, also verlangsamte der Fahrer das Tempo, und Little Bench kurbelte das Fenster herunter, um zu winken. In diesem Moment wirft sich ein Mann vor die Limousine und zwingt sie zu halten. Er übergießt sich mit Benzin und ruft in die Menge: ›Ich habe Little Bench zehn Jahre lang geliebt. Jetzt, wo er berühmt ist und ein großer Star, liebt er einen anderen und will mich nicht mehr. Mein Leben hat keinen Sinn mehr. Ich will für ihn sterben.‹ Niemand wußte, was los war, dann zündete dieser Typ ein Streichholz an und steckte sich selbst in Brand. Die Leute um ihn herum versuchten ihn zu retten und erstickten die Flammen. Er ist schwer verletzt, lebt aber zum Glück noch.«

Beibei seufzt. »Dadurch weiß jetzt natürlich jeder, daß Little Bench schwul ist. China ist nicht England, wo die Öffentlichkeit schwule Stars wie George Michael oder Elton John akzeptiert. Unser Büro ist beinahe explodiert. Das Telefon hörte nicht auf zu klingeln, die Journalisten verfolgten Little Bench jeden Tag. Er mußte untertauchen, wie ein Krimineller. Das Schlimmste aber ist mein kleiner Liebhaber Iron Egg. Dieser hinterhältige Mistkerl! Um Geld zu machen, ließ er ein paar Insider-Informationen von mir in der Zeitung veröffentlichen. Einfach skrupellos! Danach sagten alle Städte die Konzerttermine von Little Bench ab. Seine CDs verkaufen sich nicht mehr. Und Iron Egg kann ich nicht erreichen. Er hat einfach das Handy abgestellt, das ich ihm geschenkt habe. Dieser Verräter! Erst hat er mich gelinkt und mich dann verlassen!«

»Früher hatten sogar Punker einen Sinn für Loyalität. Inzwischen gehört Loyalität wohl ins Museum. Junge, moderne Menschen wie Iron Egg sind ganz schön gerissen. Sie streicheln immer die Hand, die sie gerade füttert. Sie haben keinen Sinn für konfuzianische Ergebenheit und Treue!« stimmt Lulu in das Gejammere ein.

»Trotzdem war es meine eigene Schuld.« Beibei bleibt selbstkritisch. »Ich wußte doch genau, was für ein Typ dieser Iron Egg ist. Aber ich dachte, wir haben nun schon so oft zusammen geschlafen, daß er zumindest ein bißchen Gefühl für mich haben muß. Ich hätte nie gedacht, daß er mir in den Rücken fällt. Aber genau das hat er getan. Er ist so grausam. Von dem Menschen betrogen zu werden, der mit dir schläft, von jemandem, der dir so nahe steht, ist wirklich das Grausamste überhaupt. Und genau diese Art von Grausamkeit erlebe ich zum wiederholten Mal. Warum habe ich in der Liebe nur so wenig Glück?«

Natürlich weiß Beibei, daß ihre jungen Liebhaber nur auf ihr Geld aus sind. Aber nachdem ihr Mann sie betrogen hatte, konnte sie ohne Liebhaber nicht mehr leben. Sie muß sich geliebt fühlen, selbst wenn diese Liebe nur vorübergehend und mit Geld bezahlt ist. Beibei ist Anfang Dreißig, aber sie fühlt sich wie eine alte Frau, hilflos und schwach, und sie braucht die Gesellschaft junger Männer, um ihr Selbstwertgefühl zu stärken. »Ist dies das Schicksal der Frauen, die aufhören, an die Liebe zu glauben?« fragt sie Lulu und mich.

Ich sage: »Vielleicht hat Vorsitzender Hua deinen Glauben an die Liebe zerstört. Du hast deinen Glauben und dein Urteilsvermögen verloren. Du hast bei den falschen Männern Liebe gesucht, wie bei Iron Egg.«

»Im Grunde gibt es nur drei Typen von Männern, mit denen wir schlafen können.« Nach ihrer Erfahrung mit

Ximu scheint Lulu Liebesexpertin geworden zu sein. »Der erste ist der Typ Ehemann, wie Harrison Ford. Dieser Typ liebt dich mehr als du ihn, er ist verantwortungsbewußt, treu, du kannst ihm vertrauen und willst mit ihm alt werden. Er wird dich auch dann noch lieben, wenn du Großmutter wirst.«

Das klingt sehr nach meinem Vater, denke ich. Und ich habe nicht vor, so einen zu heiraten.

»Der zweite ist der Liebhaber-Typ, wie Hugh Grant. Zu dieser Art von Mann kannst du aufsehen. Er ist charmant und gebildet. Zwischen euch wird es Liebe, Leidenschaft und Romantik geben. Du kannst mit ihm über Literatur und Kunst diskutieren, aber mach dir keine Hoffnungen auf Ehe oder Kinder.«

In diese Kategorie fällt Len, denke ich. Ich habe die Szene vor Augen, als wir in Paris zusammen nach Montmartre gingen, um Dalís Skulpturen der schmelzenden Uhren zu sehen. Len sagte: »Dalís Arbeiten beziehen sich auf das Unterbewußtsein. Das Unterbewußtsein ist flüssig. Unsere Gefühle, unsere Instinkte, unsere Begierden sind alle flüssig wie die Zeit, und schmelzen vor unseren Augen dahin. Spürst auch du, daß die Zeit flüssig und fließend ist?« Len sah mich ruhig an und sagte nichts weiter. Ich hielt den Atem an und sah zu ihm auf. Noch nie zuvor hatte ich gewagt, ihn so direkt anzusehen, weil sein Blick so scharf war, daß es fast schmerzte. Aber in der Stille des Dalí-Museums starrten wir einander an, und mein Herz wiederholte ständig: Laß die Zeit sich verfestigen, laß sie genau jetzt anhalten. Ich hatte damals meinen Freund verlassen und mein Studium unterbrochen, nur um mit Len zu gehen. Nicht lange danach gab es in meiner Welt nur noch eines: Len.

»Und der letzte Typ?« frage ich.

»Ist die Art von Spielgefährte, mit dem du weder reden

noch sonst irgendwie kommunizieren mußt. Er ist athletisch und sexy«, antwortet Lulu.

»Wie der Trainer in unserem Fitneßclub?« fragt Beibei schmunzelnd.

»Wie unser Friseur im Rich Wives?« will ich wissen.

»Ja. Er braucht keinesfalls so klug zu sein wie Woody Allen. Sobald ihr einander seht, wollt ihr euch gegenseitig die Kleider vom Leib reißen. Alles dreht sich nur um Sex! Mit diesem Typ Mann kannst du im Bett verrückt sein und wild und ganz und gar hemmungslos«, sagt Lulu.

»Woher hast du diese dumme Theorie?« will Beibei wissen.

»Von meinen Internet-Verabredungen«, erwidert Lulu zwinkernd und klopft mit dem Fuß den Takt zu Björks *Big Time Sensuality*, das im Hintergrund erklingt.

24

Ausgesperrt

CC und Nick planen ein langes Wochenende in Shanghai. Auf CCs Bitte hin erkläre ich mich bereit mitzufahren, da Hugh mich beauftragt hat, einen Artikel über Clubs und Hotels in Shanghai zu schreiben.

CC, Nick und ich buchen ein tolles Rundum-Paket im protzigen Portman Ritz-Carlton. Am ersten Tag spielen wir eine Runde Golf, was in einer überfüllten Stadt wie Shanghai normalerweise nur den Ultrareichen vorbehalten ist, gehen zum Abendessen in ein loftartiges Lokal namens The Door, das für die sogenannte Fusion-Cuisine berühmt ist, und nehmen den letzten Drink bei Jazzmusik im Cotton Club. Am nächsten Tag brunchen wir in der Lobby des neuen Westin Hotels, wo unbegrenzt Champagner und Cocktails serviert werden, danach gehen wir schwimmen, nehmen eine Ölmassage, essen zu Abend im Nobelrestaurant M on the Bund und genehmigen uns noch einen Drink im Face Club, einer thailändischen Bar im alten französischen Viertel unter Leitung eines Amerikaners.

Nick amüsiert sich prächtig. Für ihn ist Shanghai der perfekte postkoloniale Spielplatz, für CC hingegen nicht. Sie mag vor allem die Bedienung im Restaurant Tea Garden des Portman nicht, die Nick weitaus freundlicher bedient als sie und mich. Sie heißt Nancy Lu, lacht kokett und flirtet vor CCs Augen sogar mit Nick. Am zweiten Abend bekommt CC mit, daß Nick die Bedienung anruft und sagt, er finde sie süß und ob sie sich mit ihm treffen wolle. CC stellt Nick zur Rede, und sie geraten in Streit. Ich kann sie nicht beschwichtigen. Schließlich verläßt Nick das Zimmer mit den Worten: »Ich bin nicht nach Asien gekommen, um mit einer hochnäsigen Oxfordzicke zusammenzusein. Davon gibt es in England genug!«

»Ich glaub's einfach nicht!« heult CC. »Nick hat mich gerade verlassen.«

»Wenn er schlau ist, kommt er zurück und entschuldigt sich«, sage ich.

Mißmutig murmelt CC: »Ich bin nach China zurückgekommen, um meine Wurzeln zu finden. Aber wo ich auch hinsehe, wollen die einheimischen Chinesinnen Männer aus dem Westen heiraten. Es ist zum Kotzen. Und noch mehr zum Kotzen finde ich, daß es Nick auch noch zu gefallen scheint.«

Was CC ebenfalls zum Kotzen findet ist, daß sie nach chinesischem Maßstab nicht als schön gilt. In Oxford waren ihre zierliche Figur und ihre mandelförmigen Augen exotisch, und sie hatte den Spitznamen »Schönheitskönigin«. In China hingegen bewundern die Menschen europäisch aussehende Frauen, doch dafür ist sie nicht groß genug, ihre Augen sind nicht rund genug, und ihre Haut ist nicht hell genug. Sie gilt als gewöhnlich und uninteressant. Doch wo wir auch hinkommen, schwärmen die Leute für Nick. »Wow! Du hast aber einen gutaussehenden Freund«, sagen sie ihr, und CC ist genervt.

»Morgen gehen wir irgendwohin, wo es typisch chinesisch ist«, schlage ich vor. »Vielleicht treffen wir ja mal einen Mann aus Shanghai. Ich habe gehört, die Shanghaier wissen genau, wie man eine Frau verwöhnt.«

Nach einer Runde Gymnastik am späten Morgen im Hotel gehen wir zum Brunch in ein Teehaus, in dem es Milchperlentee gibt. Es ist nicht im mindesten kolonial, was CCs Stimmung gut bekommt. Wir bleiben bei unserer martini- und gänseleberpastetenfreien Diät und bestellen gebratene Klöße und grünen Bubble Tea. Obwohl das Teehaus sehr traditionell wirkt, können wir uns dem Einfluß des Westens dennoch nicht entziehen. Vier Teenager spielen an ihrem Tisch Poker, grölen und zerbeißen knackend Sonnenblumenkerne. Zwei Mädchen essen Eiskrem und lesen dabei die neueste Ausgabe der chinesischen *Elle*. Zwei Jungen am Tisch neben uns spielen Computerspiele.

Ein junger Chinese mit rundem Gesicht an einem Einzeltisch weckt meine Aufmerksamkeit. Es sieht aus, als lese er den *Shanghai Star*, aber er hält die Zeitung verkehrt herum. Er schläft hinter den aufgeschlagenen Seiten. Selbst im Schlaf wirkt er melancholisch. Ich stupse CC an. »Dahinter steckt bestimmt eine interessante Geschichte. Sonst würde er wohl nicht am hellichten Morgen hier sitzen und schlafen!«

CC beschließt, den Mann anzusprechen. Sie geht zu ihm und weckt ihn mit den Worten: »Hallo, ist bei Ihnen alles in Ordnung? Brauchen Sie Hilfe?«

Der Mann reibt sich die Augen und sieht auf die Uhr. »Oh, fast Mittag! Jetzt kann ich nach Hause gehen.«

»Wie es aussieht, sitzen Sie schon sehr lange in diesem Teehaus.« Ich geselle mich nun auch zu ihnen.

»Ich bin die ganze Nacht in diesem Teehaus gewesen, das zum Glück vierundzwanzig Stunden geöffnet hat. Können Sie sich das vorstellen?« Der Mann klingt frustriert.

»Was ist passiert?« will CC wissen.

»Sie kennen doch den Ausspruch *jiachou buke waiyang:* Häusliche Probleme sollten nicht mit Außenstehenden besprochen werden. Ich muß gehen.« Der Mann will aufstehen.

»Wir haben gehört, die Männer in Shanghai sollen sehr zuvorkommend sein. Sind Sie von hier?« halte ich das Gespräch in Gang.

»Ja.« Der Mann nickt. »Woher kommen Sie?«

»Ich stamme aus Peking«, sage ich.

»Ich stamme aus Hongkong«, sagt CC.

»Sie sehen nicht aus wie jemand, der seine Nächte normalerweise in einem Teehaus verbringt. Warum sind Sie hier?« versuche ich ihn auszuhorchen.

»Um ehrlich zu sein: Meine Frau hat mich letzte Nacht ausgesperrt!« Der Mann bricht fast in Tränen aus.

»Dann stimmt es doch, daß die Shanghaier Männer unter dem Pantoffel stehen«, flüstert CC mir zu.

»Erzählen Sie uns Ihre Geschichte. Vielleicht können wir Ihnen helfen«, sagt sie laut.

»Meine Frau arbeitet in einem guten Hotel in der Nähe«, beginnt der Mann. »Sie arbeitet nicht gerade gern als Bedienung, aber sie hofft, so auf reiche Gäste zu treffen, die unsere Ausreise finanzieren. Letzte Nacht hatte sie Nachtschicht. Gegen Mitternacht rief sie mich an und sagte, da sei ein Engländer, der ein Auge auf sie geworfen habe. Der Engländer habe darum gebeten, sie besuchen zu dürfen, weil er sehen wolle, wie normale Chinesen wohnen. Sie sagte, ich solle die Wohnung saubermachen. Dann bat sie mich, all meine Sache zu verstecken, da der Mann ihr vermutlich kein Geld für die Ausreise geben würde, wenn er wüßte, daß sie verheiratet ist.

Ich brauchte eine Stunde, um unser eines Zimmer zu putzen. Gegen ein Uhr verließ ich die Wohnung, bevor sie mit ihrem Gast eintraf. Ich blieb die ganze Zeit in diesem Teehaus und wartete darauf, daß sie mich anruft. Etwa gegen zwei Uhr rief sie an und sagte, ich dürfe vor dem Mittag nicht nach Hause kommen. Ich flehte sie an, aber sie sagte, sie habe wegen mir das Gesicht verloren und müsse mich bestrafen.«

»Wie hat sie denn wegen Ihnen ihr Gesicht verlieren können? Sie waren doch nicht mal da!« sage ich.

»Ich vergaß, meine Unterwäsche zu verstecken, die auf dem Balkon hing.«

»Oh ...« CC und ich müssen sehr an uns halten, um nicht laut loszulachen.

Der Mann fährt fort: »Gestern, bevor ich zur Arbeit ging, hatte ich ein paar Wäschestücke gewaschen und auf den Balkon gehängt. Ich fand das nicht weiter dramatisch, aber sie sagt, es habe sie in ein sehr schlechtes Licht gerückt. Der Engländer ist bei seinem Besuch sofort auf den Balkon gegangen, weil er noch nie in einem vierundzwanzigsten Stockwerk war. Er wollte die Aussicht genießen. Dann sah er die Wäscheleine. Meine Frau sagt, daß Ausländer ihre Wäsche nicht auf den Balkon hängen wie Ausstellungsstücke. Also fühlte sie sich sehr unwohl. Da entdeckt der Engländer die Männerunterhose. Er fragt meine Frau, wessen Unterhose das sei, und sie sagt ihm die Wahrheit. Der Mann lacht. Er zeigt auf ein Loch in der Hose und sagt meiner Frau, sie solle besser eine neue für mich kaufen. Dann schüttelt er den Kopf, sagt etwas auf englisch, das meine Frau nicht versteht, und geht. Meine Frau fühlte sich gedemütigt. Sie sagt, es sei meine Schuld, und deshalb müsse ich bestraft werden. Sie werde die Tür verriegeln. ›Schlaf woanders‹, hat sie gesagt.«

»Arbeitet Ihre Frau im Portman?« will CC wissen.

»Ja, woher wissen Sie das?« Der Mann ist schockiert.

»Und ist ihr Name Nancy?« fragt CC weiter.

»Ja. Aber wer sind Sie?«

»Nicht nur Ihnen ist bei dieser Geschichte Unrecht geschehen, sondern auch mir.«

25

Internet-Verabredung Nr. 1

Nachdem Lulu die fünfjährige Beziehung zu Ximu beendet hatte, empfahl ihre Freundin Mary, eine Redakteurin der beliebtesten Frauenzeitschrift in China, *Family*, es doch einmal mit einer Kontaktanzeige im Internet zu versuchen.

Zunächst war Lulu skeptisch. Sie rief mich an, um meine Meinung zu Marys Vorschlag zu hören. »Wieso sollte ich, die Sexgöttin der Modewelt, auf Kontaktanzeigen antworten? Ist das nicht nur was für Einsame und Verzweifelte?«

Dann meldete sie sich erneut. »Mary sagt, ich hätte ganz falsche Vorstellungen und könne im Internet wirklich gute Männer finden – computererfahren und diskret und nur zu beschäftigt, um Frauen auf andere Weise kennenzulernen. Mary hat mir gleich zwei Geschichten erzählt: Ein Karaoke-Mädchen in Shenzhen lernte über das Internet einen verheirateten Filmstar aus Hongkong kennen, und die zwei verliebten sich. Der Mann ließ sich von seiner Frau scheiden und heiratete das Mädchen. Jetzt leben sie glücklich in Hongkong, und der Mann hilft dem Mädchen, die neue Zhang Ziyi zu werden.

Und dann war da eine junge Frau aus Sichuan, die in einem Chatroom einen Amerikaner kennenlernte. Der Mann kam auf Geschäftsreise nach China, traf die Frau und verliebte sich. Ein Jahr später heirateten sie und zogen in die Staaten. Dort erst merkte die Glückliche, daß sie einen Multimillionär und Enkel eines ehemaligen Gouverneurs geheiratet hatte!«

»Na, dann versuch's doch«, sagte ich.

Wir spulen vor: sechs Wochen später.

Im Al-Muhan, einem muslimischen Restaurant gegenüber der australischen Botschaft in Peking, erzählt Lulu mir und Beibei mit düsterer Stimme:

»Woher kommen Märchen? Aus Europa, der Geburtsstätte von Rittern und holden Jungfrauen in Not! Und was erzählt man in China? Tragödien! Menschliche Tragödien und Lügen.« Für Lulu sind dies besonders düstere Worte.

»Hey, weißt du eigentlich, daß du sehr *fandong* klingst, sehr reaktionär? Während der Kulturrevolution hätte man dich für solche Aussagen ins Gefängnis geworfen! Du kannst von Glück sagen, daß du in der jetzigen Ära der Reform lebst!« necke ich Lulu und esse weiter von meinem Lamm-Shishkebab. Lulu muß schon wieder Ärger mit Männern gehabt haben.

»Lieber wäre ich im Gefängnis, als daß man mich für dumm verkauft!« erwidert Lulu zähneknirschend.

Beibei zwinkert gerade dem jungen und gutaussehenden Ober zu, der mit Sicherheit zum Minoritätenvolk der Uighuren gehört, als Lulus wütende Stimme sie wieder zu unserem Gespräch zurücklenkt. »Also, was war los mit deinen Männern?«

»Diese Online-Typen waren die vollkommene Pleite! Ich habe keine Ahnung, warum ich immer wieder an verheiratete Männer gerate, die sich als Singles ausgeben!« ruft Lulu.

»Weißt du nicht, das diese VAVs im Moment sehr gefragt sind?« frage ich Lulu.

»Was soll das sein?« fragt Lulu zurück.

»VAV – verheiratet, aber verfügbar!«

»Haha!« Lulu lacht bitter. »Zwei von diesen dämlichen VAVs habe ich tatsächlich über das Internet kennengelernt. Beide schrieben in ihrer Anzeige, sie seien Single. Der erste war ein Heimkehrer mit Wohnsitz in London und in Peking. Er hat eine Grafikdesign-Firma und interessiert sich sehr für Kunst. Ihr kennt mich ja, ich bin ein großer Fan von Künstlern«, sagt Lulu und verdreht die Augen. »Wir schrieben in unseren E-Mails über Kubismus, Dadaismus, Fauvismus und Impressionismus. Sein Lieblingsmaler ist auch meiner: Matisse. Also beschloß ich, mich mit ihm zu verabreden.

Die ersten drei Male trafen wir uns in verschiedenen Galerien, zuerst in der Kunstgalerie Yanhuang in der Nähe des Asian Games Village, dann in der Melodic Gallery gegenüber dem Freundschaftsladen, und beim drittenmal liefen wir uns zufällig in einer Kunstgalerie in den Hongkonger Midlevels über den Weg. An dem Tag war ich auf einer Modenschau gewesen und ging abends in die kleine Galerie Yan im Viertel Lan Kwai Fong. Und wer taucht plötzlich auf?«

»Er muß dir gefolgt sein!« unterbricht Beibei.

»Er sagte, das Schicksal habe uns in einer fremden Stadt zusammengeführt, weil wir *yuanfen* hätten, eine Seelenverwandtschaft. Wir sahen uns die Gemälde an und sprachen über Klassischen Realismus. Dann gingen wir zum Essen ins Cubana in Soho, und er gestand mir seine Liebe.«

»Und dann hast du mit ihm geschlafen!« Beibei macht ein wissendes Gesicht.

»Hm, also ... ja. In meinem Hotelzimmer im Renaissance Harbor View in Wanchai.« Lulu senkt den Kopf.

»War es gut?« möchte ich wissen.

»O ja! Hongkong ist eine sehr romantische Stadt mit seinen Hügeln, dem Hafen und der Aussicht. Wir sahen aus dem Fenster auf Victoria Harbor und liebten uns dabei voller Leidenschaft.« Lulu senkt ihre Stimme. »Voll ungestümer Leidenschaft.«

»Nicht schlecht bisher. Zumindest hattest du einen Orgasmus – oder zwei«, kommentiert Beibei hoffnungsvoll.

Lulu fährt fort: »Nach unserer Rückkehr nach Peking schickte er mit eine nette Nachricht, wieviel ihm diese besondere Nacht in Hongkong bedeutet habe und daß er mich bald wiedersehen wolle. Allerdings müsse er am nächsten Tag zu einer Konferenz nach London fliegen und werde erst in zehn Tagen zurückkommen.«

»Und du hast ihm geglaubt? So wie du auch Ximu immer geglaubt hast?« Beibei hebt eine Augenbraue.

»Haltet mich ruhig für dumm!« Lulu verdreht wieder die Augen. »Aber ich dachte, ich sei wieder glücklich verliebt.« Sie fährt mit der Zunge über ihre Unterlippe. »Ich habe sogar das bittersüße Gefühl genossen, ihn zu vermissen. Drei Tage nach seiner Abreise ging ich in die Buchhandlung San Wei, um Lesestoff zu kaufen. Da sah ich ihn mit einer Frau und einem Kind in der Schlange für den neuen Harry Potter anstehen. Ich hörte, wie die Frau ihn *laogong* nannte – Schatzi –, und das Kind sagte Papi. Ich dachte an seine E-Mails über das Londoner Wetter und die angeblich so feudale Konferenz. Ich ging auf ihn zu – oje, wurde er da nervös! Sein schönes Gesicht verzerrte sich zu einer ängstlichen Fratze. Bevor er irgend etwas stammeln konnte, sagte ich: ›Ich nehme an, wir haben wirklich *yuanfen*. Schon wieder so ein zufälliges Treffen!‹ Dann drehte ich mich um und überließ ihn seinem Schicksal.«

26

Internet-Verabredung Nr. 2

In der irischen Bar im Henderson Center sehen einige Männer Sport, und andere spielen Darts. Lulu, Beibei und ich sind hier, um Import-Bier zu trinken. Lulu berichtet von ihrem letzten Internetfiasko. »Nach der Pleite mit diesem VAVA – dem verheirateten, aber verfügbaren Arschloch – sagte ich mir: Du darfst nicht mehr so leichtgläubig sein. Das nächste Mal bist du schlauer und hältst deine Libido besser im Zaum.«

»Genau das hätte ich dir auch geraten«, sage ich nikkend.

»Die nächste Verabredung traf ich mit einem gutaussehenden Französisch-Dolmetscher aus dem chinesischen Außenministerium, einem Diplomaten«, erzählt Lulu. »In seinen E-Mails beschrieb er seinen langen und mühsamen Weg aus einem armen kleinen Fischerdorf bis nach Peking. Das Elend, das er habe ertragen müssen, sei für uns unvorstellbar, die wir mit silbernen Eßstäbchen im Mund geboren werden, schrieb er. Er ging jeden Tag dreißig Meilen zu Fuß zur Schule und mußte danach noch auf dem Feld arbeiten. Er träumte davon, Chinas Henry Kissinger zu werden. Ich war so gerührt!«

»Vielleicht wollte er nur dein Mitleid erschleichen. Mit diesem Trick arbeiten japanische Frauen, um ihre Männer zu kriegen«, sagt Beibei.

»Zuerst trafen wir uns in der Boys and Girls Bar in

Sanlitun. Er machte mir auf französisch Komplimente – ›amour‹, ›très belle‹ und so weiter. Es war romantisch, aber ich sagte mir: Laß ihn nur Süßholz raspeln und bleib vorsichtig!«

»Klingt nach Mission Impossible«, necke ich sie.

»Bis zu unserer fünften Verabredung blieb ich cool. Am Abend des Mittherbstfestes machten wir eine Bootsfahrt auf dem Wassergraben um die Verbotene Stadt. Im Boot spielte ein Mädchen in traditioneller chinesischer Kostümierung für uns die Pipa, und zwei andere Mädchen servierten Tee und Reiswein. Alle drei waren sehr hübsch, aber er sah nur mich an. Irgendwann entzündeten wir Papierlaternen und setzten sie aufs Wasser, um sie davontreiben zu lassen.«

»Ja, ich weiß, das ist eine alte Tradition aus dem Süden. Die Laternen haben die Form von Lilien. Wenn man eine anzündet, darf man sich jedesmal etwas wünschen, oder?« frage ich nach.

»Genau. Ihr wißt ja, daß die Lilie meine Lieblingsblume ist. Immer wenn der Diplomat eine Papierlilie anzündete, sah er mir in die Augen und flüsterte ›Je t'aime‹. Schließt eure Augen und stellt euch die Szene vor: eine helle Vollmondnacht im Herbst, und umgeben von alten Türmen und Pavillons treibt ihr auf einem ruhigen Kanal, wo rosa Lilienlaternen elegant auf dem Wasser schweben und ihr goldenes Licht verströmen, während ein junger gutaussehender Diplomat euch in der romantischsten Sprache der Welt sagt, daß er euch liebt. Dazu erklingen im Hintergrund alte wehmütige Melodien auf einer Pipa …« Lulu schließt verzückt die Augen.

»Ich schätze, das ist deine Entschuldigung dafür, daß du nicht nein sagen konntest, du hoffnungslose Romantikerin!« sage ich nüchtern.

»Ich dachte, es sei l'amour. Schon wieder habe ich diese

Kreaturen überschätzt, die wir ›Männer‹ nennen.« Lulu hat Tränen in den Augen.

»Du bist aber nicht in seinem Bett gelandet, oder?« will Beibei wissen.

»Fast. Nach der Bootsfahrt erzählte er mir, er habe in Tongxian ein Apartment gekauft, das er mir gern zeigen wolle. Ich sagte sofort ja, weil ich dachte, daß er mir dort vielleicht einen Antrag macht.

Wir fuhren eineinhalb Stunden mit dem Auto. Während wir Kilometer um Kilometer dem Vorort entgegenrollten, stellte ich mir vor, wie wir beide dort in dem Apartment leben und jeden Tag mit unserem gemeinsamen Auto zur Arbeit in die Stadt fahren würden. Ich hatte nicht erwartet, am Ende vor einem heruntergekommenen alten Haus zu stehen! Vor der groben Holztür sagte er: ›Hier ist unser Liebesnest.‹«

»Wie sah es drinnen aus?« frage ich erwartungsvoll. Beibei reißt entsetzt die Augen auf.

»Als erstes fiel mir ein schwacher Essensgeruch auf. Dann sah ich einen rosa Mantel an der Garderobe, rosa Hausschuhe auf dem Teppich. Ich ging ins Badezimmer und sah zwei Zahnbürsten und Tampons. ›Hier wohnt eine Frau!‹ stellte ich ihn zur Rede.

Er nickte. ›Sie ist aber heute nacht nicht hier.‹ Er sagte das so unverfroren, als hätte ich ihn nach einem Haustier gefragt. Er versuchte, mich ins Schlafzimmer zu drängen, wo ich an der Wand ein Foto von ihm und einer Frau hängen sah. Mir wurde klar, daß er mich in die Wohnung gebracht hatte, in der er mit seiner Frau zusammenlebte.«

»Er hat nicht mal sein Hochzeitsfoto von der Wand genommen?« rufe ich entsetzt.

»Warum hat er dir erzählt, er habe die Wohnung neu gekauft?« fragt Beibei.

»Dasselbe habe ich ihn auch gefragt. Und was sagt er? Er habe dort fünf Jahre zur Miete gewohnt und die Wohnung erst jetzt gekauft. Ich komme mir so dumm vor, wenn ich euch jetzt seine Worte wiederhole!« Lulu ist untröstlich.

»Ich bat ihn, mich sofort in die Stadt zurückzufahren, aber er sagte: ›Es ist spät. Bleib hier, und ich bringe dich morgen zurück.‹ Ich sagte: ›Ich will aber sofort zurück‹, und ratet mal, was er darauf antwortete!« Lulu sieht Beibei und mich an, wie wir gespannt auf den Ausgang der Geschichte warten und dabei die Luft anhalten. »Er sagte: ›Ich bin müde. Wenn du gehen willst, mußt du dir ein Taxi nehmen.‹« Lulu beginnt, hysterisch zu lachen.

»Hat er dir denn ein Taxi kommen lassen?« erkundigt sich Beibei.

»Nein. Ich mußte selbst anrufen. Aber in Tongxian gibt es nachts keinen Taxiservice mehr. Es ist zu abgelegen.«

Den Rest der Geschichte kann ich mir lebhaft vorstellen: Die gedemütigte Lulu steht wütend, verängstigt, frierend und mutterseelenallein mitten in der Nacht in ihrem Minirock im öden Vorort Tongxian und versucht, ein Taxi zu ergattern. Mindestens eine Dreiviertelstunde vergeht, bis sie schließlich einen Taxifahrer findet, der sie in die Innenstadt von Peking zurückbringt und ihr dafür natürlich viel zuviel Geld abknöpft.

»Was er dir angetan hat, war geradezu kriminell«, rufe ich empört.

»Wir müssen diesen Mistkerl drankriegen!« regt sich auch Beibei auf.

»Diesmal habe ich mich wirklich geweigert, Opfer zu spielen«, erzählt Lulu weiter. »Ich schrieb an seine Arbeitsstelle, daß ihr feiner Herr Diplomat als verheirateter Mann versucht, über das Internet Frauen zu verführen.

Ich gab seinen Namen an, beschrieb sein Aussehen und alles andere, was ich über ihn wußte.«

»Gut. Als Frau mußt du für deine Rechte kämpfen!« sage ich.

»Ich wette, er wurde gleich am nächsten Tag gefeuert. Er hat sein wunderbares Vaterland blamiert. So jemand darf doch nie wieder Gäste aus Frankreich empfangen!« entrüstet sich Beibei.

»In ihrer Antwort stand, dieser Mann sei im Außenministerium nicht bekannt«, sagt Lulu trocken.

Ich bin sprachlos. Und eines ist ganz sicher: Lieber bleibe ich für den Rest meines Lebens allein, als irgendeine Verabredung über das Internet zu treffen!

»Kann man das Internet eigentlich verklagen?« will Lulu wissen.

27

Internet-Verabredung Nr. 3

Nach den zwei Internet-Schlappen sagt Lulu: »Ich bin noch immer jung, in der Blüte meines Lebens. Ich kann nicht wie eine Nonne leben. Und wenn ich im Internet schon nicht die große Liebe finde, dann vielleicht zumindest einen One-Night-Stand.«

»Lulu, du hast doch immer gesagt, Sex sei für dich ›die höchste Vereinigung von Körper, Gefühl und Geist‹. Ich dachte, du hältst nichts von One-Night-Stands«, gebe ich am Telefon zu bedenken.

»Ich schätze, ich bin einfach verzweifelt. Ich will eigentlich nur jemanden zum Lieben und Heiraten, aber in dieser Hinsicht hatte ich bisher immer Pech. Was nützt es also, mich an meine alten Werte zu klammern? Ich habe auch körperliche Bedürfnisse!«

»Aber du brauchst doch kein Internet, um dich flachlegen zu lassen. Frauen wie du können jederzeit in eine Bar gehen und sich einen Mann einfach aussuchen.«

»Nein, kann ich nicht. Ich will mich übers Internet an den Männern rächen«, erwidert Lulu entschlossen.

Ihr neuer Nickname ist »BeijingLover«, und sie gibt sich als gelangweilte Hausfrau Mitte Vierzig aus, die einen One-Night-Stand sucht. Auf ihre Anzeige erhält sie 120 Antworten in weniger als einer Woche. Sie sortiert die ohne Foto und mit weniger als zwei Zeilen Text aus, und es bleiben noch 21 »Kandidaten« übrig. Den ersten zwei schickt sie je eine Antwort mit fünf Fotos von sich selbst.

»WildHeart« antwortet sofort.

»Wie kann ich wissen, daß dein Foto echt ist?« schreibt Lulu zurück.

WildHeart schaltet seine Webcam ein. Er hat ein hübsches Gesicht und einen trainierten Körper.

»Deine Webcam ist super – warum machst du nicht *touyi wu* für mich, einen Striptease?« tippt Lulu ihre Forderung. Sie ist selbst schockiert, daß sie sich so schnell in ihre neue Identität als böses Mädchen hineinfindet.

»???« Auch WildHeart ist schockiert.

Vielleicht ist er in Wirklichkeit nicht so wild, wie sein Name vermuten läßt. Lulu überlegt, dann schreibt sie.

BeijingLover: »Erotische Bewegungen machen mich an.«

WildHeart: »Das hab' ich noch nie gemacht. Habe Angst, dich zu enttäuschen.«

BeijingLover: »Bist du denn ein guter Liebhaber?«

WildHeart: »Ja. Befriedigung garantiert.«

BeijingLover: »Zeig's mir!«

WildHeart beginnt, nackt vor seiner Webcam zu tanzen. Aufgrund der Übertragungsverzögerung sieht es ziemlich lächerlich aus. Lulu bekommt ein schlechtes Gewissen, aber dann erinnert sie sich: Das ist meine Rache. Ich gewinne meine Macht zurück.

Bald kommen sie überein, sich zu treffen, und verabreden Zeit und Ort. WildHeart schlägt eine Kabine in einem öffentlichen Badehaus vor. Lulu ist das zu billig und heruntergekommen. Selbst ein One-Night-Stand sollte ihrer Meinung nach ein Mindestmaß an Romantik aufweisen.

Sie einigen sich auf das Fünf-Sterne-Hotel Kunlun, das seine beste Zeit allerdings hinter sich hat.

Als sie um 15 Uhr 30 in der Lobby des Kunlun Hotels steht, wird Lulu plötzlich nervös. Sie erkennt WildHeart sofort, obwohl er nach seinem Webcam-Striptease in Anzug und Krawatte etwas fremd aussieht. Trotz seines guten, fast modelhaften Aussehens ist Lulu nicht erregt. »Soll ich es wirklich mit einem Typen tun, den ich übers Internet kennengelernt habe?« fragt sie sich im stillen.

»Hallo, BeijingLover, bist du das?« WildHeart erkennt sie ebenfalls und geht lächelnd auf sie zu. Er wirkt selbstbewußt und kein bißchen nervös. Sie begrüßt ihn so lässig wie möglich.

»Sollen wir ein Zimmer nehmen?« fragt WildHeart.

Lulu nickt und beißt sich auf die Unterlippe. Werden sie auffallen und vom Sicherheitsdienst aufgehalten werden? Wird die Polizei sie für eine Hure halten? Würde man sie befragen, könnte sie nicht einmal seinen Vornamen nennen.

WildHeart geht zur Rezeption, um ein Zimmer zu reservieren. Lulu steht zwei Meter entfernt, als WildHeart seinen Ausweis vorlegt.

»Die Direktoren-Suite kostet achthundertachtundachtzig pro Nacht«, hört sie den Portier sagen.

»Sicher.« WildHeart nickt und klopft sich auf die Taschen.

»Tut mir leid, ich hab' meine Brieftasche im Auto gelassen – ich bin gleich zurück«, sagt er zum Portier und Lulu.

Ich werde ihm nachher die Hälfte zurückgeben, denkt Lulu. Das zeigt zumindest, daß wir gleichberechtigt sind.

Lulu wartet allein in der Lobby und versucht, die fragenden Blicke der Männer und die mißbilligenden Blicke der Frauen zu ignorieren. Frauen, die allein in Pekinger Hotellobbys herumlungern, erregen stets Verdacht.

Eine halbe Stunde später ist WildHeart immer noch nicht zurückgekehrt. Lulu wird klar, daß er sich nie wieder blicken lassen wird. Sie ist schon wieder hereingelegt worden, aber diesmal ist sie irgendwie froh darüber.

Kurz darauf erzählt sie mir die Geschichte in allen Einzelheiten. Ich verstehe, was ihr am Internet so gefällt. Schließlich ist es BeijingLovers Nachmittag, der ruiniert wurde, und nicht ihrer.

28
Schlangestehen

Egal, wen Sie fragen – jeder Chinese wird Ihnen sagen, daß das Land in unglaublich schnellem Tempo umwälzende Veränderungen erlebt. Baustellen, Stadtautobahnen und neue Waren in neuen Einkaufszentren haben das Gesicht von Peking, Shanghai und anderen Großstädten stark verändert. Doch manche Dinge ändern sich nie.

Nehmen Sie beispielsweise das Schlangestehen. Sich in einer Schlange anzustellen gehört aus rein praktischen Erwägungen nicht zu den chinesischen Tugenden. Und nichts liegt mir ferner, als vorzuschlagen, daß Sie es tun sollten. Wenn Sie für etwas anstehen wollen, sagen wir mal Kinokarten, dann tun Sie es ruhig. Und wenn Sie schon dabei sind, lassen Sie gern aus Höflichkeit all jene vor, die noch größere Eile zu haben scheinen als Sie. Schließlich gilt das als kultiviert. Aber erwarten Sie dann nicht, Ihren Kinofilm zu sehen. Zumindest nicht an diesem Tag.

Es ist einfach nicht zweckmäßig, sich anzustellen, weil jeder Mensch mit weniger Würde und spitzeren Ellbogen als Sie sich vordrängeln wird.

Mit ausländischen Gästen im Schlepptau weigere ich mich natürlich, derlei Taktiken anzuwenden, und fühle mich dann oft beschämt, weil ich die letzte bin, die im Restaurant einen Platz bekommt oder auf der Straße ein Taxi, und die erste, die am Kartenschalter abgewiesen wird. Wenn ich aber ohne ausländische Gäste unterwegs bin, kann ich so grob und ungehobelt sein wie alle anderen auch. Ich liebe es, mich nach gewonnener Schlacht vom Kartenschalter abzuwenden und über den Köpfen der enttäuschten Gegner stolz meine Kriegsbeute in der erhobenen Faust zu halten.

Heute schiebe ich mich in Richtung des Kartenschalters im Pekinger Museum der Schönen Künste vorwärts. Die Anzahl der Karten für die gefragte Ausstellung des europäischen Expressionismus ist begrenzt. Ich stehe in einem Pulk wintermantelbekleideter Menschen, die nach Knoblauch und gekochtem Chinakohl stinken, und amüsiere mich prächtig. Doch plötzlich werde ich von hinten angegriffen. Eine untersetzte alte Frau drängelt mich zur Seite und stößt mir ihre Ellbogen in die Rippen. Kurzzeitig empfinde ich Mitleid: Ich denke an die »silbernen Plätze« des öffentlichen Busverkehrs in Kalifornien, wo man entweder aus Höflichkeit oder aus Angst vor Strafe älteren Menschen den Vortritt läßt. Aber hier sind wir in China! denke ich dann. Ich darf nicht lockerlassen. Wenn ich klein beigebe, werden alle anderen rabiaten Alten in dieser Meute das ausnutzen.

Ich spüre, wie mein Kampfgeist erwacht, während die alte Frau immer heftiger gegen mich drängelt. Ich blicke stur geradeaus und ignoriere sie. Bis zum Kassenschalter sind es nur noch drei Meter, aber selbst das ist keine Garantie.

Ich muß mein Geld deutlich vor allen anderen auf den Schalter legen und hoffen, daß die Kassiererin mich vor den anderen drannimmt.

Ich krame ein paar zerknitterte Scheine aus der Tasche und bereite mich auf den letzten Anlauf zum Schalter vor. Heftig schiebe ich mich nach vorn, und der Weg vor mir wird für Sekundenbruchteile frei, als ein junges Mädchen zur Seite stolpert – Anfängerin! Trotzdem komme ich nicht vorwärts: Ich werde festgehalten. Ich fasse es nicht! Die alte Frau hält mich am Gürtel meines Mantels zurück! Das ist gegen die Regeln!

Nun könnten Sie fragen, ob Geduld in der chinesischen Kultur denn nicht belohnt werde. Hat Hu Jintao nicht vierzehn Jahre darauf gewartet, Präsident zu werden? Das schon, aber Sie müssen bedenken, daß Hu Jintao nicht auf Karten für die Ausstellung europäischer Expressionisten wartete.

»Du dickes, altes Weib!« schreie ich, wobei ich aber mehr Ehrfurcht als Wut empfinde.

»Ahii! Warten Sie! Ich will Karten kaufen!« schreit die Alte im Chor der anderen Wartenden. Ich beschließe, eine Kampfstrategie aus der Zeit der Drei Königreiche anzuwenden, die nach dem Fall der Han-Dynastie vorherrschte. Eigentlich sollen bei dieser Strategie zwei Armeen durch eine dritte gegeneinandergelenkt werden, aber ich denke, sie wirkt auch in einer Kassenschlange. Ich schiebe meine Gegnerin geschickt in eine andere

Frau, die neben uns wartet, und als die beiden zu streiten beginnen, stürze ich triumphierend zum Kassenschalter.

Ich schaffe es, meinen Arm durch das Fenster zu drängeln und winke der Kassendame eifrig mit meinen Geldscheinen. Ich habe es geschafft. Die Frau hinter der Kasse greift nach dem Geld – aber sie ist nicht schnell genug. Die Alte steht wieder neben mir und zieht diesmal an meinem Mantelärmel. Sie zieht meinen Arm und, was noch entscheidender ist, mein Geld aus der Reichweite der Kartenverkäuferin.

»So eine Frechheit«, denke ich entrüstet und drehe mich um. Da entdecke ich, daß meine Widersacherin die Nachbarin meiner Eltern ist, Großmama Liu. Mein Ärger verfliegt auf der Stelle.

»Warum bist du mir auf den Fuß gestiegen, du ungezogenes Gör?« fragt Großmama Liu lächelnd. »Das sollte ich deinem Vater erzählen. Aber egal. Laß uns erst mal einen Tee trinken. Ich zahle.«

»Laß mich zuerst unsere Karten kaufen«, sage ich und lächle zurück.

Endlich, endlich kann ich die heißbegehrten Karten an mich drücken. Es gibt ja immer noch Höflichkeit in China. Man muß nur wissen, wohin man inmitten all der Unhöflichkeit sehen muß, denke ich – und beschließe dann, mir diesen unerlaubten Gürtel-Rückzieh-Griff von Großmama Liu gut zu merken.

29

Stadtfrauen und Landfrauen

Ich fahre in einen verarmten Landstrich, um über die dortige Menstruationshygiene und Verhütung zu schreiben. Die Frauen, die ich interviewe, erzählen interessante

Dinge über Abtreibungen, improvisierte Tampons und das Aussetzen von Kindern. Man kann sagen, daß ich nach meiner Rückkehr die Annehmlichkeiten des modernen Stadtlebens auf ganz neue Weise zu schätzen weiß.

Ich lade Beibei, Lulu und CC zu mir ein, damit wir uns beim Nachmittagstee austauschen können. Die Reise hat mir die Augen für die harte Welt außerhalb der Neonlichter von Peking, Shanghai und Hongkong geöffnet. Ich möchte meinen Freundinnen aus der Stadt erzählen, was ich auf dem Land gesehen habe – die Armut und den täglichen Kampf ums Überleben. Bei all den bahnbrechenden Veränderungen und wirtschaftlichen Reformen in China übersehen die erfolgreichen Städter allzu häufig das Leid der Armen auf dem Land. Ob dies aus Ignoranz geschieht oder aus Unwissenheit, hängt ganz davon ab, wen man fragt.

Unter dem Kamelienbaum in meinem Garten fragen weder Beibei noch Lulu nach meinem Ausflug aufs Land. Sie sind viel zu sehr mit ihren Stadtgesprächen beschäftigt: Männer, Partys, Männer, Bars, Männer, Berühmtheiten, Männer und Männer.

»Es gibt so viele nette chinesische Frauen, unter denen chinesische Männer wählen können. Aber als Frau ist deine Auswahl echt beschränkt! Im nächsten Leben will ich unbedingt als Mann wiedergeboren werden, und falls ich dieses Glück nicht habe, dann zumindest als Lesbe«, sagt Beibei und trinkt wie gewöhnlich ihren Lipton-Tee.

Lulu nippt an ihrem Oolong aus Taiwan, der 2.000 Yuan das Pfund kostet, und seufzt dramatisch. »Wir modernen Frauen entsprechen einfach nicht den traditionellen Vorstellungen der chinesischen Männer – wir sind zu unabhängig, zu willensstark und zu gebildet.«

»Vielleicht gibt es in China einfach zu wenig Männer«, überlegt CC laut.

Ich sehe meine Chance gekommen und sage: »Nein. Tatsächlich ist es genau umgekehrt. Es gibt bei weitem mehr chinesische Männer als Frauen – das Verhältnis ist viel unausgewogener als in den meisten anderen Ländern.«

»Und wo sind die ganzen Männer?« fragt Lulu skeptisch, aber interessiert.

Offenbar sind meine Freundinnen über die Welt außerhalb der Großstädte ebensowenig informiert, wie ich es vor meiner Reise war. »Sie leben auf dem Land«, sage ich.

»Ach, ja.« Beibei nickt. »Die Bauern brauchen Söhne für die harte Landarbeit, und traditionell verlassen die Töchter bei der Heirat ihre Familie, um bei der Familie des Mannes zu leben. Söhne verdienen Geld, und Töchter kosten Geld! Da will natürlich jeder lieber Söhne als Töchter.«

»Stimmt, wie konnte ich nur die Bauern vergessen?« ruft Lulu. »In China gibt es achthundert Millionen davon. Im Grunde stammt jeder von uns ursprünglich aus einer Bauernfamilie. Ich glaube, wir Stadtmenschen vergessen von Zeit zu Zeit, wo unsere Wurzeln liegen. Das ist schlimm!« Sie sagt es halb im Scherz, obwohl sie bereits ahnt, daß ihr ein Vortrag über die Misere des ländlichen Lebens bevorsteht.

»Mädchen bringen ihren Familien aber auch Geld ein«, halte ich dagegen. »Weil es auf dem Land weniger Frauen gibt, muß der Bräutigam der Braut und ihrer Familie eine hohe Ablösesumme bezahlen. Die Ärmsten müssen oft lange Zeit sparen – mitunter bis sie über fünfzig sind. Einige Familien müssen ihre Töchter verheiraten, damit sie Geld für die Hochzeit ihrer Söhne bekommen. In extremen Fällen müssen sich zwei Brüder eine Frau teilen!«

»Polyandrie? Ich habe mal etwas darüber gelesen: *Zeig den Belag auf deiner Zunge* von Ma Jian. Ich dachte, das wird nur in wenigen tibetischen und nepalesischen Gemeinschaften praktiziert«, wirft Lulu ein. »Das bedeutet, daß, ganz im Gegensatz zu uns, die wir nicht mal einen einzigen Mann zum Heiraten finden, die Frauen auf dem Land sogar zwei bekommen? Klingt fast zu schön, um wahr zu sein.«

»Sei nicht albern«, schelte ich, »dafür ist das Leben auf dem Land nicht einfach. Viele Männer schlagen dort ihre Frauen. Die Frauen werden ausgebeutet. Im Gegensatz zu uns, die wir in Fitneßstudios gehen, um uns zu bewegen, müssen sie von Sonnenaufgang bis Sonnenuntergang arbeiten. Und es gibt keine Schönheitssalons oder Fußmassagepraxen, um sich am Ende eines schweren Tages verwöhnen zu lassen.«

»Keine Frau aus der Stadt will einen Bauern heiraten, aber so mancher Städter ist froh, wenn er eine vom Land zur Ehefrau bekommt. Wahrscheinlich denkt er, sie sei besonders fürsorglich und eine gute Mutter. Erinnert ihr euch an den berühmten Wissenschaftler in den Zwanzigern, Hu Shi, der in Harvard studiert hatte und an der Schule des Vierten Mai unterrichtete? Er hatte viele gebildete Freundinnen, aber als Frau nahm er schließlich eine Analphabetin vom Land«, erzählt Beibei.

»Dann gibt es in China nicht zu wenig Männer, sondern nur zu wenig taugliche Männer in der Stadt! Die besten sind alle nach Übersee gegangen, um Arzt oder Ingenieur zu werden. Deshalb können die verbliebenen es sich leisten, wählerisch zu sein, obwohl sie selbst nur zweite Wahl sind«, meint Lulu.

»Außerdem verwandeln sich gute Männer oft in schlechte, wenn sie zu lange in China gewesen sind: Sie werden arrogant und egoistisch, weil sie sich an das Interesse der Frauen gewöhnen. Seht euch nur die Heimkehrer und die in China lebenden Ausländer an! Selbst wenn sie schon verheiratet sind, suchen sie sich noch eine Frau dazu«, sagt CC.

Ich erzähle weiter: »Was mich bei den Frauen vom Land am meisten erstaunte, war, daß sie so viel älter aussehen, als sie tatsächlich sind. Sie benutzen weder Make-up noch sonst irgendeine Art der Gesichtspflege, um hübscher auszusehen. Für die Monatshygiene nehmen sie rauhes Papier, das aus Kuhdung hergestellt wird! Aber trotz allem sagen sie, daß sie glücklich sind. Trotz ihrer widrigen Lebensumstände haben alle Frauen, die ich traf, von einem Ohr zum anderen gestrahlt.«

»Warum können wir nicht so glücklich sein? Wir sind jung, schön und finanziell unabhängig, wir haben eine gute Ausbildung, schöne Wohnungen, Autos ...« Beibei sieht uns fragend an.

»Vielleicht liegt es daran, daß wir genau das eine nicht haben, was die Frauen vom Land besitzen«, sage ich.

»Was denn?« ertönt es wie aus einem Munde.

»Unschuld.«

Einen Moment lang herrscht gedankenvolle Stille.

Schließlich sagt Beibei: »Wohin gehen wir heute abend eigentlich aus?«

»Ich habe gehört, im Vics läuft eine MTV-Party«, sagt Lulu.

»Ich will heute nicht mehr Auto fahren«, sagt CC.

Und plötzlich ist das Leben auf dem Land kein Thema mehr.

»Toll«, sage ich. »Dann werde ich wohl fahren müssen ...«

30
Zickenterror

Im International Club findet eine Pressekonferenz zur derzeit beliebtesten Fernsehserie statt: *Von Peking nach San Francisco*. Die in Amerika produzierte Serie erzählt die Geschichte dreier Chinesinnen, die sich im Land der unbegrenzten Möglichkeiten mit den dazugehörigen Liebschaften, Erfolgen und Mißerfolgen durchs Leben schlagen. Die Pressekonferenz soll dazu dienen, die Namen der drei Hauptdarstellerinnen Do Little, Vivian und J, alle Anfang Zwanzig, noch bekannter zu machen.

Das schicke und äußerst fotogene Trio sitzt vorn im Konferenzsaal der Präsidentensuite des Pekinger Grand Hyatt Hotels, lächelt in die unzähligen Kameras und sonnt sich im Rampenlicht.

Neben Lulu und mir sitzt eine junge Frau namens May, die in der Serie die vierte Frau im Bunde spielt. Mit ihren langen Beinen, den großen Augen und dem schmalen, europäisch wirkenden Gesicht wird May von der chinesischen Presse als das schönste chinesische Model gepriesen. Der chinesische Regisseur wollte sie ursprünglich die weibliche Hauptrolle spielen lassen, aber der amerikanische Produzent Peter entschied sich für Do Little. Mays jetzige Rolle ist langweilig und unwichtig und steht ganz im Schatten der drei Hauptrollen. Nun muß sie bei den Journalisten sitzen.

Sie beschwert sich bei mir: »Hey, ich bin ein Model! Ich bin daran gewöhnt, daß in der Modewelt ständig neue Looks kommen und gehen, aber ich hätte nie gedacht, daß es beim Fernsehen noch viel schlimmer ist. Sehen Sie sich mal Do Little an, die sieht doch aus wie eine Bäuerin aus dem Film *Keiner weniger*. Im Dorf

Zhejiang südlich von Peking sehen fast alle Mädchen aus wie sie und freuen sich auf eine Karriere als Babysitter! Was ist los mit diesen Amerikanern? Was finden die ausgerechnet an ihr so toll? Sie hat kleine Augen – als ich sie das erste Mal sah, dachte ich, sie schläft! –, eine große, flache Nase und ein rundes Gesicht wie eine getrocknete Khakifrucht! Ihre Wangen sind rund und rot, als käme sie geradewegs von der Hochebene! Nach chinesischen Maßstäben ist sie so häßlich, daß sie Schwierigkeiten haben wird, einen Mann zu finden! Aber die Amerikaner denken, sie hätten ein neues Weltwunder entdeckt, und geben ihr die Hauptrolle.«

»Vielleicht paßt ihr Aussehen gut zu ihrer Rolle. Diese Frau, die sie spielt – Lucy –, war in China auch nicht besonders beliebt, aber in Amerika ist sie dann plötzlich etwas Besonderes«, gebe ich zu bedenken.

»Ja, aber dann soll man sie in China trotzdem weiter häßlich finden! Was ist das nur für eine verrückte Welt! Sobald die Amerikaner ihr eine Rolle geben, wollen plötzlich alle chinesischen Zeitschriften ihr Foto auf dem Titelblatt haben, und alle möglichen Firmen bieten ihr Werbeverträge an. In den Medien wird sie als chinesische Schönheit gehandelt. Brauchen wir Chinesen etwa Ausländer, die uns erzählen, was schön ist?« May verzieht voller Abscheu das Gesicht.

Kaum ist May ihre Beschwerden losgeworden, fragt ausgerechnet Beibeis ehemaliger Liebhaber Iron Egg den amerikanischen Produzenten, warum sie Do Little genommen hätten. »Jeder hier in China wird Ihnen sagen, daß sie einfach häßlich ist«, ruft er laut.

May verrät mir: »Ich habe Iron Egg vorhin einen *hongbao* mit fünfhundert Yuan gegeben. Er sollte im Zusammenhang mit Do Little das Wort ›häßlich‹ benutzen. Wir wollen sie in aller Öffentlichkeit schmähen!«

Produzent Peter lächelt nur. Er spricht ruhig, so als hätte er seine Antwort auf diese Frage schon lange vorbereitet. »Do Little ist ein sehr orientalischer Typ, ein bißchen mongolisch, ein bißchen vietnamesisch. Ihre natürliche Art erinnert an ein ländliches Dorf am Morgen: kühl, mit dem schwachen Duft der Erde – ihre Wirkung ist einzigartig, wie ich sie kaum bei irgendeiner anderen chinesischen Schauspielerin sehe. Und der Erfolg der Serie gibt uns recht.«

Nun ergreift Do Little selbst das Wort: »Ich überlasse meinem Publikum die Entscheidung, ob ich hübsch bin oder nicht. Ich will dazu nur sagen, daß alles an mir natürlich ist. Im Gegensatz zu manchen anderen Kolleginnen habe ich keine Schönheitsoperationen nötig. An mir ist alles echt.« Do Little blickt vielsagend zu May hinunter und ruft damit allen ins Gedächtnis, daß May etliche Schönheitsoperationen hinter sich hat. Als sich plötzlich alle nach ihr umdrehen, stürmt May vor Wut aus dem Saal.

Diese Do Little gefällt mir. Es ist ihr Selbstvertrauen, das ihr Schönheit verleiht. Allerdings frage ich mich, ob ich nicht schon die Sehweise der Amerikaner übernommen habe.

Nach Do Little wenden die Journalisten sich Vivian zu. Es geht das Gerücht, daß Vivian ihre Rolle nur bekam, weil sie Peters Cousin John heiratete.

Im Gegensatz zu hochrangigen Stars, die persönliche Themen meiden, spricht Vivian den Medien gegenüber offen über ihr Privatleben.

»Zu Hause muß ich die ganze Zeit englisch sprechen. Wie schlecht habe ich es also im Vergleich zu den Frauen mit chinesischen Ehemännern! Aber mir bleibt keine andere Wahl.«

Es ist amüsant zu hören, wie Vivian die Unglückliche

markiert, wo doch alle wissen, daß Englisch so etwas wie ein Statussymbol ist!

»Wieso keine andere Wahl? Sie könnten sich von Ihrem amerikanischen Mann scheiden lassen und einen Chinesen heiraten. Dann könnten Sie den ganzen Tag chinesisch sprechen! Hier gibt es bestimmt eine halbe Milliarde Männer, die nur auf Sie warten!« sagt ein Journalist herausfordernd.

Iron Egg meldet sich wieder zu Wort: »Ich habe gehört, daß Sie schon immer einen Mann aus dem Westen heiraten wollten. Sie sind nie mit Chinesen ausgegangen. Kann es sein, daß Sie sich für etwas Besseres halten?«

Vivian macht ein bestürztes Gesicht. »Ganz bestimmt nicht! Ich bin eine traditionelle chinesische Ehefrau.«

»Wie ich hörte, lernten Sie Ihren Mann vor fünf Jahren im Kunlun Hotel kennen; Sie liefen ihm durch ganz Peking nach und beknieten ihn, bis er versprach, Sie mit in die Staaten zu nehmen«, setzt Iron Egg nach. Der Hinweis auf das Kunlun Hotel legt den Verdacht nahe, daß ihre Interessen eher professioneller als persönlicher Natur waren. Chinesische Revolverblätter sind berüchtigt für ihre Skandalgeschichten.

Mir wird klar, daß Iron Egg auch von Vivians Gegnerinnen bestochen wurde.

Vivians Selbstsicherheit schwindet. Sie keift: »Lächerlich! John war hinter mir her! Er hat mich verfolgt wie ein liebeskrankes Hündchen!«

Die Journalisten lachen, auch Iron Egg. Sie haben von Vivian bekommen, was sie wollten: ein einprägsames Zitat.

Da sie sieht, wie Vivian von den boshaften Journalisten ausgetrickst wird, gibt J sich zurückhaltend und spricht mit Bedacht.

Sie erzählt, daß sie aus einer Arbeiterfamilie der nordöstlichen Provinz stamme, ihre Eltern arbeitslos gewesen seien und sie es dennoch schaffte, an der Pekinger Schauspielschule aufgenommen zu werden. Sie wurde vom chinesischen Regisseur entdeckt, als sie während ihres Schauspielstudiums stundenweise in einem westlich orientierten Kaufhaus arbeitete und dort Werbung für Rémy Martin machte.

Nun hoffen die Produzenten, daß sie der »nächste große Hit« wird, sowohl in China als auch in Übersee.

»Was ist Ihr nächstes Projekt?« will einer der Journalisten wissen.

»Da sollten Sie meinen Agenten fragen«, ist ihre Antwort.

Auf dieses Stichwort hin tritt ein Mann mit weißem Anzug und Sonnenbrille nach vorn. Sobald er den Mund öffnet, erkennen alle, daß er aus Hongkong stammt.

»*Gemenr*«, beginnt er, und der Pekinger Slang-Ausdruck für »Freund« oder »Kumpel« klingt mit seinem Hongkonger Akzent äußerst seltsam. Einige Journalisten im Publikum lachen. »Wir werden J nach Hongkong bringen und ihre Karriere in mehrfacher Hinsicht vorantreiben.«

»Haben Sie schon mit den Produzenten der James-Bond-Filme gesprochen? Bei denen sind asiatische Frauen im Moment doch sehr beliebt!« ruft einer der Journalisten ihm zu.

Der Agent winkt ab. »Mit Bezug auf ihre Ausbildung an der Schauspielakademie möchte J sich lieber mit chinesischen Projekten beschäftigen. Sie wird sich nicht einfach ans Ausland verkaufen. Zur Zeit erwägt sie das Angebot einer Rolle in einem neuen Hongkong-Film mit dem Titel ›Es wird kein Morgen geben‹ – wir sind sicher, daß er ein großer Erfolg wird.«

»J hat sich von der Hongkong-Triade kaufen lassen«, höre ich eine Journalistin. Sie ist laut genug, um gehört, aber zu leise, um erkannt zu werden.

Man sagt, daß viele Filmstars von den Mafiosi kontrolliert werden. Gehört J wirklich dazu? Oder ist das nur ein Gerücht ihrer Feinde? Auf jeden Fall verleiht es ihr den Anstrich des Geheimnisvollen, was für den Aufstieg eines Stars nicht unbedingt schlecht ist. Als Journalist der Unterhaltungsbranche muß man Gerüchten nachgehen und die Verbreitung von Gerüchten vorantreiben. Ich bin froh, daß ich hauptsächlich über politische und soziale Themen schreibe, so daß ich die heutige Pressekonferenz in keiner Weise verwerten muß.

Plötzlich höre ich Lulu sagen: »Ich bin hübsch. Ich habe viele Freunde bei der Presse. Was denkst du, Niuniu: Soll ich den Beruf wechseln und Schauspielerin werden? Es ist bestimmt aufregend, so berühmt zu sein!«

»Kannst du denn schauspielern?« frage ich zurück. »Kannst du lügen, ohne rot zu werden? Wenn du dich nach oben schlafen und den Leuten dann immer noch erzählen kannst, du seist eine traditionelle Chinesin, dann hast du den Test bestanden.«

Lulu seufzt. »Dann ist der Plan zum Scheitern verurteilt.«

31

Englischwahn

Yingyu, das heißt Englisch, ist in China der große Hit. Nach dem Eintritt Chinas in die WTO ist die gesamte Nation heiß darauf, Englisch zu lernen. Schon Erstkläßler erhalten Englischunterricht in der Schule. Großstadtsenioren treffen sich allmorgendlich in ihrer »English

Corner«, um Englisch zu üben. Selbst Staatsführer spicken ihre Reden mit englischen Ausdrücken oder singen englische Lieder, um die Bevölkerung zu beeindrucken.

Englische Sprachschulen setzen Millionen um, vor allem mit Vorbereitungskursen für diverse Sprachtests, Bewerbungstests und Aufnahmeprüfungen wie TOEFL, GRE, LSAT oder GMAT. Jeder Sprachschullehrer ist Millionär. Der bekannteste »Englischmillionär« ist Li Yang mit seinem Englischkurs »Crazy English«. Er bringt Studenten Englisch bei, indem er sie aus Leibeskräften englische Sätze schreien läßt.

Was diese Kurse verkaufen, ist allerdings nicht nur Englisch, sondern auch *meiguo meng*, den amerikanischen Traum. Alle wollen Englisch lernen, um eine Stelle zu finden, vorzugsweise bei einer *waiqi*, einer ausländischen Firma, oder um in Amerika studieren zu können.

In der diesjährigen Galavarietéshow auf CCTV zum Frühlingsfestival zog eine Parade von Menschen aller Altersstufen, von Kindergartenkindern bis hin zu betagten Großeltern, an den Kameras vorbei und schrie im »Crazy English«-Stil die Buchstaben des englischen Alphabets heraus, als seien es alte revolutionäre Parolen. Ein Freund von mir, ein französischer Journalist der AFP, ist völlig perplex: Er kann es nicht fassen, daß ein ganzes Land derart von einer fremden Sprache besessen ist – noch dazu von Englisch!

Menschen verschiedener chinesischer Städte konkurrieren untereinander in Sachen Englischkenntnisse. Shanghaier halten ihr Englisch für besser als das der Hongkonger. Sie behaupten: »Unser Schulsystem ist besser als ihres!« Obwohl ich der Shanghaier Arroganz nichts abgewinnen kann, habe ich in Hongkong tatsächlich schlechte Erfahrungen gemacht.

Als ich einmal auf Geschäftsreise in Hongkong war,

wollte ich mich in einem Laden beraten lassen und dachte, ich frage besser auf englisch. Doch als ich anfing, hob die junge Verkäuferin abwehrend die Hände und sagte: »Kein Englisch!« Also fragte ich auf chinesisch: »Sprechen Sie Mandarin?« Das Mädchen antwortete in kantonesisch: »Siu-siu – ein wenig ...« Es war hoffnungslos – ich mußte aufgeben und das Geschäft verlassen.

Das beste Englisch sprechen ihrer eigenen Meinung nach die Pekinger. »Wenn die im Süden noch nicht mal den Unterschied zwischen ›n‹ und ›l‹ und ›s‹ und ›sh‹ im Chinesischen erkennen können, wie wollen sie dann besser englisch sprechen können als wir?« sagen sie. »Und amerikanisches Englisch können wir besonders gut wegen des *er-hua*!« *Er-hua* bedeutet, daß im Pekinger Dialekt an viele Wörter die Endung »er« (mit amerikanisch gerolltem R) angehängt wird. »Wir sprechen sogar Chinesisch mit amerikanischem Akzent!« können die Pekinger daher behaupten.

Little Fang stammt aus Peking und spricht perfekt *putonghua*, also die offizielle Amtssprache Hochchinesisch beziehungsweise Mandarin. Sie gibt CCs Freund Nick kostenlosen Chinesischunterricht. Wenn Nick ihr Chinesisch nicht versteht, bittet er sie in seinem perfekten Oxford-Englisch um eine Erklärung. »Das ist meine Chance, tadelloses Englisch zu lernen«, sagt Little Fang. Diese Art von *huxiang xuexi*, Sprachaustausch, sind zwischen Chinesen und ausländischen Studenten allgemein üblich. Oft wird auch mehr ausgetauscht als nur Sprache – durch solche bilingualen Freundschaften sind schon viele Romanzen entstanden.

Aber weil Little Fang mit Nick nur Chinesisch übt und nicht schwimmen geht wie seine anderen weiblichen »Lehrerinnen«, vertraut CC ihr, und die zwei werden Freundinnen. Nachdem CC sie uns vorgestellt hat, gehört Little

Fang mit zu unserer Clique. Wir gehen oft zusammen zum Sport oder zum Tanzen.

In der Loft Bar stellt Little Fang eines Tages CC und mir ihre Freundin Yu vor und bittet uns, englisch mit ihr zu sprechen. Als Yu zur Toilette geht, erzählt Little Fang ihre Geschichte.

Yus größter Traum ist es, einwandfreies Englisch zu sprechen. Zunächst versuchte sie, die Wörter aus ihrem Oxford-Englisch-Chinesisch-Wörterbuch auswendig zu lernen und riß nacheinander alle Seiten heraus, die sie schon gelernt hatte. Als von ihrem Wörterbuch außer dem Einband kaum noch etwas übrig war, bekam sie in ihrer Englischprüfung trotzdem nur eine Sechs. Also fing sie an, die ausgerissenen Seiten zu essen. Sie folgte damit der traditionellen chinesischen Logik, nach der auch Männer glauben, sie würden durch den Genuß von Stier- und Tigerpenissen potenter.

Nachdem auch diese Methode versagte, war Yu vollkommen verzweifelt. Sie ging in Hotellobbys, um Muttersprachler zu treffen, mit denen sie ihr mündliches Englisch verbessern könne. Letzte Woche bekam sie von ihrer Schule einen Verweis, weil die Polizei sie um Mitternacht mit einem Kanadier in seinem Hotelzimmer erwischte. Der Mann trug zu diesem Zeitpunkt kein Oberhemd mehr. Offenbar dachte man, sie sei eine Prostituierte. In Peking geht tatsächlich das Gerücht, daß manche Studentinnen sich prostituieren, um ein bißchen Geld zu verdienen – aber um Englisch zu lernen? Das ginge mit Sicherheit zu weit!

Little Fang hofft nun also, wir könnten Yu helfen.

Yu gesteht, ihr größter Traum sei es, vierundzwanzig Stunden am Tag englisch zu sprechen. Also unterhalten wir uns mit ihr auf englisch.

Allerdings hat sie kein keinerlei Sprachtalent. Sie kann

den Unterschied zwischen »s« und »th« nicht erkennen.

CC und ich sind peinlich berührt, weil wir Yus Englisch nicht verstehen, und wir fragen lieber nicht nach, weil wir Angst haben, ihr weh zu tun. Also lächeln wir nur, nicken und sagen »oh« und »aha«.

Little Fang merkt es und sagt auf chinesisch zu ihrer Freundin: »Erzähl uns von deinem Freund Ching.«

»Dem hab' ich gerade den Laufpaß gegeben!« schreit Yu.

»Warum?« Little Fang ist überrascht.

»Ich konnte sein stümperhaftes Englisch nicht mehr ertragen. Wenn er englisch spricht, hört er sich an wie ein Idiot.«

»Wieso?«

»Sein ›s‹ und sein ›th‹ klingen genau gleich!« Als sie es sagt, klingen auch bei ihr beide Laute wie »s«, und wir versuchen, nicht zu lachen.

»Aber er ist doch ein netter Kerl. Wie kannst du ihn verlassen, nur weil sein Englisch nicht gut ist? Du brauchst doch nur chinesisch mit ihm zu sprechen«, sagt CC.

Yu hat da ihre eigenen Theorie, die sie in ihrem gebrochenen Englisch präsentiert: »Es egal sein, ob jemand sprechen chinesisch gut oder schlecht. Aber wenn sprechen englisch nicht gut, er haben kein Zukunft. Gut englisch: gut Arbeit und viel Geld; aber gut chinesisch: wertlos!«

32

Pygmalion in Peking

Vom Altertum bis zum heutigen Tag ist *chunjie*, Reinheit, die höchste Tugend, die ein Chinese von seiner Frau erwartet. In den Liebesromanen des taiwanesischen Autors

Qiongyao findet man die Verkörperung solch »reiner« Frauen zuhauf: Sie haben langes, fließendes, schwarzes Haar, tragen lange, weiße Röcke, sind jungfräulich, zurückhaltend, unnahbar und selbstlos. Seit vierzig Jahren verkauft Qiongyao diese stereotypen Liebesgeschichten unschuldiger Chinesinnen in Form von Büchern oder Fernsehserien mit uneingeschränktem Erfolg. Männer, Frauen, Jung und Alt, sie alle weinen Tränen bei den Geschichten um seine traurigen Heldinnen.

Mir haben Qiongyaos Seifenopern nie gefallen. Auf mich wirken die Inhalte konstruiert und die Heldinnen einfach nur prüde. Meine Freundin CC, die in Oxford studiert hat, sieht es genauso: »Was finden die Chinesen nur an diesen Hohlbirnen, die nichts weiter können als heulen und flehen? Warum wissen sie eine Meryl Streep oder Sophia Loren nicht zu schätzen?«

Um eine Antwort auf CCs Frage zu finden, lade ich meinen Freund Jia, einen Maler, zu einem gemeinsamen Drink in die Red Moon Bar des neuen Grand Hyatt Hotels in der Innenstadt von Peking ein.

Jia, ein Fan von Qiongyao, liebte diesen unschuldigen Typ Frau so sehr, daß es sein größter Wunsch wurde, ein Mädchen vom Lande und aus einem Minoritätenstamm zu heiraten.

Vor drei Jahren bereiste Jia verschiedene primitive Dörfer, um seine ideale Frau zu finden. In der verarmten Provinz Guizhou lief er drei Tage lang durch einen Wald und erreichte schließlich das Lager eines Dong-Stammes, in dem es weder Elektrizität noch Autos gab. Die Dorfleute lebten noch wie in der Steinzeit. Sie waren sehr gastfreundlich und behandelten den Fremden wie ein Mitglied ihres Stammes. Bald lernte er eine hübsche achtzehnjährige Jungfrau kennen, die das allerschönste Lächeln hatte. Ihr Name war Miya. Miya konnte gut tanzen. Wenn sie sich bewegte, klingelten die silbernen Kettchen um ihre Fußgelenke. Jia war vollkommen verzaubert.

Nachdem er einen Monat bei den Dong gelebt hatte, überredete er Miya, ihn zu heiraten, und nahm sie mit sich nach Peking.

Sein ehrgeiziges Ziel war es, Miya zu einer perfekten Ehefrau zu machen. Die erste Aufgabe war, Miya Chinesisch beizubringen – sie sprach ja nur die Sprache ihres Stammes.

Binnen zwei Jahren verwandelte sich Miya in ein Geschöpf, das den Seiten eines von Qiongyaos Romanen entstiegen zu sein schien: langes schwarzes Haar, weißer Rock, voller Liebreiz und Bewunderung für ihren Ehemann. Ich traf Miya einige Male. Sie war die meiste Zeit sehr still, und wenn sie sprach, dann nur von Jia.

Ich fragte Miya, welche Bücher sie gerne lese, und Miya sagte: alle Bücher, die Jia gelesen habe. Ich fragte, was sie gern esse, und Miya sagte: alles, was Jia esse. Ich war entsetzt. »Miya ist keine von uns.« Auch meine Freundinnen sagten das. Aber Jia präsentierte seine Miya weiterhin voller Stolz, und seine männlichen Freunde beneideten ihn so sehr, daß sie es ihm gleichtun wollten.

Inspiriert durch seine neue Liebe, veranstaltete Jia eine erfolgreiche Ausstellung seines Rosenzyklus in der Französischen Botschaft in Peking.

Jia fühlte sich wie ein König – bis er etwa zwei Monate nach der Ausstellung eines Tages nach Hause kam und sah, daß Miya verschwunden war. Mitsamt seinen Gemälden und allem Geld von seinem Konto.

Gerüchten zufolge hatte Miya auf Jias Ausstellung einen pensionierten französischen Diplomaten kennengelernt und war mit ihm, den Gemälden und Jias Geld nach Paris gegangen. Es hätte Jia keinesfalls überraschen dürfen. Schließlich war Miya nicht die erste Frau, die ihn betrog. Vor Miya hatte er bereits zwei andere Ehefrauen aus Minioritätenvölkern gehabt, und Anfang und Ende waren immer gleich gewesen: Er findet in einem entlegenen Dorf ein unschuldiges Mädchen, bringt es in die Stadt, macht aus ihm eine Bilderbuchfrau, die ihn dann wegen eines anderen verläßt und dabei sein ganzes Geld mitnimmt.

»Was fasziniert dich so an diesen Minoritätenmädchen?« will ich wissen.

»Ihre sexuelle und emotionale Unschuld. Ich glaube, die wahre Liebe begegnet einem nur einmal im Leben. Frauen aus der Stadt haben zu viele Möglichkeiten, Männer kennenzulernen. Sie sind nicht mehr rein. Meine drei Frauen wurden alle durch die Stadt verdorben«, sagt Jia.

Kein Wunder, daß er auf Minoritätenfrauen steht – keine Frau in der Stadt würde ihm diesen Schwachsinn abnehmen. »Meinst du nicht, du hast selbst großen Anteil daran gehabt, die Frauen zu verderben?« Ich kann mir die Frage nicht verkneifen.

»Aber letztendlich habe ich davon profitiert!« verteidigt sich Jia. »Ich habe meine Gemälde und mein Geld dafür hergegeben, jahrelang wie ein König bewundert und bedient zu werden. Es hat zumindest meinem Ego gutgetan, so daß ich malen konnte. Sagt doch: Wer kann in einer Volksrepublik schon leben wie ein König?«

Aha, denke ich, das alte Problem: Wie so viele chinesische Männer leidet Jia unter mangelndem Selbstbewußtsein.

CC, die Jias Bilder immer sehr bewundert hat, ist über seine chauvinistischen Äußerungen entsetzt. »Ha!« giftet sie zurück. »Du denkst, du warst ein König? Aber dies war das dritte Mal, daß deine unschuldige Königin mit deiner königlichen Schatzkammer zu einem anderen Mann läuft! Ich weiß, was für ein König du bist: der König der Gehörnten!«

33

Ameisen essen

Ich bin auf Geschäftsreise in Guangzhou. Da erhalte ich den Anruf einer staatlichen Brauereigesellschaft namens Blue Boys. »Unser Präsident Gao würde sich gern mit Ihnen treffen.« Am anderen Ende der Leitung spricht eine Frau, vermutlich eine Sekretärin. Wer ist Präsident Gao? Ich bin verwirrt. Ich kenne nicht viele Leute in Guangzhou.

Wie sich bald herausstellt, ist Präsident Gao der Junge, den sie einst High Mountain nannten. Seit fast zehn Jahren haben wir uns nicht mehr gesehen.

High Mountain war in der Mittelstufe mein heimlicher Verehrer. Die meisten Schüler unserer Schule stammten aus Familien hochrangiger Mitglieder des kommunistischen Kaders. High Mountains Vater war der Sekretär des Sekretärs von Beibeis Großvater und damit ein Beamter von niedrigem Rang. Snobistische Schulkameraden zogen ihn oft wegen seiner niederen Herkunft auf. Mich mochte er, weil ich als einziges Mädchen an der Schule nett zu ihm war. Bevor ich in die Staaten ging, schrieb er mir in seinem Abschiedsbrief:

»Ich hoffe, du wirst eine chinesische Patriotin bleiben und in Amerika nicht vergessen, dem chinesischen Volk zu dienen. Ich hoffe, du wirst dich nicht in einen ausländischen Teufel verlieben, denn das ist ganz und gar unpatriotisch. Entweder man gehört dazu, oder man bleibt Außenseiter, daran läßt sich nichts ändern. Ich wollte dir immer sagen, wie sehr ich dich mag, aber ich hatte große Angst, daß die anderen mich auslachen wie eine Kröte, die einen Schwan begehrt. Ich werde meine Liebe zu dir beweisen, indem ich mein ganzes Herz in den Aufbau unseres Landes lege. High Mountain.«

Heute ist High Mountain nicht mehr der kleine Junge, der an niedrigem Selbstwertgefühl leidet. Heute ist er Präsident Gao. Er holt mich in einem Cadillac ab.

Nachdem ich eingestiegen bin, suche ich nach dem Sicherheitsgurt.

»Die Amerikaner sind solche Memmen! Ich habe keine Angst vor dem Tod, deshalb brauche ich auch keinen Sicherheitsgurt«, prahlt Präsident Gao. Ich hatte nicht erwartet, daß mein früherer Verehrer Amerika schon bei der Begrüßung schlechtmacht, aber ich habe schon gemerkt, daß es unter Einheimischen Mode geworden ist, sich über Heimkehrer lustig zu machen. Ich nehme es ihm nicht übel, daß er sauer auf mich ist. Schließlich ist er damals nicht nur bei mir abgeblitzt, sondern auch bei allen amerikanischen Unis, an denen er sich beworben hatte.

Ich lächle höflich. »Ich schätze, ein Cadillac ist an sich schon ein guter Schutz.«

»Welches Auto hast du denn in den Staaten gefahren?« fragt Präsident Gao, während er sich durch den Verkehr schlängelt.

»Einen Honda«, antworte ich und halte mich nervös an meinem Sitz fest.

»Das dachte ich mir. Japaner sind viel sparsamer im Verbrauch. Ich hingegen liebe den Luxus amerikanischer Wagen. Was kümmern mich die Benzinpreise? Alle Kosten, von Benzin bis hin zu Strafzetteln, bekomme ich von der Firma erstattet.«

»Dann nutzt du also das sozialistische wie auch das kapitalistische System zu deinem Vorteil!« necke ich ihn.

»Natürlich«, erwidert Präsident Gao voller Genugtuung.

Er fährt über eine rote Ampel und schwadroniert weiter: »Ich wette, du hast dich in den Staaten immer an all diese dummen Verkehrsregeln gehalten. Ich muß hier auf gar nichts achten. Der Polizeipräsident ist ein Freund von mir.«

Ich sehe, wie eine alte Frau voller Angst auf dem Zebrastreifen stehenbleibt, als der riesige Cadillac des Präsidenten sich nähert. Es erinnert mich an ein Zitat meines Freundes Richard Bernstein von der New York Times. In seinem Buch *Die ultimative Reise: Auf den Spuren eines alten Buddhistenmönches, dessen Suche nach Erleuchtung ihn durch ganz Asien führte* schreibt er: »Die Welt ist eingeteilt in zwei Arten von Ländern – Länder, in denen die Autos für Menschen stehenbleiben, und Länder, in denen die Menschen für Autos stehenbleiben.«

»Was möchtest du essen?« erkundigt sich Präsident Gao.

»Das ist mir egal.«

»Haifischflossen und Hummer habe ich so satt! Ich möchte dich in ein beliebtes neues Lokal ausführen, sehr exquisit, wo auch alle Firmenchefs hingehen. So gutes Essen wirst du woanders kaum bekommen. Mach dir keine Gedanken über den Preis, ich lade dich ein. Ich habe gehört, ihr Überseechinesen teilt euch immer die Rechnung. Wir Einheimischen tun das nicht.«

Ich weiß, daß das Präsident Gao ohnehin nicht sein eigenes Geld ausgeben wird. Es sind *gongkuan* – öffentliche Gelder.

»Du kannst dir in China wahrscheinlich alles leisten«, sage ich und denke dabei, daß ich ihm nicht erlauben werde, mich einzuladen.

In Foshan, der Stadt gleich hinter Guanzhou, erreichen wir ein Restaurant ohne Namen. Die Besitzerin, eine hübsche junge Frau, begrüßt Präsident Gao mit verführerischer Stimme: »Gao Zong, das Übliche?«

»Ja, bitte«, sagt Präsident Gao, sichtlich erfreut darüber, »Gao Zong« genannt zu werden, nach einem Kaiser der Tang-Dynastie. Während wir hineingehen, sagt er: »Dieses Flittchen will übrigens meine dritte Frau werden.« Die nächsten zwanzig Minuten lang brüstet er sich damit, wie viele Frauen hinter ihm und seinem Geld her sind.

Als das Essen kommt, falle ich fast in Ohnmacht. Rührei mit Ameisen, geröstete Küchenschaben, Fledermaussuppe ... Ich kann nicht begreifen, warum derlei Speisen in Guangzhou so viel Geld kosten sollen. In den USA habe ich junge Leute im Fernsehen gesehen, die so etwas vor laufender Kamera aßen, weil der Sender ihnen fünfzig Dollar dafür zahlte. Anscheinend stimmt der Spruch, daß die Leute im Süden Chinas alles essen, was Beine hat, außer einem Tisch, und alles, was fliegt, außer einem Flugzeug.

»Ich kann das nicht essen«, sage ich.

»Wenn du chinesisches Essen nicht magst, warum bist du dann nicht in Amerika geblieben? Ich weiß schon! Das kommt sicher daher, daß die Weißen uns Asiaten als minderwertige Rasse ansehen. Ich wette, du konntest es nicht länger ertragen.« Präsident Gao klingt verletzt.

Mir wird klar, daß dies der beschämendste Moment für eine Frau ist: wenn sie einen rachsüchtigen Mann trifft, den sie einst verschmäht hat – selbst wenn sie in der Schule die einzige war, die ihn nicht wegen seiner Herkunft gehänselt hat. Ich sehe Präsident Gao an und lächle. »Eigentlich war es gar nicht so schlimm. Als Asiat in Amerika ist man zumindest besser dran als ein Beamter niederen Ranges in Peking.«

34
Nicks Tick

Nach fünf Jahren Beziehung in England und zwei Jahren des Zusammenlebens in China macht CCs englischer Freund Nick nach ihrer gemeinsamen Shanghai-Reise Schluß. Alle seine Freunde dachten eigentlich, er würde in Shanghai bleiben und der Bedienung aus dem Portman Hotel, in die er sich verliebt hatte, weiterhin den Hof machen.

Doch er kehrte nach Peking zurück und wird oft mit Little Fang gesehen. CC ist entrüstet, als sie davon erfährt – vor allem, weil wir uns alle mit Little Fang angefreundet hatten. CC kommt zu mir, um ihrem Ärger Luft zu machen.

»Aber hat Little Fang nicht schon einen Freund?« frage ich, als mir der ernste junge Mann einfällt, der einige Male in ihrer Begleitung war.

»Ich glaube, sie hatte schon immer ein Auge auf Nick geworfen«, meint CC. »Warum sonst hätte sie ihm kostenlos Chinesischunterricht erteilt?«

»Wahrscheinlich hast du recht«, sage ich. »Aber sie schien doch ganz nett zu sein. Ich bin sicher, das ging nicht von ihr aus, sondern von Nick.«

»Wie auch immer. Wenn diese Schlampe wirklich meine Freundin wäre, würde sie sich gar nicht auf ihn einlassen«, ruft CC.

»Hat Nick gesagt, warum er mit dir Schluß gemacht hat?«

»Er sagte, er möge einheimische Chinesinnen lieber als Frauen wie mich, die in Übersee aufgewachsen sind. Er sagte, die einheimischen Frauen seien nicht so großkotzig und hochnäsig. Niuniu, findest du mich großkotzig und hochnäsig?«

»Aber nein, CC, natürlich nicht!«

»Aber warum hat Nick mich dann wegen Little Fang sitzenlassen? Sag schon, Niuniu! Ist es, weil ich nicht so hübsch oder so sexy bin wie die einheimischen Frauen?«

»Du bist wunderschön.«

»Dann bin ich wohl einfach nicht chinesisch genug. Nick sagte, ich hätte nicht die Eleganz einer echten Chinesin.« CC seufzt.

»Nick hat einen Tick«, entgegne ich. »Das hört sich ganz nach ›Gelbfieber‹ an: Er ist besessen von asiatischen Frauen. Dann, meine Liebe, ist es wirklich an der Zeit weiterzuziehen. Nick ist nur ein einzelner Grashalm im großen, weiten Rasen, und während wir über ihn reden, trägt der Wind schon neue Samen herbei. In Peking wächst das Gras recht schnell!«

CC sieht mich traurig und nachdenklich an und sagt: »Aber vielleicht hat er recht, vielleicht bin ich wirklich nicht chinesisch genug. Wenn ich Leute aus dem Westen treffe, halten sie mich für eine Chinesin. Sie erwarten, daß ich perfekt chinesisch spreche, die unterwürfige Asiatin gebe und sie toll finde, nur weil sie Ausländer sind. Aber ich bin keine Chinesin. Ich komme aus dem Westen. Ich bin in England aufgewachsen, meine Muttersprache ist Englisch – chinesisch spreche ich nur mit meinen Eltern. Die europäische Kultur ist mir viel näher als die chinesische. Und ich werde mich keinem Mann aus dem Westen an den Hals werfen, nur weil er blaue Augen und blonde Haare hat.

Als ich nach China kam, dachte ich, wenn ich Mandarin lerne und ein bißchen Kung Fu und Feng Shui, dann werde ich zur richtigen Chinesin. Aber wenn mich Leute aus dem Westen zur chinesischen Kultur befragen, habe ich keine Ahnung. So viele Jahre habe ich mich bemüht, aber ich habe versagt. Ich gehöre nirgends hin. Ob nun

Nick oder all die anderen Ausländer in Asien – fast alle wollen was Exotisches. Wenn sie mit einer Einheimischen ausgehen, fühlen sie sich wahrscheinlich wie Kolonialherren, die den geheimnisvollen Orient besiegt und gezähmt haben. Ich aber bin zu westlich und ihnen damit zu ähnlich. Ich bin ihnen ebenbürtig. Und ohne Exotik keine Romantik. Habe ich recht?«

»Warum machst du dir überhaupt so viele Gedanken über Männer aus dem Westen? Wenn sie dich nicht verstehen oder zu schätzen wissen, warum suchst du dir keinen Chinesen?« frage ich. »Du bist hübsch, klug, humorvoll – es muß doch haufenweise Chinesen geben, die mit dir ausgehen wollen!«

»Ich weiß nicht – ich habe es noch nie mit einem Chinesen versucht.«

»Warum nicht?«

»Irgendwie stimmt da die Chemie nicht. Es wäre, wie mit einem meiner Brüder zusammenzusein. Und Männer aus dem Westen sind so viel lustiger und lockerer und nicht so sehr darauf bedacht, ihren Eltern zu gefallen. Außerdem haben sie viel schönere Körper!«

»Tja. Du kannst Nick durchaus vorwerfen, süchtig nach Asiatinnen zu sein, aber wie mir scheint, bist du deinerseits süchtig nach Ausländern.«

35

Partygerüchte

Mein Boss Sean und ich haben den Auftrag, in Hongkong über die durch Regierungschef Tung ausgelöste Vertrauenskrise zu schreiben. Für Freitag abend werden wir in den Club Ing im Hongkonger Bezirk Wan Chai eingeladen. Dort findet die Abschiedsparty für einen englischen Banker statt, der in sein Heimatland zurückkehrt.

Zu Gast sind Banker, Berater, Anwälte, ausländische Journalisten, Werbeagenten, chinesische Prominente und Leute mit unklarem Hintergrund, die sich selbst als »freie Agenten« oder Schriftsteller vorstellen. Die meisten kennen den englischen Banker gar nicht, aber das ist egal. Wie im Westen, hatten auch in der chinesischen Kultur die Beziehungen schon immer großen Stellenwert, insbesondere in Hongkong. Deshalb darf man auf solchen Partys nicht fehlen.

Weiße Handschuhe, Martinis, die wiederholten Ausrufe »hi« und »oh yeah«, Küßchen hier, Umarmung da, mattes Lächeln dort, Geplauder in einem Mischmasch aus Chinesisch und Englisch – das alles ist typisch Hongkong.

Ich merke schnell, daß die meisten sich heute abend zum erstenmal begegnen, aber die Herzlichkeit der Begrüßungen könnte zu der Annahme verleiten, daß sich alle schon seit langer Zeit kennen. Die Gespräche sind hauptsächlich Mittel zum Zweck, die Namen bekannter Persönlichkeiten unterzubringen, mit denen man selbst in irgendeiner Weise bekannt ist. »Kennen Sie den-und-den?« ist das Mantra, um eine Verbindung zum Gesprächspartner aufzubauen oder um bei fehlendem Gesprächsstoff aus der Patsche zu helfen. Merke: Je mehr Leute du kennst, desto angesehener bist du in der Gesellschaft und desto mehr Leute wollen dich wiederum kennenlernen.

Die anwesenden Chinesen erwähnen am häufigsten die Namen hochrangiger chinesischer Beamter oder die Namen der Cousins hochrangiger chinesischer Beamter oder die Namen der Frauen der Neffen hochrangiger chinesischer Beamter und versuchen so, ihren gesellschaftlichen Rang zu demonstrieren. Allein schon den Chauffeur eines hochrangigen Beamten zu kennen erfüllt den Sprechenden mit Stolz und läßt den Zuhörer vor Ehrfurcht erblassen. Sobald ich erwähne, daß ich mit dem Sohn des chinesischen Präsidenten zur Schule ging, ziehe ich die Aufmerksamkeit etlicher Gäste auf mich und mache mich zur begehrten Gesprächspartnerin.

Die anwesenden Heimkehrer erwähnen häufiger die Namen ehemaliger Studien- oder Arbeitskollegen. Wer sagt: »Der-und-der war in Boston mit mir auf der Uni«, hat seinen Abschluß in Harvard oder am Massachusetts Institute of Technology gemacht. Niemand nennt den Namen seiner Universität – das wäre nach einer unausgesprochenen Regel schlechter Stil.

Irgendwann stellt sich eine Frau zu mir, mustert mich verstohlen von oben bis unten und grüßt mich dann sehr herzlich: »Wenn das nicht Niuniu ist! Erinnerst du dich an mich, Tante Man? Ich war mal eure Nachbarin. Nein, was bist du groß geworden! Wir haben uns bestimmt schon seit Jahren nicht mehr gesehen! Ich hätte nie gedacht, daß wir uns an so einem Ort wiederbegegnen würden!«

Ich erinnere mich tatsächlich noch an Tante Man, unsere ehemalige Nachbarin aus Peking. Irgendwann kam sie auf der Straße mit einem Hongkonger Geschäftsmann ins Gespräch, den sie dann später heiratete. Sie zog mit ihm aufs Hongkonger Festland.

»Tante Man, wie ist das Leben in Hongkong?« frage ich.

»Hast du gewußt, daß Hongkong schrecklich teuer ist? Ein Apartment kostet einige Millionen Hongkong-Dollar, ein Parkplatz schon ein paar tausend im Monat. Die Firma meines Mannes hat eine neue Niederlassung in Shanghai eröffnet, also werden wir dorthin umziehen. Alle gehen jetzt nach Shanghai, weißt du? In Shanghai ist alles billiger. Aber dort ich muß auf meinen Mann aufpassen. Die Frauen in Shanghai sind schwer hinter Männern her!«

Ich stelle Tante Man meinem Chef vor. Als sie sich gerade die Hand geben, kommt ein chinesisches Pärchen dazu.

Der Mann hat ein rundes Gesicht, und sein Haar sieht aus wie mit Pomade zurückgekämmt. Er trägt Polohemd, Hosenträger und eine Brille mit schwarzem Rand. Er wirkt wie eine Mischung aus Cartoonfigur und Oberbonze.

Die Frau hat schräge, mandelförmige Augen und ist von orientalischer Schönheit, die in Übersee gerade sehr gefragt ist. Ihre Lippen sind rund und voll und erinnern an die Sängerin Sade. Ihr traditionelles chinesisches Kleid scheint ihren geschmeidigen Körper zu liebkosen wie eine riesige Männerhand. Sie trägt spitze Schuhe mit hohen Absätzen und eine schmale schwarze Handtasche. Prada.

Beide umarmen Sean zur Begrüßung.

Dann wendet sich Sean an mich. »Darf ich vorstellen? Das ist Kelvin Chang. Ich habe ihn in England kennengelernt, als ich Chinesisch studierte. Und dies ist Frau Chang.«

»Hallo, ich bin Seans Kollegin Niuniu.«

»Und wer ist das?« Frau Chang blickt zu Tante Man.

»Eine ehemalige Nachbarin aus Peking, Tante Man. Wir haben uns viele Jahre nicht gesehen, und es ist eine große Überraschung, sie auf einer Cocktailparty in Hongkong zu treffen! Die Welt ist klein«, sage ich.

»Ja, die Welt ist klein.« Tante Man nickt den Changs freundlich zu, während sie meine Worte bedeutungsvoll wiederholt.

Nachdem das Paar weitergegangen ist, zieht mich Tante Man zur Seite, blickt auf Frau Changs wiegendes

Hinterteil und flüstert: »Diese Schlampe kann ja ganz schön Theater spielen! Tut einfach so, als hätte sie mich noch nie gesehen!«

»Kennst du sie denn?« will ich wissen.

»Noch wenn meine Knochen zu Staub geworden sind, werde ich mich an sie erinnern!« Tante Man preßt die Lippen aufeinander. »Wir waren früher in derselben staatlichen Künstlertruppe. Ihr Mann spielte banhu, chinesische Kniegeige. Als wir später in Übersee auf Tournee gingen, freundete sie sich auf Hawaii mit einem Mann an und blieb dort. Ihrem Mann in China schrieb sie, sie wolle soviel Geld verdienen, daß er in die Staaten nachkommen könne. Vor acht Jahren waren mein Schätzchen und ich dann auf Hochzeitsreise in Hawaii. Rate mal, wen wir dort in einem Striplokal sahen? Frau Chang, die splitternackt auf der Theke tanzte! Und sieh sie dir jetzt an: Sie tut, als sei sie was Besonderes. Obwohl ich ihre Kollegin in der Künstlertruppe war, tut sie so, als ob sie mich nicht kennt! Weißt du, warum? Ich allein weiß über ihre schmutzige Vergangenheit Bescheid. Aber ich bin kein altes Klatschweib. Ich habe niemandem von ihr erzählt.«

Mit diesen Worten läßt mich Tante Man stehen und geht zur nächsten Gruppe von Gästen. Ich will nichts mehr hören. Je weniger ich von solchen Dingen weiß, desto besser. Ich kann sehen, daß sie allen die gleiche Geschichte erzählt, weil sich nach und nach alle zu den Changs umdrehen.

Mir wird ein bißchen schwindelig. Ich habe unzählige Visitenkarten überreicht, unzählige Menschen begrüßt. Ich denke an Mutter. Sie wird niemals müde, solcherlei Veranstaltungen zu besuchen. Sie hat nicht studiert und keine feste Anstellung – wie schafft sie es, bei solchen Anlässen scheinbar mühelos im Mittelpunkt zu stehen?

Wie es aussieht, habe ich ihre gesellschaftlichen Fähigkeiten nicht geerbt. Ich finde Partys ganz nett, und jemanden zu kennen, ist auch nett – aber nicht immer. Immer wieder gibt es auf Partys auch Menschen, die du lieber nicht kennen würdest, so wie Frau Chang es sicher vorgezogen hätte, Tante Man nicht zu begegnen.

36
Heiratsvermittlung

Seit »Sexgöttin« Lulu ihren untreuen Freund Ximu verließ, spielt Beibei unsere Heiratsvermittlerin. Sie beabsichtigt, für uns beide große Bonzen zu finden, die dann in ihr Geschäft einsteigen könnten. Als Vizepräsidentin von Chichi Entertainment Company und Enkelin eines Generals hat Beibei viele Verbindungen zu reichen Leuten.

Lulus Vorliebe für arme Künstler wie Ximu konnte sie nie verstehen. Ihre Theorie lautet: Heutzutage sind arme Männer und reiche Männer gleichermaßen verdorben – warum sich also nicht einen reichen schnappen? Beibei möchte Lulus Geburtstagsparty ausrichten, weiß aber noch nicht, wo. Auf keinen Fall in Peking, weil dort eine Parteiversammlung der Kommunisten stattfinden wird, denen sie nicht ins Gehege kommen will.

Ein Freund von Beibei aus Shanghai, ein Banker namens Dan Ke, lädt Beibei, Lulu und mich ein. Er sagt: »Kommt nach Shanghai, da können wir cool abfeiern. Meine Firma hat gerade ein altes Haus im Kolonialstil im Stadtteil Xuhui gekauft und 500.000 Yuan für die Renovierung ausgegeben. Dorthin werde ich alle meine Single-Freunde zu Lulus Geburtstag einladen. Das Wohnzimmer ist groß genug zum Tanzen.«

Gerade als Beibei Dans Einladung angenommen hat, ruft ein Freund aus Shenzhen an, der Bauplaner Little Wan. »Warum habt ihr euch für Shanghai entschieden?« will er wissen. »Da trefft ihr nur unwichtige Manager und Kaufleute, keine wirklichen Führungskräfte. Ich habe vor kurzem eine dreihundertfünfundzwanzig Quadratmeter große Villa auf einem Berg in Shenzhen gekauft. Feiert eure Party doch hier!«

Schließlich entscheiden wir uns dazu, am Nachmittag bei Dan in Shanghai eine Teeparty zu feiern und am Abend zur Dinnerparty bei Little Wan nach Shenzhen weiterzufliegen.

In Dans Haus läuft im Hintergrund Vanessa Maes CD *Storm*, und der Geruch von Gänseleberpastete, Kaviar, altem irischen Whiskey, französischem Wein und kubanischen Zigarren liegt in der Luft. Die Gäste, alle in den Dreißigern, haben Namen wie Vincent Yu, Johnny Chen, Michael Wu, David Lee, Peter Lam und Eric Pan. Offenbar sind sie entweder Direktoren von Investmentbanken und Internetfirmen oder gar Geschäftsführer ausländischer Firmen. Lulus zauberhafte Augen und ihr Ruf, eine chinesische Marilyn Monroe zu sein, lassen die Herzen aller Männer höher schlagen, und bald versuchen alle, sie mit ihrem Reichtum zu beeindrucken – natürlich ohne ihr Geld direkt zu erwähnen.

Eric erzählt vom Urlaub in seiner Luxusvilla in Antibes und streut hin und wieder französische Vokabeln in das Gespräch ein. Johnny berichtet von seinen Erfahrungen beim Glücksspiel in Las Vegas und seiner Sonderbehandlung als VIP. Michael ergeht sich in Details über seine Weinsammlung. David jammert über den schlechten Service diverser Fünf-Sterne-Hotels in allen Teilen der Welt. Und Vincent vergleicht die Golfplätze verschiedener Länder.

»Was für ein Glück für sie, daß sie uns als Zuhörerinnen haben«, flüstert Lulu und zwinkert uns zu.

Gastgeber Dan bittet Lulu und mich: »Sucht euch doch wenigstens einen möglichen Kandidaten aus.« Lulu, Beibei und ich beraten uns auf der Damentoilette. Johnny kommt nicht in Frage: ein Spieler als Ehemann ist die schlechteste Wahl, wenn er nicht gerade aussieht wie Robert Redford in *Ein unmoralisches Angebot*. Michael ist Weinfetischist und hält sich möglicherweise eine Geliebte in seiner Villa in Südfrankreich. Vincent hat genauso volle Lippen wie Tiger Woods, was wir sexy finden. Aber als er uns seinen Lieblingsgolfplatz in England aufschreibt, tut sich im wahrsten Sinne des Wortes ein Abgrund auf: aus »golf« wird »gulf«.

David, Geschäftsführer von Coyote.com, ist nicht übel. Wenn er über den Service in Fünf-Sterne-Hotels klagen kann, bedeutet es, daß er viel reist. Also wird David auserkoren, um uns zum Flughafen zu bringen. Doch keine von uns hätte erwartet, daß David vor der Tür ein gewöhnliches Taxi herbeiwinkt. »Nach dem Fall des Nasdaq mußte ich vor fünf Monaten meinen Sedan verkaufen«, erklärt er verschämt.

»Aber du gehst doch noch immer auf Reisen und wohnst in Fünf-Sterne-Hotels, oder?« fragt Beibei.

»Das zahlt meine Firma, es kostet mich keinen Cent.« Nun, da keine anderen Männer mehr in der Nähe sind, rückt David mit der Wahrheit heraus.

Als er geht, sagt Beibei: »Ein Golfspieler, der das Wort ›Golf‹ nicht richtig schreiben kann, und ein Weltreisender, der nur in Fünf-Sterne-Hotels wohnt, wenn seine Firma bezahlt. Offensichtlich haben die Herren etwas zu dick aufgetragen.«

»Und ich dachte immer, die Tugend der Reichen sei Bescheidenheit«, sage ich.

»Das mag im Silicon Valley gelten, aber nicht in Shanghai, wo nur der äußere Schein zählt«, sagt Beibei.

»Tja, vergessen wir also diese ganzen Möchtegernreichen! Her mit den Männern aus Shenzhen!« ruft Lulu.

Wir steigen ins Flugzeug und fliegen nach Shenzhen zu unserer Dinnerparty. Kleiner Wan ist ein alter Freund von Beibeis Familie. Sein Vater, Alter Wan, war in den frühen Achtzigern der Sekretär von Beibeis Großvater. Nachdem Alter Wan mit fünfundfünfzig Jahren die Armee verließ, verhalf Beibeis Großvater ihm zu einer Anstellung in einem staatlichen Reisebüro. Im letzten Jahr vor seiner Pensionierung wurde Alter Wan zum Direktor des Reisebüros befördert. Das war 1993. Deng Xiaoping sagte damals in einer Rede in Shenzhen, die wirtschaftliche Reform solle schneller vonstatten gehen. Durch diese Rede inspiriert, eröffnete Alter Wans Sohn Kleiner Wan, der im Jahr zuvor die Aufnahmeprüfung zum College nicht geschafft hatte, ein eigenes Reisebüro. Durch die Beziehungen seines Vaters und die Hilfe seiner Freunde wurde das Unternehmen zu einem Erfolg.

Wie sich herausstellt, ist Shenzhen vollkommen anders als Shanghai. Hier steht niemand auf Gänseleber oder Kaviar. Statt dessen gibt es Fisch und Meeresfrüchte: aus Boston eingeflogenen frischen Maine-Hummer, australische Seeschnecken und Haifischflossensuppe. Die Gäste schmücken sich nicht mit englischen Namen, bringen aber ihre Sekretärinnen mit englischen Namen mit. Einer hat sogar eine Amerikanerin zur Sekretärin. Diese Typen reiben uns ihren Reichtum noch aufdringlicher unter die Nase als die Kerle aus Shanghai.

Modekenner Lam spricht Mandarin mit starkem Hongkonger Akzent. »Niuniu, ich bin seit zwölf Jahren in der Modebranche tätig. Frauen wie Sie können ihre Schönheit zu Geld machen. Ich mache Ihnen einen Vorschlag: Meine

Firma entwirft eine neue Linie mit Ihrem Namen, und wir nehmen Ihr Gesicht als Logo. Das wird sich verkaufen wie warme Klöße.«

Bauunternehmer Leong schlägt Lulu vor: »Sagen Sie mir nur, welchen Baustil Sie mögen – viktorianisch, spanisch oder anders? Ich kann es entwerfen und das Modell dann nach Ihnen benennen.«

Medienmogul Lee sagt zu mir: »Ach, Niuniu, mit Ihrer Schönheit und Ihrem Köpfchen können Sie die Moderatorin einer Abendsendung werden. Und Sie sollten die Hauptrolle unserer neuen Serie bekommen.«

Beibei raunt Lulu und mir zu: »Die Männer aus Shanghai und Shenzhen mögen sich in Geschmack und Geld ja unterscheiden, aber eines haben sie gemeinsam: die Liebe zur Schönheit, insbesondere eurer Schönheit.« Dann stupst sie Lulu an: »Denk nur an den Schmerz und die Erniedrigung, die du durch deinen armen Künstler erleiden mußtest! Fühlt es sich nicht gut an, im Mittelpunkt der Aufmerksamkeit all dieser reichen Männer zu stehen?«

»Ich glaube, es ist ihr eigenes Ego, das sich hier am wohlsten fühlt«, erwidert Lulu.

»Ganz genau«, stimme ich ihr zu. »Sie benutzen uns nur, um untereinander anzugeben und sich gegenseitig auszustechen.«

»Sie brauchen Zuhörer wie euch. Ich wette, zwanzig Jahre zuvor waren sie es, die den neuen Reichen aus Hongkong und Taiwan zuhören mußten«, meint Beibei. »Jetzt denken sie wohl, sie sind auch mal dran.«

37

Wo gibt es die besten Frauen?

Unser alter Familienfreund Weiwei ist ein in Peking allseits bekannter Faulenzer. Mit einem renommierten Linguisten als Vater und einer Malerin als Mutter ist er geistreich und gescheit. Ob es um Weltpolitik, die neuesten BMW-Modelle oder Sendungen im Discovery Channel geht – Weiwei ist bestens informiert. Allerdings hat Weiwei noch nie richtig gearbeitet und lebt im Moment von seinen Ersparnissen.

Ich verschaffe ihm vorübergehend Arbeit. Jerry, ein Freund von mir und Amerikaner chinesischer Abstammung, ist gerade angekommen. Er war noch nie in China und kann sich nicht entscheiden, in welcher Stadt er leben soll. Also will er es von den Frauen abhängig machen und ist bereit, 5.000 Yuan, also 600 US-Dollar, an Beratungskosten zu investieren, um einen informativen Überblick über die Frauen in den verschiedenen Teilen des Landes zu bekommen. Weiwei mit seiner endlosen Liste von Exfreundinnen ist dafür geradezu prädestiniert, also arrangiere ich für die beiden ein gemeinsames Abendessen.

Außerdem lade ich die aus Hongkong stammende CC dazu, die zum besseren Verständnis ihrer Rivalinnen ebenfalls einen Überblick über die verschiedenen Eigenarten der Chinesinnen gebrauchen kann. CC kann immer noch nicht begreifen, was ihren englischen Exfreund Nick an den chinesischen Frauen so fasziniert.

Weiwei beginnt sein Plädoyer. »Die Frauen in Peking sind sehr direkt. Sie sind unabhängig und kennen sich bestens mit Kunst und Sport aus, so wie Niuniu. Gleichzeitig sind sie aber arrogant und ehrgeizig. Da die meisten aus wohlhabenden Familien stammen, sind sie oft ein wenig verzogen und nicht leicht zu beeindrucken. Und man darf nicht erwarten, daß sie kochen können.«

»Ich kann aber kochen«, will ich Einspruch erheben, doch ich schweige. Schließlich ist Weiwei hier, um Stereotype zu beschreiben. Er fährt fort: »Ein Vorteil der Frauen in Peking ist, daß sie im Vergleich zu den mageren Frauen aus dem Süden Brüste haben. Die meisten Frauen aus dem Nordosten, aus der Provinz Shandong und auch aus Korea haben schöne große Brüste.«

»Was ist der größte Nachteil bei Frauen aus Peking?« will Jerry wissen.

»Sie fluchen«, antwortet Weiwei.

Ich zucke mit den Schultern. Da kann ich nicht widersprechen. Ich fluche sehr wohl und genieße es geradezu.

»Erzähl uns etwas über Frauen aus Sichuan«, bittet CC. »Die Schauspielerin Liu Xiaoqing, die vor kurzem ins Gefängnis mußte, stammt aus Sichuan. Bai Ling ist in Hollywood gerade gut im Geschäft, und auch sie kommt aus Sichuan. Jung Chang, die Autorin von *Wilde Schwäne*, ist in England der große Hit. Wie ich hörte, stammt sie ebenfalls aus Sichuan.«

Ich weiß, daß CC im Grunde eine andere Frau aus Sichuan im Sinn hat: Little Fang, wegen der Nick sie verlassen hat.

»Frauen aus Sichuan sind schön, mit wunderbar weicher Haut und feinen Gesichtszügen«, erwidert Weiwei. »Sie können hart arbeiten und sind sehr bodenständig. Arroganz ist ihnen fremd. Aber da sie viele scharf gewürzte Speisen essen, haben sie ein feuriges Temperament.«

»Koreanische Frauen sind auch sehr aufbrausend«, sagt Jerry. »Ich war in LA mal mit einer zusammen – aber ich wußte nicht, daß es was mit dem Essen zu tun hat. Was ist mit Frauen aus Hunan? Die essen doch auch sehr scharf.«

»Ja, Frauen aus Hunan sind den Frauen aus Sichuan ähnlich, aber noch emotionaler«, erklärt Weiwei.

»Sind nicht alle Frauen emotional?« meint CC.

»Nicht in Shanghai«, entgegnet Weiwei. »Da sind die Frauen extrem clever und halten ihre Gefühle stets unter Kontrolle, um das zu bekommen, was sie wollen. Sie haben soviel Macht, daß die Männer ihre Unterwäsche selbst waschen und ihnen trotzdem das Gehalt aushändigen.«

»Ich habe gehört, daß die Frauen in Shanghai sehr materialistisch denken«, bestätigt auch CC, noch immer erbost über das Verhalten der Bedienung im Portman Hotel, auf die Nick so scharf war.

»Ja, das stimmt. Aber sie sind nicht so teuer wie die Frauen in Hongkong. Das sind wahre Luxusweiber«, erklärt Weiwei, der über CCs Herkunft nicht informiert ist.

CC ist beleidigt. »Ich stamme aus Hongkong und war mit einem armen Engländer zusammen, obwohl meine Eltern mich mit einem reichen Mann aus Hongkong verheiraten wollten.«

Weiwei ignoriert ihren Einwand.

»Und was ist mit Frauen aus Guangdong?« frage ich.

»Frauen aus Guangdong geben mehr auf Traditionen als alle andere Frauen in China«, antwortet Weiwei. »Sie gehen darin auf, für ihre Männer und Kinder dazusein.«

»Nein, meine Mutter stammt aus Guangdong«, unterbricht Jerry.

»Welche Frauen gefallen dir denn am besten?« frage ich Jerry.

»Ich will mit allen ausgehen«, erwidert der mit leuchtenden Augen.

»Dann mußt du in Shenzhen leben, wo die schönsten Frauen rudelweise ausschwärmen, um Männer kennenzulernen.« Weiwei hat sein Urteil verkündet, die Verhandlung ist beendet.

38

Japanische Tricks

Unsere »Prinzessin« CC will endlich wissen, wie Little Fang aus Sichuan es schaffte, ihr den Freund auszuspannen. Sie bittet mich, Little Fangs Alltag auszukundschaften und mit ihrem zu vergleichen.

Nachdem ich einen Monat lang viel Zeit mit Little Fang verbracht habe, gebe ich CC meine Zusammenfassung: »Sie: Make-up von Shiseido, Toshiba-Laptop, Schuhe mit Plateausohlen, Sony-Handy, trinkt gern grünen Milchperlentee und liebt die Serie *Tokyo Love Stories*. Du: Make-up von Estée Lauder, IBM-Thinkpad, Tennisschuhe von Nike, Motorola-Handy, trinkt gern Martinis und liebt die Serie *Ally McBeal*.«

»Und was schließt du daraus?« will CC wissen.

»Sie ist *ha rizu*, ein Fan japanischer Kultur, und du bist *ha meizu*, ein Fan amerikanischer Kultur.«

»Aber wie kann sie das Herz eines Engländers gewinnen, indem sie für japanische Kultur schwärmt?«

»Das wollen wir herausfinden«, sage ich.

Da ich Mitglied im Pekinger Club der Auslandskorrespondenten bin, arrangiere ich für Little Fang einen Vortragsabend, an dem sie vor den Clubmitgliedern über ihre japanische Lieblingsserie *Tokyo Love Stories* sprechen kann. Ich lade auch CC, Beibei, Lulu, Lily und Mimi dazu ein.

Little Fang beginnt: »Ich weiß, daß die meisten von Ihnen aus dem Westen kommen oder als Chinesen im Westen studiert haben. Ich bin der Meinung, die chinesischen Frauen sind bereits alle Feministinnen. Der westliche Einfluß aber macht uns weniger liebenswert. Vielleicht erklärt das, warum manche von Ihnen in Ihren Dreißigern noch immer Singles sind. Ihr Problem ist, daß

Sie als Frauen zu stark sind. Frauen sollen wie Wasser sein, nicht wie Stein.«

Es ist das erste Mal seit der Geschichte mit Nick, daß CC ihre Rivalin wiedersieht. CC hat sich vorgenommen, nett zu sein, aber nach diesem Kommentar wird sie sauer und brummt: »Wie kann sie es wagen, uns anzugreifen! Diese dumme Kuh hat mir meinen Freund gestohlen!« CC ist aber nicht die einzige, die beleidigt ist. Keine Frau wird gern darauf hingewiesen, daß sie noch single ist.

Little Fang fährt fort: »Männer wollen sanfte Frauen, darum können wir von den Japanerinnen lernen. Und deshalb empfehle ich Ihnen, *Tokyo Love Stories* anzusehen.«

»Aber Frauen wie wir sehen lieber *Ally McBeal* und *Sex and the City*«, ruft jemand aus dem Publikum.

»Amerikanische Serien sind zu oberflächlich, vor allem die aus Hollywood«, entgegnet Little Fang.

»Weder *Ally McBeal* noch *Sex and the City* kommen aus Hollywood. Sie spielen in Boston und New York, und dort ist man viel anspruchsvoller als in Hollywood.« Ich muß meine Lieblingsserien einfach verteidigen!

»Was heißt denn ›anspruchsvoll‹ in New York?« erkundigt sich Little Fang.

»Humorvoll, lebensfroh, weise und psychologisch«, antwortet Lily für mich.

»Ich finde, die Männer und Frauen in amerikanischen Serien landen viel zu schnell im Bett. Es ist animalisch«, sagt Little Fang.

»Nein, es ist sexy!« kontert CC.

»Es ist sexuell, aber nicht sexy«, belehrt uns Little Fang. »In japanischen Seifenopern gibt es normalerweise keine Sexszenen. Man konzentriert sich auf Gefühle und Empfindungen. Die Frauen, die ihre sexuellen Bedürfnisse unterdrücken und nach reiner Liebe streben, sind am Ende die Gewinnerinnen.«

»Diese japanischen Liebesgeschichten drehen sich doch nur um Macht. Die Frauen sind alle prüde. Zuerst geben sie sich niedlich. Wenn sie den Mann bekommen haben, den sie wollen, lassen sie ihn fallen. In allen Serien muß entweder jemand sterben oder eine Behinderung davontragen. Das Ende ist immer traurig, ja geradezu sadistisch!« unterstützt Beibei unsere Freundin CC. Beibei ist eine waschechte chinesische Feministin, auch ohne im Westen studiert zu haben.

Little Fang verteidigt ihre geliebten japanischen Serien mit Vehemenz. »Es sind Gebrauchsanweisungen für Männer! Eine Frau lernt dort, wie sie nach außen weich und innerlich fest entschlossen sein kann, wie sie ihre Gefühle verbirgt, wie sie Männer auf sich aufmerksam macht, wie sie die passive Rolle zu ihrem Vorteil nutzen kann. Unsere chinesischen Mütter haben uns diese Tricks nicht beigebracht, also müssen wir sie woanders lernen.«

»Funktionieren diese Tricks denn tatsächlich?« fragt eine andere Frau voller Zweifel und fügt nach kurzem Nachdenken hinzu: »Männer sind doch nicht dumm.«

»Doch, die Tricks funktionieren«, behauptet Little Fang. »Es ist eine Kunst zu wissen, wann man nein sagen muß und wann ja, wann man auf Männer warten muß und wann man sie warten läßt.«

»Wir wollen aber keine unberührbaren Manipuliererinnen werden! Lieber sehen wir Sarah Jessica Parker!« sagt Beibei und denkt, daß Little Fang genau diese Tricks bei Nick angewandt haben muß.

»*Sex and the City* und *Ally McBeal* kann Ihnen rein gar nichts über Männer beibringen. Schlimmer noch: Diese Serien machen Sie zu Schlampen, wie Männer sie hassen!« ereifert sich Little Fang.

Alle sind wie erstarrt.

Lulu hat bisher noch nichts gesagt. Ich frage sie: »Lulu, du bist nicht so sehr vom Westen beeinflußt wie CC, Lily, Mimi und ich. Und eine chinesische Feministin wie Beibei bist du auch nicht. Was magst du denn lieber? Amerikanische Serien oder japanische?«

»Ich sehe am liebsten Serien aus Korea«, sagt Lulu.

»Was ist so toll an Serien aus Korea?« will Little Fang wissen. »Alle Schauspielerinnen haben Schönheitsoperationen hinter sich!«

»Ich habe einige gesehen.« CC macht eine abwertende Geste. »Es geht dabei immer um reiche Männer, die sich in arme Mädchen verlieben: das reinste Aschenputtel-Klischee.«

Aber Lulu erwidert: »Wenn ich die Serien aus Korea sehe, kann ich davon träumen, ein chinesisches Aschenputtel zu sein.«

39

Stadtfrauen und Landfrauen, zweite Runde

Dank ihrer ehrgeizigen Eltern, die nach Hongkong flohen, konnte CC in Oxford studieren und perfekt Englisch lernen. Die meisten ihrer Verwandten sind aber immer noch Bauern in der Provinz Henan. CC hatte keine Vorstellung davon, wie arm ihre Verwandten sind, bis sie einen Brief ihrer Tante Yuxiu erhielt, die sie nie gesehen hat. Die Tante bittet sie um Hilfe. Sie lebt an einem Ort, der als »Affendorf« bekannt ist, und will nach Peking kommen, um Geld zu verdienen. Denn CCs Cousin, der älteste Sohn von Tante Yuxiu, will heiraten. Die Tante fragt, ob sie nicht als Haushälterin für CC arbeiten könne, und CC bietet ihr 3.000 Yuan pro Monat. Wie Tante Yuxiu später zu ihrem großen Erstaunen erfahren wird, ist dies das Gehalt eines Universitätsprofessors.

Bevor sie nach Peking kommt, fährt Yuxiu drei Stunden lang mit dem Fahrrad zum größten Supermarkt in ihrer Gegend, um ein Geschenk für ihre Nichte zu suchen. Sie kauft zehn Riegel Dove, was das Wertvollste ist, das sie sich vorstellen kann. Doch CC lehnt höflich ab. »Tante Yuxiu, ich esse keine Schokolade. Ich muß auf mein Gewicht achten.«

»Meine Kinder, mein Mann und ich haben gerade genug zu essen«, beschwert sich Yuxiu eines Tags bei mir, »aber sie hat Angst zuzunehmen. Ich verstehe diese Stadtmenschen nicht.«

Yuxiu sieht ihre Nichte zum erstenmal. Sie ist stolz auf deren Schönheit und Erfolg, aber es gibt viele Dinge, die sie nicht versteht. Zum Beispiel sind die Menschen in ihrem Dorf arm, aber sie geben Geld aus, um sich warme Kleidung zu kaufen. CC jedoch trägt ein T-Shirt, das so kurz ist, daß man ihren Bauchnabel sehen kann. Noch dazu ist es verwaschen und zerrissen. Sie sagt zu CC: »Ich kann dir die Löcher stopfen und eine Bordüre annähen, damit es länger ist. Dann ist dein Bauch nicht mehr so kalt. Mit einem kalten Bauch wird man schneller krank.«

»Nein, mir ist nicht kalt«, erwidert CC. »Mein T-Shirt gehört so. Je kürzer, desto modischer und desto teurer.«

Yuxiu ist verwirrt und beklagt sich wieder bei mir: »Warum ist es teurer? Wenn man weniger Stoff nimmt, muß es doch billiger sein!«

Um Tante Yuxiu etwas vom Leben in der Großstadt zu zeigen, nimmt CC sie bei unserem nächsten Treffen einfach mit zu Starbucks. Sie bestellt für Tante Yuxiu einen Kaffee. Yuxiu nimmt einen Schluck und übergibt sich fast. »Das ist ja schrecklich bitter – wie chinesische Medizin!« Sie sieht auf den Preis und schreit: »Achtundzwanzig Yuan pro Tasse? Dafür kann ein Kind im Affendorf ein halbes Jahr lang zur Schule gehen!«

»Vielleicht möchtest du lieber Milch und Zucker dazu nehmen«, schlägt CC vor.

Zu Yuxius größtem Erstaunen ist der Zucker kostenlos, und sie schiebt zehn Päckchen davon in ihre Tasche. Sie erklärt CC, daß es in ihrem Haushalt seit Jahren keinen Zucker gibt. Im Affendorf ist Zucker ein Luxusartikel. »Nimmst du keinen Zucker?« fragt sie CC. »Nein, ich will keinen Diabetes kriegen«, sagt CC. »Was ist Diabetes?« fragt Yuxiu. »Da scheidet man den Zucker im Urin wieder aus ...«

Yuxiu ist sprachlos. Aber schon bald macht sie eine neue Entdeckung: Auch die weißen Servietten sind kostenlos. »Die sind viel schöner und weicher als das rauhe Toilettenpapier, das wir zu Hause haben«, sagt sie, während sie einen Stapel davon in ihre Tasche stopft.

Im Verlauf des nächsten Jahres entdeckt CCs neue Haushälterin viele Unterschiede zwischen dem Leben in der Stadt und auf dem Land, zwischen Arm und Reich. Sie ist zum Beispiel dankbar, daß sie in den Bergen nicht mehr nach Wildkräutern suchen muß und daß sie jeden Tag Fleisch essen kann. CC hingegen ist Vegetarierin. Außerdem rackert CC sich regelmäßig in ihrem Fitneßstudio ab, was Yuxiu auch nicht begreifen kann, da sie sich glücklich schätzt, endlich einmal ausruhen zu können und nicht von frühmorgens bis spätabends schuften zu müssen.

Bevor sie Peking mit einem dicken Bündel Geldscheine für die Hochzeit ihres Sohnes wieder verläßt, fragt mich Tante Yuxiu leise: »Auf dem Land ist es eine Schande, spät zu heiraten, denn es bedeutet, daß man nicht genug Geld für die Hochzeit hat. Du und CC, ihr habt aber doch genug Geld für eure Aussteuer – warum seid ihr nicht verheiratet?«

Ich suche lange nach einer Antwort. Schließlich sage ich: »Vielleicht ist es so wie mit den kurzen T-Shirts: Nicht zu heiraten ist eben auch so eine dumme Mode der Stadtmenschen.«

40
Alte Schuld und neues Leben

Lulu fragt mich am Telefon: »Wenn du eine Schulkameradin triffst, die du seit zehn Jahren nicht mehr gesehen hast, wie würdest du reagieren?«

»Ich fände das spannend«, antworte ich.

»Was, wenn sie dich nicht wiedererkennt?«

»Dann bin ich ihr wohl zu unbedeutend.«

»Was, wenn du ihr mal aus der Patsche geholfen oder ihr etwas Gutes getan hättest?«

»Hör endlich auf mit diesem ›was wäre, wenn‹, und sag mir, was passiert ist!«

»Hast du von diesem Grundstücksprojekt ›Great Wall Dreamland – GWD‹ gehört?« will Lulu wissen.

»Ja«, sage ich. »Das sind teure Villen am Fuß der Chinesischen Mauer.«

»Ich erzähle dir jetzt eine Geschichte, die dort passiert ist«, sagt Lulu mit einem tiefen Seufzer.

Im GWD besuchte Lulu eine Modenschau mit anschließendem Cocktail-Empfang. Es waren jede Menge Film- und Fernsehprominenz sowie bekannte Sänger und Bands anwesend, und ihre Fotografen hatten gut zu tun, all diese Leute auf Film zu bannen. Lulu langweilte sich.

Ihre Freundin Mary, Herausgeberin der Frauenzeitschrift *Family*, kam zu ihr. »Ich möchte dir eine wirklich coole Frau vorstellen – Jenny. Wie ich hörte, wird sie bald eine dieser Villen kaufen. Sie ist gerade aus Amerika zurück und hat in China noch keinen richtigen Anschluß gefunden. Ich glaube, ihr zwei würdet euch gut verstehen.«

Als Lulu diese Jenny sah, traute sie ihren Augen kaum. Sie kannte diese Frau – aber nicht als Jenny, sondern als Yu Zhen! Yu Zhen war eine alte Studienkollegin, mit der sie sich sogar vier Jahre lang das Zimmer im Studentinnenwohnheim geteilt hatte. Yu Zhen war ein ruhiger Typ gewesen und etwas älter als die anderen Mädchen. In ihrem zweiten Jahr am College fing sie an, Vorlesungen zu schwänzen und kam oft erst spät in der Nacht ins Wohnheim zurück. Manchmal verschwand sie sogar mehrere Tage. Eine Aura des Geheimnisvollen umwehte sie. Das einzige, was sie verriet, war ihr Parfüm.

Zu jener Zeit konnten die meisten Studentinnen sich kein Parfüm leisten. Yu Zhen schon. Wenn sie gelegentlich das Wohnheim aufsuchte, hinterließ sie eine markante Duftwolke von Poison, Dior, Opium, YSL oder etwas anderem. Lulus Grundausbildung in Sachen Mode begann damit, daß sie die jeweiligen Marken zu erraten versuchte.

Gerüchte besagten, daß Yu Zhen sich von einem älteren Mann aushalten ließ, aber Genaueres wußte niemand. Bis sie dann einmal um Mitternacht herum ins Wohnheim kam, als alle Mädchen schon tief und fest schliefen.

»Hilfe! Rettet mich!« flehte sie die schlaftrunkenen Studentinnen an und enthüllte endlich ihr Geheimnis.

Seit ihrem ersten Tag auf dem Pekinger College hatte sie sich ihrer einfachen Herkunft geschämt und wollte ihr Schicksal ändern, indem sie nach Amerika ging. Um genug Geld für die Studiengebühren der entsprechenden Universitäten zusammenzukratzen, hatte sie als Prostituierte gearbeitet. Einmal jedoch hatte sie aus Geldgier eine große Dummheit begangen und ihrem Kunden Big Feet 20.000 Yuan gestohlen. Der Mann war so wütend geworden, daß er Schläger angeheuert hatte, die sie außerhalb des Campus beschatteten. Er ließ ihr die Nachricht zukommen, er werde ihr die Finger abhacken lassen, wenn sie ihm das Geld nicht zurückgäbe.

»Dann gib ihm das Geld doch zurück«, sagten alle.

»Ich habe es aber doch schon nach Amerika geschickt«, jammerte sie.

»Und warum gehst du nicht zur Polizei?« wollte Lulu wissen.

»Dann würde man mich vom College verweisen«, erwiderte Yu Zhen.

Damals war Lulu das reichste Mädchen im Schlafsaal gewesen. Da ihre Eltern sich kurz zuvor hatten scheiden lassen, konkurrierten beide mit Geldsendungen um die Liebe ihrer Tochter. Sie gab Yu Zhen 4.000 Yuan in bar, also 400 Euro, und auch die anderen Mädchen begannen zu sammeln. Schließlich hatten sie die 20.000 zusammen. Yu Zhen weinte und erwies jedem einzelnen Mädchen demütig einen Kotau. Sie sagte, sie betrachte alle von nun an als ihre neuen Mütter und werde arbeiten wie ein Pferd, um das Geld zurückzuzahlen.

Bald darauf war Yu Zhen verschwunden, und von dem Geld hat niemand mehr etwas gesehen.

Jenny begrüßte Lulu anmutig auf englisch und entschuldigte sich für ihr schlechtes Chinesisch. Mary half ihr bei der Erklärung: »Jennys Mutter stammt aus Taiwan und ihr Vater aus Macao. Sie hat die meiste Zeit ihres Lebens im Ausland verbracht, deshalb tut sie sich mit Chinesisch so schwer.«

Jenny schien Lulu nicht zu erkennen.

An diesem Punkt der Geschichte unterbreche ich sie: »Bist du sicher, daß Jenny diese Yu Zhen ist? Vielleicht sieht sie ihr nur ähnlich. Sonst hätte sie dich doch erkennen müssen.«

»Natürlich habe ich mich das auch gefragt«, sagt Lulu am Telefon, »weil Jennys Nase schmaler aussah als Yu Zhens und ihre Brüste voller waren. Aber als sie weitersprach, fing sie plötzlich an zu stottern, und daran merkte ich, daß es doch Yu Zhen war. Der einzige Unterschied war, daß sie damals im College auf chinesisch stotterte und nun bei der Cocktailparty auf englisch.«

»Dann hat sie nur so getan, als würde sie dich nicht erkennen!«

»Genau. Diese undankbare Kuh!«

»Aber was ist mit ihrer Nase und den Brüsten?« frage ich nach.

»Na, wenn sie schon ihre Identität fälschen kann, dann sind doch Nase und Brüste ein Klacks!«

41

Besuch in Amerika

Ich beschließe, einen langen Urlaub in den USA zu machen. Es ist seltsam: Als ich in Amerika war, habe ich China vermißt, und nun in China vermisse ich Amerika. Nach fast einem Jahr in Peking träume ich vom blauen Himmel und den grünen Wiesen in den Staaten. Vor allem aber merke ich, daß ein Teil von mir Amerika nie verließ.

Ich weiß nicht genau, warum ich ausgerechnet diesen Zeitpunkt für meine Reise wähle, aber es kommt mir so vor, als habe die Zeit in China meine schmerzhaften Erinnerungen an Amerika inzwischen gelindert. Durch diese Reise, so hoffe ich, werde ich die guten und liebenswerten Ereignisse und Dinge in Amerika zurückgewinnen. Aber was noch wichtiger ist: Ich muß herausfinden, ob meine Rückkehr nach China tatsächlich das Beste war, um meinen Schmerz über die Trennung mit Len zu verwinden und mein gebrochenes Herz zu heilen. Ich will wissen, ob ich die schlechten Gedanken wirklich losgelassen habe.

Obwohl die Nachrichten im amerikanischen Fernsehen, von terroristischer Bedrohung bis hin zur schlechten Wirtschaftslage, keinen Grund zum Optimismus geben, scheinen die meisten Amerikaner recht sorglos in den Tag zu leben. Ich fühle mich geschmeichelt, wenn Autos auf der Straße für mich anhalten und fremde Passanten mir zulächeln. In China sind es die Fußgänger, die für die Autofahrer stehenbleiben, und kein Fremder sieht dir in die Augen.

Ich wohne bei Mother Bee, die schon vor sieben Jahren meine Gastmutter war, als ich in Columbia, Missouri, aufs College ging. Nach Missouri zurückzukehren empfinde ich als erfrischend. Ich sehe Bäume, deren Blätter im Wind tanzen, ich höre Vögel ihr Morgenlied zwitschern. Missouri ist so weit von Peking entfernt, wie es nur irgend geht. Ich genieße die ruhige, idyllische Atmosphäre und weiß schon jetzt, daß es ein guter Urlaub wird.

Mother Bee umarmt mich herzlich. »Willkommen! Dein Zimmer ist wieder frei. Nach dir hat nur noch eine weitere Studentin darin gewohnt.«

Zu meiner großen Überraschung finde ich im Zimmer eine Voodoo-Puppe, deren Brust mit mehreren Nadeln gespickt ist. Auf dem Rücken der Puppe steht »Bee«.

Mother Bee seufzt und drückt die arme Puppe an sich. »Die hatte ich Juju gegeben, der Austauschstudentin aus China. Sie gefiel ihr nicht, weil ich sie bei Wal-Mart gekauft hatte und ›Made in China‹ draufsteht. Sie sagte, ihre Eltern hätten ihr immer die teuersten Geschenke ›Made in USA‹ oder ›Made in Japan‹ gekauft.«

»Und deshalb hat sie dir das angetan?«

Ohne konkret darauf zu antworten, erzählt Mother Bee: »Anders als du war die siebzehnjährige Juju ein verzogenes kleines Luder, das nicht mal seine Schuhe binden oder Wasser kochen konnte. Ihr Zimmer war stets ein heilloses Durcheinander. Als ich sie einmal bat aufzuräumen, nannte sie mich eine amerikanische Imperialistin, die sie nur ausbeuten wolle. Sie war der Meinung, da ihre Eltern mir Geld bezahlten, hätte ich kein Recht, irgendwelche Mitarbeit von ihr zu verlangen.«

»Jetzt, wo chinesische Familien nur noch ein Kind haben dürfen, werden Einzelkinder wie diese Juju zu wahren Familientyrannen, die bis zu sechs Personen nach ihrer Pfeife tanzen lassen: zwei Eltern und vier Großeltern!« Ich schüttele fassungslos den Kopf.

Mother Bee nickt. »Davon habe ich gelesen. In China mag sie ja mit ihrem schlechten Benehmen und ihrer Faulheit durchkommen, aber nicht unter meinem Dach!«

»Gab es noch anderen Ärger?«

»Juju wollte, daß ich sie jeden Morgen wecke. Da gab ich ihr einen Wecker und zeigte ihr, wie man ihn benutzt. Aber sie fühlte sich dadurch nicht genug beachtet und warf ihn weg.«

»Und wie ist sie dann immer wach geworden?«

»Sie ließ sich jeden Morgen von ihren Eltern anrufen!« Mother Bee betont jede Silbe, um ihren Unmut kundzutun.

»Für die Neureichen in China ist es heutzutage fast ein Muß, die Kinder in Amerika studieren zu lassen«, versuche ich zu erklären.

»Ich habe ihr erlaubt, meinen Computer zu benutzen, aber eines Tages mußte ich feststellen, daß er abgestürzt war. Ich entdeckte, daß sie eine Raubkopie von Windows XP installiert hatte, ohne vorher zu fragen. Ich sagte ihr, daß man in Amerika keine Raubkopien verwendet. Da giftete sie mich an.«

»Was hat sie gesagt?« frage ich neugierig.

»Sie keifte: ›Warum sollen Chinesen nach der Pfeife der Amerikaner tanzen?‹ Die Chinesen seien so arm, daß sie sich die offizielle Version von Windows nicht leisten könnten. Bill Gates sei schon der reichste Mann der Welt – warum könne er sein Programm nicht für weniger Geld oder sogar umsonst abgeben? Es sei unfair, daß handbestickte chinesische Kleidung aus Seide so viel weniger koste als T-Shirts mit simplem DKNY-Aufdruck. Sie sagte sogar, sie könne die Terroristen verstehen, die Amerika hassen.«

»Was passierte dann?«

»Ihre Mutter schickte ihr dreitausend Dollar, damit sie sich den neuesten Laptop von Sony kaufen konnte. Als erstes installierte Juju darauf die Raubkopie von Windows XP, nur um mich zu ärgern. Ich schätze, in China gehorcht ihr jeder ohne Widerspruch. Und wer es nicht tut, steht sofort auf der Liste ihrer Feinde.«

So wurde Mother Bee also zu Jujus Feindin. In ihrer Schulzeit in China hatte Juju noch die Lehren Maos gehört und dabei eine wirkungsvolle Strategie gelernt: Wenn du deine Feinde bekämpfen willst, schaffe Konflikte zwischen ihnen. Also nahm sie sich Mother Bees zwölfjährigen Sohn Tommy vor und machte aus ihm einen aufmüpfigen Rebellen.

Um ein bißchen Geld zu verdienen, wusch Tommy zweimal pro Woche den Wagen seines Vaters. Aber Juju erzählte Tommy von Karl Marx und der Ausbeutung der Proletarier durch die Kapitalisten. Sie sagte: »Deine Eltern sind die Kapitalisten, die dich durch Kinderarbeit ausbeuten. Es ist ihre elterliche Pflicht, dir alles zu kaufen, was du willst. Meine Eltern in China haben mir nie einen Wunsch ausgeschlagen.«

Die Gehirnwäsche des naiven Tommy verlief erfolgreich, und zu Jujus größter Befriedigung entbrannte zwischen ihm und seinen Eltern Krieg.

»Das klingt, als hätte dir diese selbsternannte kleine chinesische Kaiserin mächtig viel Ärger eingebrockt«, sage ich zu Mother Bee.

»Als die Austauschzeit nach drei Monaten vorbei war, dachte ich: Gott sei Dank, jetzt fährt sie endlich wieder nach Hause! Da sie Amerika ja offensichtlich so haßt, wird sie in ihrer Heimat glücklicher sein. Aber ...«

»Was?«

»Eines Tages war sie verschwunden. Ich rief ihre Eltern an, ihre Schule, ihre Freunde – niemand wußte, wo sie war. Also ging ich zur Polizei. Drei Tage später fand man sie in Boston. Sie hatte beschlossen, nach ihrem Austausch doch weiter in den Staaten zu bleiben, aber ihr befristetes Studentenvisum war fast abgelaufen. Also kam sie auf die Idee, politisches Asyl zu beantragen. Übers Internet freundete sie sich mit einigen Anhängern dieser neuen religiösen Bewegung Falun Gong an, die in China verboten ist. Und nun rate mal! Am nächsten Abend sah ich sie im Fernsehen, wie sie an einer Demonstration der Falun Gong vor der Chinesischen Botschaft in Boston teilnimmt. Willkommen in Amerika ...!«

42
Uncle Sam läßt sich nicht linken

Was ich nach meiner Rückkehr nach China sehr vermißt habe, war das tolle amerikanische Frühstück, insbesondere die Pfannkuchen. Während ich nun also im IHOP, dem International House of Pancakes, vor meinen Buttermilchpfannkuchen mit Speck und Kaffee sitze, kommt ein älterer Lastwagenfahrer, so ein typischer Kerl aus dem Mittleren Westen, und fragt mich schüchtern: »Entschuldigung, Lady, aber sprechen Sie chinesisch?«

»Ja.«

»Könnten Sie mir wohl einen Gefallen tun?« Der Mann ist höflich und zurückhaltend, aber ich merke, daß es ihm sehr wichtig ist.

Er heißt Sam. Eine Heiratsvermittlung verschaffte ihm vor drei Monaten Kontakt zu einer Chinesin namens Ying aus der Provinz Jiangxi. Obwohl sie einander bisher nur fünf Briefe geschrieben haben, behauptet Ying, sie habe sich in den dreißig Jahre älteren »Uncle Sam« verliebt. Als ich den Altersunterschied erfahre, denke ich an Stieglitz und O'Keeffe, wobei ich dieser Romanze allerdings nicht die gleichen Erfolgschancen einräume.

Sam sagt: »Ich hätte nie erwartet, daß asiatische Frauen so offen und direkt sind. Wir Amerikaner wissen doch wirklich wenig über andere Völker!«

»Danke, daß Sie mir Ihre Geschichte erzählt haben, aber was kann ich für Sie tun?« möchte ich wissen.

»Ich möchte Ying gern anrufen. Könnten Sie am Telefon für mich dolmetschen?«

»Ja, sicher.«

Fünf Minuten später stehen wir in einer Telefonzelle in der Nähe des Lokals und wählen uns nach China durch.

»Hallo, hier ist Sam. Kann ich bitte Ying sprechen?« Sam spricht englisch, und ich wiederhole es auf chinesisch.

»Liebling, hier ist Ying!«

»Danke für deine netten Briefe. Ich habe eine Frage: Wie denkst du über mein Alter?« Sam, ganz der impulsive Amerikaner, kommt gleich zur Sache.

»Obwohl du dreißig Jahre älter bist, siehst du auf den Fotos, die du mir geschickt hast, viel jünger aus. Auch deine Stimme klingt jung.«

»Oh, ich fühle mich geschmeichelt.« Sam grinst von einem Ohr zum anderen.

»Als Wendy Deng, die ich sehr verehre, Rupert Murdoch heiratete, dachte sie dabei auch nicht an das Alter ihres Mannes.«

»Aber ich habe gehört, daß Chinesen ihre Eltern sehr achten. Was, wenn deine Eltern nicht damit einverstanden sind, daß du mit einem älteren Ausländer zusammen bist?«

»In China herrschen viele Vorurteile und teilweise auch noch alte feudalistische Vorstellungen, aber ich bin eine emanzipierte Frau. Ich werde kämpfen!« Ying klingt entschlossen.

»Dafür bewundere ich dich«, sagt Sam und legt eine Hand auf sein Herz.

»Liebling, ich sehne mich so sehr nach dir, daß ich jede Nacht von dir träume. Was hältst du davon, wenn ich dich in Amerika besuche?« Yings Stimme wird ganz zärtlich.

»Das ist eine tolle Idee!« erwidert Sam fröhlich.

»Du müßtest mir natürlich die Reise bezahlen.«

»Kein Problem. Wieviel?«

Nun wendet Ying sich direkt an mich: »Hey, Schwester, du bist doch auch Chinesin, oder?«

»Ja ...«

»Dann mußt du deiner Landsmännin helfen. Wenn dieser alte Knacker reich ist, werde ich viel verlangen. Wenn er arm ist, weniger.«

»Das mußt du schon selbst entscheiden«, antworte ich und denke, sie hat die Hand doch schon in seiner Tasche. Warum fragt sie mich, wieviel sie rausholen soll?

»Zehntausend Kröten«, sagt Ying.

»Yuan oder Dollar?« fragt Sam zurück.

»Ich meine natürlich eure grünen Scheinchen«, sagt Ying.

»Ich überlege es mir. Aber sag mir doch, was du damit vorhast.«

»Ich will über Hongkong nach Amerika fliegen und mich dort erst mal eine Woche lang an das kapitalistische Leben gewöhnen. Dann würde ich mir gern einen Diamantring aussuchen, mit mindestens einem Karat. Weißt du, den Chinesen ist das Äußere sehr wichtig.«

Als Sam von dem Ring hört, zögert er. »Liebling, ich würde dir ja gern etwas schenken, aber ich habe dir noch nicht mal einen Antrag gemacht. Wir sind noch immer dabei, uns kennenzulernen. Findest du nicht, daß es zu früh ist, um über Ringe zu sprechen?«

»In China geben die Männer viel Geld für die Frauen aus, um die sie werben, um den Eltern Respekt zu erweisen. Wenn ich dich in Amerika besuche, wäre es für meine Eltern eine Beleidigung, wenn du mir kein teures Geschenk machen würdest.«

Als ich das auf englisch wiederhole, schäme ich mich sehr, schaffe aber dennoch eine wortwörtliche Übersetzung.

Gegen Ende des Gesprächs erklärt Sam sich bereit, Ying etwas Besonderes zu schenken (aber keinen Diamantring) und ihr telegrafisch das Geld anzuweisen.

Ying will sofort einen Reisepaß beantragen. Beide schikken Küßchen durchs Telefon.

Nach dem Gespräch fühle ich mich verpflichtet, Sam zu warnen. Ich frage also: »Was halten Sie von Ying?«

»Die ist doch nicht ganz dicht! Denkt sie, wir Amerikaner sind Goldesel, oder was? Was für eine naive Kuh!« Er klingt ganz und gar nicht mehr verliebt.

Ich bin schockiert. »Aber Sie wollten ihr doch Geld schicken!«

»Machen Sie Witze? Ich bin sechzig Jahre alt. Ich bin doch nicht blöd und geb' irgendeiner Fremden so viel Geld! Meine Mutter hat noch nicht mal tausend Dollar von mir bekommen!« Sam schüttelt zur Betonung die Faust.

»Aber Sie haben doch gesagt ...« Ich bin verwirrt.

Sam lacht. »Was hab' ich denn verloren, indem ich das Geld versprochen habe? Hätte ich sonst ihre wahren Gedanken erfahren?«

»Und ich dachte, Sie seien blind vor Liebe!«

»Ach, ich hab' doch nur so getan«, sagt Sam und grinst verschlagen.

»Mich haben Sie auch reingelegt. Sie erinnern mich an das chinesische Sprichwort *jiang haishi laode la*: Alter Ingwer hat mehr Würze.«

Ich beschließe, Ying anzurufen und ihr zu sagen, daß sie den scheinheiligen Sam vergessen soll. Ich drücke auf Wiederwahl.

Am anderen Ende der Leitung geht ein Mann ans Telefon. »Ja, bitte?«

»Ich möchte Ying sprechen.«

»Oh, meine Frau ist gerade losgegangen, um einen Reisepaß zu beantragen.«

43
Gegensätze ziehen sich an

In der zweiten Woche meines Urlaubs in Missouri lerne ich auf einer Party Tom kennen. Tom ist etwa Mitte Zwanzig und Gefängniswärter, aber sehr clever und talentiert. In seiner Freizeit schreibt er Kriminalgeschichten. Dem Buddhismus gegenüber ist er aufgeschlossen. Das Beste an Tom ist aber, daß er Frauen respektiert. Immer wieder kocht er für mich, zum Teil nach eigenen Rezepten, zum Beispiel Maisbrot und geräucherten Lachs. Ich bin gern mit Tom zusammen. Wir gehen reiten, spielen Golf, schießen und angeln. Unsere gemeinsame Zeit verläuft sehr harmonisch.

Tom und ich witzeln oft, daß wir uns über eine Kontaktvermittlung im Internet vermutlich nie kennengelernt hätten. Wir sind grundverschieden, und unsere Anzeigen hätten folgendermaßen ausgesehen:

Tom – ein echter Junge vom Land, Southern Baptist (protestantisch), 1,95 Meter, 100 Kilo, konservativer Republikaner und ehemaliger Ranger. Wählte George W. Bush und befürwortet Irakkrieg. Haßt die UNO und die Franzosen, liebt idyllisches Landleben, Wrestling, Boxen und Autorennen. Verurteilt Homosexualität und Abtreibung.

Niuniu – Großstadt-Asiatin, 1,57 Meter, 50 Kilo, liberale Demokratin und kosmopolitische Journalistin. Würde für Hillary Clinton stimmen, wenn sie sich zur Wahl stellte, und ist überzeugte Gegnerin der Invasion im Irak. Hält den UN-Sicherheitsrat als Ausgleich für die konservativen, kriegstreibenden Hawks für wichtig. Genießt das hektische Leben in Peking, Shanghai, New York und Hongkong. Liebt die Serie *Ally McBeal* und die *Oprah-Winfrey-Show*. Hat homosexuelle Freunde und Freundinnen, die abgetrieben haben. Kann mit Wrestling rein gar nichts anfangen.

Von politischen Ansichten bis hin zu Hobbys haben wir also nichts gemeinsam. Ich hätte mir nie träumen lassen, daß ich mal mit einem Gefängniswärter ausgehe, der noch dazu diese dämlichen Wrestling-Kämpfe anschaut. Dieser Typ Mann, eine klassischer »Red Neck«, steht auf meiner Liste gleich hinter dem Neandertaler und wäre normalerweise der letzte, mit dem ich etwas zu tun haben möchte. Und trotzdem ist Tom der beste Freund, den ich jemals hatte. Er ist wie ein Teddybär, einfühlsam, aufmerksam, treu und beschützend. Er bringt mir Dinge bei, die ich nicht kann, etwa beim Golf zu putten oder Angelköder zu befestigen.

Außerdem ist er toll im Bett. Es ist über ein Jahr her, seit ich mit jemandem geschlafen habe, und ich bin beruhigt, daß mit mir noch alles in Ordnung ist. Nachdem ich mit Tom im Bett war, kann ich nicht verstehen, daß es mal eine Zeit gab, in der ich keine Lust auf Sex hatte. Ich sollte diesen Kontaktvermittlungen wie Match.com einmal schreiben, daß sich auch Gegensätze anziehen. Meine Freundinnen in China wundern sich allerdings sehr, daß ich mit einem Gefängniswärter zusammen bin.

Sowohl Beibei als auch Lulu rufen mich an.

»Du wirst dein Gesicht verlieren, wenn du mit einem Mann zurückkommst, der in einem Gefängnis arbeitet«, sagt Beibei.

Es macht mich traurig, daß das Klassenbewußtsein ausgerechnet in China – der »Volksrepublik« – immer noch so stark ausgeprägt ist. In den Staaten fällt es mir viel leichter, mich mit Menschen anzufreunden, die in China »unter meiner Würde« wären.

»Angeln? Brot backen?« fragt Lulu nach. »Klingt ja langweilig. Das amerikanische Landleben ist nichts für uns.«

»Aber Tom ist sehr nett«, halte ich dagegen.

»Er ist keiner von uns«, sagt Beibei. »Er ist kein Yuppie, und er ist auch nicht kosmopolitisch genug für dich.«

»Aber Tom besitzt Integrität und Anstand! Unter den Yuppies zwischen San Francisco und Peking gibt es viel zu viele Mistkerle.« Als ich an Len denke, muß ich seufzen. Hier in den Staaten denke ich viel häufiger an ihn. Und ich beschließe, dieses Mal noch nicht nach Berkeley zu fahren.

»Jetzt weißt du, warum wir alle noch single sind«, sagt Lulu. »Unseren Lebensstil lieben wir noch mehr als die Liebe.«

44

Der Striptease-Club

Tom und ich haben eine Urlaubsaffäre ohne Garantie auf Zukunft. Ich weiß, daß meine Freundinnen recht haben. Ich kann für Tom nicht meinen Lebensstil ändern.

Und so reise ich aus Missouri ab und fahre nach Washington D. C., um meine Freundin Ann zu besuchen. Auch Ann ist alleinstehend und für eine Beziehung gewissermaßen überqualifiziert. Sie lebt im Künstlerviertel Dupont Circle und arbeitet für das amerikanische Außenministerium. Wir vergnügen uns in netten Restaurants und Bars in der Nachbarschaft. Washington ist voll von jungen, alleinstehenden und politisch ambitionierten Männern, aber ich bin nicht in der Stimmung, mich zu verabreden. Ich werde die Stadt bald wieder verlassen, und außerdem habe ich ein schlechtes Gewissen wegen Tom.

An meinem letzten Tag in Washington gehe ich an der Pennsylvania Avenue spazieren. Im Lafayette Park hinter dem Weißen Haus treffe ich auf eine Gruppe von sechs asiatischen Touristen, die auf dem Rasen sitzen, rauchen und sich unterhalten. An den kleinen Umhängetaschen, den Olympus-Kameras, den schlecht sitzenden Anzügen und Krawatten und der dichten Wolke aus Zigarettenqualm um sie herum kann man unschwer erkennen, daß sie aus China kommen. Natürlich trägt dazu auch die Tatsache bei, daß sie chinesisch sprechen …

In den letzten Jahren konnte man an fast allen amerikanischen Touristenorten chinesische Delegationen entdecken. Es sind kleine oder große Gruppen, die diese Reise von ihren Firmen oder Arbeitgebern als eine Art Bonus bezahlt bekommen.

»Hallo«, grüße ich die Truppe herzlich.

»Sind Sie Chinesin?« fragt ein Mann mit flaschenbodendicken Brillengläsern.

»Ja.«

»Sind Sie amerikanische Chinesin?« fragt ein anderer.

»Ja.«

»Sie arbeiten aber nicht für das CIA oder FBI, oder?« will ein stämmiger Mann mittleren Alters wissen. Es ist schwer zu sagen, ob er es ernst meint oder einen Spaß macht.

»Natürlich nicht.« Ich lache.

»Man hat uns gesagt, daß wir in Amerika möglicherweise von Spionen beschattet werden. Wir sollen uns vorsehen, wenn wir mit Fremden sprechen.« Der stämmige Mann meint es also ernst.

»Wer hat Ihnen das gesagt? So ein Blödsinn. Woher kommen Sie?«

»Aus der Region Linyi in der Provinz Shandong«, antwortet der junge Mann.

»Wie gefällt Ihnen Washington?« erkundige ich mich.

»Zuerst dachte ich, ich sei in Afrika. So viele Schwarze hatte ich hier nicht erwartet. Wissen Sie, in den Hollywoodfilmen gibt es fast nur weiße Schauspieler. Daher dachte ich ...« Der junge Mann bricht verlegen ab.

»In Washington sind zweiundsechzig Prozent der Bevölkerung Afroamerikaner«, kläre ich ihn auf.

»Ich finde das Gästehaus für ausländische Gäste viel zu wenig luxuriös«, sagt der Mann mit der Brille.

»Und ich dachte, Amerika sei ein reiches Land voller Wolkenkratzer. Aber in Washington gibt es weitaus weniger Hochhäuser als in Peking oder Shanghai«, meint der Stämmige.

»In Washington gilt eine Bestimmung, daß kein Gebäude höher als Capitol Hill sein darf«, erkläre ich. »Aber da sie nicht hoch sein dürfen, sind die Gebäude oft sehr monumental.«

»Ach so, jetzt verstehe ich, warum die Gebäude so ausladend sind, aber warum sind es auch die Menschen?« will der Stämmige wissen, während er die übergewichtigen Spaziergänger beäugt.

»Ich bitte um mehr Respekt vor dem amerikanischen Volk!« Ein großer, autoritär wirkender Mann, der bisher geschwiegen hat, meldet sich mit scharfer Stimme zu Wort, so daß alle zusammenzucken. Er scheint der Anführer zu sein. Er reckt die Arme gen Himmel, blickt zum Weißen Haus und sagt laut: »Lang lebe die Freundschaft zwischen dem amerikanischen und dem chinesischen Volk!«

»Wohin gehen Sie als nächstes?« frage ich den jungen Mann.

»Nach Vegas, natürlich. Wir werden Hummer essen, Stripshows ansehen und uns im Glücksspiel versuchen«, sagt der junge Mann stolz und wirkt schon ganz aufgeregt.

»Na, dann viel Spaß!« Ich wende mich zum Gehen.

»Dürfte ich Sie eben unter vier Augen sprechen?« hält mich der große Mann zurück.

»Sicher.«

»Was Kleiner Wang da eben gesagt hat, war sein eigenes Programm für Las Vegas. Ich habe dem noch nicht endgültig zugestimmt. Tatsächlich mache ich mir Sorgen, daß diese jungen Leute hier im Westen schlechten Einflüssen ausgesetzt werden. Was den Hummer angeht, habe ich keine Bedenken. Es ist Deng Xiaopings Politik der offenen Tür und der großen Vision unserer kommunistischen Partei zu verdanken, daß wir nun auch in China häufig Hummer essen können. Doch was seinen zweiten Programmpunkt betrifft, so bin ich eigentlich dagegen. Ich will diesen jungen Beamten vor der Verdorbenheit des Westens bewahren. Aber Kleiner Wang und die anderen haben lange mit mir diskutiert und gesagt, die Partei ermutige ältere Beamte wie mich doch dazu, weltoffener zu sein. Und daher finde ich, daß ich die Wünsche der jungen Leute respektieren sollte. Ich muß also eine Entscheidung treffen, die auf Sachkenntnis beruht. Mit anderen Worten: Erst, wenn ich mit eigenen Augen gesehen habe, ob so ein Striptease wirklich anstößig ist, kann ich objektiv urteilen und die richtige Entscheidung treffen.«

»Und warum erzählen Sie mir das?« will ich wissen.

»Ich dachte, vielleicht könnten Sie mich heute abend in einen Stripclub begleiten. Es würde mir bei meiner Entscheidung für die ganze Gruppe helfen.«

»Um ehrlich zu sein, ich kenne mich in Washington gar nicht so gut aus. Haben Sie nicht einen ortskundigen Fremdenführer, den Sie fragen können?«

»Wir haben einen Fremdenführer, aber wenn er den anderen aus der Gruppe von meinem Vorhaben erzählt, wird mich das in ein schlechtes Licht rücken. Um die Sittlichkeit der Gruppe zu erhalten, habe ich nämlich allen gesagt, ich würde auf keinen Fall ein Striplokal besuchen. Nun aber habe ich beschlossen, meine eigene Tugend aufs Spiel zusetzen, um die Tugend der anderen zu schützen. Wenn Sie mich begleiten, werde ich Ihren Eintritt, die Getränke und Trinkgelder selbstverständlich übernehmen. Die Ausgaben werden mir von meinem Arbeitgeber erstattet, wenn ›Unterhaltungsprogramm‹ auf der Rechnung steht.«

Eine Sekunde lang bin ich versucht, sein Angebot anzunehmen und ihn dann in ein Männer-Striplokal zu führen, wo ich das geschenkte Geld irgendwelchen gut gebauten Kerlen zustecke, damit sie sich für mich ausziehen. Aber ich verwerfe diesen Gedanken sofort wieder.

»Ein Striplokal ist viel tugendhafter, wenn Sie dort mit Ihrer Frau oder Freundin hingehen«, sage ich und winke ihm zum Abschied.

Während ich zurückgehe, wird mir bewußt, daß ich am nächsten Tag wieder nach China abreise. Amerika ohne Len hat mir gefallen. Ich habe Spaß gehabt und konnte mich sogar auf eine Beziehung einlassen.

45

Der Mile-High-Club

Ich fliege in drei Etappen zurück: zuerst von Washington nach LA, dann von LA nach Hongkong, und von Hongkong aus werde ich zunächst einen Zwischenstopp in Shenzhen machen, um für eine Story über die dortigen Fabrikarbeiter zu recherchieren, die durch ihre Arbeit für Produkte von Wal-Mart oder Nike zu einem außerordentlich bedeutsamen Glied der globalen Wirtschaftskette geworden sind. Obwohl Nike-Schuhe in den Staaten zu gut 100 Dollar das Paar verkauft werden (und in China neuerdings auch), bekommen diese Fabrikarbeiter für die Herstellung der Schuhe einen Hungerlohn.

Im Flugzeug von LA nach Hongkong sitze ich neben einem Amerikaner um die Vierzig namens Steve, einem Ingenieur aus dem Management des bekannten amerikanischen High-Tech-Unternehmens Sun Microsystems. In den vergangenen Jahren haben immer mehr amerikanische Firmen ihre Produktionsstätten nach China verlegt oder chinesische Fabriken als Originalhersteller unter Vertrag genommen, um ihre Produktionskosten zu senken. Diese neue geo-ökonomische Verschiebung hat auch Steves Leben verändert. Um die steigende Anzahl der Zulieferer seiner Firma in östlichen Teil der Welt zu betreuen, pendelt er ständig zwischen China und Kalifornien hin und her. Dieses Mal wird er eine Produktionsstätte in Shenzhen besuchen.

Mir fällt auf, daß Steve rote Wangen und leuchtende Augen bekommt, als er den Namen der Stadt erwähnt.

»Sie scheinen sich ja sehr auf den Besuch in Shenzhen zu freuen. Ist es Ihre erste Reise dorthin?« erkundige ich mich.

»Nein, die dritte«, erwidert Steve und erzählt bereitwillig seine Geschichte: »Meine Aufgabe ist es, mögliche neue Produktionsstätten in Asien ausfindig zu machen und zu betreuen. Aus diesem Grund habe ich die meisten der Großstädte schon gesehen. Hongkong ist für mich eine wunderbare Stadt, aber viel zu westlich und zu teuer. Mittlerweile ist es für mich nur ein Umstiegspunkt. Die Stadt Taipei hat in meinen Augen keinen Charakter. Singapur finde ich langweilig. Aber ich liebe Shenzhen.«

»Warum?«

»Meine Kollegen und ich sind uns mittlerweile einig, daß im Hinblick auf die Kapazitäten kaum Unterschiede zwischen den verschiedenen Produktionsstätten bestehen. Ausschlaggebend für einen neuen Standort sind also jeweils die Frauen, die dort leben. Wenn uns die Frauen gefallen, manipulieren wir die Zahlen ein wenig und können so unsere Empfehlung für eine der Produktionsstätten abgeben. Und später können wir dort immer hinreisen.«

»Das klingt ja, als gefielen Ihnen die Frauen in Shenzhen besonders gut«, sage ich.

»Ja, sie sind schön und freundlich. Ich war früher einmal Marineoffizier, und Shenzhen erinnert mich an Hongkong und die Philippinen vor etwa fünfzehn oder zwanzig Jahren. Zu Hause in den Staaten leide ich unter meiner Midlife-crisis. Aber sobald ich nach Shenzhen komme, fühle ich mich jung und voller Energie. Diese willigen und aufgeschlossenen jungen Chinesinnen geben mir einfach ein gutes Gefühl. Sie zeigen mir, daß ich es immer noch draufhabe.«

»Wie lernen Sie diese Frauen kennen?« frage ich neugierig.

»Einige über das Internet und andere in Bars oder Discotheken. Oder meine chinesischen Geschäftspartner stellen mir welche vor. Meine Kollegen halten es genauso. Oft gehen wir auch zusammen auf die Jagd.«

Ich hatte nicht erwartet, daß Steve so offen über seine sexuellen Eroberungen spricht.

Munter erzählt er weiter: »Raten Sie mal, was mir an asiatischen Frauen nicht gefällt!«

»Was denn?«

»Die aus dem Süden sind zu dünn!«

»Was wiegt denn Ihre Frau in den Staaten?«

»Neunzig Kilo.«

Offensichtlich gefällt Steve die Abwechslung zu seiner kräftigen Ehefrau, denn seine Klage klingt fadenscheinig, da immer noch Begierde aus seinen Augen leuchtet. Wir unterhalten uns weiter, und Steve läßt sich einen Drink nach dem anderen einschenken. Ich werde allmählich unruhig, als Steve mich immer lüsterner ansieht und irgendwann nicht mehr versucht, seine Absichten zu verbergen.

»Ihre Ohrringe sind entzückend.«

»Ihr Pullover steht Ihnen ausgesprochen gut.«

»Sie sollten nur kurze Röcke oder enge Hosen tragen.«

Glücklicherweise sitze ich am Gang, so daß ich nicht über ihn hinwegsteigen muß, um auf die Toilette zu gehen. Als sich das Flugzeug irgendwo über Japan befindet, spielt Steve seinen vermeintlich größten Trumpf aus: »Na, wie steht's, Niuniu? Möchten Sie vielleicht Mitglied des Mile-High-Clubs werden?«

»Mile-High-Club? Was ist das?« frage ich zurück.

Mit anzüglichem Grinsen klärt Steve mich auf: »Das ist der Club für alle, die zehntausend Meter über der Erde Sex auf einer Flugzeugtoilette hatten.«

Ich lächle ihn zuckersüß an. »Klingt ja toll. Geben Sie mir drei Minuten, um mich ein wenig frisch zu machen. Ich werde in der rechten Toilette am hinteren Ende des Flugzeugs auf Sie warten.«

Doch ich gehe direkt zu den Flugbegleiterinnen in die Bordküche. Im Flugzeug sind noch etliche Plätze in der Business Class frei, so daß ich ohne Probleme mein Ticket der Economy Class umtauschen kann. Steve wird sein blaues Wunder erleben, wenn er in der hinteren rechten Toilettenkabine plötzlich vor dem knapp eins neunzig großen männlichen Flugbegleiter steht, der ihn dort erwartet.

Du kannst dir alles aussuchen, denke ich während des Landeanflugs auf Hongkong: den Reisetag, das Reiseziel, den Flugpreis und sogar deinen Sitzplatz. Aber deinen Sitznachbarn kannst du dir nicht aussuchen, zumindest nicht, wenn du allein unterwegs bist, und du kannst froh sein, wenn es nicht irgendein schleimiger alter Lüstling ist.

Auf einmal beginne ich die Frauen zu verstehen, die unbedingt einen reichen Mann mit Privatflugzeug heiraten wollen.

46
Tod und Marketing

Als ich nach der Landung endgültig vor Steves penetranten Annäherungsversuchen in Sicherheit bin, nehme ich mir vor dem Flughafen ein Taxi. Es ist vier Uhr morgens, und während das Auto durch die Straßen der noch ruhigen Stadt fährt, die gerade zum Leben erwacht, denke ich voller Sehnsucht an Amerika zurück.

Ich hatte Angst gehabt, meine Reise könnte zu viele schlechte Erinnerungen wachrufen, aber letztendlich bekam ich genau das, was ich brauchte. Nachdem mein Besuch all der vertrauten und freundlichen Orte so positiv verlaufen war, frage ich mich jetzt, warum ich die Staaten damals überhaupt verlassen habe. Doch nach wie vor halte ich die Entscheidung, nicht in die Bay Area von San Francisco zu fahren, für richtig. Für Berkeley bin noch nicht bereit. Ich liebe das intellektuelle Flair und den freizügigen Lebensstil dieser Stadt, aber all meine Erinnerungen daran sind mit Len verknüpft. Trotzdem tut es mir leid, daß ich nicht in den Muir Woods gewandert oder mit dem Auto nach Big Sur hinaufgefahren bin oder mich nicht einfach an die Telegraph Avenue gesetzt und das kunterbunte Treiben der ungewaschenen Hippies, der College-Studenten, Weltuntergangspropheten und Jugendlichen beobachtet habe.

Im Gegensatz zu den negativen Stimmungsmeldungen, die ich in China gehört hatte, erschien mir alles in den Staaten genau so wie sonst auch. Die Menschen waren genauso fröhlich und freundlich. Ich erkenne, daß es nicht an Amerika gelegen hatte, als ich mich damals zur Rückkehr nach China entschloß, sondern an mir selbst. Ich bin wieder in der Lage zu genießen, was Amerika zu bieten hat. Es ist, als hätte die Zeit in China tatsächlich meine Wunden geheilt.

Für meine Interviews verbringe ich drei ganze Tage in Shenzhen. Dann kehre ich endlich wieder nach Peking zurück. Eigentlich wollte Beibei mich vom Flughafen abholen, aber statt dessen erscheint ihr Fahrer Da Chen.

»Präsidentin Beibei ist beschäftigt«, erklärt Da Chen. »Little Bench ist gerade gestorben – an Lungenentzündung.«

Little Bench war der schwule Sänger, dessen Ex-Lover versucht hatte, sich selbst öffentlich zu verbrennen. Der Zwischenfall bescherte Chichi Entertainment damals große Verluste bei den Verkaufszahlen, und Beibei zahlte einer PR-Agentur in Chicago bündelweise Geld dafür, daß sie Little Benchs Image in China wieder aufpolierte.

Die amerikanische PR-Agentur war brillant. Sie ließ Artikel über Little Bench veröffentlichen, in denen lang und breit über seine arme und erniedrigende Kindheit als Bauernjunge geschrieben wurde und darüber, wie er als Teenager von einem wohlhabenden Geschäftsmann verführt und zum Sexsklaven gemacht worden war. Little Bench hatte mehrere Selbstmordversuche hinter sich, doch dann rettete die Musik sein Leben. Durch die Veröffentlichung seiner traumatischen Erlebnisse wurde er zum tragischen Helden und gewann bei seinen Fans neues Verständnis und Sympathie. Seine Plattenumsätze kletterten im folgenden Jahr wieder in die Höhe.

Ich bin immer noch schockiert über seinen Tod, als Beibei mich anruft. »Tut mir leid, daß ich dich nicht selbst vom Flughafen abholen konnte. Ich muß dir unbedingt erzählen, was zur Zeit deiner Reise alles passiert ist. Ich bin eine Geschäftsfrau, Niuniu, aber durchaus nicht kalt und herzlos. Ich kann nicht fassen, was die jungen Leute in meiner Firma gemacht haben. Sie alle wollten an Little Benchs Tod noch Geld verdienen. Kannst du dir das vorstellen?«

»Was ist passiert?«

Zwei Stunden später treffe ich Beibei in der Bar W8, die von dem Autor Wang Shuo und dem Schauspieler und Regisseur Jiang Wen betrieben wird.

Beibei bestellt einen Martini und legt los: »Als ich erfuhr, daß Little Bench im Sterben lag, berief ich ein Management-Meeting ein. Dort sagte Little Benchs Agent Song Dynasty, es sei an der Zeit, seinen Tod zu vermarkten. Ich stimmte sofort dagegen, aber er sagte: ›Um zur Legende zu werden, muß man jung und auf dramatische Weise sterben wie James Dean, Marilyn Monroe, Elvis Presley und John Lennon. Je dramatischer und mysteriöser der Tod, desto mehr Aufmerksamkeit wird er erregen.‹ Ich hielt das schlichtweg für abstoßend, hatte aber nicht erwartet, daß die Mehrheit seiner Meinung war. Sie sagten einfach, ich sei überstimmt, und so funktioniere eben Demokratie.«

»Wahrscheinlich dachten sie, weil Little Bench jung war und der Verdacht auf Aids nahelag, könnte sein Tod ein heißes Thema werden.«

Beibei nickt. »Genau. Sie hielten es für eine gute Zeit, eine Extra-Werbekampagne zu starten. Wie du siehst, haben die Chinesen sich die Kunst des Marketings schnell angeeignet.«

»Ich frage mich allerdings, ob die BWL-Studenten der Business Schools in Harvard oder Wharton so ›geschäftstüchtig‹ wären, um Produkte durch Tod zu vermarkten. Ich wette nicht. Sicher gibt es doch so etwas wie einen Pflichtkurs in Geschäftsethik! Diese Geschichte erinnert mich an diesen chinesischen Film *Big Shot's Funeral* über einen amerikanischen Regisseur, der bei Dreharbeiten in Peking ins Koma fällt und dessen Beerdigung im voraus großartig vermarktet wird. Das Leben imitiert tatsächlich die Kunst.«

Beibei zündet sich eine Zigarette an. »Das Leben ist noch grotesker als die Kunst! Im Krankenhaus, in dem Little Bench lag, war nach der offiziellen Pressemitteilung die Hölle los. Alle möglichen Leute tanzten da an. Selbsternannte Tai-Chi-Meister führten Übungen vor und verkündeten, sie könnten Little Benchs Leben um drei Tage verlängern. Wahrsager versuchten, die genaue Todeszeit vorherzubestimmen. Reporter forschten nach Anzeichen von Aids. Paparazzi belagerten das Grundstück mit Kameras und Schlafsäcken. Nachdem zwei Reporter von den Bodyguards eines befreundeten Stars zu Boden gestoßen worden waren, kamen noch irgendwelche Anwälte und hofften auf eine aussichtsreiche Klage. Coyote.com richtete eine spezielle Website ein, auf der sich alle Nichtanwesenden über die neuesten Ereignisse informieren konnten ...«

»Das klingt ja wie in einem Zirkus!« sage ich. »Und alle wollten mit ihrer Nummer am großen Spektakel verdienen.«

Beibei nippt an ihrem Martini. »Du hast noch gar nicht die Geschichte mit seinem Onkel gehört. Little Bench hatte gerade seinen letzten Atemzug getan, da hielt dieser Onkel eine Pressekonferenz ab, um seinen Tod zu verkünden und gleichzeitig sein neues Buch vorzustellen: *Meine Dienstage mit Little Bench: die Geschichte meines Neffen und seiner Liebhaber*.«

»Wo fand die Trauerfeier statt?«

»Song Dynasty schlug das Arbeiter-Stadion vor, in dem Little Bench auch aufgetreten ist, und wollte Eintritt verlangen. Ich war dagegen, wurde aber wieder einmal überstimmt. Für Little Benchs Trauerfeier wurden dreimal so viele Karten verkauft wie für seine letzten drei Konzerte zusammen!«

47

Weihnachtsstimmung

Weihnachten wird in China immer beliebter. In Beibeis Agentur Chichi Entertainment bekommen die Angestellten am 24. Dezember einen halben Tag frei und werden zum Bowling eingeladen. Wir dürfen mitkommen. Lulu hat keine Zeit, da sie in Hongkong eine Modenschau besucht, aber CC und ich sind dabei.

Wir sprechen über Weihnachtseinkäufe. CC zeigt uns die Uhr von Gucci, die sie sich selbst geschenkt hat. Ich zeige ihnen den iPod für meine Halbschwestern. Beibei zeigt uns einen Schlüssel. »Für mich selbst habe ich nichts gekauft«, sagt sie, »aber dies ist das Weihnachtsgeschenk für meine Eltern.«

»Wofür ist der? Ein Auto? Ich habe gehört, daß Leute über sechzig keinen Führerschein mehr machen dürfen. Haben deine Eltern schon einen?« will CC wissen.

»Nein, es ist kein Auto. Es ist eine Wohnung«, erwidert Beibei stolz.

»Du meine Güte!« ruft CC. »Was für ein teures Geschenk!«

»Wenn ich sie ihnen nicht gekauft hätte, könnten sie sich niemals eine neue Wohnung leisten. Sie leben noch immer in derselben heruntergekommenen Wohnung, die ihnen die Fabrik vor zwanzig Jahren zugewiesen hat.«

CC versteht nicht. »Aber dein Großvater war doch General im chinesischen Militär! Warum wohnen deine Eltern dann in so ärmlichen Verhältnissen?«

Beibei seufzt. »Während der Kulturrevolution wurde mein Großvater als konterrevolutionär gebrandmarkt, und als sein Sohn und seine Schwiegertochter hatten auch meine Eltern darunter zu leiden. Erst als Lin Biao 1971 mit seinem versuchten Staatsstreich scheiterte und die Fundamentalisten und Radikalen aus der Partei ausgestoßen wurden, begann die Regierung, nach und nach alle Opfer zu rehabilitieren. Nach der Kulturrevolution fürchteten meine Eltern, als Mitglieder der *taizi dang*, der ›Prinzenpartei‹, angesehen zu werden und meinem Großvater auf diese Weise zu schaden. Also erwähnten sie nie seinen Namen oder seinen Generalstitel, um sich Vorteile zu verschaffen. Sie haben vor allem möglichen Angst und befolgen stets alle Vorschriften. Auch mich ermahnten sie ständig, immer die Vorschriften einzuhalten. Aber was hat es ihnen gebracht? Ein paar Urkunden, Seifenstücke und Handtücher als Prämien und eine kleine Wohnung mit Betonfußboden.«

»Da haben deine Vorfahren ja wirklich viel erleiden müssen«, sage ich mitfühlend. »In der Blüte ihres Lebens mußten sie Chinas schlimmste Jahre durchmachen. Sie werden den Wohlstand der heutigen Generation niemals begreifen können und nie erfahren, wie es ist, auf zwei Etagen zu wohnen, Urlaub in Europa zu machen …«

»Ich habe meinen Eltern Geld gegeben, damit sie sich jeden Tag ein Taxi leisten können, aber Taxifahren ist ihnen anscheinend unangenehm. Sie bringen das Geld auf die Bank und fahren weiterhin Bus«, erzählt Beibei.

»Vermutlich ist es ihnen auch unbegreiflich, wie du

dreitausend Yuan für eine Bluse ausgeben kannst!« sage ich.

Beibei nickt. »Das stimmt. Ich bin bereits verdorben. Früher habe ich auf sie gehört und versucht, ein liebes, braves Mädchen zu sein. Und was hat es mir gebracht? Mein Mann hat mich betrogen, und an meiner ersten Arbeitsstelle wurden alle weiblichen Arbeiterinnen entlassen. Im Gegensatz zu meinen Eltern habe ich die Verbindung zu meinem hochrangigen Großvater ausgenutzt. Und ich habe es geschafft. Ich habe Geld, Ansehen, Liebhaber, was ihr wollt! Kennt ihr den amerikanischen Film *The Emperor's Club*? Die Welt dankt es dir nicht, wenn du Prinzipien und Werten treu bleibst. Es macht ganz und gar keinen Spaß, ein guter Mensch zu sei. Da endet man nur als tragischer Held. Viel mehr Spaß macht es, auf der Gewinnerseite zu stehen! Ich bin froh über meine Wandlung in ein böses Mädchen!«

»Ach, Beibei«, sage ich. »Du kannst zwar Kleidung aus dem Westen tragen, Autos aus dem Westen fahren und dir europäische oder amerikanische Liebhaber nehmen, aber deine Rolle als treu ergebene chinesische Tochter kannst du doch niemals ablegen.«

»Meine Situation ist das genaue Gegenteil«, wirft CC ein. »Damals in den Siebzigern haben meine Eltern Hongkongs Blütezeit voll genutzt. So reich wie sie werde ich niemals sein. Lange Zeit versuchten sie, mein Leben mit ihrem Geld zu kontrollieren, und dafür habe ich sie gehaßt.«

Behutsam spricht Beibei ein heikles Thema an: »Wirst du sie zu Weihnachten besuchen?«

CC seufzt. »Ich hatte es nicht vor. Aber wahrscheinlich sollte ich. Ich werde mal sehen, ob ich heute nacht noch einen Flug nach Hongkong erwische.«

»Ja, tu das«, ermuntert Beibei sie. »Ich muß jetzt auch zu meinen Eltern fahren.«

Nachdem beide gegangen sind, denke ich über meine eigenen Eltern nach. Mutter, Big John und meine Halbschwestern sind in die Staaten gereist. Vater und Jean sind bei Jeans Familie. Ich hätte Heiligabend gern mit meiner Familie verbracht, aber nun weiß ich nicht, wohin ich gehen soll. Definitiv nicht auf eine Party. Ich bin zu drei Feiern eingeladen, aber ich beschließe, den Abend allein zu Hause zu verbringen.

Mein Handy klingelt. Es ist CC. »Alle Flüge nach Hongkong sind ausgebucht. Wie es aussieht, kann ich meine Eltern doch nicht überraschen.«

»Das kannst du ja zum Neujahrsfest nachholen.«

»Da hast du recht. Sie sind Chinesen, da ist das Neujahrsfest ein weitaus wichtigerer Feiertag. Aber was soll ich jetzt tun? Allein werde ich ziemlich einsam sein. Die letzten drei Weihnachten habe ich mit Nick verbracht.«

»Komm zu mir, CC! Wir zwei Singles machen es uns gemütlich und trinken heißen Grog. Und falls sich der Weihnachtsmann verspätet, lassen wir uns von Tom Cruise und Jeremy Irons trösten!«

48

Leicht verdientes Geld

Die Wirtschaftslage ist anhaltend schlecht. Wo auch immer ich eine Party besuche, ob in Amerika, Hongkong oder Peking, treffe ich Arbeitslose, und oft sind es fleißige Menschen, die einfach ihre Stellung im Büro verloren haben. Die traurige Realität ist, daß Fleiß und Freundlichkeit heutzutage zum Überleben nicht mehr ausreichen und nicht mehr die Anerkennung erhalten, die sie verdienen.

Mark, ein Freund aus dem Silicon Valley, erzählt mir,

daß sich die Hausbesitzer in seiner Straße jeden Morgen freundlich grüßen, bevor sie anfangen, den Rasen zu mähen. Sie haben alle ihre Stellungen verloren.

»Vielleicht sollte ich für diesen großen Baumarkt arbeiten, The Home Depot«, überlegt Mark. »Denen kann die Rezession nichts anhaben. Wenn es der Wirtschaft gutgeht, haben die Menschen Geld, um Häuser zu kaufen und einzurichten – und bei schlechter Wirtschaftslage investieren die Menschen ihr weniges Geld am ehesten in die Verschönerung ihrer Wohnungen und Häuser.«

Um über die Runden zu kommen, würde Mark nur allzu gern eine Anstellung finden. Andererseits gibt es durchaus kreativere Methoden, um ans große Geld zu kommen. Vor einiger Zeit setzten zwei meiner Bekannten ihre diesbezüglichen kreativen Ideen in die Tat um. Stacy verklagte ihren Arbeitgeber wegen sexueller Belästigung und bekam laut Gerichtsurteil zwei Millionen Dollar Entschädigung zugesprochen. Da die Gegenpartei allerdings Berufung einlegen wird, könnte es noch ein paar Jahre dauern, bis sie die volle Summe zusammen hat. Nichtsdestotrotz ist sie nun in der Lage, sich aus dem Arbeitsleben zurückzuziehen. Und ein ehemaliger Studienkollege aus Berkeley, ein Amerikaner irischer Herkunft namens Tom, verklagte seine Firma auf Ausländerfeindlichkeit. Er ist überzeugt, daß er die von seinem Anwalt in Aussicht gestellten drei Millionen erhält. Wenn nicht, wird er sich etwas anderes einfallen lassen, um jemanden zu verklagen.

Geld einzuklagen gilt als kreativ – Reichtum durch Einfallsreichtum. Mit einem oder zwei gewonnenen Gerichtsprozessen kann man sich zur Ruhe setzen und gemäß den Büchern *Reichtum kann man lernen* von Robert T. Kiyosaki und *Trau dich, reich zu sein* von Suze Orman finanzielle Unabhängigkeit erlangen.

Doch obwohl es einfach klingt, ist eine Klage nicht jedermanns ideale Strategie, sich die alltägliche Plackerei und die Launen der Vorgesetzten zu ersparen.

Und während in Amerika der Trick ganz gut funktioniert, gibt es in China nun mal weniger Geld und weniger Anwälte als in den Staaten. Wie also kann man hier leichtes Geld verdienen?

Beibeis Agentur Chichi Entertainment nahm vor kurzem die einundzwanzigjährige Sängerin Beijing Doll unter Vertrag. Sie scheint den Bogen raus zu haben: In einer relativ konformistischen Gesellschaft wie in China ist es einfacher, hervorzustechen. Sticht man hervor, erhält man Aufmerksamkeit. Erhält man Aufmerksamkeit, beherrscht man den Markt. Der chinesische Markt ist groß, und das bedeutet großes Geld. Schließlich geht es darum, im Zeitalter der expandierenden Informationsverbreitung zu bestehen. Aber wie macht man auf sich aufmerksam? Ganz einfach: Man läßt durch einen cleveren PR-Agenten ein paar heiße Informationen an diverse Medien durchsickern, um das skandalhungrige Publikum zu füttern.

Beijing Dolls erste CD *I Was Born in Beijing* war kein großer Hit. Für die nächste Konzertreihe veränderte sie also ihr Aussehen, indem sie sich ein künstliches Muttermal an den Mundwinkel klebte und ihre Unterwäsche über die Kleidung zog. China braucht seine eigene Madonna, dachte sie. Aber nicht nur eine Madonna, sondern auch eine Monica Lewinsky.

Auf ihrer Promotion-Tour für die neue CD lud sie einen bekannten Filmschauspieler auf ihr Hotelzimmer ein und behauptete später, er habe sie sexuell belästigt. Der Schauspieler leugnete vehement und beschuldigte Beijing Doll der Verleumdung.

China propagiert eine Medienreform und ermutigt Zeitungen, kommerzieller zu werden. Daher erscheint der Skandal um Beijing Doll und den Schauspieler in allen großen und kleinen Zeitungen auf Seite eins. Beijing Doll wird ebenso berühmt und berüchtigt wie Monica Lewinsky. Reporter und Klatschkolumnisten drängen sich in Hotellobbys und bei Konzertveranstaltungen in der Hoffnung auf ein persönliches Interview.

Beijing Doll ist sich des schlechten Rufs mancher Medienvertreter bewußt, die ihr folgen wie ein Rudel wilder Hunde. Als sie von einigen größeren Zeitungen und Fernsehsendern interviewt wird, behauptet sie, verantwortungslose Klatschreporter hätten den Vorfall zwischen ihr und dem Schauspieler falsch interpretiert, um ihre Storys besser zu verkaufen. Indem sie nun gute Journalisten dazu bringt, ihre schlechteren Kollegen anzugreifen, hat sie noch mehr kostenlose Publicity, die wiederum den Verkauf ihrer CD ankurbelt.

Viele Leute sind über Beijing Dolls schamlose Manipulation der Medien verärgert, aber das ist ihr egal. Zu Beibei sagt sie: »In China ist man so weit, daß man die Armen verspottet, nicht aber die Huren. Ich versuche doch nur voranzukommen. Ich will nie wieder in überfüllte Busse steigen müssen, um zur Arbeit zu fahren. Das ist alles.«

Beibei fragt mich, ob Sex und Skandalgeschichten mehr Zeitungen verkaufen würden als Nachrichten über Politik und soziale Entwicklung. Ja, antworte ich, meiner Meinung nach sei die Gesellschaft tatsächlich so oberflächlich. Sie sagt, sie finde das traurig. Doch bei nächster Gelegenheit forscht auch sie nach, mit welcher Geschichte die sensationelle Sängerin im Licht der Öffentlichkeit bleiben könnte. Die berühmten »fünfzehn Minuten Ruhm« sind möglicherweise der Auftakt zu weiteren Medienkampagnen, die das Publikum erneut in ihren Bann schlägt. Schließlich opfert Beijing Doll ihren guten Ruf ja nur, um Geld zu verdienen – nicht nur für sich, sondern auch für Beibei.

49
Spesenabrechnung

Meine engen Freunde rufen mich selten vor elf Uhr früh an. Sie wissen, daß ich als Journalistin und Schriftstellerin eine Nachteule bin und lange aufbleibe. Doch eines verregneten Morgens, als ich noch tief und fest schlummernd unter meiner Daunendecke liege, weckt Beibei mich mit ihrem Anruf. Es ist noch nicht mal neun!

»Morgen ist Abgabetermin für meine Spesenquittungen vom letzten Monat. Ich habe nicht genug unter der Rubrik ›Reise & Unterhaltung‹, und jetzt brauche ich Quittungen über insgesamt zehntausend Yuan.«

Ich reibe mir verschlafen die Augen, ohne die Dringlichkeit der Situation zu durchschauen. Ich sage: »Erinnerst du dich an den attraktiven Fremden, von dem ich dir erzählt habe? Er hat mich gerade im Traum besucht. Diesmal schien ich ihm wirklich zu gefallen, und er wollte mich gerade küssen.«

Doch Beibei antwortet: »Tut mir leid, wenn ich gerade deinen romantischsten Traum der letzten zwei Wochen unterbrochen habe. Aber hast du verstanden, was ich gerade gesagt habe?«

»Du brauchst irgendwelche Quittungen?«

»Genau! Ich brauche Belege über insgesamt zehntausend Yuan für meine Spesenabrechnung. Kannst du mir helfen, welche aufzutreiben? Es gelten nur Quittungen vom vergangenen Monat.«

Ich staune. »Wow! Du kriegst tatsächlich eintausendzweihundert Dollar erstattet? Tja, das ist wohl ein Vorteil unserer sozialistisch orientierten Marktwirtschaft, den nur du nutzen kannst. Leider arbeite ich für ein kapitalistisches Unternehmen. Ich hebe keine einzige Quittung auf, weil ich rein gar nichts erstattet bekomme, nicht mal meine Telefonkarten. Ich muß alles von meinem eigenen Geld bezahlen.«

»Nein, Niuniu, ich glaube nicht, daß es im Hinblick auf Spesenabrechnungen einen Unterschied zwischen Kapitalismus und Sozialismus gibt. Denk an Worldcom und Enron. Meiner Meinung nach hängt die Erstattung von Spesen mit deiner Position im Unternehmen zusammen. Die Generalbevollmächtigten und Hauptgeschäftsführer großer ausländischer Firmen zum Beispiel erhalten alle möglichen Erstattungen und Vergütungen.«

Da stimme ich Beibei zu. »Wahrscheinlich hast du recht. Meine Stellung in der Agentur ist nicht besonders hoch, deshalb bekomme ich auch nichts erstattet.«

»Ich erinnere mich, daß vor fünf Jahren der ehemalige Chef deiner Nachrichtenagentur – ein Brite, der mit CC zur Schule gegangen war – von seinem Fahrer angeschwärzt wurde, er habe Geld der Zeitung für privates Toilettenpapier sowie für den Kauf von Gemälden veruntreut.«

»Ach, könnte ich doch eines Tages Chef werden!« seufze ich.

»Ich hatte gehofft, du hebst deine Quittungen für die Steuer auf«, sagt Beibei.

»Mein Einkommen ist im Vergleich zu deinem nicht der Rede wert. Um solche Sachen brauche ich mich nicht zu kümmern.«

»Aber selbst wenn du Quittungen nicht bewußt aufhebst, wirst du doch ein paar zu Hause haben, von Taxifahrten, Restaurants, Büchern, Benzin oder sonst irgendwas. Mir wäre alles recht – außer Busfahrten. Die werden nicht erstattet.«

»Deine Firma ermuntert ihre Angestellten also nicht, Fahrtkosten einzusparen«, sage ich lakonisch.

»Tja, so ist das nun mal. Hast du nun Quittungen aus

dem vergangenen Monat oder nicht?« fragt Beibei noch einmal.

»Laß mich suchen!« Ich durchwühle meine Hand- und sonstige Taschen und finde ein paar Belege. Nachdem ich zusammengerechnet habe, sage ich Beibei: »Ich habe Quittungen für ein paar Romane, die ich gerade gekauft habe, aber das sind nur zweihundert Yuan. Chinesische Bücher sind zu billig. Sag mir das nächste Mal früher Bescheid, und ich kaufe ein paar große teure Kunstbände.«

»Sag mal, liegst du eigentlich noch im Bett? Los, steh auf!« kommandiert Beibei.

»Warum?«

»Wie mir scheint, bleibt als einzige Möglichkeit, heute ganz viel Geld auszugeben.«

»Habe ich das richtig verstanden? Du willst mit mir viel Geld ausgeben, damit Chichi Entertainment es dir am nächsten Tag erstattet?«

»Natürlich wäre es besser, Quittungen für Sachen zu bekommen, die ich nicht selbst gekauft habe. Das wäre wie ein zweites Einkommen. Aber wenn das nicht funktioniert, können wir uns auf Kosten der Agentur zumindest amüsieren.«

»Beibei!« protestiere ich. »Das klingt absolut unanständig!«

»Das ist nicht halb so unanständig wie diese korrupten Regierungsbeamten!«

Huise shouru oder graues Einkommen ist in China weit verbreitet. Beibeis graues Einkommen ist alles Geld, das sie an der Tankstelle, im Restaurant, für ihr Handy und für Geschenke bezahlt, weil sie all diese Zahlungen erstattet bekommt. Selbst Lulu, die als Redakteurin etwa nur ein Viertel meines Gehalts verdient, kann ihre Kleider, Friseurbesuche, die Beiträge für den Fitneßclub usw. vom Verlag bezahlen lassen. Außerdem erhält sie jeden

Monat Gratisproben von Kosmetika, Shampoos und Körperlotionen. Sie erzählte einmal, daß sie von den inserierenden Firmen, die kein Geld bezahlen können, kistenweise Produkte zugeschickt bekämen. Und CC, die in einer PR-Agentur arbeitet, hat ihr Handy, ihren Palm Pilot und ihre Omega-Armbanduhr von ihren Kunden quasi geschenkt bekommen, weil sie enorme Rabatte erhält. Ich bin die einzige, die für ein ausländisches Unternehmen arbeitet und nur von ihrem Gehalt lebt, ohne irgendein graues Einkommen.

Eine Stunde später treffen wir uns vor einem Wellneß-Center. Wir gehen in die Sauna und nehmen ein Dampfbad. Danach lassen wir uns mit einer einstündigen Fußmassage, einer zweistündigen Rückenmassage, Pediküre, Maniküre und Gesichtspflege verwöhnen. Wir verbringen insgesamt fünf Stunden in dem Center. Danach steht Abendessen auf dem Programm.

»Laß uns irgendwo hingehen, wo es teuer ist«, schlägt Beibei vor.

»Mir ist aber nicht nach Haifischflossen- oder Schwalbennestersuppe«, sage ich, »das macht mich immer traurig.«

»Ja, ich weiß«, sagt Beibei, »du bist so amerikanisiert, daß du sogar Tierschützerin geworden bist!«

Wir entscheiden uns für das Büfett im Drehrestaurant in der obersten Etage des Hotel International und gehen danach in einen irischen Pub.

Bis 23 Uhr hat Beibei 5.000 Yuan, also 600 US-Dollar, ausgegeben und damit nicht einmal die Hälfte ihres Freibetrags.

Das Schicksal wendet sich, als ich auf die Toilette gehe. Dort hat jemand an die Wand geschrieben: »Belege gesucht? Verkaufe günstig. Erreichbar unter XXXX-XXXX.«

Sofort sage ich Beibei Bescheid. Sie eilt in die Toilette, schreibt sich die Nummer auf und ruft umgehend an.

Danach strahlt sie über das ganze Gesicht. »Niuniu, du hast mir dazu verholfen, 5.000 Yuan in drei Minuten zu verdienen!« ruft sie und nimmt mich in den Arm.

»Und du hast gar kein schlechtes Gewissen dabei?« will ich wissen.

»Eigentlich nicht. Immerhin zahle ich mein Klopapier selbst!«

50
Markenwahn

Meine amerikanische Freundin Sue studiert im zweiten Jahr BWL an der Purdue University. Fernsehberichte über den Wandel der chinesischen Wirtschaftsstrukturen und meine E-Mails über das bunte Leben der Chinesen inspirierten sie, eine wissenschaftliche Arbeit über ein chinesisches Thema zu schreiben. Sie entscheidet sich für den Titel »Die Bedeutung von Markennamen im modernen China«.

Im neuen Kalenderjahr reist Sue für ihre Recherchen nach China. Als ich Hugh von Sues Arbeit erzähle, hält er es für eine tolle Idee zu einer Story, damit unsere westlichen Leser etwas über den Stellenwert westlicher Produktmarken in China erfahren.

Um die Story überzeugender und das Hintergrundmaterial beweiskräftiger zu machen, bitte ich Lulu, in ihrer Zeitschrift *Women's Friends* bei den Leserinnen eine allgemeine Umfrage zur Beurteilung ausländischer Marken durchzuführen. 663 Frauen, meist Büroangestellte der Altersgruppe 18 bis 35, nehmen an der Umfrage teil.

Sue ist von den Ergebnissen schockiert. Das Image der einzelnen Marken ist in China ganz anders als in den Staaten. Zum Beispiel betrachten es vierundzwanzig Prozent der Frauen als ein Zeichen von Wohlstand, bei TGI Friday's essen zu gehen und bei Starbucks Kaffee zu trinken. McDonald's gilt nicht als billig, sondern als schick. Bei Autos haben amerikanische Fabrikate das höchste Ansehen. 92 Prozent der Teilnehmerinnen halten Cadillac und Lincoln für bessere Marken als Mercedes und Lexus. Standardmarken wie etwa Lee's Jeans und Ikea-Möbel haben in den Staaten kein besonders gutes Image, ganz im Gegensatz zu China. Eiskrem von Häagen-Dazs kann man in den USA in jedem billigen Supermarkt kaufen, während sie in den Augen junger Chinesinnen ein Symbol für Geld und Mode geworden ist.

Nach diesen überraschenden Ergebnissen folgert Sue, daß sie nur noch die psychologischen Motive der chinesischen Konsumenten durchschauen muß, um dann mit Leichtigkeit eine Anstellung in irgendeiner dieser amerikanischen Firmen zu erhalten. Womöglich werde sie sich zwischen diversen Angeboten entscheiden müssen, meint sie sogar.

Lulu und ich organisieren für Sue eine Podiumsdiskussion über ausländische Markennamen. Zehn junge Frauen aus verschiedenen Teilen Chinas laden wir in den Konferenzraum von Lulus Verlag ein, und natürlich sind wir selbst auch dabei.

Sue stellt ihre erste Frage: »Wer kann mir sagen, was an Häagen-Dazs modern ist?«

Eine junge Frau namens Li mit langem, dauergewelltem Haar, schwarzem Minirock und schwarzen Stiefeln antwortet sofort: »Erstens sind die Läden von Häagen-Dazs ganz toll, immer bunt und designermäßig gestylt. Zweitens ist es das teuerste Eis, das man kriegen kann, sozusagen der Rolls-Royce unter den Eiskrems. Zwei Tassen Kaffee und ein Eisbecher kosten mehr als ein chinesisches Fünf-Gänge-Menü im Restaurant. Und weil es so teuer ist, gehen nicht viele Leute hin. Die Geschäfte sind ziemlich leer, so daß man richtig auffällt, wenn man hingeht. Wenn ich da auf so einem schicken Designerstuhl sitze und die Welt draußen durch die Glasscheibe beobachte, dazu noch der Geschmack der sahnigen Eiskrem, dann fühle ich mich wie eine Königin.«

Eine andere Frau namens Ting mit viel Gel in ihrem roten Haar und bekleidet mit einer Lederjacke nickt beifällig. »Was Li sagt, stimmt ganz genau. Ich liebe Häagen-Dazs so sehr, daß ich deswegen mit meinem Freund Schluß machen mußte.«

»Warum?« fragt Sue verständnislos.

»Eines Tages sagte ich meinem Ex den Spruch, der in der Werbung steht: ›Wenn du mich liebst, dann kauf mir ein Eis von Häagen-Dazs.‹ In der Eisdiele weigerte er sich dann aber, siebzig Yuan für einen Eisbecher zu bezahlen. Ich beschloß, ihn auf der Stelle zu verlassen.«

»Warum?« fragt Sue erneut.

»Er gehört eben nicht zur Mittelschicht, und ich will einen Mann heiraten, durch den ich in die Mittelschicht aufsteigen kann«, erklärt Ting mit abfälliger Geste.

»Die Mittelschicht? Was meinen Sie damit?« fragt Sue nach.

»Ich meine jemanden, der Häagen-Dazs kennt und es sich leisten kann – genau wie Möbel von Ikea und Unterwäsche von Calvin Klein.«

Das Tragen prestigeträchtiger Marken zur Dokumentation des gehobenen Lebensstils wurde in Amerika zwar erfunden, in China jedoch perfektioniert.

»Warum Ikea?« fragt Sue erstaunt, weil Ikea in den Staaten keinen guten Ruf hat und sogar als Billigmarke gilt.

»Ich liebe das Design von Ikea, kann es mir aber nicht leisten«, fährt Ting fort. »Ich muß immer einen Schreiner mitnehmen und ihn bitten, die Sachen zu kopieren, die mir gefallen. Mein großer Traum ist ein Zimmer, das nur mit Ikea-Möbeln eingerichtet ist.«

»Wie steht es mit Autos? Was ist Ihr Traumwagen?«

»Ein Buick!« wirft eine andere Frau namens Yoyo ein.

Ich erkläre Sue, daß ein Buick in China mindestens 40.000 US-Dollar kostet.

Sue ist vom Geschmack dieser Frauen enttäuscht und fragt nach den in ihren Augen prestigeträchtigen Marken. »Mögen Sie Kleidung von Versace oder Uhren von Omega?«

»Kleider von Versace und Uhren von Omega kann heutzutage jeder tragen«, entgegnet Ting wenig beeindruckt.

»Wirklich?«

»Sie meint natürlich Imitate«, erkläre ich Sue leise auf englisch.

Nach dem Gespräch bedankt sich Sue bei Lulu und mir für unsere Hilfe.

»Und was meinst du? Wird es dir helfen, einen Job zu finden?« frage ich sie.

»Bestimmt. Um viel Geld zu verdienen, sollte ich offensichtlich für General Motors oder Häagen-Dazs/Asien arbeiten. Oder ich studiere auch noch Jura und spezialisiere mich als Anwältin auf Markenrecht.«

51

Kaffeekultur

Hier ist ein weiteres Phänomen in China, über das Sue sich sehr wundert: Eine Schüssel Nudeln kostet nur sechs Yuan, eine Tasse Kaffee hingegen dreißig oder mehr.

»Wieso ist Kaffee in China so teuer?« fragt sie mich. »Es ist ein regelrechter Luxus, sich hinzusetzen und eine Tasse Kaffee zu trinken.«

Meine Antwort ist einfach: Kaffee ist Kultur, Kaffee ist in Mode und Kaffeetrinken ein Statussymbol. Man zahlt die dreißig oder vierzig Yuan nicht nur für den Kaffee, sondern auch für die Hintergrundmusik, die Kerze auf dem Tisch und die Yuppie-Atmosphäre des Cafés. Ich erzähle Sue die Geschichte meines Freundes Fu, für den Kaffee regelrecht zur Religion wurde.

In den Achtzigern, als es in China erstmals löslichen Kaffee von Nestlé gab, gehörte Fu zu den ersten, die ihn probierten. Doch der Geschmack gefiel ihm nicht. Er erinnerte ihn an *banlangen*, die bittere chinesische Medizin, die seine Mutter ihm immer gegeben hatte, wenn er krank war.

Bald erfuhr er, daß löslicher Kaffee nicht so gut schmeckt wie richtiger Kaffee, und er beschloß, richtigen Kaffee zu kaufen. Zu jener Zeit konnte man in China keinen echten gemahlenen Kaffee bekommen, geschweige denn Kaffeebohnen. Mit Hilfe meiner Mutter gelang es ihm, ein Glas kolumbianischen Kaffee aus dem Pekinger Freundschaftsladen zu ergattern.

Aber wie kochte man Kaffee? Von Kaffeemaschinen hatte er noch nie gehört. Aus der Fernsehwerbung wußte er allerdings, daß man Kaffee kochen muß. Also füllte er das Kaffeemehl in einen Wok und füllte ihn mit Wasser. Nach dem Kochen trank er das Gebräu mitsamt dem Bodensatz, so wie Chinesen ihren Tee auch mitsamt den Blättern in der Tasse trinken.

Es schmeckte grauenvoll. Fus Leidenschaft für Kaffee war für die nächsten zwanzig Jahre erloschen – bis 1999 die erste Starbucks-Filiale in Peking eröffnet wurde.

Fu stellte fest, daß eine Unterhaltung mit seinen modebewußten Freunden ohne Begriffe wie Espresso, Caffè Latte und Cappuccino nicht auskam. Es war cool. Seine Kollegen brachten aus der Mittagspause immer einen Becher Starbucks-Kaffee mit ins Büro. Um ihnen nicht nachzustehen, ernannte er das Starbucks an der Ecke zu seiner Studierstube. Er absolvierte einen Crashkurs über die Starbucks-Vokabeln von Kaffeekirsche bis Arabica, von Mocha bis Macchiato, von Décaf bis Grande.

Obwohl ihm der Geschmack von Kaffee immer noch nicht zusagte, bestellte Fu trotzdem stets einen Kaffee, wenn er mit Freunden ins Restaurant ging und zwischen Tee und Kaffee wählen mußte.

Der Geschmack von Status war sehr viel angenehmer als der Geschmack von Kaffee selbst.

Dann interessierte er sich für ein Mädchen namens Yao. Bei ihrer zweiten Verabredung führte er sie ins Starbucks und bestellte schwarzen Kaffee für sich und für sie Cappuccino.

Yao hatte noch nie im Leben Cappuccino getrunken. Sie ließ beim Trinken den Löffel in der Tasse, der natürlich zu Boden fiel. Fu war entsetzt und versuchte, sie zu belehren. »Du mußt den Löffel zum Umrühren nehmen und ihn dann zur Seite legen, wenn du den Kaffee trinkst.«

Yao fühlte sich gedemütigt. »Das ist doch egal. Ich kann meinen Kaffee trinken, wie ich will.«

»Zum Kaffee gehört aber Kultur«, gab Fu bestürzt zurück. »Wenn du dir nicht die entsprechende Kaffeekultur aneignen willst – was haben wir dann gemeinsam?«

Anscheinend hatten sie tatsächlich wenig gemeinsam, denn Yao stand auf und sagte: »Rühr deinen Kram doch allein!« Und drehte sich um und verschwand.

Sue ist schockiert. »So hat dein Freund seine Freundin verloren?«

»Exakt.«

»Ich frage mich, was er jetzt wohl macht«, überlegt Sue.

»Nachdem er sah, daß Starbucks trotz der achtundzwanzig Yuan pro Becher so guten Umsatz macht, beschloß er vor einem Jahr, an diesem lukrativen Geschäft teilzuhaben. Er eröffnete seinen eigenen unabhängigen Coffee Shop und nimmt fünfunddreißig Yuan pro Becher.«

»Aber in den Staaten ist es andersherum, da verlangt Starbucks mehr Geld als die unabhängigen Cafés«, meint Sue verwirrt.

»Ich weiß. Bei Luxusartikeln ist es in China aber so, daß etwas um so besser angesehen wird, je teurer es ist. Wie ich hörte, macht Fu bald seinen dreizehnten Laden auf und wird von Investment Bankern nur so umschwärmt. Nun will er sogar an die Börse!«

52

Klassenbewußtsein

Zu Zeiten der Großen Proletarischen Kulturrevolution war es gefährlich, als *xiaozi*, als Kleinbürger, zu gelten. Zwar war es nicht ganz so schlimm, wie den Ruf eines Konterrevolutionärs zu haben, aber die angeblich »genußsüchtigen« Kleinbürger wurden von den Rotgardisten ebenfalls öffentlich kritisiert und angegriffen, wenn sie nur hochhackige Schuhe oder Dauerwellen trugen oder den Volksgeschmack in anderer Weise »beleidigten«.

Die Zeiten, da Schönheit und Mode als konterrevolutionär galten, sind eindeutig vorbei. Heute ist *xiaozi* eines der wunderbarsten Wörter im chinesischen Sprachgebrauch und steht für eine ganze Armee moderner, westlich orientierter Menschen. Sie lesen die chinesischen Ausgaben von *Elle* und *Cosmopolitan* anstelle der *Volkszeitung* und trinken selbstbewußt lieber Kaffee als Tee. Sie sind vielleicht nicht reich genug, um ein Auto oder eine Eigentumswohnung zu besitzen, aber was sie dennoch besitzen, ist Geschmack. Sie zögern nicht, ein Drittel ihres Monatsgehalts für ein Pavarotti-Konzert zu bezahlen.

Stolz bezeichnet Lulu sich selbst als *xiaozi*. Während einer Pause in unserem Gymnastikkurs erzählt Lulu Beibei und mir etwas über das neue Klassenkonzept in China. »Weil sich alles in China so schnell verändert, ist die Gesellschaft in viele Untergruppen zerfallen. Jeder sucht nach einem neuen Etikett. Unsere Zeitschrift muß permanent demographische Studien auswerten, um den Geschmack der Leserinnen zu treffen. Den Umfragen zufolge richtet sich die Zeitschrift an *xiaozi* wie mich, nicht aber an Frauen wie Beibei.«

»Bin ich etwa keine Kleinbürgerin?« erkundigt sich Beibei.

»Natürlich nicht«, erwidert Lulu entschieden. »Du bist *xingui*, eine Angehörige der neuen Elite, die eher *Fortune* liest oder *Business Week*.«

»Und was macht mich zu einer Angehörigen der neuen Elite?« will Beibei wissen.

»Dein Einkommen und dein Lebensstil«, werfe ich ein. »Du fährst einen BMW. Du nimmst dir Liebhaber. Du gehst jede Woche auf ein Bankett.«

»Und wer sind wir genau?« hakt Beibei nach.

»Ihr seid diejenigen, die von der Politik der offenen Tür am meisten profitiert haben. Ihr könnt Kommunisten sein oder auch Kapitalisten, aber oft seid ihr beides und damit die größten Gewinner«, erklärt Lulu.

»Wer kann gleichzeitig Kommunist und Kapitalist

sein?« frage ich. »*Das Kapital* von Karl Marx habe ich zwar gelesen, aber über solche Leute steht da nichts drin.«

»Es sind die Kinder, die in den Familien der Pekinger und Shanghaier Oberschicht aufwuchsen«, erklärt Lulu. »Sie erhielten ihre Ausbildung im Westen und arbeiteten danach für multinationale Investment-Banken oder Firmen der Fortune 500. Es sind Hauptgeschäftsführer und Präsidenten privatisierter Unternehmen, die vormals staatlich waren. Bekannte Sänger, Schauspieler ...«

»Was ist mit Niuniu?« will Beibei wissen. »Zu welcher Gruppe gehört sie?«

»Ich bin definitiv antielitär«, sage ich. »Ich würde niemals einen BMW fahren, um damit anzugeben.«

»Niuniu, du bist eine Bobo!« verkündet Lulu wie eine Wissenschaftlerin, die eine seltene Spezies klassifiziert.

»Bobo?« Ich muß lachen.

»Ja«, bestätigt Lulu, »das ist die coolste Gruppe, besser noch als Mittelschicht und Kleinbürger. Die Definition stammt natürlich aus Amerika, aus einem Buch mit dem Titel *Bobos im Paradies: Die neue Oberschicht und wie man sie erreicht.*«

»Und was heißt das?« will ich wissen, da ich das Buch nicht kenne.

»Bohemiens der Bourgeoisie«, erklärt Lulu, »was soviel bedeutet wie unkonventionelle Künstler aus dem Bürgertum. Die nächste Ausgabe unserer Zeitschrift ist eine Sonderausgabe über die Bobos. Ich weiß alles über sie.«

»›Bohemiens der Bourgeoisie‹. Das klingt wirklich gut. Und was macht mich zu einer Bobo?« erkundige ich mich.

»Du fährst einen SUV«, sagt Lulu.

Ich nicke. »Ja, ich fahre gern durchs Gelände.«

»Du liest das *Time Magazine*. Dein Englisch ist perfekt. Du liebst das Reisen und redest von Tibet, Bali und Shangri-La. Du bist Vegetarierin. Du bist mehr als fünfzehn Jahre zur Schule und zur Uni gegangen. Du schläfst unter einer Daunendecke. Man sieht dich oft mit einem Laptop von Sony oder Apple bei Starbucks sitzen. Du hast einen iPod. Du hörst New-Age-Musik und machst Yoga. Du unterscheidest dich durch nichts von den Bobos in New York, außer daß du immer das neueste Handy hast und die sich nichts aus Handys machen. Und du bezahlst weniger Geld für Maniküre und Peeling als sie. Der Kern der Sache ist, daß Bobos die kosmopolitischste Gruppe der Chinesen darstellen.«

»Das klingt wirklich nach mir«, bestätige ich. »Aber ich mag keine Stereotypen.«

»Du redest auch bobolistisch!« sagt Lulu und lächelt stolz über ihre Wortschöpfung. »Du glaubst an Individualismus und lehnst es ab, in eine Schublade gesteckt zu werden. Aber du solltest froh sein, zu den Bobos zu gehören. Du hättest auch in die Klasse der ›Hobos‹ hineingeboren werden können, wie die Wanderarbeiter, die im Süden der Stadt wohnen.«

»Aber das Ziel des Kommunismus ist doch, die Klassenunterschiede aufzuheben«, halte ich dagegen. »Trotzdem scheinen die Chinesen es regelrecht zu genießen, in Klassen unterteilt zu werden.«

»Ich schätze, China ist eben in Bewegung geraten«, fährt Lulu unbeirrt fort. »Die jungen Leute machen das, was modern ist.«

Ich lege den Arm um meine Freundin. »Und wenn sie nicht wissen, was modern ist, müssen sie einfach nur Lulus Zeitschrift kaufen.«

53
Zuhause

Das chinesische Neue Jahr, das am zweiten Neumond nach der Wintersonnenwende beginnt, also in diesem Jahr am 22. Januar, rückt näher. Zum Neujahrsfest, das auch als Frühlingsfest gilt, ist die Zeit der *huijia* oder Heimkehr: Tausende, wenn nicht gar Millionen von Menschen sind unterwegs in Zügen und Bussen, um ihre Familien am ursprünglichen Heimatort zu besuchen. In Peking, das immer mehr zur kosmopolitischen Megastadt erwächst, ist Heimat oder »Zuhause« ein Konzept, das ständig neu definiert werden muß. Über dem Abendessen diskutieren Beibei, Lulu und ich, zu welchem Zuhause wir heimkehren werden.

Für eine chinesische Frau ist die gängigste Definition von »Zuhause« der Ort, an dem ihr Ehemann wohnt. Nun sind Lulu und ich jedoch alleinstehende Frauen – und Beibei, die als einzige verheiratet ist, hegt für ihren Ehemann Hua Dabin keine tieferen Gefühle. »Unbeständigkeit und Heimatlosigkeit sind für moderne Wesen wie uns wohl unvermeidliche Verhältnisse, selbst wenn wir ein Dach über dem Kopf haben«, bemerke ich philosophisch.

»Ich glaube, wenn Chinesen von ihrem Zuhause reden, meinen sie nicht ihr eigenes Heim, sondern das ihrer Eltern«, sagt Beibei.

»Hast du vor, das Fest bei deinen Eltern zu feiern?« frage ich sie.

»Ja«, antwortet Beibei fröhlich. »Sie werden mir zeigen, wie man chinesische Klöße macht, und ich werde ihnen zeigen, woran man guten Rotwein erkennt. Und dann spielen wir ein paar Tage und Nächte lang Mahjong. Was ist mit dir, Niuniu?«

»Ich beneide dich darum, daß du die Zeit mit deinen beiden Eltern verbringen kannst. Da meine Eltern geschieden sind, muß ich mich bei meinen Feiertagsbesuchen immer für einen von beiden entscheiden. Dieses Mal will mein Vater mit seiner neuen Frau am Neujahrsfest allein sein, also werde ich wohl zu meiner Mutter fahren. Und du, Lulu?«

Lulu senkt den Blick. Die Rückkehr nach Hause ist für sie ein heikles Thema. Lulus Familie stammt aus einem kleinen Ort im Süden Chinas. Ihr Vater war ein erfolgreicher Geschäftsmann, der sie nach Peking auf die Schule schickte. Doch als sie auf dem College war, starb er, und seine Sekretärin brannte mit all seinem Geld durch. Lulus restliche Familie lebt noch immer in der kleinen Stadt.

Nun ist sie aus ihrer Familie die Erfolgreichste und in ihrer Heimat so etwas wie eine lebende Legende: Sie war das schönste Mädchen am Ort, sie studierte als einzige an einer angesehenen Universität in Peking, und jetzt ist sie Redakteurin einer bekannten Modezeitschrift. Ihre Heimkehr mit Flaschen voller Ginseng und bündelweise Bargeld war stets ein Ereignis, das vom gesamten Dorf gefeiert wurde. Kleine Kinder folgten ihr überallhin und baten um mit Geld gefüllte *hongbao*, rote Briefumschläge. Doch in den letzten Jahren hat sich das Blatt gewendet.

Während ihre Freundinnen aus Kindertagen Mütter geworden sind, ist sie noch immer single ohne vorzeigbaren festen Freund. Die Jungen, die einst für sie schwärmten, haben alle *xiahai*, den Sprung ins kalte Wasser, gewagt und Geschäfte aufgebaut. Die letzten Jahre waren gerade für Geschäftsleute in kleinen Orten ideal, also konnten die Männer in der schnell wachsenden Kleinstadt Häuser bauen lassen. Sie fahren schöne Autos, und einige von ihnen sind bereits zum zweiten- oder drittenmal in fester Beziehung oder verheiratet. Lulu kann es sich nicht leisten, in Peking ein Haus zu kaufen, und sie hat auch kein Auto. Die Nachbarinnen der Mutter fragen immer wieder dasselbe: »Hat Lulu inzwischen einen festen Freund?« Wenn sie Lulu nun allein anreisen sieht, verständigt ihre Mutter nicht mehr freudig alle Nachbarn. Der vormalige Stolz wurde durch Sorge vertrieben.

Im letzten Jahr, als Lulu zum Neujahrsfest nach Hause fuhr, eskalierte die Situation. Sämtliche Anrufe von Männern wurden zur Familienangelegenheit erhoben. Lulus Mutter bestand darauf, jedes Gespräch selbst anzunehmen, und fragte ohne jegliche Zurückhaltung jeden Mann, was er von Lulu halte. »Wenn sie Ihnen gefällt, warum wollen Sie sie dann nicht heiraten?«

Lulu fuhr schnellstmöglich nach Peking zurück und beschloß, sich nie wieder dieser Demütigung auszusetzen.

»Wo feierst du denn das Neue Jahr?« erkundigt sich Beibei nun und holt Lulu in unser Gespräch zurück.

»Ein Philosoph sagte einmal, unser wahres Zuhause liege in der Natur«, sagt Lulu. »Ich habe vor, das Neujahrsfest in einem tiefen Wald zu feiern. Ich will in mein spirituelles Zuhause heimkehren.«

Bevor Beibei und ich etwas dazu sagen können, klingelt Lulus Handy. Sie antwortet in ihrem Heimatdialekt.

»Wer war das?« fragt Beibei, nachdem Lulu aufgelegt hat.

»Das war meine Mutter.«

»Und was hat sie gesagt?«

»Sie will mich zum Neujahrsfest in Peking besuchen! Dann werde ich wohl hierbleiben.« Soviel zu Lulus Rückkehr in ihr spirituelles Zuhause.

»Denk dran, daß Peking dein neues Zuhause geworden ist!« sagt Beibei.

»Abgesehen davon ist ›Zuhause‹ ein relativer Begriff«, füge ich hinzu. »Wo immer dein Bett und dein Kopfkissen sind, hast du für die Nacht dein Zuhause – egal ob zu Neujahr oder einer anderer Zeit.«

Da stöhnt Lulu plötzlich laut auf: »Oh, nein! Wo du gerade von Bett und Kopfkissen sprichst, fällt mir ein, daß meine Mutter sagte, sie wolle mit mir in einem Bett schlafen, damit wir nachts noch Mutter-Tochter-Gespräche führen können! Ich bin über dreißig Jahre alt, und sie will mich noch immer in den Schlaf wiegen! Du meine Güte, könnt ihr euch das vorstellen?«

54
Lulus Mutter

Lulus Mutter reist eine Woche vor dem chinesischen Neujahrsfest an. Für eine alleinstehende, unabhängige Großstadtfrau mag es wie ein Alptraum erscheinen, mit der eigenen weltfremden Landpomeranzen-Mutter in einem Bett schlafen zu müssen, aber wie sich herausstellt, ist es gar nicht so unangenehm, wie Lulu befürchtete. Tatsächlich macht es sogar Spaß … für eine Weile.

Lulus Mutter ist eine exzellente Köchin und Hausfrau. Wenn Lulu nach Hause kommt, ist das Essen fertig, und die gesamte Wohnung ist geputzt und aufgeräumt. Außerdem spürt Lulu Wärme und Geborgenheit, wenn jemand zu Hause auf sie wartet. Familienleben in diesem Sinne hat sie seit langer Zeit nicht mehr erlebt. Allerdings gibt es einen unangenehmen Zwischenfall. Eines Abends sehen Lulu und ihre Mutter auf dem Discovery Channel einen Bericht über Eingeborenenstämme am Amazonas, und einige der Stammesmitglieder sind unbekleidet. »Die sind nackt! Wie entsetzlich!« schreit Lulus Mutter und wechselt hastig den Sender. Lulu findet das furchtbar übertrieben, aber abgesehen davon verbringen die beiden eine idyllische Woche.

Doch Mütter setzen nun mal andere Prioritäten als Töchter, und schon bald darauf ändern sich die Dinge. Lulus Mutter ist, wie die meisten chinesischen Mütter, sehr neugierig, was das Privatleben ihrer Tochter angeht. Sie bombardiert Lulu mit Fragen über ihre Männerbekanntschaften. Generationskonflikte sowie gesellschaftliche und kulturelle Unterschiede machen sich bemerkbar.

Eines Tages kommt Lulu nach Hause, geht unter die Dusche und will sich schick anziehen, weil sie mit Beibei und mir verabredet ist. Da entdeckt sie, daß ihre gesamte Spitzenunterwäsche verschwunden ist. Lulu liebt Stringtangas und Bikinislips sowie Spitzen-BHs, die nicht nur stützen, sondern auch ein schönes Dekolleté zaubern. Sie ist erschüttert. »Mama, hast du gewaschen? Wo hast du meine Unterwäsche hingelegt? Ich kann keine sauberen Sachen mehr finden.«

Ihre Mutter erwidert, sie habe ihre Unterwäsche als unpraktisch und noch dazu als viel zu klein empfunden. »Ich habe sie weggeworfen und dir neue, bequemere Sachen gekauft. Warum mußt du dich in so winzige Stoffetzen zwängen, die noch nicht mal etwas verdecken?«

Von nun an wird es immer schlimmer. Als Lulu wieder einmal nach Hause kommt, sitzt ihre Mutter am Küchentisch und hält eine Packung Kondome in der Hand.

»Lulu, was ist das?«

Lulu denkt fieberhaft nach. Es ist ihr peinlich. Mit den eigenen Eltern über Sex zu reden, ist niemals leicht. Und in China tut man es einfach nicht. Also sagt sie ihrer Mutter, es seien Luftballons.

»Schwarze Ballons? Schwarz ist keine glückliche Farbe.

Was willst du mit schwarzen Luftballons?« bohrt ihre Mutter weiter nach.

Lulu muß sich spontan eine Antwort aus den Fingern saugen. »Mama, die Farbe ist hochaktuell. Ist dir nicht aufgefallen, wie viele junge Frauen Schwarz tragen?«

»Ich frage mich außerdem, warum sie nach Kirschen duften«, murmelt ihre Mutter.

»Laß uns doch ein paar rote Ballons für das Neujahrsfest kaufen«, versucht Lulu das Thema zu wechseln.

Aber das Schlimmste kommt noch. Eines Abends kommt Lulu nach Hause. Während des Essens geschieht nichts Besonderes. Die beiden sehen ein bißchen fern und beschließen, schlafen zu gehen. Im Bett sagt ihre Mutter unvermittelt: »Filme für Erwachsene sind nichts für unverheiratete Frauen wie dich.«

Lulu ist wie vor den Kopf geschlagen. »Was meinst du?« Aber sie ahnt schon, worauf es hinausläuft.

»Ich habe deine Wäsche einsortiert und die unterste Schublade deiner Kommode aufgezogen. Da lag eine ganze Sammlung pornografischer Filme. Was willst du damit? Es ist nicht recht, daß du solche Filme siehst. Das tun nur schlechte Frauen. Du bist noch nicht verheiratet und mußt auf deinen Ruf achten.«

Lulu entgegnet, daß dies Peking sei und nicht ihre kleine Heimatstadt. Die Leute könnten alles sehen, was sie wollten, und es sei in keiner Weise schlecht, da unverheiratete Frauen dieselben Rechte hätten wie verheiratete. Lulu ist kurz davor, ein paar konkrete Beispiele aus ihrer persönlichen Erfahrung anzuführen. Doch sie läßt es.

Ihre Mutter wird ganz still. Beide wälzen sich unruhig im Bett und können nicht einschlafen. Einige Stunden später bekommt Lulu einen Schubs. »Lulu, bist du noch wach?«

»Was ist?« fragt Lulu in die Dunkelheit.

Endlich verrät ihre Mutter, was sie wirklich bewegt: »Ich habe einen dieser Filme gesehen. Tun Ausländer im Bett wirklich solche Dinge? Das ist ja so verdorben!«

55

Die Kunst der Kriegsführung

Daß ihre Mutter die gesamte Spitzenunterwäsche weggeworfen hat, ist für Lulu nicht das Schlimmste. Auch nicht, daß sie die Pornofilme und die schwarzen Kondome gefunden hat.

»Das Schlimmste war, als Chang aus den Staaten anrief und meine Mutter ans Telefon ging«, erzählt Lulu, als wir uns auf eine späte Tasse Tee treffen.

Lulu kennt Chang schon seit Kindertagen. In der Schule war Lulu damals die Beste in Sport und Philosophie. Außerdem sprach sie perfekt mandarin, was als Zeichen von Status galt. Sie wurde von allen bewundert, und Chang war ihr stiller Verehrer.

Während Lulu dann zur besten Universität in Peking zugelassen wurde, fiel Chang durch die Aufnahmeprüfung. Aber er bemühte sich weiter, um irgendwann zu Lulu nach Peking zu kommen.

Ein Jahr später wurde er für den Studiengang Englisch an Lulus Universität angenommen. Und da sie nun beide in Peking waren, hielt Chang es für eine gute Idee, ihre Beziehung zu vertiefen. Lulu hatte nie eine Romanze mit ihm erwogen. Schließlich war sie ihm in allen Bereichen überlegen, einschließlich der Körpergröße. Chang war zu schüchtern, ihr seine Liebe offen zu gestehen, und Lulu tat so, als ahne sie nichts von seinen Gefühlen. Folglich benahmen sich die beiden wie harmlose Freunde.

Nach ihrem Examen arbeitete Lulu für *Women's*

Friends, und Chang bekam eine Stellung als Dolmetscher im Auswärtigen Amt.

Sechs Jahre später: Chang ist ein erfolgreicher Diplomat, der in die chinesische Botschaft in Washington D. C. versetzt wird. Kurz vor seinem Weggang bekommt er plötzlich Angst, als einsamer Junggeselle in Amerika zu versauern. Also sucht er sich eine Frau und hat unter den vielen jungen Chinesinnen, die davon träumen, als Frau eines Diplomaten in die USA zu gehen, freie Auswahl. Seine Ehefrau wird eine traditionelle Chinesin, dünn, schüchtern, ruhig, nicht allzu klug und ihrem Mann treu ergeben.

Seit Lulu die Dreißig überschritten hat, ist ihr Stern allmählich im Sinken begriffen. Sie ist immer noch single und hat sich durch gescheiterte Beziehungen ein paarmal das Herz brechen lassen. Obendrein lebt ihre Mutter nun bei ihr in Peking, und sie hat keinerlei Privatleben mehr.

Als Chang sie aus den Staaten anruft, hat er viel Neues zu berichten. Ich kann mir vorstellen, daß er ihr von den wundervollen Kirschblüten in Washington erzählen will, von all dem fremdländischen Essen, das rund um die Botschaften angeboten wird, von den Kunstgalerien und Museen und vom bezaubernden Georgetown. Aber Lulu ist nicht zu Hause. Ihre Mutter geht ans Telefon. Sie hat Chang aufwachsen sehen. Als sie vom anderen Ende der Welt seine Stimme hört, bricht sie vielleicht sogar in Tränen aus.

»Chang, ich wußte schon immer, daß du ein guter Junge bist. Ich wußte, daß du eines Tages etwas Großes erreichst. Immer habe ich davon geträumt, daß aus dir und Lulu ein Paar wird. Aber ich wollte mich nicht einmischen, weil ich dachte, ihr jungen Leute müßt eure eigenen Entscheidungen treffen. Bevor Lulus Vater starb, war es sein größter Wunsch, daß Lulu einen netten Mann nach Hause bringt. Doch dieser einfache Wunsch ist bis heute nicht erfüllt worden. Chang, mein guter Junge, sag mir doch, was mit unserer Lulu nicht stimmt. Ist sie nicht hübsch genug? Ist sie zu eigenständig? Oder zu alt?« Lulus Mutter trägt wirklich dick auf.

Während ihre Mutter spricht, kommt Lulu nach Hause und hört alles mit an. Changs Antworten am anderen Ende der Leitung hört sie nicht, aber ihr ist klar, daß Chang ihr nun all die Momente, in denen sie ihm die kalte Schulter zeigte, heimzahlen wird. Für Chang ist der Moment der Rache gekommen.

Tief und schmerzvoll spürt Lulu ihre Niederlage. All ihre kleinen Siege über Chang, von den Schulnoten bis hin zur Liebe, werden mit einem Schlag zunichte gemacht. Henry Kissinger sagte einmal, das ultimative Aphrodisiakum sei Macht. Von den zwei Freunden und gleichzeitig Rivalen ist sie nun die Verliererin, verraten von ihrer eigenen Mutter.

Als sie ins Zimmer tritt, hat ihre Mutter gerade aufgelegt. Lulu versucht, ihre Wut zu unterdrücken, doch ihre Stimme zittert trotzdem.

»Mutter, obwohl ich im Moment ganz unten bin, habe ich doch meinen Stolz. Nun hast du mir dieses letzte bißchen an Stolz und Privatsphäre auch noch genommen!«

Ihre Mutter versucht, sie zu beruhigen. »Schon Sun Tzu lehrte in seiner *Kunst des Krieges* die Strategie, einen Sieg zu erringen, indem man den Gegner täuscht. Daher ist es eine gute Taktik, sich dem Gegner ohne Stolz zu unterwerfen.«

Lulu begreift nicht, was der General und Kriegsstratege Sun Tzu aus der Zeit des Konfuzius mit Pekinger Liebe im 21. Jahrhundert zu tun haben soll. »Was meinst du damit?«

Ihre Mutter lächelt wie eine Blume. »Lulu, ich habe

doch nur so getan, als müsse ich weinen, um zu erfahren, wie es mit Changs Gefühlen für dich steht. Und denk nur: Er liebt dich noch immer. Kannst du ihn nicht zurückgewinnen? Ich will die Schwiegermutter eines Diplomaten sein und die Kirschblüte in Washington D. C. erleben!«

Nach dieser Geschichte denke ich, daß ihre Mutter doch nicht so hinterwäldlerisch ist, wie Lulu immer dachte.

56

Die Kunst der Bestechung

Die Wohnung, in der Lulu wohnt, gehört dem Verlag, für den sie arbeitet. Sie hat vier Zimmer, liegt im begehrten Stadtteil San Yuan Qiao und ist 700.000 Yuan wert. Vor kurzem hat Lulu erfahren, daß die Wohnung an einen Mitarbeiter verkauft werden soll – und daß der Verlag sie dafür in Betracht zieht.

»Ich würde die Wohnung ja gern kaufen«, sagt Lulu ihrem Vorgesetzten Sukang, »aber ich kann sie mir nicht leisten.«

»Doch, das können Sie«, entgegnet dieser. »Wir verkaufen sie nämlich für nur 70.000 Yuan.«

»Wirklich? Für nur ein Zehntel ihres Marktwerts?«

»Genau.« Sukang zwinkert ihr zu. »Quasi als Sondervergütung für Mitarbeiter.«

Wohnungen zu kaufen und an Angestellte billiger abzugeben ist in China nicht unüblich. Sowohl Arbeitgeber als auch Arbeitnehmer erhalten dabei Steuervergünstigungen, aber normalerweise sind das zehn oder zwanzig Prozent des Marktwerts. Eine Wohnung zu einem Zehntel des Normalpreises kaufen zu dürfen ist ein seltenes Angebot. Im letzten Jahr gab es bei einem ähnlichen Angebot häßliche Streitereien: Wegen einer Wohnung, die ebenfalls weit unter dem Marktpreis abgeboten wurde, führten vier langjährige Mitarbeiter beinahe Krieg. Und nun bekam Lulu die große Chance.

Sukang teilt Lulu mit, daß zwei weitere langjährige Redakteure am Kauf der Wohnung interessiert seien. »Wer am Ende ausgewählt wird, hängt von der Überzeugungskraft der Bewerbung ab«, sagt Sukang mit hintergründigem Lächeln. »Dies ist das einzige Mal, daß Sie ein derartiges Angebot erhalten. Ich bin Ihr Vorgesetzter, und es wäre gut, wenn Sie mich freundlich stimmen.«

Lulu versteht, was Sukang damit meint, aber im Speichellecken war sie noch niemals gut. Ihr ist allerdings klar, daß wer immer die Wohnung am Ende kaufen darf, einen Gegenwert von 640.000 Yuan erhält. Das ist eine riesige Summe. Später hört sie, daß ihre Mitbewerber Sukang bereits teure Geschenke nach Hause gebracht haben.

»Was soll ich nur tun?« fragt sie Beibei und mich.

»Du solltest deinem Boss sofort ein paar Geschenke machen«, schlägt Beibei vor.

»Ist das nicht Bestechung?« will Lulu wissen. »Ich habe ihm noch nie irgend etwas geschenkt. Und nun bringe ich ihm plötzlich kostbare Dinge nach Hause? Das ist doch viel zu offensichtlich.«

Beibei erwidert: »Bestechung ist eine Kunst. Wenn du deinem Chef Geld gibst, muß er es ablehnen, aber wenn du das Geld in einen roten Umschlag steckst und den als Geschenk für sein Kind überreichst, wird er nicht nein sagen. Direkte und offenkundige Bestechung muß man natürlich vermeiden. Regel Nummer eins: Sei subtil. Regel Nummer zwei: Timing ist alles. Das chinesische Neujahrsfest ist der perfekte Zeitpunkt für Geschenke und damit die perfekte Tarnung für Bestechungsversuche. Du gehst hin, um zum Festtag deine Aufwartung zu machen, und erwähnst die Wohnung mit keiner Silbe.«

»Und was soll ich ihm schenken?« will Lulu wissen.

»Was hat er denn so für Schwächen? Wenn er gern trinkt, dann schenk ihm irgendeine importierte Spirituose«, schlage ich vor.

»Und was? Brandy, Scotch oder Cognac?«

»Wie alt ist er?« fragt Beibei nach.

»Fünfundfünfzig.«

»Wie wäre es mit einer guten Flasche VSOP in hübscher Verpackung?« meint Beibei. »Männer in dem Alter kennen den Preisunterschied zwischen VSOP und XO nicht. Für die ist alles gut, solange etwas Englisches draufsteht.«

Unserem Rat folgend, kauft Lulu eine Flache VSOP Cognac. Von der Bank holt sie zehn brandneue 100-Yuan-Scheine, legt das Geld in einen roten Umschlag und schreibt eine Karte dazu: »Für Dede von Tante Lulu.« Dede ist der Sohn ihres Chefs. Später wirft sie die Karte allerdings wieder weg und beschließt, den Umschlag nur so in die Verpackung der Flasche zu stecken. Je subtiler, desto besser.

Am Abend vor dem Neujahrsfest besucht sie Sukang in seinem Haus. Er gibt sich wohlwollend und freundlich. Da er häufig Geschenke erhält, ist die Situation für ihn ganz normal. Zum erstenmal fragt er Lulu nach ihren Hobbys und ihrer Familie. Sie hat ein gutes Gefühl.

Einige Tage später treffen wir drei Frauen uns wieder.

Bevor wir über den Wohnungskauf sprechen können, sagt Beibei: »Ich bin total erschöpft. Jeden Tag haben mich irgendwelche Angestellte besucht und alle möglichen Geschenke mitgebracht. Ich habe gar keinen Platz mehr, die Sachen unterzubringen, deshalb bekommt jede von euch eine Flasche VSOP.«

Wir bedanken uns und wickeln die Flaschen aus. Lulu macht große Augen, als ihr beim Auspacken ein vertrauter roter Umschlag vor die Füße fällt. In dem Umschlag stecken zehn brandneue 100-Yuan-Scheine.

Beibei sagt: »Das Geld nehme ich natürlich. Du kannst die Flasche behalten.«

»Aber das ist mein Geld!« ruft Lulu.

»Warum deins? Die Flasche war doch eigentlich für mich! Du bist ganz schön undankbar!« sagt Beibei und schnappt sich das Geld aus Lulus Hand.

»Von wem ist das Geschenk?« will Lulu wissen.

»Von einem meiner Mitarbeiter. Seine Frau ist Lehrerin, will aber unbedingt Sängerin werden. Wir sollen sie unter Vertrag nehmen.«

»Und wo unterrichtet sie?«

»An der englischen Grundschule Anan.«

»Für eine Lehrerin ist das aber ein teures Geschenk, oder?« frage ich nach.

»Ach, die meisten Schulkinder sind doch heutzutage Einzelkinder, und die Eltern wollen durch nette Geschenke das Beste für ihren Nachwuchs erreichen«, erwidert Beibei. »Ich wette, auch Lehrer bekommen jede Menge Flaschen geschenkt. Und dann hat sie sich nicht die Mühe gemacht, die Flasche auszuwickeln, bevor sie sie ihrem Mann für mich mitgegeben hat.«

»Sukangs Sohn Dede geht auf diese Schule. Ich war es, die Sukang den VSOP und das Geld gegeben hat!« stellt Lulu schockiert fest.

»Tja, wie man sät, so erntet man«, sagt Beibei nur und greift nach der Flasche. »Laßt uns darauf anstoßen und die tausend Yuan verbraten!«

57

Rendezvous mit der Mutter

Seit Lulus Mutter in Peking ist, hat Lulu viele lustige Geschichten zu erzählen. Neuerdings will die Mutter, daß Lulu ihr täglich den neuesten Stand ihrer Männerbeziehungen enthüllt. Wenn Lulu sich verabredet, will ihre Mutter alles bis ins kleinste Detail erfahren, damit sie ihren Kommentar abgeben kann. Sie macht Lulu ganz verrückt. Wenn Lulu mal keine Verabredung hat, sagt ihre Mutter Sachen wie: »Warum bist du so wenig attraktiv? Mit deinem Charakter kann doch etwas nicht stimmen. Du bist zu stark.« Die ständigen Nörgeleien verletzen Lulu.

Lulus Mutter heiratete mit fünfundzwanzig, was in der damaligen Zeit eher spät war. Nun ist sie Witwe und wünscht sich, daß Lulu heiratet, damit die Familie weiterbesteht und sie beide finanziell abgesichert sind. Als sie wieder einmal jammert, daß Lulu so wählerisch sei und noch als alte Jungfer enden werde, witzelt Lulu: »Aber Mama, je später ich heirate, desto reicher wird mein Mann doch sein.«

Wenn sie sich dann wirklich einmal für jemanden interessiert, ist ihre Mutter auch nicht zufrieden. Dann findet sie Lulu dumm. »Andere Frauen benutzen doch auch ihren Verstand! Nur eine dumme Frau wie du gibt ihr Herz und ihren Körper so schnell hin. Als ich in deinem Alter war, habe ich die Männer nicht so schnell an mich rangelassen.«

Wenn Lulu einen Mann nicht leiden kann, sagt ihre Mutter: »Du bist doch über dreißig. Zu meiner Zeit wärst du schon längst abgeschrieben gewesen. Du solltest froh sein, daß sich überhaupt ein Mann für dich interessiert!«

Lulu ist vollkommen entnervt, aber sie schafft es, ihren Ärger zu unterdrücken. Sie verliert erst die Beherrschung, als ihre Mutter eines Tages deutlich zu weit geht.

Einmal spricht Lulu abfällig über einen Mann namens Ching, den die Mutter hingegen sehr nett findet. Lulu schimpft: »Dieser Glatzkopf mit Buddhabauch hat mitten am Eßtisch mit dem Zahnstocher in seinen Zähnen herumgefuhrwerkt, ohne seinen schalen Atem mit der Hand zu verbergen. Ich kann ihn nicht ausstehen!«

Ihre Mutter ist anderer Meinung. Ching hat eine gute Stellung und ist ehrlich – perfekte Voraussetzungen für einen Schwiegersohn also. Zudem ist es offensichtlich, daß er in Lulu verliebt ist. Als Ching nun am nächsten Tag anruft und Lulu außer Haus ist, spricht ihre Mutter am Telefon mit ihm.

Ching fragt nach Lulus E-Mail-Adresse. Ihre Mutter sagt, sie habe keine – aber vielleicht könne Ching ihr ja eine einrichten. Ching erledigt das und ruft wieder an. Erneut geht Lulus Mutter ans Telefon, und Ching bittet sie, Lulu die nötigen Informationen für das E-Mail-Konto zu übermitteln. Das tut die Mutter aber nicht. Statt dessen gibt sie sich selbst als Lulu aus und verschickt schwärmerische E-Mails an Ching.

Lulus Mutter lernt schnell, und bald kann sie über MSN Messenger sogar in Chatrooms gehen. Sie lernt einige der chinesischen Akronyme, etwa MM für Frau, BB für Baby und GG für Bruder.

Ching ist überglücklich über die herzlichen und gefühlvollen E-Mails, die er scheinbar von Lulu bekommt. Drei Monate später, an Lulus Geburtstag, beschließt er, die Initiative zu ergreifen. Er teilt Lulu per E-Mail mit, er werde sie besuchen, mit einem Diamantring um ihre Hand anhalten und ihre Mutter von seiner Absicht in Kenntnis setzen.

Nachdem sie die E-Mail gelesen hat, wird Lulus Mutter klar, daß sie Lulu von ihrem Briefwechsel mit Ching erzählen muß. Sie hat es ja nur zu ihrem Besten getan! Aber Lulu wird wütend.

»Ich werde heute abend ausgehen! Da du ihm schon so lange schreibst, wirst du ja wissen, wie du mit ihm fertig wirst. Dazu brauchst du mich nicht.« Voller Ärger verläßt sie das Haus.

Um sechs Uhr kommt Ching mit seinem Ring. Er wundert sich, daß er Lulu nicht antrifft, aber Lulus Mutter hat sich schon etwas ausgedacht. Sie erzählt, daß nicht Lulu, sondern eine ihrer Freundinnen an ihn geschrieben habe. Die Freundin habe gehofft, Ching und Lulu auf diese Weise zusammenzubringen, aber später gemerkt, daß Lulu viel zu stur sei.

Als Ching die Geschichte hört, ist er nicht so verletzt, wie Lulus Mutter befürchtet hat. Statt dessen sagt er zu Lulus Mutter: »Helfen Sie mir doch bitte, diese Freundin zu finden. Sie hat immer so wunderschöne Worte geschrieben und scheint mich so gut zu verstehen, daß ich viel lieber mit ihr ausgehen möchte als mit Lulu.«

Lulus Mutter errötet.

58

Von Traummännern und Traumautos

Als der ehemalige Vizepräsident der Vereinigten Staaten, Dan Quayle, seine chinesische Schwiegertochter fragte, was denn das erste sei, das sie in Amerika tun wolle, war ihre Antwort denkbar einfach: »Auto fahren.« Quayle war entsetzt. Bei all den Sensationen, die Amerika zu bieten hatte – warum sollte da jemand wünschen, sich freiwillig in den Verkehr zu stürzen?

Die meisten jungen Chinesen streben eifrig danach, ein eigenes Auto zu kaufen. Können sie sich das nicht leisten, so wollen sie zumindest einen Führerschein besitzen. Er ist fast so etwas wie ein Mitgliedsausweis.

Lulu hat ihren Führerschein schon ganze fünf Jahre, bevor sie ihren ersten Wagen kauft. Es ist ein chinesischer Geländewagen, der nur 100.000 Yuan kostet, also 12.000 US-Dollar. Für sie ist es trotzdem eine große Sache. Sie besitzt etwas mit sechsstelligem Wert und ist besser dran als die Fußgänger und Radfahrer, die den Autos Vorfahrt gewähren müssen. Außerdem ist sie den Fahrern von Miniwagen der Marke Autuo gegenüber im Vorteil, die häufig von größeren Autos abgedrängt werden. Auf manchen Stoßstangen kann man daher lesen: »Ich heiße Au-tuo. Leg dich nicht mit mir an, sonst hole ich meinen großen Bruder Au-di!«

Mit ihrem Geländewagen braucht Lulu keine Sorge zu haben, daß man sie abdrängt. Auf der Straße kommt sie sich vor wie eine Königin. Sie schickt ihrer Familie ein Foto ihres neuen Wagens und schreibt dazu, daß sie in der mobilen Welt nun zu den Besitzenden zählt. Die Familie zeigt sich wenig beeindruckt. Erstens ist der Geländewagen in China hergestellt und keine Importware, also fehlt das nötige Prestige. Zweitens sind Geländewagen für die Menschen im ländlichen Südchina keine richtigen Autos. Lulus Bruder schreibt zurück: »Geländewagen sind wie Kleintransporter und zum Transport von Waren gedacht, nicht von Menschen. Warum hast du kein richtiges Auto gekauft, zum Beispiel eine Limousine?«

Lulu fühlt sich genötigt, ihre Familie über die Moden der Großstadt aufzuklären. Sie antwortet, daß es für Angehörige der Mittelschicht sowohl in Amerika als auch in Peking schick ist, einen Geländewagen zu fahren – cooler sogar, als einen Honda Accord.

»Amerikaner zahlen höhere Versicherungsbeiträge und Luxussteuer für einen Geländewagen«, schreibt sie. »Und auch Kleintransporter sind nicht automatisch Handwerkerautos. Aus den Wirtschaftsmagazinen *Fortune* und *Forbes* weiß ich, daß zur Glanzzeit des Silicon Valley viele Geschäftsführer voller Stolz mit ihren zerbeulten Pick-ups zur Arbeit fuhren.« Einige Tage später kommt erneut ein Brief von ihrem Bruder, der im Auftrag der Mutter schreibt: »Lulu, wir sind stolz, daß du nun ein eigenes Auto besitzt, auch wenn es nur ein chinesisches ist. Wir hoffen aber, daß du in einem schönen, großen Lincoln oder Cadillac – oder gar im Traumauto deines Bruders, einem blauen Buick – zu deiner Hochzeit fahren wirst.«

Bei vielen Chinesen genießt ein amerikanisches Auto auch mehr Ansehen als ein japanisches. Die Chinesen teilen die amerikanische Ansicht »je größer, desto besser«. Reparaturen und Benzinkosten werden von der Firma bezahlt, deshalb fahren hochrangige Geschäftsleute oft einen Cadillac.

Der Brief macht deutlich, daß Lulus Familie nicht allzu begeistert von ihrem neuen Wagen ist. Sie beschwert sich bei mir: »Warum bin ich in ihren Augen niemals gut genug? Zuerst meckern sie, daß ich nicht genug Geld verdiene. Jetzt habe ich endlich ein eigenes Auto, aber es ist ihnen nicht gut genug.«

Um sie aufzumuntern, fahre ich eine Runde in ihrem neuen Geländewagen mit. Irgendwann überholt uns ein anderer Geländewagen, ein Toyota mit Allradantrieb, und schert gefährlich knapp vor uns wieder ein. Lulu muß heftig bremsen. Sie hupt, und der Toyota-Fahrer zeigt uns den Finger.

Jetzt wird sie wütend.

Im allgemeinen ist Lulu nett und freundlich, aber hinterm Steuer mutiert sie zur aggressiven, übellaunigen

Furie. Sie folgt dem Toyota zu einer Tankstelle und springt aus dem Wagen, um den Fahrer zur Rede zu stellen. Als der aussteigt und sie ansieht, verfliegt ihre Wut auf der Stelle. Der Fahrer ist das chinesische Pendant zu Ricky Martin.

»Wollten Sie auch tanken?« fragt er freundlich, als sei der Zwischenfall eben gar nicht passiert.

»Nun ja … ich … natürlich«, stammelt Lulu. Ich bleibe auf dem Fahrersitz und beobachte die beiden.

»Sie fahren wohl auch gern Geländewagen?« erkundigt sich der Mann.

»Ja, aber Ihrer ist besser«, antwortet Lulu und wirft ihr Haar zurück.

»Ehrlich gesagt, ist meiner auch chinesisch, genau wie Ihrer«, sagt er.

»Tatsächlich?«

»Ich habe nur das Kühleremblem und alle anderen Zeichen gegen die von Toyota austauschen lassen«, erklärt der Mann. »Jetzt sieht er genauso aus wie ein Toyota 4Runner. Das Auswechseln hat mich tausend Yuan gekostet. Aber raten Sie mal, was ein japanischer Importwagen kostet! Dreimal so viel wie unsere chinesische Version.«

»Da haben Sie ja wirklich ein Schnäppchen gemacht«, sagt Lulu.

»Na ja, ein Toyota ist nicht gerade mein Traumauto«, erwidert der Mann. »Mein Traumwagen ist der neue Cherokee SUV V6.«

Lulu schließt die Augen. Ich vermute, sie versinkt gerade in einen Tagtraum: Der Wind läßt ihr Haar flattern, während sie mit diesem Mann in den Sonnenuntergang davonfährt. Doch als sie sich wieder fängt und sagt: »Dann lieben Sie ja auch amerikanische Wagen, wie ich«, fährt er bereits allein auf und davon.

Ein kurzer Gruß mit der Hand, dann ist er verschwunden.

»Warum hast du ihn nicht aufgehalten?« schilt mich Lulu.

»Ich dachte, du stehst nicht mehr auf Männer, die betrügen«, antworte ich leise.

59

Little Fangs Glück

Die Leute scheinen nicht müde zu werden, über Frauen wie Jackie Kennedy oder Prinzessin Diana zu tratschen. Offenbar hat man als Frau, die sich einen mächtigen Mann geangelt hat, seinen ganz eigenen Status von Macht.

Zur rechten Zeit am rechten Ort und dabei auch noch schön zu sein, erhöht zweifellos die Chance, einen Prominenten zu ergattern.

Als sie CCs englischem Freund Nick Chinesischunterricht gab, freundete sich Little Fang mit CC, Lulu, Beibei und mir an. Sie bewunderte Lulus glanzvolle Schönheit, CCs westliche Ausbildung und Beibeis gute Beziehungen. Sie sagte einmal, im Vergleich zu ihnen fühle sie sich farblos und unbedeutend. »Ich bin in einer einfachen Familie aufgewachsen und auf ein unbekanntes College gegangen. Aber ihr Mädels habt alles!« Sie strengte sich an, Lulus Modestil zu kopieren, CCs Akzent zu imitieren und Beibeis coole Sprüche zu übernehmen.

Nachdem sie jedoch den Oxford-Absolventen Nick erobert hatte, war Little Fang in keiner Weise mehr bescheiden. Sie trat in Fernsehtalkshows auf, um über interkulturelle Liebesbeziehungen zu sprechen oder ihr neues Buch *Wie man einen Engländer verführt* vorzustellen.

Sie wurde zum Vorbild aller Chinesinnen, die von einer Romanze mit einem Mann aus dem Westen träumen.

Dann verschwand Little Fang plötzlich von der Bildfläche.

Als sie wieder auftaucht, sind wir alle völlig aus dem Häuschen.

CC klopft an meine Tür, rauscht herein und hält mir, noch ehe sie ihren Mantel ausgezogen hat, eine Einladung von Little Fang unter die Nase.

»Hast du auch eine bekommen?« will sie wissen.

Ich durchwühle den Stapel an ungeöffneter Post auf meinem Schreibtisch und finde auch eine Einladung. Als ich den Umschlag öffne, fällt ein Foto heraus. Es zeigt Little Fang, die in einem prunkvollen Brautkleid vor einem majestätischen, mit Efeu bewachsenen walisischen Schloß steht. Neben ihr steht der in einen Smoking gewandete Bräutigam – ein Europäer, aber nicht Nick.

Ich sehe CC an. Sie ist sichtlich verstört. Schnell lese ich den Text, der besagt, daß Little Fang und Sir William York soeben in Wales kirchlich getraut wurden. Das frisch verheiratete Paar lädt zu einer chinesischen Hochzeit im Grand Hyatt Hotel in Shanghai ein, und der Bräutigam übernimmt alle Kosten für Flug und Unterbringung der Gäste.

»Wie es aussieht, war Nick zu arm für diese Frau«, sagt CC.

»Wirst du hingehen?«

»Auf keinen Fall! Sie will doch nur angeben!« ereifert sich CC.

Während wir noch reden, ruft Lulu an. »Habt ihr auch eine Einladung zu Little Fangs Hochzeit bekommen?« erkundigt sie sich.

»Ja.«

»Himmlischer Großvater!« stöhnt Lulu. »Für jeden

Gast wollen die alles bezahlen! Der Typ muß ja stinkreich sein. Habt ihr gesehen, daß er einen Adelstitel hat? Sir William York! Seit Generationen vererbter Reichtum!«

»Ich möchte wissen, wie sie ihn kennengelernt hat«, überlege ich laut.

»Nick hat mir alles haarklein erzählt«, sagt Lulu.

CC reißt mir den Hörer aus der Hand und schreit: »Du hast dich mit Nick getroffen?«

»Ja, sein Herz ist gebrochen«, sagt Lulu.

»Zuerst hat er mir das Herz gebrochen!«

»Wie auch immer! Komm rüber zu uns«, bitte ich Lulu und lege auf.

Kurz darauf sitzen wir drei zusammen, und Lulu erzählt Nicks Geschichte. »Nick hat Little Fang einen Heiratsantrag gemacht und sie gebeten, mit ihm nach England zu gehen, aber sie lehnte ab. Sie wollte nicht durch Heirat nach England kommen. Sie sagte, das Buch *Jane Eyre* habe sie beeindruckt, und genau wie Jane Eyre wolle sie Nick erst dann heiraten, wenn sie sich ihm ebenbürtig fühlt.«

»Und wie wollte sie es anstellen, ihm ebenbürtig zu werden?« frage ich nach.

»Sie wollte in Oxford studieren«, sagt Lulu.

»Mit ihren miserablen Englischkenntnissen?« schreit CC.

»Nick hätte ihr ja bei den schriftlichen Arbeiten helfen können«, meine ich achselzuckend. »In den Staaten habe ich einer chinesischen Freundin geholfen, ihren Lebenslauf in Form eines Aufsatzes zu schreiben. Damit wurde sie dann an der Harvard Business School aufgenommen.«

»Dann wurde Little Fang also in Oxford zugelassen?« fragt CC ungläubig.

Lulu nickt. »Ja, aber ich weiß nicht, ob zu einem regulären Studium oder nur zu irgendwelchen Studienprojekten, in die man sich mit Geld einkaufen kann. Sie blieb sowieso nur ein Semester, weil sie sich dann in jemanden auf dem Campus verliebte.«

»Sir William?« CC kann immer noch nicht fassen, daß Little Fang es geschafft hat, auf dieselbe Universität zu gehen wie sie, selbst wenn es nur für ein kurzes Studienprojekt gewesen sein mochte. Und noch schlimmer: Sie hatte das Studium abgebrochen!

»Ja«, sagt Lulu, »aber zu der Zeit war er noch verheiratet. Aufgrund Little Fangs unnachgiebigem Drängen ließ er sich dann scheiden.«

»Ich glaube, Little Fang wollte nur nach Oxford, um sich einen reichen Mann zu angeln«, mutmaße ich.

»Von ihrer Hochzeit bin ich trotzdem schwer beeindruckt«, sagt Lulu. »Die Rosen, das Kleid und das Schloß! Ich wünschte, ich hätte auch so ein Glück!«

»Glück?« schnaubt CC. »Komm schon! In China war Nick der beste Mann, den sie sich vorstellen konnte. In England merkte sie dann, daß es noch bessere Männer gibt. Frauen wie Little Fang verbringen ihre ganze Zeit damit, den besten Mann zu suchen, ob er nun verheiratet ist oder nicht. Sie ist eine Eheräuberin.«

60

Die Macht der Frauen

CC, Lulu und ich sitzen im Flamingo. Unser Gespräch dreht sich noch immer um Little Fang, deren Hochzeit mit Sir William uns nachhaltig schockiert hat. Wir beschließen einmütig, nicht zu ihrer chinesischen Hochzeitsfeier zu gehen, um unsere Solidarität mit CC zu demonstrieren. Anschließend diskutieren wir darüber, ob es besser ist, reich zu heiraten, oder aus eigener Kraft zu Erfolg zu kommen.

»Glaubt ihr, daß Frauen eher diejenigen bewundern, die sich einen reichen und mächtigen Mann angeln konnten, oder diejenigen, die es allein zu etwas gebracht haben?«

»Powerfrauen wie Oprah Winfrey sind meine Vorbilder«, bekennt CC.

»Ich glaube, die Leute interessieren sich mehr für Frauen, die eine gute Partie gemacht haben. Das bescheinigt ihren Charme. Die Macht der Frau über den Mann ist wichtiger als alles andere. Deswegen hatte Prinzessin Diana auch mehr Medienpräsenz als irgendeine andere Frau ihrer Zeit«, behauptet Lulu.

»Dann bewunderst du Little Fang?« will CC wissen.

»Nein, natürlich nicht. Aber ihre Aschenputtelgeschichte läßt mein Leben langweilig erscheinen«, antwortet Lulu.

»Du hast doch viel mehr zu bieten als sie! Aber ich schätze, du kannst so etwas einfach nicht tun«, kommentiert CC.

»Was denn?« fragt Lulu nach.

»Ständig versuchen, dir den mächtigsten und reichsten Mann weit und breit zu schnappen, ob er gebunden ist oder nicht.«

»Stimmt, das kann ich wirklich nicht. Männer mit Geld und Macht interessieren mich einfach nicht. Ich verliebe mich immer in arme, aufstrebende Künstler, in Träumer mit Bart und langen Haaren, die cool aussehen, aber nicht genug Geld haben, um mich nett zum Essen auszuführen.« Lulu ist gleichermaßen frustriert und stolz über ihre Immunität gegenüber Reichtum und Wohlstand.

»Genau das ist der Unterschied zwischen dir und Little Fang. Du hast dich entschieden, deinen Gefühlen treu zu bleiben. Little Fang hingegen schätzt Macht und Geld höher ein als Liebe«, analysiere ich die unterschiedlichen Charaktere.

»Wahrscheinlich ist das der Grund, weshalb ich mit meinem schönen Gesicht noch immer arm und alleinstehend bin. Ich hätte besser mit einem Kopf voller ehrgeiziger Ideen auf die Welt kommen sollen!« Lulu seufzt und schlägt sich an die Stirn, als wolle sie den darin schlummernden Ehrgeiz wecken.

»Ich bin doch auch nicht besser«, sagt CC mit weicher Stimme. »Meine Eltern wollten, daß ich einen reichen Mann heirate. Doch ich war mit Nick zusammen, der kein Geld hatte. Ich hielt mich für rebellisch und unabhängig. Ich wollte meinen reichen Hongkonger Eltern beweisen, daß es so etwas wie Liebe gibt und daß sie mehr wert ist als Geld. Aber Nick hat mich abserviert, einfach so. Dann mußte ich mir von meinen Eltern genau jene fünf Worte sagen lassen, die niemand gerne hört: ›Ich hab's dir doch gesagt.‹«

»Niuniu, was ist mir dir?« fragt CC dann.

»Ich kann einen lieben Mann auch nicht für einen mit Macht und Reichtum verlassen. Ich kann ohnehin schlecht von einem Mann zum anderen wechseln. Ich würde mich für den Rest meines Lebens schuldig fühlen.«

»Du hast ein stark ausgeprägtes Schuldgefühl«, sagt Lulu. »Das ist schlecht.«

»Nein, es ist kein Schuldgefühl, es ist ein stark ausgeprägtes Gefühl für Werte und Ideale«, entgegnet CC an meiner Stelle. »Du machst dir mehr Sorgen um die Gefühle des Mannes als um deine eigenen.«

»In der Liebe haben wir vielleicht versagt, aber wir sind immer noch besser dran als Beibei«, meint Lulu. »Obwohl wir nicht auf Männer mit Macht und Geld aus sind, müssen wir sie zumindest nicht bezahlen.«

»Ich finde, das zeigt aber ihre Stärke. Besser, man gibt Geld für einen, den man liebt, als daß man Geld von einem nimmt, den man nicht liebt«, verteidigt CC unsere Freundin.

Als ihr Name erwähnt wird, erscheint Beibei auch. Sie kommt wie immer zu spät.

»Worüber habt ihr Süßen gesprochen?« will sie wissen und bestellt einen Martini.

»Über Little Fang«, sagt Lulu.

»Haha!« lacht Beibei. »Wieso verschwendet ihr eure Zeit und Energie ausgerechnet mit der? Warum spielt ihr nicht lieber Golf oder fliegt Erster Klasse an einen exotischen Ort, um eure Chance zu erhöhen, selbst einen Sir William York zu treffen? Hier herumsitzen sollten nur reiche Frauen wie ich.« Beibei nippt an ihrem Martini und zwinkert dem gutaussehenden Kellner verschwörerisch zu.

»Mach dich nicht über uns lustig«, droht Lulu.

»Worum beneidet ihr Little Fang denn eigentlich?« fährt Beibei fort. »Ich glaube, das Wichtigste ist euch vollkommen entgangen. Frauen brauchen im Grunde gar kein Geld. Mit dem richtigen Aussehen, dem richtigen Timing und genau dem richtigen Maß an entblößtem Bein oder Dekolleté kann eine Frau jeden Mann bekommen, den sie will! Einen reichen Mann, einen mächtigen Mann – sogar den sexy Kellner da drüben.«

Nach dieser Aussage steht sie auf, um sich frisch zu machen. Sie durchquert den Raum so provozierend sie nur kann, und was passiert? Jeder einzelne Mann dreht sich nach ihr um.

61
Geld oder Liebe

Während Little Fang und Sir William York im Shanghaier Grand Hyatt Hotel ihre Hochzeit feiern, sehen Lulu, Beibei, CC und ich den neuen Film mit Gong Li: *Zhou Yus Train*.

In diesem Film spielt Gong Li die Titelheldin Zhou Yu, eine ungestüme junge Malerin, die zwischen zwei Liebhabern steht. Der eine ist ein armer, sensibler und stiller Poet, der seinen Lebensunterhalt als Bibliothekar verdient, gespielt von Tony Leung Ka-fai. Der andere ist ein aggressiver und machohafter Tierarzt.

Noch ganz benommen von der beeindruckenden Liebesgeschichte, verlassen wir das Kino. Wir gehen in ein Teehaus, um beim Pokern über den Film zu reden.

Wie gewöhnlich spricht Beibei, die Anführerin unserer Clique, als erste: »Tony Leung spielt einfach brillant! Ich habe mich schon vor zehn Jahren in ihn verliebt, als er den Liebhaber spielte. Sein knackiger Hintern blieb mir unvergeßlich! Und heute ist er noch genauso sexy wie damals!«

»Ich habe in der Zeitung gelesen, daß Gong Li auch im wirklichen Leben den poetischen Typ Mann bevorzugt, genau wie ihre Filmfigur«, sagt Lulu. »Was ist mit euch? Welchen Typ Mann findet ihr besser?«

Ich antworte zuerst. »Mir gefällt der Poet auch besser. Ich finde Männer attraktiv, die sanft sind und sexy, ein bißchen verletzlich, empfindsam, klug und manchmal melancholisch. Sie sind zärtlich, aber wenn Leidenschaft dazukommt, ist ihre Glut leicht zu entfachen. Sie rufen mütterliche Gefühle bei dir wach, und dein Herz bangt um sie, aber wenn sie dich berühren, beginnst du zu brennen.« Während ich so rede, merke ich, daß ich über Len spreche.

»So fühle ich mich, wenn ich Chopin höre«, sagt CC.

»Ja, genau.« Ich nicke. »Chopin gefällt mir auch. Männer, die nicht aufhören können zu reden, mochte ich noch nie. Sie schüchtern mich ein, und es fehlt ihnen an Romantik.«

»Erfolgreiche Männer sind oft dogmatisch und redselig«, wirft Lulu ein.

»Und das ist der Grund, warum ich keinen Mann mit Macht und Geld suche wie Little Fang. Ich will Leidenschaft, so wie Zhou Yu, die auf dem Pfad der Liebe wandelt«, sage ich.

»Ich stimme Niuniu ganz und gar zu«, sagt CC. »Die meisten Männer mit erfolgreicher Karriere und Geld sind meiner Meinung nach egozentrisch und schwierig. Man muß sich mit ihren Launen und Eigentümlichkeiten herumschlagen. Solch ein Mann vermittelt dir kaum das Gefühl, einen Lebenspartner zu haben. Du hast immer den Eindruck, er will dich hinter sich haben und nicht neben sich.«

»Hier in Asien sind die meisten Frauen unterwürfig und fügsam«, meint Lulu. »Es macht ihnen nichts aus, wenn ihre Männer egoistische Chauvis sind oder viel älter als sie selbst. Solange die Männer ihren materiellen Wohlstand sichern, scheint diesen Frauen die emotionale Distanz egal zu sein.«

»Gong Li spielt immer Frauen mit starkem Willen, die den Mut haben, ihre sexuellen Gelüste zu befriedigen«, stelle ich fest. »Ihre Charaktere sind immer wahrhaftig, und vielleicht ist sie deswegen international so anerkannt. Aber im wahren Leben kenne ich wenig Chinesinnen wir Zhou Yu, deren Liebe unerschütterlich und nicht auf das Materielle gerichtet ist. Von dem Dichter bekommt sie zum Beispiel überhaupt keine Geschenke außer Gedichte. Ich habe schon so viele Frauen interviewt, die scharf darauf sind, Fendi-Handtaschen und teuren Schmuck geschenkt zu bekommen.«

»Genau!« stimmt CC mir zu. »Sie beneiden sogar die jungen Frauen, die häßliche alte Knacker heiraten, nur um an Geld zu kommen. Und deshalb bleiben starke Frauen wie wir Singles«, seufzt CC. »Ich finde es ausgesprochen schwer, in China einen guten Mann zu finden. Entweder halten sie mich für zu aggressiv oder ich sie.«

»Bedeutet das etwa, daß aggressive Frauen und Männer nicht zusammenkommen können? Muß ein mächtiger Mann immer eine schwache und sanfte Frau finden? Wie ist das bei den Clintons?« setze ich die Diskussion fort.

»Das amerikanische Modell kann man in unserer Kultur nicht kopieren«, behauptet Beibei. »Aus diesem Grund muß die arme Zhou Yu am Ende des Films ja auch sterben. Ich glaube, der Regisseur hat dieses Ende gewählt, weil er weiß, daß Zhou Yu zu edel für die heutige Ära der Banalität ist. Meiner bescheidenen Ansicht nach haben Asiatinnen drei Möglichkeiten. Erstens: niedlich und dumm zu sein und darauf zu hoffen, daß sie einen reichen Vatertypen finden, der sich um sie kümmert. Zweitens: ewig Single zu bleiben oder China rechtzeitig zu verlassen. Drittens: so zu sein wie ich – stark, reich und zäh. Ich bin genau wie ein Mann – und besitze die Macht, mir Liebhaber zu kaufen.«

»Aber was ist mit Liebe und Leidenschaft?« rufe ich.

»Weil ihr so denkt, seid ihr immer noch single«, sagt Beibei zu uns allen. Sie meint es ehrlich und aufrichtig, aber ich bin nun mal eine hoffnungslose Romantikerin.

Ich lasse die Liebesszene in meinem Kopf noch einmal Revue passieren. Mir kommen die Tränen. Bravo, Zhou Yu!

62
Büropolitik

Die schlechte Wirtschaftslage macht alle in Lulus Verlag nervös. Zudem wurde eine neue Firmenpolitik eingeführt: Alle Mitarbeiter müssen einander regelmäßig bewerten. Urplötzlich wechselt die Stimmung in der Redaktion von freundlich zu feindselig.

Jeder paßt genau auf, zu welcher Zeit die anderen mit der Arbeit beginnen oder das Büro verlassen, mit wem sie reden und mit wem nicht.

Büropolitik ist Lulu ein Greuel. Sie versucht, sich nicht hineinziehen zu lassen. Sie ist eine hochqualifizierte Redakteurin und eine erstklassige Journalistin. Als der Chefredakteur der Zeitschrift mit fünfundfünfzig Jahren gezwungen ist, in den Ruhestand zu treten, geht das Gerücht, daß Lulu seine Nachfolgerin werden könnte. Sie selbst findet auch, daß sie die beste Wahl ist. Aber zu ihrer großen Enttäuschung wird letztendlich Jenny, die noch nicht so lange im Verlag arbeitet wie Lulu, zur neuen Chefredakteurin ernannt.

Alle Mitarbeiter tuscheln, die Entscheidung des Verlagsbesitzers sei unfair gewesen. Tatsache ist, daß niemand Jenny mag.

Sie ist relativ neu und arrogant. Sie spricht nur mit Leuten, die für sie nützlich sind, und behandelt ihre Untergebenen herzlos.

Eine ihrer Kolleginnen, Kleine Ma, sagt zu Lulu: »Weißt du, wie Jenny an die Stelle gekommen ist? Ich habe gehört, sie sei die Geliebte des Eigentümers.«

»Nicht zu fassen! Ich werde hingehen und sie zur Rede stellen!« erwidert Lulu empört.

»Bist du verrückt? Sie ist jetzt deine Vorgesetzte, sie kann dich rauswerfen. Du kannst nicht einfach in ihr

Büro marschieren und sie solche Dinge fragen. Wenn du sie nicht magst, warte auf eine günstige Gelegenheit, sabotiere hier ein bißchen, dann da, und mach es ihr schwer, ohne daß sie es merkt«, rät Kleine Ma.

»So etwas kann ich nicht. Ich muß die Wahrheit wissen, und zwar aus ihrem eigenen Mund«, sagt Lulu.

»Du hast die Wohnung bekommen und sie die Stelle. Warum willst du es darauf anlegen, daß sie dich haßt? Du solltest dich mit den Gegebenheiten arrangieren.«

Lulu ignoriert Kleine Mas Ratschläge und macht sich auf den Weg in Jennys großes Eckbüro, dessen hohe Glasfenster den Blick auf die Straße des Ewigen Friedens freigeben.

Jenny blickt auf. »Du bist hereingekommen, ohne anzuklopfen! Was gibt es so Dringendes?«

Lulu, die ihren Ärger in keiner Weise verbirgt, fragt ganz direkt: »Stimmt es, daß du mit dem Eigentümer ein Verhältnis hast?«

Jenny zeigt sich auf diese provokante Frage weder überrascht noch verunsichert. Ruhig antwortet sie: »Wir sind gute Freunde. Ich weiß, was du denkst. Du kannst ruhig hingehen und verbreiten, ich hätte den Posten wegen unserer Freundschaft bekommen, aber das spielt keine Rolle. In Großunternehmen liegt der Fokus heutzutage auf dem Ergebnis und nicht darauf, wie es zu diesem Ergebnis gekommen ist.«

»Aber du bist verheiratet. Weiß dein Mann davon?«

»Mein Mann ist aufgeschlossen und verständnisvoll«, erwidert Jenny lächelnd.

Jennys Dreistigkeit erinnert Lulu an das chinesische Sprichwort *sizhu bupa reshui tang*: Tote Schweine fürchten das kochende Wasser nicht.

»Wie mir scheint, ist dir egal, ob deine Kollegen von diesem Skandal wissen oder nicht«, ereifert sich Lulu.

Wieder lächelt Jenny. »Ich kann ihre Lippen wohl kaum versiegeln, oder? Es ist ihr gutes Recht zu tratschen. Vielleicht ist es gar nicht so schlecht, wenn sie es wissen, weil sie sich dann nicht mit mir anlegen. Wer mich oder meinen Arbeitsstil nicht mag, kann ja gehen. An neuen Bewerbern mangelt es in China sicher nicht.«

Lulus Ärger wird immer größer. »Tja, Jenny, mit der Unterstützung des Eigentümers kannst du offenbar tun und lassen, was du willst. In diesem Fall kündige ich.«

»Nein, dich meinte ich nicht!« entgegnet Jenny hastig. »Du darfst nicht kündigen. Ich mag dich, wirklich. Ich wollte dir vierzig Prozent Gehaltserhöhung geben. Lulu, bitte sei mir nicht böse. Ich bin deine Freundin. Im Gegensatz zu manchen anderen bist du ein wahrer Schatz. Ich werde alles tun, um dich zu halten.« Jenny spricht sanft und eindringlich. Bestimmend und mitfühlend zugleich, beherrscht sie die Taktik von Zuckerbrot und Peitsche aus dem Effeff.

Noch ehe Lulu sich dazu äußern kann, fügt Jenny hinzu: »Überstürze deine Entscheidung nicht, Lulu. Nimm dir ein paar Tage Zeit, um in aller Ruhe darüber nachzudenken, und sag mir dann Bescheid. Ich bin überzeugt, du wirst gern mit mir arbeiten!« Jenny lächelt wie ein Chef. Lulu muß an ein Krokodil denken.

Lulu nickt und wendet sich zum Gehen.

»Warte«, sagt Jenny da. »Als gute Freundin möchte ich dir gern noch einen Rat geben.«

»Und welchen?« Lulu ist den Tränen nahe. Es ist so demütigend.

»Du bist klug und hübsch. Du könntest die Welt erobern, wenn du nur wolltest.«

»Die Welt erobern? Wie denn?«

»Nutze, was du hast, um das zu bekommen, was du

nicht hast. Denk daran, daß du nicht ewig jung sein wirst.« Jenny klingt wie eine Mutter.

»Ich schätze, ich habe einfach nicht dein Talent«, sagt Lulu kühl und verläßt das Büro mit einem gemurmelten »Miststück«. In Bezug auf Büropolitik spielt sie einfach nicht in Jennys Liga. Soll sie nun das Angebot der vierzigprozentigen Gehaltserhöhung annehmen, oder soll sie kündigen? Wenn sie kündigt, wer wird dann für sie und ihre ebenfalls alleinstehende Mutter sorgen?

Sie ruft mich an. »Was soll ich tun? Hauptberuflich einen Ehemann suchen oder das Buch *Wie man die schmutzigen Spiele der Büropolitik gewinnt* kaufen?«

»Sei lieber eine Kämpferin als eine unterwürfige Braut«, antworte ich voller Überzeugung.

63

Sein und Schein

Lulu kündigt.

In den folgenden Wochen verändert sich ihr Leben dramatisch. Sie stöpselt das Telefon aus und sagt sämtliche Einladungen zu Partys und Abendessen ab. Sie verkriecht sich in ihrer Wohnung. Ich nehme ein paar Tage frei und leiste ihr Gesellschaft. Wir leihen uns Seifenopern aus der Videothek, und mit je einer Schüssel Fertignudeln und einem Becher Kaffee auf dem Tischchen neben ihrem Sofa tauchen wir in die Scheinwelt ein, die Lulu der Realität enthebt.

Ja, Seifenopern sind Lulus Möglichkeit zur Flucht. Zum einen gibt es dort keine Nachrichten über verheerende Kriege oder SARS. Zum anderen kann sie, anstatt sich selbst in Grabenkämpfe, schmutzige Tricks, Büropolitik oder herzzerreißende Männerbeziehungen verwickeln zu lassen, andere Leute leiden sehen. Deren Not läßt sie ihre eigene Situation besser ertragen.

Außerdem sind Seifenopern, egal ob aus Japan, Korea, Taiwan, China, Amerika oder Mexiko, dumm und melodramatisch. Während sie über ihre Einfalt lacht und weint, fühlt sie sich den Charakteren überlegen.

Lulus liebstes Genre sind Kung-Fu-Serien wie *Die Meister des Wassers* und *Helden, die Adler schießen*. Kung-Fu-Geschichten spielen immer an wunderschönen Schauplätzen – in einer Wüste, an einem See oder in einem Wald – und sind damit weit entfernt vom Betondschungel, in dem Lulu lebt. Es geht immer um Integrität, Ehre, Tapferkeit und heldenhaften Verzicht im alten China. Dies sind genau die Werte, an denen es modernen Menschen mangelt. Gelegentlich sind die Szenen und Kämpfe gewalttätig, dabei jedoch äußerst ästhetisch.

Einmal, als wir gerade einen Zweikampf ansehen, sagt Lulu: »Ich wünsche mir ein Duell mit Jenny.«

»Das wäre sicher ehrenhafter als diese hinterhältigen Gemeinheiten«, finde ich.

Weil Lulu so viele Videos und DVDs ausgeliehen hat, bekommt sie von der Videothek Blockbuster ein Geschenk: die Reportage über einen Workshop mit Finanzguru Robert Kiyosaki zu seiner Buchreihe *Reichtum kann man lernen*. Lulu sieht sich das Video an, um ihr Englisch aufzufrischen und um einfach mal etwas anderes zu sehen. Doch schon bald nimmt der Filmbericht sie gefangen. Kiyosaki erzählt über Cash-flow und die Unterschiede zwischen Angestellten und Unternehmern. Er erklärt, warum die meisten Angestellten von einer Stellung zur anderen wechseln, während andere ihre Stellung kündigen und eigene Firmenimperien aufbauen. Laut Kiyosaki kann man als Unternehmer reich werden, während man es auch als ausgezeichneter Angestellter nur bis zur Mittelschicht bringen kann. Er ermutigt die Workshop-Teilnehmer, lieber ihre eigenen Unternehmensmodelle zu gründen, als sich auf finanzielle Unabhängigkeit durch Arbeit für große Unternehmen zu verlassen. Lulu betrachtet das Video als Geschenk des Himmels. Sie fühlt sich aufgemuntert und neu inspiriert.

»Meine Kündigung war der richtige Weg zur finanziellen Unabhängigkeit. Ich sollte mein eigenes Unternehmen gründen und mein eigener Boss sein«, sagt sie. »Ich muß nur herausfinden, welche Art von Unternehmen es sein soll. Hast du eine Idee?«

Ich betrachte die Stapel Videos und DVDs von Seifenopern auf ihrem Wohnzimmerteppich und habe eine Eingebung.

»Wie wäre es, wenn du eine neue Seifenoper schreibst? Ist unser Leben nicht auch wie eine Seifenoper? Die Partys, die Abendessen und die Rendezvous, die wir erlebt haben!«

»Klingt toll! Aber es dauert bestimmt zehn Jahre, bis ich fertig bin.«

»Denk an das, was Jenny gesagt hat«, erinnere ich sie. »Das einzige, woran es China nicht mangelt, sind arbeitshungrige Menschen.«

»Du hast recht, Niuniu. Mit einem ganzen Team von Schreibern würde es sehr viel schneller gehen. Die Fernsehsender brauchen Stoff, um ihre Lücken zu füllen. Wir könnten sogar international gesendet werden, wenn wir unsere Rechte an andere Länder verkaufen!« ruft Lulu fröhlich.

Lulu ist voller Tatendrang. Eine Woche später bittet sie mich, sie zu einem Treffen mit einem Produzenten in die Lobby des Shangri-La Hotels zu begleiten. Der Produzent ist ein gutaussehender, elegant gekleideter und gewandter Mann in den Vierzigern. Lulu jongliert mit ihren

Ideen für die Seifenoper. Er sagt, er würde gern mehr hören, und trifft eine neue Verabredung für den nächsten Tag.

Am nächsten Tag geht Lulu wieder ins Hotel und ruft von der Lobby aus in seinem Zimmer an. »Kommen Sie rauf«, sagt er. Lulu wird mißtrauisch. Das Zimmer ist phantastisch – es gibt Wein, sanfte Musik, Käse und Kräcker. Nach drei Gläsern hervorragendem kalifornischen Chablis legt der Mann eine Hand auf ihr Knie und die andere um ihren Nacken. Lulu weicht zurück und fragt ihn aus der Entfernung: »Gehört das auch zu Ihrem Job?«

»Ja«, antwortet er.

»Schämen Sie sich nicht?«

»Ich liebe Frauen«, gibt der Mann zur Antwort. »Meine Arbeit erlaubt mir, viele schöne Frauen wie Sie zu treffen. Ich betrachte es als Privileg. Warum sollte ich mich schämen?«

»Ich schätze Ihre Aufrichtigkeit. Herzlich willkommen zu meiner ersten Reality-TV-Show!« ruft Lulu und deutet auf die versteckte Kamera, die sie aufgestellt hat, als er in seiner Küche die Weinflasche öffnete.

Sein Gesichtsausdruck ist nicht unbedingt telegen, als der Produzent verdutzt auf das kleine rote Licht blickt.

64

Privilegien

Beibeis Schwester Baobao kehrt mit ihrem taiwanesischen Ehemann und den in Amerika geborenen Kindern aus den Staaten nach China zurück. Dieser Besuch ist ihr erster nach sechzehn Jahren in den USA.

Während der Kulturrevolution wurde Baobao als ältestes Kind einer *heiwulei*-Familie, einer Familie der »fünf dunklen Kategorien« mit »falscher« politischer Gesinnung, gedemütigt und diskriminiert. Unter Deng Xiaopings Politik der offenen Tür wurden ihre Großeltern jedoch rehabilitiert, und man bot ihnen führende Positionen innerhalb der Partei an. Daraufhin genoß Baobao die Privilegien eines *gaogan zidi*, eines Kindes hochrangiger kommunistischer Parteifunktionäre.

Dieses Achterbahnleben machte aus der jungen Baobao eine zynische Rebellin, die Ungleichheit und jede Art von »Sonderbehandlung« heftig verabscheut. Während die meisten Kinder von Eltern mit Beziehungen selbige ausnutzten, um an gute Jobs zu kommen, träumte Baobao von einem gerechteren Leben in den USA, dem Land der Chancengleichheit. Mitte der Achtziger erhielt sie ein Stipendium der Regierung, um an der University of Texas Ingenieurswesen zu studieren. Chinesen mit dieser Art von Stipendium mußten nach Beendigung ihres Studiums sofort wieder nach China zurückkehren, um »ihrem Heimatland zu dienen«. Doch nach den Ausschreitungen auf dem Tiananmen-Platz im Juni 1989 wurde allen Chinesen in den Staaten die Green Card gewährt. Baobao blieb in den USA und wurde Chemie-Ingenieurin. Später heiratete sie einen Bauingenieur aus Taiwan.

Niemand aus der Familie kam zur Hochzeit, weil Baobaos Mann der Sohn eines nationalistischen Generals war, gegen den ihr kommunistischer Großvater im Bürgerkrieg gekämpft hatte. Sie ließen sich in San Antonio nieder, bekamen drei Kinder und führten ein typisches Mittelklasse-Leben. China verschwand nach und nach aus Baobaos ruhigem Vorstadtleben, bis sie nur noch in der Videothek um die Ecke in Form von Jackie-Chan-Filmen daran erinnert wurde. Als ihre Kinder heranwuchsen, erkannte sie, daß sie auf unmittelbare Weise mit der chinesischen Kultur konfrontiert werden mußten.

Ihr erster Zwischenstopp nach der Ankunft in China ist Lijang, Yunnan, wo der Großvater der Kinder aufwuchs. Baobao staunt, daß Lijang gleichzeitig modern und traditionell erscheint. Der Fluß durch den Stadtkern erinnert sie an den berühmten Uferspazierweg in San Antonio, nur daß es hier keine Jazz-Clubs gibt, sondern Lokale, in denen achtzigjähriger Musiker die Titelmelodie von *Titanic* auf der Erhu spielen, der zweisaitigen chinesischen Geige. Es gibt auch kein Hard Rock Café, aber man findet alle naselang eine Bar unter altertümlichen Dächern, die Margaritas ausschenkt.

Ihre Heimatstadt Peking ist überhaupt nicht wiederzuerkennen. Das betrifft nicht nur die neuen hohen Gebäude, sondern auch das Äußere der Menschen. Pekings Frauen sind urplötzlich Modeexpertinnen geworden und wirken gleichermaßen schön wie selbstsicher. Das unglaublichste aber ist der Lebensstil ihrer Schwester Beibei mit ihrer Designer-Kleidung, ihrem deutschen Auto, ihren regelmäßigen Besuchen in Schönheitssalons, mit Hausmädchen, Chauffeur und diversen Liebhabern: Sie lebt wie eine Königin.

In einem Massagesalon gönnen sich die zwei Schwestern eine Fußmassage. Beibei sagt: »Mein Einkommen wäre in Amerika nur so lala. Ich habe die Wahl zwischen einem Leben als Königin in der Dritten Welt oder einem Mittelklasse-Leben in Amerika.«

»Ich würde ein Leben in Gleichheit und Freiheit jederzeit dem Leben einer Königin vorziehen«, erwidert Baobao ganz amerikanisch. »Und du?«

»Ich habe gelernt, Privilegien zu genießen«, gesteht Beibei, »aber ich fühle mich wegen meines Reichtums auch schuldig. Ich weiß, daß mein luxuriöses Leben zum Teil darauf gründet, daß so viele arme Chinesen als billige Arbeitskräfte herhalten müssen. Vor allem die Bauern, die zum *da gong*, zum Verkauf ihrer Arbeitskraft, in die Großstädte gehen. Diese Mädchen beispielsweise, die uns massieren, verdienen nur ein Zwanzigstel meines Gehalts. Sie arbeiten zwölf Stunden am Tag, sieben Tage die Woche, und schlafen auf den Sofas, auf denen wir jetzt sitzen. Sie tun mir leid. Aber gleichzeitig kann dieser Kontrast auch ein gutes Gefühl hervorrufen. In den Staaten ist es zum Beispiel nichts Besonderes, ein Auto zu besitzen. Hier ist es etwas Außergewöhnliches.«

»Wenn du in deinem dicken BMW durch die Straßen von Peking fährst, fühlst du dich wahrscheinlich wie eine dieser Kolonialfrauen, die früher auf den Grundstücken am Donghua-Tor lebten, die an Ausländer abgetreten werden mußten«, neckt Baobao ihre Schwester. »In Amerika fahre ich einen Honda. Die japanischen Wagen verbrauchen weniger Benzin. Ich wette, du kriegst deine Tankrechnungen von der Firma erstattet.«

»Ja, ich schätze, ich kann aus Sozialismus und Kapitalismus jeweils das Beste für mich nutzen«, lacht Beibei über sich selbst.

»Was du aber nicht hast, ist Freiheit«, sagt Baobao. »Zum Beispiel die Freiheit, drei Kinder zu haben wie ich.«

»Wer will denn Kinder? Ich bestimmt nicht.« Beibei zuckt mit den Schultern. »Vor allem nicht, nachdem ich gesehen habe, daß deine kein Wort chinesisch sprechen.«

»Aber du bist die große Patriotin und unterwirfst dich freiwillig der staatlichen Familienplanungspolitik, oder wie?« kontert Baobao.

»Wir sind die erste Generation chinesischer Frauen, die gelernt hat, sich selbst zu lieben. Ich will nicht als

›Mutter meiner Kinder‹ definiert werden, so wie unsere Mutter«, sagt Beibei entschlossen.

»Keine Kinder zu haben ist im Moment vielleicht toll, aber irgendwann wird jeder mal alt. Deine Kinder sind eine Fortsetzung deiner Jugend – sogar Hillary Clinton und Madonna haben Kinder.«

»Jetzt klingst du schon wie unsere Mutter. Ich kann nicht glauben, daß du wirklich den weiten Weg aus Amerika hierhergekommen bist!« wundert sich Beibei.

Da sie sieht, daß Beibei ihre Meinung nicht ändern wird, fragt Baobao das Mädchen zu ihren Füßen: »Was sagen Sie als Frau dazu: Möchten Sie später einmal Kinder haben?«

»Das kommt darauf an, wen ich heirate«, antwortet die junge Frau im Henan-Dialekt. »Wenn ich solch ein Glück hätte wie Sie und meine Kinder in Amerika zur Welt bringen könnte, dann möchte ich sogar fünf oder sechs. Eines davon könnte sogar Präsident der Vereinigten Staaten werden! Wenn ich aber jemanden heirate, der ärmer ist als ich, würde ich keine Kinder wollen. Ich will nicht mit ansehen, wie meine Kinder an einem Ort wie diesem aufwachsen, voll stinkender Füße und stinkender Schuhe.«

Ihre Worte erinnern mich an meine Stiefmutter Jean Fang, die ja auch davon träumt, einen zukünftigen Präsidentschaftskandidaten zur Welt zu bringen. Aber ich frage mich, ob asiatische Amerikaner tatsächlich hohe Ämter in der amerikanischen Regierung erringen können. Doch auch wenn sie keine Präsidenten werden, wäre ihr Leben dort sicher besser als das einer hiesigen Fußmasseurin.

»Dann haben sowohl die Reichen als auch die Armen ihre Gründe, die Größe ihrer Familien zu beschränken«, murmelt Baobao. »Die Ein-Kind-Politik funktioniert tatsächlich.«

Doch Beibei hört kein Wort von dem, was Baobao sagt. Sie blickt auf ihre Füße, die sie am Morgen sorgfältig mit Zitronengras-Fußspray aus dem Body Shop eingesprüht hat. Sie schnüffelt an ihren Schuhen und ist absolut sicher, daß sie nicht stinken. Schließlich hat sie sechzig Paar.

65

SARS

SARS hat mein Leben verändert.

Vorbei sind die Tage der dekadenten Festbanketts, auf denen zehn Leute zwanzig Gänge verspeisen. Zu Hause wärme ich gefrorene Klöße auf.

Vorbei sind die Tage, da eine Clique von Freundinnen in mein Haus einfällt, meine Weinflaschen leertrinkt und meinen Kühlschrank leerfuttert. *Yinsi* oder Privatsphäre, in China einst ein völlig fremdes Konzept, wird zur allgemein bevorzugten Lebensart. Man besucht einander nicht mehr unangemeldet. Statt dessen schickt man sich jede Menge E-Mails.

Ich bin eine typische Großstadtpflanze, die gern von einer Party zur anderen tanzt. Doch nun habe ich Zeit zu lesen, zu schreiben, zu meditieren und Yoga zu machen. Anstatt lustig shoppen zu gehen, bestelle ich alles, von Büchern bis hin zu Nudelsuppe, online.

Und meine Freundinnen? Lulu plant eine Masken-Modenschau für die Zeit nach SARS. Aber im Moment verkriecht sie sich ebenfalls zu Hause und schreibt ihre erste Seifenoper *Liebe in Zeiten von SARS*. Sie schließt sich im Schlafzimmer ein und arbeitet achtzehn Stunden am Tag. Ihre Mutter wohnt wieder bei ihr, kümmert sich um sie und stellt ihr das Essen vor die Tür. Beibei erwägt ein Freiluftkonzert vor einem großen Krankenhaus. Zur

Zeit sind alle Konzerte ihrer Agentur abgesagt, einschließlich des ersten Konzerts der Rolling Stones in China. Was ihr Privatleben angeht, so ist sie zum erstenmal seit sieben Jahren wieder monogam. Sowohl sie als auch ihr Ehemann Vorsitzender Hua haben den Kontakt zu ihren außerehelichen Affären vorübergehend unterbrochen. Vorsitzender Hua lernt sogar kochen. Wenn Beibei nach Hause kommt, sieht sie ihn hin und wieder in der Küche stehen. CC hat ihr erstes Testament verfaßt, nachdem ihre Eltern ihr ebenfalls ein Testament aus Hongkong schickten. Die meiste Zeit verbringt sie mit Mails, die sie an einen englischen Arzt schreibt. Er ist ihre Internetromanze.

Ich merke, daß sich nicht nur mein Leben und das Leben meiner Freundinnen dramatisch verändert haben, sondern daß die gesamte Gesellschaft einen Wandel erlebt.

Vegetarismus ist nun modern. Restaurants, die für die Zubereitung angeblich »heilsamer« Fleischgerichte wilde Tiere schlachteten, gingen bankrott. Manche sehen SARS als die Rache des Tierreichs an den habsüchtigen Menschen.

Barmädchen, Karaoke-Mädchen und Reiseverkehrskaufleute sind arbeitslos.

Ich habe den Eindruck, daß China durch SARS mehr wie Amerika wird: Die Menschen spülen nach dem Gebrauch die Toilette. Sie waschen sich öfter die Hände. Sie halten mehr Abstand beim Sprechen. Sie drängeln nicht mehr so heftig. Geschäfte und Restaurants schließen früher als sonst, etwa gegen sieben Uhr. Ärzte werden mehr respektiert. Das Land ist sauberer und weniger überfüllt, das Wirtschaftswachstum stagniert, das Umweltbewußtsein wächst … Doch der langsame, entspannte Lebensrhythmus wirkt hier sehr unnatürlich.

66
Wer hat Schuld an SARS?

Sind die Menschen von Natur aus gut oder böse? Warum fühlen sich manche Menschen besser, wenn sie andere niedermachen? Warum brauchen solche Leute für ihr Ego das Gefühl von Überlegenheit? Die Diskriminierung von Bewohnern bestimmter Regionen ist in China allgemein üblich und hat sich durch den Ausbruch von SARS weiter verstärkt. SARS veranlaßt uns, Schutzmasken zu tragen. Gleichzeitig bringt uns die Krankheit dazu, unsere wahre Natur zu enthüllen, die sonst hinter den verschiedenen Masken unserer Wesensarten verborgen liegt. Jetzt aber wird jede spontane Empfindung unverhohlen offenbart.

Ich logge mich wie gewöhnlich in einen bekannten Internet-Chatroom ein, um Informationen für meine Storys zu erhalten, und stelle fest, daß eine hitzige Debatte in Gange ist.

Sie begann mit einer provokanten Äußerung einer Person, die sich »Hongkong Babe« nennt: »Ihr Festländer laßt die Chinesen vor aller Welt in schlechtem Licht erscheinen. Ihr Festländer seid so rückständig! Und wir Menschen in Hongkong sind nun gezwungen, mit euch zu leiden. Wir wollen die britische Verwaltung zurück!« Wie erwartet und vermutlich erhofft, erregt diese Äußerung großen Aufruhr.

»Northern Love« antwortet: »Du bist wahrscheinlich ein dürres, flachbrüstiges ›Babe‹, das nicht gebildet genug ist, um *puntonghua* zu sprechen. Kapierst du nicht, daß die ganze Misere anfing, weil ihr Südländer da unten alles eßt, was vier Beine hat, außer Tischen, alles, was fliegt, außer Flugzeugen, und alles, was schwimmt, außer Schiffen? Wegen eurer abartigen Eßgewohnheiten haben wir

Leute aus dem Norden von euch dieses Virus bekommen.«

Bevor Hongkong Babe antworten kann, schaltet sich »Spring Ocean« ein: »Hallo, ist jemand aus Taiwan online? Ich bin aus Taipei, und unsere Situation in Taiwan ist nicht so schlimm wie in Hongkong, weil wir nicht so dichtgedrängt leben. Wir haben mehr Raum. Wir sind auch lange nicht so übel wie die Festländer, weil Taiwan viel fortschrittlicher ist, sowohl im Bereich der Medizin als auch in der Politik.«

Schließlich meldet sich Hongkong Babe wieder zu Wort: »Zur Info: Ich lebe in den Mid-Levels der Insel Hongkong. Das Leben hier ist besser als auf der Seite zu Kowloon, denn in den billigen, alten und schmutzigen Wohnungen kann man sich schneller infizieren. Dort, wo ich lebe, gibt es viele Ausländer.« Überraschenderweise erfolgen keine weiteren feindseligen Angriffe auf Hongkong Babe. Statt dessen entbrennt eine Art Wettstreit zwischen zwei Städten auf dem Festland.

»Louis Vuitton« schreibt: »Hallo, ich bin vom Festland. Um genau zu sein: aus Shanghai. Ich fühle mich in Shanghai sicher. Wir haben die Sache wieder einmal besser im Griff als Peking.«

Darauf antwortet »Magic Dragon«: »Die Situation in Peking ist nur deswegen so schlimm, weil jede Menge Infizierte von außerhalb hierherkamen, um sich in unseren Krankenhäuern behandeln zu lassen. Wenn sie Hilfe brauchen, denken sie eben zuerst an Peking und nicht an Shanghai. Die Pekinger sind eben nicht selbstsüchtig wie die Shanghaier.«

Die Sache droht auszuufern, da schaltet sich »American Passport« ein: »Leute, hört auf zu streiten. Es ist völlig egal, ob ihr aus Hongkong, Taiwan, Peking oder Shanghai stammt – hier in Amerika sind alle gleich. Keiner ist besser als der andere. Wißt ihr eigentlich, daß viele Geschäfte in den Chinatowns unserer Städte große Verluste machen? Und der Japanladen in meinem Viertel ebenfalls. Einige meiner amerikanischen Arbeitskollegen sind der Meinung, daß jeder mit asiatischen Gesichtszügen Verwandte hat, die noch mit Schweinen zusammenleben.«

Nach American Passport schreibe ich unter dem Namen »China Doll»: »Ein taiwanesischer Schriftsteller sagte einmal, jeder einzelne Chinese sei ein Drachen, aber eine Gruppe von Chinesen sei ein fetter Wurm. Wißt ihr, warum? Die Chinesen waren nie eine Einheit. Ständig versuchen sie, sich selbst und andere zu kategorisieren. Die Stadtmenschen sehen auf die Menschen vom Land herab, die Reichen auf die Armen. Das ist so dumm!«

»Domestic Love« antwortet: »Wer bist du? Hier solche Sprüche zu klopfen! Du bezeichnest die Chinesen als ›sie‹. Woher kommst du? Wie kannst du es wagen, uns ›dumm‹ zu schimpfen?« Ich fühle mich komisch, aber es macht mir nichts aus, im Internet angegriffen zu werden. Ich finde es sogar unterhaltsam. Ich kann verstehen, warum Hongkong Babe ihren provozierenden Spruch losgelassen hat. Ihr ist bestimmt langweilig, und sie sehnt sich nach Aufmerksamkeit. Mit einer neuen Identität kannst du tun und sagen, was du nur willst.

Also schreibt China Doll: »Ich bin eine Amerikanerin chinesischer Abstammung und in Peking aufgewachsen. Meine Familie besteht aus einem taiwanesischen Vater, einer Stiefmutter aus dem Nordosten Chinas und einer Mutter, die mit einem Amerikaner verheiratet ist. Mit einem Wort: Ich bin eine normale Chinesin.«

Louis Vuitton: »Diese ›China Doll‹ mit ihrem komplizierten Stammbaum klingt irgendwie verdächtig. Könnte eine amerikanische Spionin sein. Wir sollten sie besser der Online-Polizei melden.«

67

Ximus Privatsphäre

Lulu braucht sieben Monate, um ihr erstes Buch zu schreiben: *Lover's Socks – Die Socken meines Liebhabers*. Ursprünglich sollte es Liebe in Zeiten von SARS heißen, aber als das Buch schließlich erscheint, ist SARS kein Thema mehr. Inspiriert durch Sades Popsong *Lover's Rock*, hat der Verleger dem Buch diesen anderen Titel verpaßt. *Lover's Socks* beruht auf Lulus sechsjähriger, mal mehr, mal weniger festen Beziehung zu ihrem Exfreund Ximu. Der Protagonist Daiwu geht nach Abschluß seines Studiums an einer erstklassigen chinesischen Universität mit seiner frisch angetrauten Ehefrau nach Frankreich, um dort Modedesign zu studieren. In Frankreich ergeht es ihnen wie vielen anderen Immigrantenpaaren: Die Frau verläßt den Mann, heiratet einen Franzosen und bleibt in Frankreich. Diese Entscheidung seiner Frau verschafft Daiwu jedoch auch Freiheit.

Er kehrt nach China zurück und wird bald ein gefeierter Modedesigner, der keine Probleme hat, junge Möchtegernmodels als Freundinnen zu finden. Seine engste Freundin und Vertraute wird jedoch eine junge Moderedakteurin namens Jade, die ihn von ganzem Herzen liebt. Sie ist klug und verständnisvoll und drängt Daiwu nie zur Heirat, da sie ihn nach seinem freimütigen Bekenntnis als »Freigeist, der sich nicht den Fesseln der Ehe unterwerfen will« respektiert. Doch Daiwu betrügt Jade, indem er heimlich eine Frau heiratet, die halb Chinesin und halb Französin ist. Auf diese Weise will er sich an seiner Exfrau rächen.

Der Verleger brennt darauf, Lulu als junge, moderne und talentierte Autorin zu fördern. Sie beschließen, das Buch als »semi-autobiographisch« zu bewerben, was sicher einigen Aufruhr und dadurch erhöhten Umsatz hervorrufen wird. Daraufhin möchte Lulu allerdings den Handlungsort von Frankreich nach Japan verlegen, um die Identifizierung der genannten Personen zu erschweren. Ihr Verleger beschwört sie, es nicht zu tun. »Haben Sie keine Angst davor, Ihr Privatleben zu enthüllen. Sehen Sie, selbst Hillary Clinton muß über Monica Lewinsky schreiben, um ihr Buch zu verkaufen. Opfer wie sie oder wie Nicole Kidman erhalten eine Menge Sympathie. Ihr Buch, Lulu, wird alle zu Tränen rühren. Sie werden viele Fans und vor allem mitfühlende Leserinnen gewinnen, die ebenfalls genug von herzlosen Weiberhelden haben. Dazu müssen Sie sie aber überzeugen, daß es eine wahre Geschichte ist.«

»Ich mache mir nicht so sehr Sorgen um meine Privatsphäre, sondern um Ximus«, sagt Lulu.

»Falls Sie eine Klage befürchten, kann ich Sie beruhigen«, erwidert der Verleger. »Wir würden uns sogar freuen, wenn er uns verklagt. Es wäre kostenlose Werbung! Wenn er tatsächlich klagt, laden wir alle Journalisten ein und halten eine Pressekonferenz ab. Das ist für den Verkauf weitaus effektiver als Signierstunden.«

»Ich halte es ihm gegenüber einfach nicht für fair«, murmelt Lulu und blickt auf ihre Füße.

»War er denn Ihnen gegenüber fair? Er hat Sie angelogen und betrogen. Warum wollen Sie diesen schamlosen Burschen immer noch gut behandeln?«

Während sie noch diskutieren, klingelt das Telefon. Lulu nimmt ab und bedeutet ihrem Verleger, daß es Ximu ist, der anruft. Der Verleger stellt den Lautsprecher ein, so daß er mithören kann.

»Wie ich höre, hast du ein Buch über mich geschrieben«, sagt Ximu.

Lulu leugnet es nicht. »Ja. Macht es dir etwas aus?«

»Nein, ganz und gar nicht.« Ximu klingt sogar ganz fröhlich. »Tatsächlich möchte ich dich bitten, meinen richtigen Namen zu nennen.«

»Aber der Protagonist ist kein ehrenwerter Mann – wie du ja besser weißt als jeder andere«, spottet Lulu.

»Ich finde es sehr schmeichelhaft, wenn eine junge, hübsche und vielversprechende Autorin über einen schreibt. Lieber bin ich berüchtigt als unbekannt. Wenn du willst, helfe ich dir, Investoren für die Verfilmung deines Buches zu finden! Unsere Geschichte könnte zur Legende werden.«

Der Verleger sieht Lulu an, als wolle er »Ich hab's Ihnen ja gesagt« rufen.

»Du tust gerade so, als sei mein Buch eine kostenlose Werbung für deine Kunst.« Lulu gefällt die Vorstellung überhaupt nicht. Trotz all seiner Fehler kann sie immer noch nicht glauben, daß Ximu die Situation so schamlos ausnutzen würde.

»Warum nicht? Das schwerste heutzutage ist, ernst genommen zu werden. Filmschauspieler, Designer und Popsänger erfinden ihre Liebesgeschichten neu, um sich selbst bekannt und interessant zu machen. Wir haben sogar eine echte Liebesgeschichte – warum sollten wir sie nicht nutzen? Komm schon, Lulu, laß uns ein bißchen Wirbel machen und dem Publikum unsere Vergangenheit verkaufen!«

Lulu schweigt eine Weile. Dann gewinnt sie ihr Selbstvertrauen zurück und sagt: »Was meinst du mit ›wir‹? Du hattest doch vorher auch kein Problem damit, deinen Weg allein zu gehen. Du wolltest die neuen Kapitel in deinem Buch des Lebens ohne mich schreiben. Jetzt bin ich diejenige, die ein Buch schreibt, also bin auch ich diejenige, die das Buch verkauft. Mach's gut.«

68
Traumavermarktung

Lulus Erstlingsroman *Lover's Socks* erscheint in einer Auflage von 100.000 Stück. Die Autorin wird auf eine Rundreise durch zehn Städte geschickt, um Lesungen zu halten. In jeder Stadt wiederholt sie für jeden Journalisten und jeden Fragesteller die Geschichte ihrer traurigen Liebe zu Ximu, der sie betrog und nur als Geliebte wollte, nicht als Ehefrau. Man hört es im Radio, sieht es im Fernsehen und liest es in den Zeitungen.

Obwohl Lulu das Ansehen als gefeierte, aufstrebende junge Autorin genießt, spürt sie gleichzeitig die bedrükkende Ironie der Situation: Die sechsjährige Beziehung zu Ximu zerstörte fast ihr Seelenheil und ließ sie in den Augen ihrer Familie und Freunde als Versagerin erscheinen. Jetzt aber wird sie berühmt und an der traurigen Liebesgeschichte vielleicht ein Vermögen verdienen. Mit gezwungenem Lächeln sitzt sie vor ihren Leserinnen und schreibt eine nette Widmung in das Buch mit den deprimierendsten Kapiteln ihrer Lebensgeschichte.

Sie ruft mich an. »Ob du's glaubst oder nicht, Niuniu, aber ich verkaufe hier mein Trauma. Heute ist wohl alles kommerzialisiert. Was zählt, ist der Markt.«

Vor kurzem erst schrieb ich einen Artikel über die chinesische Literaturszene, und so weiß ich genau, wovon sie spricht. »Es ist nichts Schlimmes daran, sein Trauma zu vermarkten«, tröste ich sie. »Mo Yan, Autor von *Die Weinrepublik*, schreibt in seinen Büchern über hungernde Landbewohner. Jung Chang, Autorin von *Wilde Schwäne*, erzählt die Geschichte von drei Generationen leidender Frauen. Auch Amy Tan hat daran verdient, daß sie traurige chinesische Lebensgeschichten an den Westen verkaufte. Denk an Hollywood: Filme über den Holocaust kriegen meistens einen Oscar. Sein Trauma zu Geld zu machen ist zum nachahmenswerten Geschäftsmodell geworden.«

Ich merke, daß Lulu am anderen Ende der Leitung erleichtert aufatmet. »Tja, wenn alle das machen ... was soll's! Vielleicht hat es was mit Karma zu tun. Ich habe gelitten, und nun werde ich entschädigt.«

Einige Tage später arrangiere ich für Lulu ein Treffen mit dem chinesischen Filmagenten Doug, der in Hollywood arbeitet und nach interkulturellen Projekten sucht.

Wir sind im noblen St. Regis Hotel verabredet.

»Die Grundidee ist super. Ein Chinese wird in Frankreich von seiner chinesischen Frau verlassen, kehrt nach China zurück und wird zum Frauenhelden, der sich an chinesischen Frauen rächt. Sie haben sich hervorragend in die Psyche chinesischer Frauen hineinversetzt, die ihre chinesischen Ehemänner im Westen verlassen, aber auch in die Psyche der chinesischen Männer, die im Westen unter Versagensängsten leiden. Allerdings ist die Geschichte nicht traurig genug«, kommentiert Doug mit typisch amerikanischer Ungeduld, sobald wir sitzen.

»Was meinen Sie?« fragt Lulu nach.

»In Hollywood muß ein Film über China, der keine Kung-Fu-Elemente beinhaltet, eine andere Form kultureller Würze haben. Die traurigen kulturellen und politischen Verhältnisse anderer Länder rufen beim amerikanischen Filmpublikum oft Gewissensbisse wegen ihres eigenen bequemen Lebensstils hervor. Sobald es den Amerikanern das Herz zerreißt, wird sich cin Film gut verkaufen. Ich schlage also vor, daß Sie mehr über das Schicksal chinesischer Frauen einfügen, am besten mit Themen wie Prostitution und Füßebinden.«

»Aber meine Geschichte spielt in der heutigen Zeit. Warum soll ich über das Füßebinden schreiben? Das ist seit 1949 verboten!«

Doug lacht. »Sie können doch eine ältere Frau einfügen, deren Füße noch gebunden wurden – die Großmutter des Protagonisten, zum Beispiel, oder die Urgroßmutter. Sinn der Sache ist, zu zeigen, wie rückständig China einmal war.«

»Und was ist mit Prostitution? Warum ist das wichtig?« will Lulu wissen.

»Heutzutage sagt selbst ein Nobelpreisträger, Prostituierte hätten ihn inspiriert. Sehen Sie, viele Amerikaner und Europäer reisen nach Asien, um billigen Sex zu bekommen. Erfinden Sie eine interessante chinesische Hure.«

Als sie aufsteht, sieht man Lulu ihre Wut deutlich an. »Es ist nun schon fünfzig Jahre her, daß Richard Mason über *Die Welt der Suzie Wong* schrieb. Ihr Traumfabrik-Agenten solltet eure Archive mal modernisieren!«

Dann zwinkert sie mir zu. »Komm, Süße, wir sind mit Beibei in der Opiumhöhle verabredet.«

Und Arm in Arm ziehen wir kichernd davon.

69

Höhen und Tiefen einer Frauenfreundschaft

Es heißt, mit zunehmendem Alter werde es immer schwieriger, Freundschaften zu schließen. Eine Freundschaft zwischen Frauen ist auch so schon kompliziert genug. Frauen können mitfühlend sein, verständnisvoll und hilfsbereit, gleichzeitig aber auch zickig, eifersüchtig und launisch.

Beibei, Lulu, CC und ich sind seit einiger Zeit gute Freundinnen und Vertraute. Wir reden miteinander, hören einander zu und helfen uns gegenseitig. Ein Grund, weshalb wir so gut miteinander auskommen, ist laut Beibei, daß wir aus ähnlichen familiären und finanziellen Verhältnissen stammen und ähnliche Ausbildungen genossen haben.

In letzter Zeit verspüre ich jedoch immer häufiger das Bedürfnis, außerhalb meiner Clique Freundschaften zu schließen, mit Frauen, die anders sind als ich. Ich weiß nicht, warum das so ist. Vielleicht gibt es auch bei Frauenfreundschaften so etwas wie ein verflixtes siebtes Jahr.

May May, Anfang Zwanzig, die ich mal für eine Story interviewt habe und die als Sekretärin bei einer ausländischen Firma arbeitet, möchte meine Freundin sein.

Wir verabreden uns häufig.

May May erzählt gern von sich, und als Journalistin bin ich eine gute Zuhörerin. May May hält sich für modern und liebt es, mich hin und wieder zu kritisieren.

»In den Klamotten siehst du dick aus«, urteilt sie plötzlich ohne besonderen Anlaß.

»Deine Frisur ist blöd. Kurze Haare passen nicht zu deiner Gesichtsform.«

Zuerst verstehe ich es als konstruktive Kritik. Von oberflächlichen und bedeutungslosen Komplimenten hatte ich in Amerika genug. Doch schon bald stelle ich fest, daß May May jedesmal nach einer Kritik hinzufügt: »Du solltest dir ein Beispiel an mir nehmen.« Und das ärgert mich.

Dennoch will ich meine Grenzen austesten. Obwohl ich May May nicht gerade umwerfend finde, widerspreche ich nie, wenn sie so selbstgefällig wird.

Einmal, als wir zusammen beim Essen sind, sagt sie: »Niuniu, könntest du wohl mit mir den Platz tauschen? So ein komischer Typ starrt mich die ganze Zeit an. Ich weiß nicht, warum ausgerechnet mir so was ständig passiert!«

Ich bin einverstanden. Als ich auf ihrem Platz sitze, sehe ich den Mann, der ständig in unsere Richtung starrt. Aber es ist ganz offensichtlich, daß er die Wanduhr im Visier hat. May May ist zweifellos narzißtisch veranlagt. Aber, so denke ich dann, wer ist das nicht? Im Grunde ist doch jede junge Frau ein wenig eitel. Wenn ich mich mit ihr anfreunden will, muß ich ihre positiven Seiten sehen.

Doch anscheinend ist May May nicht nur narzißtisch veranlagt, sondern auch von Rivalität getrieben. Wenn ich ein Bebe-T-Shirt trage, hat sie beim nächsten Mal das gleiche in einer anderen Farbe an. Habe ich ein neues Handy, zeigt May May mir beim nächsten Mal bestimmt ihr neueres Modell. Einmal nehme ich sie in Buddha's Bar mit, in der sie noch nie gewesen ist. Einige Wochen später schleppt sich mich dorthin und sagt: »Du wirst mir noch dankbar sein, daß ich dir diese Bar gezeigt habe.«

»Moment mal«, will ich sagen, »ich war es doch, die dich hierher mitgenommen hat, und nicht umgekehrt.« Aber ich lasse es. Was bringt das schon? Nach einer Tasse Tee verlasse ich die Bar und gehe nach Hause. Von dort rufe ich meine Freundin Lulu an und erzähle ihr den Vorfall.

»May May ist eine typische Vertreterin der Ein-Kind-Generation«, meint Lulu dazu. »Deren Problem ist, daß sie ständig die Nummer eins sein wollen. Sie betrachten alle anderen als Rivalen und nicht als Freunde. Sie haben die Fähigkeit verloren, Freundschaften zu schließen.«

70

May Mays Spielzeuge

Die Menschen haben ihre eigenen Spielregeln. Unabhängig davon, in welcher Kultur wir leben – gewissen Regeln sind wir alle unterworfen. Zum Beispiel sollten wir nicht mit unseren Vorgesetzten ins Bett gehen. Wir sollten nicht mit den Freunden unserer Freundinnen schlafen, und wir sollten nicht mit verheirateten Männern schlafen, weder in deren Betten noch in irgendwelchen anderen.

China war lange Zeit eine konformistische Gesellschaft. Vielleicht erklärt das, warum die neuen Generationen anders sein wollen. Sie verweigern die Konformität, indem sie Regeln brechen und Grenzen austesten. Manchmal jedoch stellen sie nicht nur die gängigen chinesischen Regeln in Frage, sondern auch die des Westens.

May May ist eine solche Regelbrecherin, die keine Grenzen akzeptiert. Eines ihrer vielen Hobbys ist es, mit VAVs (verheirateten, aber verfügbaren Männern) mittleren Alters zu schlafen.

In einer Garküche teilt sie mir ihre Theorie mit: »Junge Männer sind wie Trauben, und ältere Männer sind wie Wein. Sie mögen einen dickeren Bauch haben und weniger Haare auf dem Kopf, aber trotzdem finde ich sie attraktiver. Bei ihnen fühle ich mich wie berauscht.«

»Warum ist das so?« will ich wissen. Ich denke da ganz anders. Als eine Frau, die die Fünfundzwanzig längst überschritten hat, finde ich mehr und mehr Interesse an jüngeren Männern, den sogenannten »Boy-Toys« – männlichen Spielzeugen.

»Männer im mittleren Alter sind im Bett großzügiger als jüngere Männer, die ihre sexuellen Wünsche oft nicht zurückstellen wollen. Außerdem sind sie beruflich erfolgreicher. Sie machen dir teure Geschenke, während junge Männer dir nur Blumen oder Pralinen kaufen können. Ältere Männer sind schon weiter herumgekommen, deshalb haben sie einen höheren Status und bessere Verbindungen und können dir bei deiner Karriere helfen. Und sie verstehen die Frauen. Sie wissen genau, wie sie uns befriedigen können.« May May hört sich an, als halte sie eine Vorlesung an der Uni.

»Was du sagst, mag ja erklären, warum du auf Männer mittleren Alters stehst, aber es erklärt nicht, warum sie ausgerechnet verheiratet sein müssen.«

May May lacht. »Findest du denn nicht, daß VAVs begehrenswerter sind als Singles?«

»In China mag das stimmen«, gebe ich zu.

Lächelnd fährt May May fort: »Die Generation unserer Eltern ist die Generation des Gehorsams. Sie haben die Regeln befolgt und sich nie amüsiert. Es gefällt mir, am Abgrund zu leben. Ich schlafe gern mit verheirateten Männern, weil der Reiz des Verbotenen meine Erregung steigert! Ich finde es cool, es tagsüber in ihren Betten zu treiben, während die Ehefrauen bei der Arbeit sind.«

»Du schläfst im selben Bett mit ihnen wie ihre Frauen? Nicht in einem Motel oder so? Findest du nicht, daß du in fremdes Territorium einbrichst?« Ich kann nicht umhin, May Mays Verhalten zu kritisieren.

»Aber das ist es ja gerade. Ich bin wie eine Besatzungsmacht. Die Gesellschaft ermutigt uns doch, in Wettbewerb zu treten. Ich hasse es zu verlieren. Es gibt mir ein gutes Gefühl, daß diese klugen Männer ihre Frauen mit mir betrügen. Das nennt man Charme.«

»Glaubst du etwa, sie mögen dich, weil du so unwiderstehlich bist?«

»Nun ja, ich bin eine moderne und liberale Frau. Ich kann ihnen die Art von Leidenschaft bieten, die sie von ihren Frauen nicht kriegen. Im Gegenzug bekomme ich die Art von sinnlichem, ungezügeltem Sex, die ich will«, sagt May May stolz.

Ich spüre, daß sie von ihrem unkonventionellen Lebensstil und ihrer Fähigkeit, Männer ins Bett zu kriegen, absolut überzeugt ist. Sie denkt, sie sei den Ehefrauen überlegen, weil sie nur das eheliche Vergnügen, nicht aber eheliche Pflichten erlebt.

»May May, glaubst du nicht, daß die VAVs sich nur deswegen zu dir hingezogen fühlen, weil du für sie eine Spielerei bist, die sie nicht ernst nehmen müssen?« frage ich nach. »Sie sind doch nur auf der Suche nach schnellem Vergnügen, nach billigem Genuß, mit dem sie vor ihren Freunden angeben können.«

May May sieht mich herablassend an. »Na und? Das ist allemal besser, als sich eine Schüssel Fertignudeln zu kochen und allein zu Hause ein Video anzusehen. Ich wette, eines Tages wird man mich als provokante, feministische Pionierin sehen. Jawohl. Wenn Männer mit ihren Eroberungen angeben können, dann kann ich es auch!«

In diesem Moment erscheint ein gutaussehendes Pärchen im Lokal. »Ich möchte wissen, was sie an ihm findet«, raunt May May mir zu. »Und wenn ich es herausgefunden habe, werde ich's dir haarklein erzählen.« Sie reckt ihre Brüste und streicht ihr Kleid glatt. Gleich wird sie einen neuen Spielplatz betreten.

71

Ein gutes Leben braucht Publikum

Eine bestimmte Gruppe von Neureichen in Peking hält regelmäßige Treffen ab. Diese Gruppe setzt sich zusammen aus Investment Bankern und Managern ausländischer Unternehmen, wie Morgan Stanley etwa oder

Goldmann Sachs, sowie aus Film- und Popstars. Oft werden weniger Vermögende wie Reporter, Models und Schriftsteller als Gäste zu ihren Partys eingeladen.

So wie Hollywoodstars hin und wieder Groupies und Paparazzi brauchen, um publikumswirksame Szenen zu schaffen, so brauchen auch neureiche Chinesen jene weniger Reichen als Publikum. Ein gutes Leben im stillen zu führen ist eben nicht gut genug. Ein gutes Leben, und das heißt heute vor allem ein Leben im Wohlstand, muß erzählt und wiedererzählt werden und Grundlage für diverse Gerüchte bilden.

An einem Dienstagabend nach einem ganz normalen heißen Sommertag in Peking nimmt Beibei mich auf eine Party dieser Neureichen mit, die in diskreter, gepflegter Umgebung in der Vorstadt stattfindet.

Als wir in dem Haus ankommen, stehen bereits einige Investment Banker zusammen und schmieden Pläne bei einem Glas Jack Daniels. Ihr langfristiges Ziel ist es, mit fünfundvierzig in den Ruhestand zu gehen, und ihr kurzfristiges Ziel, ihre Handicaps zu verbessern. Alle sind sich einig, daß ihre Annäherungsschläge sowie die Putting-Technik verbesserungswürdig sind.

Offensichtlich sind Gespräche über frühen Ruhestand und Golf die Standardthemen auf solchen Neureichen-Partys. Sie gehören mit zum Spiel. Dahinter steckt der Grundsatz, daß das gute Leben erzählt werden muß, vor allem jenen, die es nicht haben. Denn auch die »Nichtreichen« spielen in diesem Spiel ihre Rollen, die durch Neid und Bewunderung gekennzeichnet sind.

Beibei und ich werden auf ein interessantes Gespräch zwischen zwei Schriftstellerinnen aufmerksam.

Eine von ihnen heißt Andrea. »Mein englischer Liebhaber besitzt eine Ranch in Neuseeland. Ich liebe es, dort zu schreiben.«

Die andere Schriftstellerin namens Yani hebt eine Braue. »Ach, wirklich? Dann sind wir ja fast Nachbarn! Ich schreibe gern in meinem Strandhaus in Australien. Wenn wir mal eine Schreibblockade haben, können wir uns ja besuchen und zusammen Kaffee trinken.«

Ein aufmerksamer Zuhörer, der ein wenig ungebildet und naiv wirkt, ruft: »Hey, ihr Mädels seid wirklich freie Weltbürger, äh, Bürgerinnen! Das ist cool! Leute wie euch treffe ich heute zum erstenmal. Ich fühle mich geehrt.«

Die beiden Autorinnen strahlen vor Freude über die neidvolle Bewunderung. Yani lächelt den Zuhörer an. »Nun, es mag stimmen, daß ich eine Art Weltbürgerin bin. Aber wo ich auch hingehe – China gefällt mir immer noch am besten.«

»Ich weiß, warum sie China am liebsten mag«, raunt Beibei mir zu. »Nur hier findet sie für ihre Angebereien ein Publikum.«

Als wir herumwandern, hören wir noch weitere kühne Sätze von anderen Neureichen oder scheinbar Neureichen über ihr Leben in Ruhm und Wohlstand. Sie sind subtil und kreativ:

»Ich lebe abwechselnd in meinen Häusern in Genf, Peking und San Francisco.« »Mein Leben ist zur Zeit ganz schön verrückt! Frühstück in Hongkong, Mittagessen in Singapur und Abendessen in Peking!« »Ich esse nur frisches Gemüse aus meinem eigenen Garten.« »Ich spiele jeden Tag neun Löcher.« Und so weiter. Und immer gibt es Zuhörer, die neidvolle Bewunderung zeigen.

Ich entdecke einen Bekannten, den ich schon seit Ewigkeiten nicht mehr gesehen habe. Er kommt sofort, um mich zu begrüßen. Sein Name ist Kevin Chen, und wie so viele meiner Jugendfreunde ist er einer der besten und klügsten der Generation nach 1970. Seine Karriere verlief typisch: Abschluß in Internationalem Finanzwesen an der Volksuniversität, dann MBA an der Stanford University. Im Moment arbeitet er für den Versicherungskonzern AIG.

»Na, wie geht's?« begrüßt er mich.

»Nicht schlecht. Und dir?«

»Das übliche. Du weißt schon: Freunde suchen in Peking, Geschäfte abschließen in New York, Wohnen in Shanghai, Einkaufen in Hongkong, Urlaub in Südfrankreich und auf den griechischen Inseln«, zählt Kevin lässig auf.

Beibei murmelt: »Das höre ich von ihm nun schon zum zweitenmal.«

»Ich wette, du kriegst jede Menge Vielflieger-Rabatte«, sage ich zu Kevin.

Kevin nickt. »Ja, aber eigentlich hasse ich das Fliegen. Natürlich hasse ich es noch mehr, Hummer zu essen.« Er beendet seinen Satz mit einem Lacher und scheint ganz vergnügt darüber, endlich wieder im Spiel zu sein.

»Weißt du noch, daß du früher einmal in der Klasse gesagt hast, dein größter Traum sei es, irgendwann einmal zu fliegen?« erinnere ich ihn.

»Wirklich?« Kevin scheint sich nicht zu erinnern.

»Natürlich ist das schon sehr, sehr lange her. China war damals noch arm, und du trugst noch den Namen Kai Wan«, sage ich und kann mir das Grinsen nicht verkneifen.

72

Lustkiller

Als CC, Beibei, Lulu und ich uns treffen, sind wir sehr gespannt auf CCs Bericht über ihre erste Verabredung mit einem Typen, den wir »S« nennen. Seit Monaten schon kommuniziert CC mit ihm über das Internet. Sie findet S attraktiv und intelligent und meint, er könnte vielleicht der Richtige für sie sein.

»Also, was gibt es Neues über S?« fragt die wie immer ungeduldige Beibei als erste.

»Tja, wir haben uns endlich getroffen, aber nur für fünfzehn Minuten.« CC klingt enttäuscht.

»War er so wie auf den Fotos? Oder wirkte er älter? Fandest du ihn häßlich? War er viel kleiner, als du erwartet hattest? Hatte er genauso viele Haare auf dem Kopf wie auf den Fotos?« überhäufe ich CC mit Fragen.

»Ja, nein, nein, nein und nein.« CC schüttelt den Kopf.

»Hatte er gelbe Zähne, die man auf den Fotos nicht sehen konnte?« setzt Lulu die Inquisition fort.

»Nein. Seine Zähne sind wie die eines Fotomodells aus der Zahnpasta-Werbung.«

»Hat er etwas Schlimmes gesagt und dich beleidigt?« frage ich nach.

»Nein.«

»War er zu aggressiv? Du weißt schon, zu forsch mit den Händen? Hat er dich bedrängt?« Ich möchte zu gern wissen, was mit dem Mann schiefgelaufen ist.

»Was ist passiert? Nun sag schon!« drängt Beibei.

»Zehn Minuten, nachdem wir uns hinsetzten, hat er einen fahren lassen. Ich weiß, wie man das macht. Das mußte er mir wirklich nicht demonstrieren! Also bin ich gegangen.«

»Nicht zu fassen, daß der Kerl so unhöflich war! Zumindest beim ersten Rendezvous sollte er sich ja wohl zusammenreißen«, ist mein Kommentar.

»Genau das dachte ich auch. Jeder versucht doch, sich beim ersten Rendezvous von der besten Seite zu zeigen. Wenn S sich beim ersten Treffen schon nicht die Mühe macht, so etwas zu unterdrücken, dann ist es ihm anscheinend egal, was ich von ihm halte.«

»Aber ich kann mich erinnern, daß du ihn gebildet und intelligent fandest. Ich verstehe nicht, wie er gleichzeitig so schlechte Manieren an den Tag legen kann«, sage ich.

»Mir ist schon mal etwas Ähnliches passiert«, erzählt Beibei. »Ich hatte eine Verabredung. Der Typ war humorvoll und witzig. Aber während er seine Witze erzählte, hatte er einen Rest Spinat zwischen den Zähnen. Er machte sich über andere lustig, doch gleichzeitig sah er selber zum Schreien aus! Der Anblick war so komisch, daß ich keine andere Wahl hatte, als mich zu verabschieden.«

»Was ist los mit euch Süßen? Was, wenn ein Mann euch nur deshalb abblitzen läßt, weil ihr beim ersten Treffen Lippenstift an den Zähnen habt?« Lulu scheint Mitleid mit S zu haben.

»Ich bin in England aufgewachsen. So nachlässig könnte ich niemals sein!« kontert CC.

»Sei nicht so arrogant, CC. Jeder macht mal Fehler. Ich denke nur, daß die Leute heutzutage mehr Wahlmöglichkeiten, aber weniger Zeit haben. Wir werden immer intoleranter und ungeduldiger. Und deshalb werden unsere Beziehungen immer oberflächlicher. Eine kleine Unachtsamkeit kann die Chancen eines Menschen ganz schnell zunichte machen. Vielleicht hat dieser Mensch viel zu bieten, aber wir werden es nie erfahren, weil er irgendeinen kleinen Fehler gemacht hat«, sagt Lulu.

»Aber Tatsache ist doch, daß uns solche Kleinigkeiten ungemein nerven. Dinge wie Mundgeruch, in der Nase bohren, Körpergeruch, ständiges Rülpsen und schmutzige Socken können einem wirklich die Lust verderben.« CC scheint sehr aufgebracht.

»Du mußt ihm noch eine zweite Chance geben!« bittet Lulu.

»Ich hatte S schon eine zweite Chance gegeben. Das erste Mal ließ er seine Winde nämlich wehen, nachdem er mir sagte, er habe einen Doktortitel von der Duke University. Ich versuchte das Geräusch zu ignorieren und gab mich beeindruckt. Das zweite Mal machte er es, als ich ihn nach seinem Herrenduft fragte. Er sagte, es sei ›Obsession‹ von Calvin Klein. Aber glaubt mir, es war etwas anderes! Ich sagte, ich müsse noch ein paar dringende Anrufe erledigen. Als ich ging, kam mir der Kellner mit der Vorspeise entgegen. Schade, der Spinatsalat sah super aus!«

73

Bitte nicht aufwärmen

Für Beibei und ihren Mann Hua Dabin ist »Ehebruch« ein schlimmes Wort. Sie nennen ihre Beziehung eine »offene Ehe«. »Ehe mit außerehelichen Affären« ist die passendste Beschreibung ihres Lebensstils. Sowohl Beibei als auch Hua gehören damit zur wachsenden Gruppe von Menschen, die vorgeblich zu faul sind, um sich scheiden zu lassen.

»Wozu denn?« fragt Hua.

»Männer sind sowieso alle gleich«, behauptet Beibei und wiederholt damit das allseits bekannte Mantra von Frauen untreuer Ehemänner.

Beibei glaubt nicht mehr an eheliche Treue und gehört auch damit zu einer wachsenden Gruppe junger Chinesen, die One-Night-Stands gegenüber nicht abgeneigt sind. Traditionelle konfuzianische Moralvorstellungen, die Tausende von Jahren in China Gültigkeit hatten, verlieren in einer Welt sofortiger Genußbefriedigung ihren Wert. Gefällt dir was, dann nimm es dir, lautet das neue Konzept.

Laut einer aktuellen Umfrage kommen siebenunddreißig Prozent aller One-Night-Stands über Internetkontakte zustande. Beibei mißtraut jedoch den Informationen via Datenautobahn und hält sich an traditionelle Muster. Sie trifft ihre potentiellen Liebhaber weiterhin in Bars, Tanzclubs oder auf der Straße und ist so vor bösen Überraschungen und Enttäuschungen beim ersten Tête-à-tête gefeit.

Sie erzählt Lulu und mir von ihren Erfahrungen. »Es ist so einfach. Manchmal ziehe ich einfach nur sexy Klamotten an und werde dann auf der Straße von Männern angesprochen, die mich fragen, ob ich für einen oder zwei Tage ihre Freundin sein möchte. Sie sind offen und ehrlich, und ich muß hinterher nicht bangen und warten, ob sie wieder anrufen.«

Beibeis Methode ist gewagt, aber sie hat sich auch ein paar Regeln gesetzt: keine Wiederholungen – einmal und gut. Das Peinlichste für sie ist es, einen Ex-Lover später zufällig wiederzutreffen. Normalerweise tut sie dann so, als kenne sie den Mann nicht, und sucht schnell einen Gesprächspartner.

Einmal nimmt sie Lulu und mich in die Bananas Bar mit. Als wir unsere Cocktails bestellen, entdeckt Beibei ihren leidenschaftlichen Bettpartner der letzten Nacht, Luyi. Wie gewöhnlich ignoriert sie ihn. Aber Luyi geht auf sie zu. Sofort warnt sie uns: »Der Typ, der da auf uns zukommt, war letzte Nacht mit mir im Bett. Wie es aussieht, wird er mich gleich belästigen. Kommt, laßt uns gehen.«

Doch bevor wir aufstehen können, schwenkt Luyi ab und geht zu einer jungen Frau, die nicht weit entfernt sitzt. Er schlängelt sich durch die überfüllte, schwach beleuchtete Bar, als sei er mit einem ultrasensiblen neuronalen Netzwerk verbunden, das ihn zielsicher zum nächsten verfügbaren Weibchen schleust. Doch seine Neuronen scheinen sich verheddert zu haben, denn die junge Frau winkt ab, ohne ihn eines weiteren Blickes zu würdigen.

Nun kommt er doch zu Beibei. Sie geht in die Offensive: »Sorry, aber in meinem Menüplan sind keine wieder aufgewärmten Gerichte vorgesehen.«

»Ich wollte nur deinen hübschen Freundinnen hallo sagen und fragen, ob sie heute nacht etwas vorhaben«, erwidert Luyi höflich.

»Warum fragst du nicht die Frau dort drüben?« Beibei deutet auf die Frau, die ihn soeben abgewiesen hat, und als er sich umdreht, nehmen Beibei, Lulu und ich abrupt Reißaus. Es ist, als verabschiedeten wir uns aus einem Internet-Chat – ein Klick, und wir sind verschwunden.

74
Jugendwahn

Beibeis Schwester Baobao kommt geschäftlich wieder einmal nach Peking. Sie besucht in der Ritan Straße die Pekinger Niederlassung ihres Unternehmens, die vor einem Jahr eröffnet wurde und zur Zeit siebzig Mitarbeiter beschäftigt.

Im roten Taxi plappert der Fahrer unaufhörlich, als sei sie eine alte Freundin. »Früher hatte ich selbst einen Chauffeur, und heute muß ich Taxi fahren, um meinen Lebensunterhalt zu verdienen. Je älter ich werde, desto nutzloser werde ich. Was für eine Schande! Vor einem Jahr wurde ich im Zuge der *youhua zuhe*, der Optimierung, aus meiner Abteilung entlassen. Ich war *chuzhang*, Abteilungsleiter. In anderen Städten wäre ich ein geachteter Mann, aber hier in Peking ist ein *chuzhang* ein Niemand. Sie kennen bestimmt den alten Spruch: In Peking wirst du merken, wie gering dein Rang ist, in Guangdong wirst du merken, wie gering dein Lohn ist, und in Hainan wirst du merken, wie gering deine Ausdauer ist.«

»Aha!« Baobao muß lauthals lachen. Obwohl der Motor komische Geräusche von sich gibt und die Klimaanlage kaputt ist, bereut Baobao es nicht, dieses Taxi anstelle des teureren Citroën-Taxis genommen zu haben. Der Fahrer hat wirklich Humor.

»Ich wurde entlassen, weil ich über vierzig war und damit zu alt für einen *chuzhang*«, fährt der Fahrer in seinem schludrigen Pekinger Dialekt fort. »Mein Nachfolger ist erst zweiunddreißig. Nachdem ich acht Monate zu Hause herumgesessen hatte, beschloß ich, Taxifahrer zu werden, weil ich Geld brauche, um meine Kinder aufs College zu schicken. Ich kann Ihnen sagen, die Umstellung ist gar nicht so leicht. Ich muß mir allen möglichen Mist gefallen lassen. Erst vor kurzem wurde ein junger Mann sauer, als ich ihm ehrlich sagte, daß ich neu sei und die Straßen noch nicht so gut kenne. Er stieg sofort aus, und ich hörte noch, wie er mich draußen einen alten Idioten schimpfte. Er war jünger als mein Sohn.« Der Mann kann es immer noch nicht fassen.

Baobao schüttelt den Kopf. »Wie überaus unhöflich.«

»Die Kinder haben heutzutage derart schlechte Manieren, daß ich mich fast nach meiner Zeit als Rotgardist zurücksehne«, sagt der Fahrer noch, als Baobao ihn bezahlt.

Sie geht auf das Firmengebäude zu, und Großer Chen, der Geschäftsführer, begrüßt sie schon vor der Tür. Als sie hineingehen, fallen ihr die vielen, wie Models aussehenden jungen Frauen auf, die in den Fluren herumstehen oder auf Stühlen sitzen.

»Warum sind hier so viele junge Frauen? Das sieht ja aus wie ein Schönheitswettbewerb«, sagt Baobao zu Großer Chen.

»Wir führen heute Bewerbungsgespräche für Stellen in

der Verwaltung durch«, antwortet Großer Chen und reicht Baobao einen Stapel Bewerbungsunterlagen. Überrascht stellt sie fest, daß alle Bewerberinnen zwischen einundzwanzig und fünfundzwanzig Jahren alt sind.

»Welche Anforderungen wurden gestellt?« will Baobao wissen.

»Weiblich, einundzwanzig bis fünfundzwanzig Jahre alt, gepflegtes Äußeres, Hochschulabschluß, gute Umgangsformen am Telefon, tadelloses Chinesisch und Englisch in Wort und Schrift«, zählt Großer Chen auf.

»Das geht nicht. In amerikanischen Firmen dürfen keine Altersvorgaben gemacht werden«, warnt Baobao.

»Wir sind aber keine normale amerikanische Firma. Wir sind eine amerikanische Firma mit chinesischen Besonderheiten«, korrigiert Großer Chen. »In China gibt es zu viele Menschen. Wir müssen innerhalb kürzester Zeit die fähigsten Leute herausfiltern. Das nennt man Effizienz.«

»Und was ist mit Frauen über fünfundzwanzig?«

Großer Chen schmunzelt, und Baobao hat das Gefühl, er wolle ihr sagen: Sie sind doch auch schon auf dem absteigenden Ast. Dann legt er seinen Standpunkt dar:

»China verändert sich unglaublich schnell, viel schneller als Amerika. Fünf Jahre hier sind wie zehn Jahre in den Staaten, das ist schon eine andere Generation mit ganz anderen Erfahrungen und Erkenntnissen, die den Älteren nicht mehr zugänglich sind. Ältere Menschen können im Internetzeitalter nicht Schritt halten, sie können kaum Englisch …«

»Sie können doch nicht so verallgemeinern! Vor nicht allzu langer Zeit hat ein Chinese zwei renommierte amerikanische Literaturpreise erhalten. Er war schon über vierzig.«

»Aber er lebt in den Staaten, nicht in China.« Großer Chen zuckt mit den Schultern.

Wenn Alter und Schönheit schon bei der Stellensuche eine derart große Rolle spielen, wie ist es dann erst bei der Partnersuche? Was hält das Schicksal für Frauen bereit, die nicht mehr jung und attraktiv sind? Nach einem weiteren Blick auf die glänzenden Augen der jungen Frauen verabschiedet sich Baobao von Großer Chen und wünscht ihm viel Glück.

Sie geht durch die Straßen und überlegt: Was, um alles in der Welt, geht heutzutage in den Köpfen der Chinesen vor? Neugierig betritt sie eine Buchhandlung. Auf dem Tisch der Neuerscheinungen entdeckt sie die Titel *Ich sage nein zu meinen Eltern* von Cold Mountain (vierzehn Jahre), *Jung und wild* von Chuchu (elf Jahre) und *Meine Probleme mit Jungen* von Nuzi (sieben Jahre). Baobao muß unweigerlich lachen: Es gibt offensichtlich einen Markt für die Bücher kleiner Rebellen.

In ihrer eigenen Generation war Baobao eine der wenigen Rebellinnen. Sie ließ ihr privilegiertes Leben hinter sich, um in die Staaten zu gehen. Jetzt, als pflichtbewußte Ehefrau, Mutter dreier Kinder und Ingenieurin mit Acht-Stunden-Tag, die in einem Vorort von San Antonio lebt, ist sie weder aggressiv noch gegen das Establishment. Sie kommt sich auf einmal sehr alt vor.

Sie verläßt die Buchhandlung und betritt eine nahegelegene Kunstgalerie. Alle Gemälde, ob Pfingstrosen, Pferde, Affen oder Landschaften, sind mit den Namen der Künstler sowie ihrem Alter versehen: Yani, achtzehn Jahre, Xixi, fünfzehn Jahre. Je jünger die Künstler, desto teurer sind ihre Gemälde. Seit wann ist diese alte Kultur so besessen von der Jugend? fragt sie sich.

»Hallo, Baobao, bis du das?« spricht eine Frau sie an.

»Ach, Mimi!« Baobao begrüßt Mimi, die Rechtsanwältin und Freundin ihrer Schwester. »Was machst du denn hier?«

»Ich suche nach Bildern, um mein neues Wohnzimmer zu dekorieren«, sagt Mimi.

»Seid ihr umgezogen?«

»Mein Mann und ich erwarten ein Kind. Also haben wir zu unserem Haus noch eine Wohnung gekauft, damit unsere Eltern uns und das Baby für längere Zeit besuchen können.«

»Kann ich mitkommen und mir die Wohnung ansehen?« erkundigt sich Baobao. »Ich überlege auch, ob ich in Peking etwas kaufen soll.«

»Ja, sicher«, erwidert Mimi.

In der Eigentumswohnanlage SOHO werden sie zusammen mit zwei Pärchen von einem jungen Makler durch die luxuriösen Musterwohnungen im »Manhattan-Stil« geführt.

»Wie alt sind Sie?« fragt der Makler eines der jungen, modisch gekleideten Pärchen.

»Achtundzwanzig«, antwortet das Paar voller Stolz.

»So jung! Sie gehören also zur neuen Neuen Generation. Ich bewundere Sie, daß Sie in Ihrem Alter schon das Geld haben, um hier eine Wohnung zu kaufen. Gehören Sie auch zu der neuen Neuen Generation?« fragt er das andere Paar, das ebenfalls aussieht wie in den Zwanzigern.

Nun versteht Baobao, was Großer Chen in Bezug auf den schnellen Generationenwechsel meinte. Zuerst bezog sich der Begriff »Neue Generation« auf die jungen Revolutionäre – jene Generation, die zwischen 1966 und 1976 an der Kulturrevolution beteiligt war. In dieser Zeit wurde die »ideologische Reinheit« der Partei neu etabliert und der revolutionäre Geist neu entfacht. Nach dem Ende der Kulturrevolution bezog sich der Ausdruck »Neue Generation« auf die jungen Leute, die Ende der Siebziger, Anfang der Achtziger aufs College gingen und die ersten westlichen Einflüsse zu spüren bekamen. Sie waren es, die auf die Kulturrevolution zurückblicken und sie durch ihr neugewonnenes Wissen objektiv beurteilen konnten. Heute besteht die »Neue Generation« aus den Angehörigen der Generationen X und Y, die in den Siebzigern geboren wurden, schon in jungen Jahren Cola trinken konnten, die Kulturrevolution nur vom Hörensagen kennen und einen liberaleren Lebensstil pflegen.

»Obwohl wir in den Siebzigern geboren wurden, gehören wir nicht der neuen Neuen Generation an, sondern schon der Generation danach, weil wir nach 1976 auf die Welt kamen. Wir lernten schon in der ersten Klasse Englisch, während die neue Neue Generation Englisch erst in der Mittelstufe bekam. Das ist ein großer Unterschied.«

»Dann sind Sie also noch jünger und noch erfolgreicher«, stellt der Makler fest.

»Ganz genau!« Die Frau ergreift den Arm ihres Mannes und blickt triumphierend zu den anderen hinüber.

Baobao findet das Ganze unerträglich. »Da wir schon von Alter und Erfolg sprechen – mit dem Baby meiner Freundin können Sie es alle nicht aufnehmen.« Sie streicht Mimi über den Bauch. »Es wird in einer dieser Wohnungen leben, noch ehe es überhaupt geboren ist. Noch dazu ist dies sozusagen seine Zweitwohnung, denn es wohnt jetzt schon in einem großen Haus.«

75

Mimi und Lee

Ich lernte Mimi kennen, als sie meinem Jeremy-Irons-Fanclub beitrat. Nachdem sie einige Male zu unseren Treffen kam, freundeten wir uns an. Wie die meisten meiner Freundinnen ist Mimi eine erfolgreiche junge Frau, die im Westen studiert hat. Anders als meine anderen

Freundinnen ist sie jedoch familienorientiert und bodenständig. Ihr liebevoller und treusorgender Ehemann heißt Lee, und ihr Haus ist eine Oase der Ruhe. Mimi ist Anwältin und kümmert sich besonders um Sozialfälle und ungerechte Urteile im Zivilrecht – und ist damit weit entfernt von der Welt der Mode und Unterhaltung, in der meine anderen Freundinnen sich bewegen.

In den letzten Tagen habe ich sie noch etwas besser kennengelernt, weil ich für Hugh einen Artikel über Heimkehrer und ihre Erfahrungen im modernen China schreibe. Hugh liegt dieses Thema aus irgendeinem Grund sehr am Herzen, also versuche ich, den Artikel so gut wie möglich hinzubekommen. Ich bin immer besonders stolz auf mich, wenn ich es schaffe, Hugh mit meiner Arbeit zufriedenzustellen.

Mimis Ehemann Lee ist in China ein wohlbekannter IT-Spezialist. Jeder weiß, daß er seine Frau über alles liebt und Amerika für sie verließ. Viele Medien wollen Interviews mit Mimi, aber sie lebt sehr zurückgezogen. Vielleicht liegt es an Jeremy Irons, vielleicht daran, daß wir beide in Berkeley studiert haben oder daran, daß ich eine Freundin von Baobaos Schwester Beibei bin, daß sie einem Interview mit mir zustimmt.

Sie lädt mich zu sich nach Hause ein, in eine Villa am See im Stadtteil Dongzhimen, deren monatliche Miete 10.000 US-Dollar beträgt. Das Haus ist riesig, voller Schnitzarbeiten und Bronzestatuen, die sie und ihr Mann aus aller Welt zusammengetragen haben. Im Garten wachsen Palmen, Bambus, Orchideen, Roter Fächerahorn und Rosen, im Wintergarten liegt ein Perserteppich mit pastellfarbenen Kissen darauf. Mimi erklärt, dies sei Lees Meditationsraum, in dem er oft sitze. Das Haus wäre auch nach amerikanischem Standard sehr teuer, also kann man sich vorstellen, welchen Eindruck es in China vermittelt.

An den Wänden im Wohnzimmer hängen Fotos, die das Paar an den verschiedensten Orten der Welt zeigen, beim Skifahren, Rafting, Campen, Klettern, Wasserski, Tauchen und Reiten. Außerdem gibt es ein paar Fotos mit Stilleben von zerbrochenen Tonwaren oder Wildblumen sowie Portraits von Mimi, die Lee gemacht hat. Mimi hat ein rundes Gesicht, olivfarbene Haut, große, leuchtende Augen und ausdrucksvolle Lippen. Barfuß bringt sie mir eine Tasse Pfefferminztee, setzt sich dann auf das Bett im Stil der Qing-Dynastie und beginnt zu erzählen. Im Hintergrund läuft irische Musik.

Zwischen all den Skulpturen aus Holz und Bronze und den teuren antiken Möbeln stechen eine bunte Kunststoffwiege sowie mehrere bunte Plüschtiere hervor. Mimi erklärt, daß sie und ihr Mann ein Kind erwarten und das Haus schon auf den Neuankömmling vorbereiten.

Nachdem Mimi 1994 an der Peking Universität ihren Abschluß in Soziologie erhielt, ging sie zum weiteren Studium nach Amerika. Dort machte sie 1997 in Berkeley ihr Examen in Jura und bekam eine Stellung in einer Kanzlei in San Francisco, wo sie schnell zu einer der erfolgreichsten Anwältinnen des Büros anvancierte. Über einen Freund in der High-Tech-Industrie lernte sie Lee kennen. Er war Vertriebsleiter in einer sehr erfolgreichen High-Tech-Firma im Silicon Valley. 1998, im Jahr ihrer Heirat, schossen die Werte seiner Aktienanteile in die Höhe. Von dem über den Nasdaq gewonnenen Geld kauften sie im Silicon Valley ein Haus mit Meerblick. Sie fuhren beide die neuesten Sportwagenmodelle und machten Urlaub in ihrem Ferienhaus am Lake Tahoe. Die junge, überaus fleißige Mimi verwirklichte mit Leichtigkeit ihren amerikanischen Traum und bereiste zudem ganz Europa.

Eines Tages jedoch, als Mimi mit ihrem Wagen über den Highway zur Arbeit fuhr, fragte sie sich plötzlich, warum all die Märchen, die sie als Kind immer gelesen hatte, mit »und sie lebten glücklich bis an ihr Lebensende« aufhörten. Warum schrieb niemand darüber, was dieses »glücklich bis an ihr Ende« überhaupt bedeutete? Sie dachte lange nach und fuhr dabei ganz unbewußt in einen nahen Nationalpark. An jenem Tag ging sie nicht zur Arbeit, sondern saß bis zum Abend allein im Wald, bis ihr eine Antwort einfiel.

Am nächsten Tag kündigte sie.

Am übernächsten Tag sagte sie zu Lee: »Ich will in der Dritten Welt arbeiten.«

Anders als die meisten anderen chinesischen Heimkehrer suchte Mimi hier nicht nach neuen Erfolgsmöglichkeiten, sondern wollte das Leben ihrer chinesischen Landsleute verbessern helfen. Diese Einstellung fand ich spontan bewundernswert.

»Was bedeutet dir China?« möchte ich von Mimi wissen.

»Das ist wirklich sehr kompliziert. Ich weiß gar nicht, wo ich anfangen soll.«

»Rede einfach drauflos – was dir so in den Sinn kommt«, schlage ich vor.

Mimi schließt die Augen wie hypnotisiert und beginnt, ihre Gefühle zu ergründen.

»Pulsierend vor Energie, großer Sprung nach vorn, Wärme, Tränen, Blut, Quintessenz, intensiv, Natur, wandelbar wie ein Dämon, unbekannt, Kreuzwege, Angst, Freundschaft ...«

»Der Ausdruck ›wandelbar wie ein Dämon‹ gefällt mir gut. Genauso sehe ich es auch.«

»Ja, es stimmt. Ich habe das Gefühl, wenn man neun Jahre außer Landes war und dann nach China zurückkommt, sieht man alles viel klarer als diejenigen, die ständig hier waren. Man sieht den Kontrast und kann seine Eindrücke mit dem Leben in Amerika vergleichen.«

»Es ist ein Kulturschock, nach China zurückzukommen!«

»Genau.«

»Gefällt dir dieses Gefühl, China von außen betrachten zu können?«

»Ja, es gefällt mir. Es gibt ein altes chinesisches Sprichwort: ›Ich kann die Gestalt des Lu-Bergs nicht erkennen, weil ich selbst im Berg lebe.‹ Die Wahrheit ist für alle unbegreiflich, die zu sehr davon betroffen sind, um objektiv zu sein. Oft muß man erst einmal Abstand gewinnen, um etwas genau erkennen zu können. Das gilt auch für Amerika.«

»Und was bedeutet dir Amerika?«

»Amerika ist die Kristallisation von Ordnung, Rechtsstaatlichkeit, Regeln, Glaubwürdigkeit, Vernunft und Gerechtigkeit. Amerika ist so etwas wie ein von Menschen geschaffenes Ideal. Dieses Land gibt den Menschen Hoffnung und Raum und läßt sie ihr eigenes Potential entdekken. Das Faszinierendste für mich ist, daß sich die Leute ihren Weg selbst erkämpfen müssen. Ein beschwerlicher Weg ist immer stimulierender und erfüllender als ein bequemer Weg.«

»Du hast China in den Neunzigern verlassen. Ich ebenfalls. Was, glaubst du, sind die Unterschiede zwischen unserer Generation und der, die China früher verließ?« Ich erzähle Mimi von meinem Interview mit Wang Xiaoyuan, der China in den Achtzigern verlassen hatte.

»Ich habe in Amerika viele solcher Chinesen getroffen. Sie waren alle wie Wang Xiaoyuan und konnten sich nicht in das amerikanische Leben integrieren. Sie fanden keinen Zugang zur amerikanischen Kultur und verteidigten sich mit dem Argument, daß die amerikanische Kultur eben oberflächlich sei. Sie sangen sogar alte kommunistische Propagandalieder wie *Das Proletariat ist mächtig*. Unsere Generation ist ganz anders. Wie lasen schon in der Schule Bücher wie *Der Fänger im Roggen* und *Der alte Mann und das Meer*. Schon in China tranken wir jeden Tag Cola, aßen Hamburger und hörten englische Musik. Für uns war es also kein so großer Kontrast mehr, in den Staaten zu leben, und wir hatten keine Probleme, mit Amerikanern zu kommunizieren. Als ich in Berkeley studierte, gab es einen chinesisch-amerikanischen Fachbereichsleiter namens Tian Changlin. Er sagte: Wenn du mit Amerikanern zusammen bist, solltest du Amerikaner sein; wenn du mit Chinesen zusammen bist, solltest du Chinese sein. Das gefällt mir. Außerdem sollte man die Dinge und Menschen überall in gleicher Weise behandeln.«

Mimi spricht mir aus der Seele, was mich dazu verleitet, meine eigene Meinung zu äußern. »Das ist wahr. So viele Leute machen es genau andersherum. Das erinnert mich an die weiblichen chinesischen Filmstars der Achtziger, die ins Ausland heirateten und dort feststellen mußten, daß sie nur ganz normale Hausfrauen waren. Also meinten sie, sie müßten nach China zurückkehren, um zumindest als ›Übersee-Chinesen‹ eine gewisse Überlegenheit zur Schau stellen zu können.«

Dann setze ich das Interview fort. »Du hast gerade gesagt, Amerika sei ein Ideal. Hast du dein Heimatland ursprünglich verlassen, um dort dieses Ideal zu leben?«

»Ja.«

»Und was hat dich dazu gebracht, wieder nach China zurückzukehren?«

»Ich mag Spannungen, sie geben mir das Gefühl zu leben. Am Anfang hatte ich den Mut, meine Heimat mit nur tausend US-Dollar in der Tasche zu verlassen und in das fremde Amerika zu gehen. Warum sollte ich dann nicht den Mut haben, mein Auto, mein Haus und andere materielle Dinge hinter mir zu lassen und nach China zurückzukehren? Die Veränderungen in China, seine Energie und Dynamik, entsprechen dem Amerika der Sechziger, finde ich. Ich möchte gern in dieser Zeit des Umbruchs dabeisein.«

»Hegst du auch eine Nostalgie für die Sechziger?«

»Du etwa auch?«

Ich nicke heftig.

Mimi lacht. »Wie es scheint, sind wir beide Menschen, die im Chaos aufblühen. Gleich und gleich gesellt sich gern.«

»Und genau deshalb, weil wir das Chaos lieben, wollen wir den einen Moment in Amerika sein und den nächsten in China. Am liebsten würden wir ständig hin- und herspringen«, sage ich.

Es ist kein reguläres Interview, vielmehr habe ich eine Seelenverwandte gefunden.

Nach ein paar Stunden mit Mimi habe ich einen viel klareren Blick dafür, was ich für mein Leben und meine Zukunft erreichen will, als nach der vielen Zeit mit meinen Freundinnen. Die unzähligen Stunden, die wir damit verbrachten, über Männer zu reden oder zu überlegen, wohin wir am Wochenende ausgehen, erscheinen jetzt belanglos. Mimi besitzt die Kraft, einem Ruhe zu verleihen, so daß man sich auf seine Mitte konzentrieren kann. Ich würde auch gern ein solches Leben führen: mit einem liebenden Ehemann, einem stabilen Familienleben, einem Kind und einem erfüllenden Beruf, womit man anderen Menschen hilft.

In Mimi sehe ich, wie mein eigenes Leben irgendwann – wenn ich Glück habe – auch einmal sein könnte.

76
Geschäfte mit Chinesen

Seit noch nicht allzu langer Zeit ist China Mitglied der WTO. Internationale Unternehmen hoffen darauf, daß China seine Ideologien lockert und ihnen seine Medien und Märkte öffnet. Beide Seiten würden davon profitieren. Viele chinesische Autoren und Journalisten hoffen, für freizügigere, global orientierte Zeitschriften oder Verlage arbeiten zu können.

Auch ich gehöre zu ihnen. Obwohl mir meine Stelle bei World News gefällt, würde ich gern auch für chinesisches Publikum schreiben. Es wäre viel schöner, wenn auch meine Freunde regelmäßig lesen könnten, was ich schreibe, als wenn meine Artikel nur in Ländern erscheinen, in denen mich niemand kennt. Selbst Sean sagte einmal: »Niuniu, Sie sind eine so gute Reporterin, daß ich manchmal denke, Sie sollten selbst Redakteurin einer Zeitschrift sein und darin Ihre eigene Kolumne haben. Ich kann mir gut vorstellen, daß das bald passiert. China braucht Talente wie Sie mit guter Ausbildung, ausreichend Erfahrung, guten Verbindungen und neutralem Standpunkt.«

Ich weiß nicht recht, warum mein Vorgesetzter mir so etwas sagt. Aber er meint es aufrichtig. Und vielleicht bin ich tatsächlich bereit, mich in die Welt der internationalen Magazine und Verlage zu stürzen. Auch Beibei scheint das zu ahnen, denn sie stellt mich und Lulu dem Chefredakteur einer New Yorker Frauenzeitschrift vor, der gerade auf Geschäftsreise in Peking ist.

Lulu und ich treffen Robert Payne in der Lobby seines Hotels. Wir sind beide sehr gespannt darauf, zu erfahren, was Mr. Payne in China erlebt hat und warum er überhaupt hier ist.

Mr. Payne macht allerdings einen eher abgespannten Eindruck. »Meine Reise war bisher sehr enttäuschend«, beginnt er mit einem tiefen Seufzen. »Ich habe mit potentiellen chinesischen Partnern gesprochen und gedacht, sie würden sich freuen, einen interessierten und finanzstarken ausländischen Investor kennenzulernen. Aber dem war nicht so. Im Verlagshaus einer Zeitschrift kam nicht einmal die Chefin persönlich, sondern schickte nur ihre Assistentin. Ich schätze, mein Verlag hätte meinen Besuch besser vorbereiten und Werbung für unsere Zeitschrift machen sollen.«

»Darf ich einmal Ihre Visitenkarte sehen?« frage ich.

Sofort ist mir die Sache ist klar. »Sie haben auf der Rückseite keine chinesische Übersetzung. Auf Englisch sind Sie ›Editor‹, was natürlich ›Editor in Chief‹ bedeutet, also Chefredakteur. Leute mit geringen Englischkenntnissen denken aber, Sie seien einfacher Redakteur und damit nur irgendein Ressortleiter in untergeordneter Position. In China ist der Rang entscheidend. Je nach Status werden die Menschen unterschiedlich behandelt.«

Mr. Payne nickt. »Ich verstehe. Deshalb ist also die Chefredakteurin nicht selbst gekommen. Aber können Sie mir noch etwas anderes erklären? Bei einer anderen Zeitschrift fragte der Herausgeber nichts über meine Arbeit, sondern nur über mein Privatleben. Was sollte das?«

»Darf ich fragen, was er wissen wollte?« meldet sich nun Lulu zu Wort.

»Er wollte wissen, ob ich in einer Wohnung wohne oder in einem Haus, welches Auto ich fahre, sogar, wieviel Geld ich verdiene. Ganz persönliche Dinge. Sehr unhöflich«, sagt Mr. Payne.

»Und was haben Sie geantwortet?« wollen Lulu und ich gleichzeitig wissen.

»Über mein Gehalt habe ich kein Wort verloren. Aber ich erzählte, ich hätte eine Wohnung in Manhattan und ein Landhaus im Norden des Staates New York. Bevor ich nach China reiste, wurde mir gesagt, daß persönliche Beziehungen für Geschäftsabschlüsse sehr wichtig seien. Also lud ich ihn in mein Landhaus ein und sagte, ich würde ihn dann persönlich mit meinem Pick-up vom Flughafen abholen. Ich dachte, das gefällt ihm vielleicht, weil auch Präsident George Bush einmal den ehemaligen Präsidenten Jiang Zeming mit seinem eigenen Pick-up zu seiner Ranch in Texas gefahren hat. Aber der Verleger nahm meine Einladung nicht an. Ich weiß nicht, warum ihn das nicht beeindruckte.« Mr. Payne zuckt bedauernd mit den Schultern.

Lulu und ich sehen uns an. Lulu sagt: »Ich kann Ihnen helfen, das zu verstehen. Dieser Mann weiß offenbar nicht viel über die Welt außerhalb von China. Er hat diese persönlichen Fragen gestellt, um etwas über Ihren Status in Amerika zu erfahren. Kaum ein Chinese weiß, wie teuer eine Wohnung in Manhattan ist. Sie denken, wenn Ihr Verlag groß ist und Sie eine wichtige Position haben, dann sollten Sie in einem eigenen Haus wohnen oder gar einer Villa.«

»Aber ich habe doch ein großes Haus auf dem Land.«

Ich nicke. »Ja, ›auf dem Land‹ macht in den Staaten im richtigen Kontext durchaus etwas her. Man denke an ›Country Club‹ oder ›Landsitz‹. Aber in China steht ›Land‹ immer in Zusammenhang mit Armut, weil dort die armen Kleinbauern leben. Die wohlhabenden Leute leben in der Stadt, nicht auf dem Land.«

»Außerdem sind Pick-ups in China nicht besonders schick«, fügt Lulu seufzend hinzu. »Man betrachtet sie eher als Nutzfahrzeuge.«

»Kein Wunder, daß der Mann auf meine Einladung

nicht reagiert hat. Ich wußte nicht, daß die Chinesen so klassenbewußt sind. Was muß ich denn über mich und mein Unternehmen erzählen, damit ich mit ihnen ins Geschäft komme?«

»Sie müssen sagen, daß Ihre Muttergesellschaft auf der Fortune-500-Liste steht«, sagt Lulu.

»Ja«, bestätige ich sie, »diese Liste der 500 gewinnstärksten amerikanischen Unternehmen ist hier wohlbekannt. Außerdem sollten Sie erwähnen, daß Sie in einem Jahr so viel verdienen wie ein normaler Chinese in hundert Jahren.«

»Aber das klingt so kapitalistisch!«

»Sie müssen Ihre zukünftigen Geschäftspartner durch Macht und Erfolg beeindrucken. Wir Chinesen wollen das so«, erklärt Lulu. »Und Sie dürfen keinesfalls vergessen zu sagen, daß Sie kein Verständnis für den Falun-Gong-Kult hegen und gegen die taiwanesischen Separatisten sind«, fügt sie noch hinzu.

»Wollen Sie damit sagen, daß ich auch politisch Stellung beziehen soll? Ich muß gleichzeitig Kapitalist und Kommunist sein, um hier Geschäfte zu machen?« Mr. Payne scheint nicht besonders angetan von dieser Vorstellung.

Ohne auf unsere Antwort zu warten, sagt er dann: »Warum soll ich mit so dummen Menschen, die von Amerika keine Ahnung haben, überhaupt Geschäfte machen? Denen ist soeben ein großer Deal durch die Lappen gegangen.«

Lulu und ich sehen einander an und rufen dann gleichzeitig: »Nehmen Sie uns als Ihre Repräsentanten in China, nehmen Sie uns!«

77
Gute Beziehungen

Die alte Kunst, sich durch das beiläufige Erwähnen seiner Beziehungen hervorzutun, ist im modernen China wichtiger denn je. Es zeugt von großem Geschick, zu wissen, zu welchem Zeitpunkt man seine Verbindung zu einflußreichen Leuten – so locker sie auch sein mag – preisgibt, um den eigenen Status zu verbessern. Viele Geschäftsabschlüsse kommen überhaupt erst durch die geschickte Erwähnung des richtigen Namens zur richtigen Zeit zustande. Den »richtigen« Namen haben dabei berühmte Persönlichkeiten, Menschen mit politischem Einfluß und/oder viel Geld sowie alle Leute, die mit oben genannten in irgendeiner Weise zu tun haben. Die wahre Kunst liegt nun darin, den richtigen Namen zum exakt richtigen Zeitpunkt zu nennen.

Lassen Sie es mich am Beispiel einer Party erläutern, die meine Freundin Beibei in der Factory 798 organisiert hat. Dort treffe ich Qing, einen Geschäftsführer im PR-Bereich aus dem Nordosten Chinas.

Qing reicht mir ein Glas Rotwein, blickt auf seine Schuhe und fragt: »Wie gefallen Ihnen meine neuen Armani? Ich habe sie gekauft, als ich mit unserem Gouverneur in Mailand unterwegs war. Sie haben fünfhundert Dollar gekostet, also drei Tagesgehälter. Können Sie sich das vorstellen?«

Diese Prahlerei widert mich augenblicklich an. Ich lächle und schweige.

Da er merkt, daß seine Schuhe mich nicht sonderlich beeindrucken, erzählt mir Qing einige Anekdoten über das Mah-Jong-Spiel mit dem Bürgermeister und dem Polizeichef seiner Stadt. Doch auch damit kann er mir nicht imponieren. Enttäuscht ändert Qing seine Strategie.

»Niuniu, wie heißt die Agentur, für die Sie arbeiten?«

»World News Agency.«

Sofort sagt Qing: »Ich kenne dort jemanden. Er heißt Eric. Hat in Harvard studiert.«

»Ja, er ist der Oberboss«, sage ich.

Qing nickt zufrieden. Nun hat er endlich seine Überlegenheit demonstriert.

»Ich werde den richtigen Moment abpassen und Ihren Namen vor ihm erwähnen«, sagt Qing.

»Nein, bitte nicht.«

»Warum nicht? Eric ist ein guter Freund von mir.«

»Er ist der Boss von meinem Boss. Ich bin nur eine kleine Journalistin, und Eric weiß vermutlich gar nicht, daß es mich gibt.«

Doch Qing gibt nicht auf. »Hätten Sie Lust, auf ein anderes Fest zu gehen? Der Sohn eines stellvertretenden Ministerialrats kommt auch auf die Feier, zu der ich eingeladen bin. Ich kann Sie als meinen Gast mitnehmen.«

Bevor ich etwas erwidern kann, kommt Beibei und unterbricht uns: »Oh, der Sohn eines stellvertretenden Ministerialrats ist für Niuniu nicht annähernd gut genug! Wußtest du, daß sie mit Hu Haifeng zur Schule gegangen ist?«

»Wer ist Hu Haifeng?« will Qing wissen.

»Kennst du Hu Jintao?« fragt Beibei zurück.

»Natürlich. Er ist die Nummer eins!«

»Hu Haifeng … Hu Jintao … erkennst du nicht den Zusammenhang?« Bedeutungsvoll hebt Beibei eine Braue.

Ich ertrage das alles nicht mehr. Ich ziehe Beibei zur Seite und flüstere: »Beibei, bist du verrückt? Hu war in der Mittelstufe in meiner Klasse. Wir haben uns dreizehn Jahre weder gesehen noch gesprochen. Ich bin sicher, er wird sich nicht im mindesten an mich erinnern.«

»Ach, komm schon! Glaubst du etwa, Qing ist wirklich mit Eric befreundet?« fragt Beibei.

»Hast du etwa unser Gespräch belauscht?«

»Natürlich! Armani, Bürgermeister, Polizeichef, Ministerialrat, bla bla bla. Dieser Typ ist ein notorischer Wichtigtuer. Was für ein Snob!«

Während wir noch sprechen, kommt Qing wieder zu uns. Doch ehe er etwas sagen kann, klingelt sein Handy.

»Ja, hallo, ich bin auf einer Party mit der guten Niuniu. Sie ist eine alte Freundin von Hu Haifeng. Den kennst du nicht? Was sagt dir der Name Hu Jintao? Na also ...«

»Tja, nun gehörst du auch zu den bedeutenden Personen, deren Namen zu nennen den Status hebt«, meint Beibei zwinkernd.

»Wenn du das nächste Mal eine Party organisierst«, sage ich trocken, »dann vergiß nicht, eine namensfreie Zone einzurichten!«

78

Vier Tips für Heimkehrer

Viele der heimgekehrten Überseechinesen empfinden ihre Rückkehr nach China als umgekehrten Kulturschock und haben oft Schwierigkeiten, sich an ihr neues Leben in der alten Heimat zu gewöhnen. CC ist dafür ein gutes Beispiel, aber ihr Hauptproblem liegt im gesellschaftlichen Bereich, nicht im beruflichen. Sie hat es immerhin zur Abteilungsleiterin gebracht.

Bei Rong ist das anders. Er hat große Probleme, mit seinen Arbeitskollegen und seinem Chef zurechtzukommen. Also bittet er mich um Rat. Wie ich erfahre, gelte ich unter meinesgleichen als »erfolgreiche Heimkehrerin« und seit der wiederholten Veröffentlichung meines langen Artikels über Heimkehrer in diversen chinesischen Medien auch als Expertin für die speziellen Probleme dieser Gruppe.

Wir treffen uns in einem Teehaus. »Was ist nur mit mir los, Niuniu? Ich fühle mich in der Arbeit vollkommen isoliert«, klagt Rong. »Ich sehe, daß wir mit einigen Arbeitsabläufen im Büro Probleme haben, also erzähle ich, daß wir das in den Staaten anders gemacht haben. Aber nie hört jemand auf mich, auch wenn ich ganz offensichtlich recht habe. Es ist, als hätte nichts, was ich sage, Gewicht.«

»Tja, es ist wirklich nicht einfach, sich wieder in die eigene Kultur einzufügen. Wenn du als Heimkehrer Erfolg haben willst, mußt du ein paar Regeln beachten.«

Rong hört aufmerksam zu.

»Regel Nummer eins: Beginne einen Satz nie mit den Worten ›Als ich noch in den Staaten war ...‹ Das mögen die Leute nicht, und du distanzierst dich damit nur von ihnen«, rate ich als sogenannte Expertin.

»Ich verstehe. Das war mir nicht klar. Wahrscheinlich muß ich mich mehr zurückhalten.«

»Auf jeden Fall. Regel Nummer zwei: Benutze keine englischen Ausdrücke. Und frage NIEMALS: ›Wie sagt man das auf chinesisch?‹«

»Aber warum nicht?« fragt Rong verständnislos, als habe er das schon oft getan, ohne groß darüber nachzudenken.

»Selbst wenn du wirklich vergessen haben solltest, wie etwas auf chinesisch heißt, denken die anderen, du tust nur so, um dich wichtig zu machen. Natürlich respektieren Sie deine Ausbildung und deine Erfahrungen im Westen, aber sie wollen es nicht ständig unter die Nase gerieben bekommen. Chinesen sind sensible, stolze Menschen. Wenn du ihnen zu westlich daherkommst, kann das ins Auge gehen.«

»Also gut, ich habe verstanden. Was noch?«

»Regel Nummer drei: Unter keinen Umständen darfst du kurze Hosen tragen, wenn du dich nach der Arbeit noch mit Kollegen triffst. Du mußt stets deinen Respekt zeigen.«

Rong blickt auf seine nackten Knie unter den Khaki-Shorts. »Wie mir scheint, muß ich mich auch in dieser Hinsicht umstellen. Aber was ist mit dem Respekt der anderen, Niuniu? Was kann ich tun, wenn ich mich nicht respektiert fühle?«

»Nun, das ist wirklich schwierig. Weißt du, manche Chinesen denken, die Heimkehrer kämen nur deshalb zurück, weil sie im Westen nichts erreicht haben. Es ist ein hartes Stück Arbeit, gegen das stillschweigende Vorurteil anzukommen, du seist im Grunde ein Versager. Was könntest du tun, um auf deine Erfolge in den Staaten hinzuweisen? Hast du noch deinen Kaffeebecher von der Uni in Berkeley? Dann stelle ihn auf deinen Schreibtisch.«

»Ach, das ist zu billig!« wehrt Rong ab.

»Gut, ich habe eine bessere Idee. Wenn du das nächste Mal nach Kalifornien fliegst, sieh zu, daß du an einer dieser Spendengalas teilnimmst. Dann bringst du jemanden dazu, ein Foto von dir und Gouverneur Schwarzenegger zu machen, wie ihr euch die Hände schüttelt. Das wird sicher ein paar tausend Dollar kosten, die Investition aber allemal wert sein. Häng das Foto in deinem Büro an die Wand, und ich bin sicher, du wirst den Unterschied bald merken.«

»Dann heißt Regel Nummer vier also: Häng Fotos mit dir und irgendwelchen großen Tieren an die Wand.«

»Genau«, bestätige ich. »An der Universität in Yale gibt es eine spezielle juristische Fakultät, an der chinesische Richter eine Art Aufbaustudium machen können. Ihre

Broschüre zeigt ein Foto von Bill Clinton und dem Leiter dieser Fakultät. Du siehst, du bist nicht allein, Rong. Selbst in Yale braucht man die Hilfe großer Tiere, um das Ansehen in China zu heben.«

79

Typisch chinesische Probleme

Jeder Mensch hat seine speziellen Probleme, aber in einer sich rasant verändernden Gesellschaft wie China treten sie offenbar gehäuft auf. Laut einer neuen Umfrage haben Chinesen zwischen fünfundzwanzig und vierzig immerhin sieben grundlegende Probleme, die mit ganz bestimmten fundamentalen Lebensentscheidungen verknüpft sind.

Ganz oben auf der »Problemliste« steht eine Frage, die nur verheiratete Paare betrifft: Sollen wir Kinder haben oder nicht? Beibei ist seit sieben Jahren verheiratet, aber das Thema Kinder ist ihr noch nie in den Sinn gekommen. Vor kurzem war sie zu Besuch in Amerika. Nach ihrer Rückkehr erzählte sie allen, wie überrascht sie gewesen sei, daß jede amerikanische Familie im Durchschnitt zwei Komma vier Kinder habe.

Stimmt es also noch, daß die Chinesen das Volk mit der größten Familientradition sind? Wahrscheinlich nicht. Beibei hat eine eigene Theorie entwickelt: »Meine Arbeit steht an erster Stelle. Als Präsidentin eines Unternehmens fühle ich mich respektiert. Respekt zu erhalten ist wichtig. Ich bezweifle, daß meine Kinder mich später einmal respektieren werden, selbst wenn ich ihnen meine gesamte Zeit opferte. Die Kinder all meiner Freunde sind verzogene Gören, die ich am liebsten gar nicht sehen möchte. Abgesehen davon will ich schön bleiben. Chinesinnen meiner Generation können froh sein, daß wir Kaufhäuser, Schönheitssalons, Saunas, Massagesalons und Fitneßstudios haben, um uns unsere Schönheit und Fitneß zu erhalten. Solange ich schön bin, mögen mich die Männer. Da brauche ich die Liebe eines Kindes nicht.«

Für mich, die ich eines Tages gern eine Familie und Kinder haben möchte, klingt das ein wenig selbstsüchtig, doch diese Selbstsucht teilt Beibei mit vielen Frauen. Diese Frauen haben gelernt, sich genau wie Männer so sehr selbst zu lieben und zu achten, daß ihnen die Liebe eines einzigen anderen Menschen nicht länger ausreicht. Das führt sie laut der Umfrage zu einem weiteren Problem: Soll ich mir einen Liebhaber nehmen oder nicht? Sollte die Gesellschaft gegenüber verheirateten Menschen mit außerehelichen Affären toleranter sein, oder sollte sie diese Menschen verurteilen? In China wurden einst die Ehen arrangiert und wahre Liebe auf oftmals grausame Weise mißachtet. Manche sagen, chinesische Ehebrecher seien hin- und hergerissen zwischen der Suche nach wahrer Liebe und treuer Erfüllung familiärer Verpflichtungen. Die steigende Zahl »offener« Ehen spiegelt das emotionale Erwachen der Mittelschicht wider und sollte daher mehr akzeptiert werden.

Das dritte große Problem junger Chinesen ist die Frage, ob sie als Angestellte oder selbständig arbeiten sollen. Erwerbslose Arbeiter aus dem Nordosten erzählen den jungen Leuten, daß die als »Eiserne Reisschüsseln« bezeichneten Staatsbetriebe mit lebenslanger Arbeitsplatzgarantie eben nicht »aus Eisen« seien und damit nicht länger sichere Arbeitgeber. Das ist nichts Neues. Aber die Heimkehrer aus dem Silicon Valley, die von den jungen Leuten so bewundert werden, bringen aus der Neuen Welt ebenfalls schlechte Nachrichten mit: Auch große multinationale Konzerne können heutzutage keine sicheren Arbeitsplätze mehr bieten.

Sein eigenes Unternehmen zu gründen oder selbständig zu arbeiten wird so zum erstrebenswerten Ziel. Wie wir wissen, hat Lulu vor kurzem ihre Stellung gekündigt und sich dem Trend der Selbständigkeit angeschlossen. »Nach meinem eigenen Zeitplan zu arbeiten bedeutet Flexibilität und Freiheit«, tröstet sie sich über die finanziellen Schwierigkeiten hinweg. Sie will einen Coffee Shop eröffnen, muß aber bald erfahren, daß es äußerst schwierig ist, von der Bank ein Darlehen zu erhalten. Gleichzeitig wird Lulu mit der bitteren Tatsache konfrontiert, daß sie als Selbständige für ihre Altersvorsorge sowie für Krankenversicherung und Mietzuschüsse, die häufig vom Arbeitgeber gezahlt werden, allein zuständig ist.

Lulu hat das Gefühl, daß nur eine Handvoll Leute, wie etwa Beibei, mit den richtigen Beziehungen und ausreichend Rücklagen, von der Selbständigkeit profitieren können.

Problem Nummer vier betrifft junge Studienabgänger oder jene, die bereits ein paar Jahre in China gearbeitet haben: Soll ich im Ausland studieren oder in China bleiben und Karriere in einem Konzern machen? Das ist eine schwierige Frage. Ausländische Diplome sind schon seit Jahren sehr gefragt, und als »Dr. Soundso« angesprochen zu werden ist schmeichelhaft und gibt einem das Gefühl, voll im Trend zu liegen. Doch diese Ehre hat einen sehr hohen Preis. Es ist heutzutage nicht selten, daß die Studienabsolventen dem Staat bis zu 50.000 US-Dollar für Studiendarlehen schulden. Wenn man die doch recht guten Möglichkeiten bedenkt, die es in China für talentierte Menschen gibt, so ist es nicht verwunderlich, daß immer mehr junge Menschen lieber in China bleiben und zu Wohlstand kommen.

Jun, ein ehemaliger Klassenkamerad, der nicht nach Übersee ging, sagt: »In Amerika kann man leicht in die

Mittelschicht aufsteigen und ein gutes Gehalt bekommen. Aber es ist unwahrscheinlich, daß man je zu den Superreichen gehören wird. Wenn man in China bleibt, ist diese Möglichkeit jedoch vorhanden.« Vor ein paar Jahren wurde die staatliche Fabrik, in der Jun arbeitet, privatisiert. Mit einem Schlag stieg Jun – als ehemaliger Parteisekretär der Fabrik – zum Eigentümer eines Multimillionen-Dollar-Konzerns auf. Dieser Wandel ist ein gutes Beispiel für die erfolgreiche Entwicklung der neuen Marktwirtschaft in China. Doch im Gegensatz zu Leuten, die sowohl in China als auch im Westen gelebt haben, mangelt es Jun selbst mit seinem vielen Geld an Visionen, Weltgewandtheit und kultureller Bildung.

Problem Nummer fünf: Soll ich zuerst ein Haus oder ein Auto kaufen? Junge Paare wollen beides, genau wie ihresgleichen in modernen Industrieländern. Aber wenn ihr Einkommen nicht ausreicht, um beides gleichzeitig zu erwerben, wählen viele zunächst einmal das Haus. Warum? Liegt es daran, daß ein Haus eine bessere finanzielle Investition ist? Eigentlich nicht. Die Stabilität des mittlerweile überteuerten Immobilienmarktes wird allmählich brüchig, vor allem in Großstädten wie Shanghai, Peking und Shenzhen. Die Auffassung, daß ein Haus notwendig, ein Auto dagegen Luxus ist, trägt weiter zum Bröckeln des Marktes bei.

Viele Arbeitgeber bieten ihren Angestellten Häuser unter dem Marktwert an oder bezuschussen den Hausbau im Rahmen besonderer Arbeitsvergütungen. Unter diesen Bedingungen ist es tatsächlich vernünftiger, Wohnraum zu kaufen als zu mieten. Andererseits kann man seinen sozialen Status besser durch ein Auto demonstrieren – abgesehen vom schlichtweg praktischen Vorteil der Mobilität. Allerdings ist es in China weitaus billiger, mit dem Bus oder dem Taxi zu fahren, als ein Auto zu unterhalten, vor allem, weil Taxiquittungen von der Arbeitsstelle erstattet werden. Meine Freundinnen Beibei und Lulu behalten also um des Ansehens willen ihre Autos, sammeln aber gleichzeitig Fahrquittungen, um auf indirekte Weise die Kosten dafür zu senken.

Problem Nummer sechs: Soll ich Mitglied der Kommunistischen Partei werden? Dies ist nicht länger eine Frage der Ideologie, es ist schlichtweg eine Sache der Zweckmäßigkeit. Immer mehr junge Chinesen treten neuerdings der Kommunistischen Partei bei, um gute Stellungen oder Beförderungen zu erhalten. Jun hat da seine eigene Theorie: »Der einzige Unterschied zwischen einem Parteimitglied und jemandem, der nicht in der Partei ist, besteht darin, daß man als Parteimitglied bei Fehlverhalten zunächst innerhalb des Parteisystems bestraft wird. Jemand, der nicht in der Partei ist, wird sofort öffentlich angeklagt.« Für Jun entspricht der Beitritt zur Kommunistischen Partei dem Kauf einer Versicherungspolice.

Problem Nummer sieben ist schließlich ein Problem, mit dem chinesische Männer sich seit der Zeit des Gelben Kaisers herumschlagen: Soll ich auf meine Frau hören oder auf meine Mutter? Als Buddhistin empfehle ich persönlich, einfach auf die Lehren Buddhas zu hören.

80
Dick und dünn

Ich esse zu Abend mit Lisa, die zu Besuch aus den Staaten hier ist und sich über die träge amerikanische Wirtschaft beschwert.

»Zeiten des Glücks weichen Zeiten der Not, um später wieder Zeiten des Glücks zu weichen«, sage ich. »Wer ein paar dieser Zyklen miterlebt hat, wird dir sagen, daß eine Baisse kein Beinbruch ist.«

Wie allgemein bekannt, ist die treibende Kraft für wirtschaftliches Wachstum der Konsum. Steigender Konsum führt zu steigender Produktion, führt zu mehr Arbeitsplätzen, führt zu mehr Geld, um seinen Bedarf an mehr Konsumgütern zu decken. Vielleicht ist es kein Zufall, daß eine Zunahme des Konsumverhaltens zu einer Zunahme der Taillenweite führt.

Ende letzten Jahres nahm ich durch all die Partys und eine vorübergehende depressive Phase – einer meiner Lieblingsfernsehschauspielerinnen wurde öffentlich der Laufpaß gegeben – fast fünf Kilo zu. Ich brauchte sechs Wochen, um diese fünf Kilo durch Kardio-Kickboxen und den Verzicht auf Sichuan-Nudeln und Zwiebelpfannkuchen wieder abzuarbeiten. Dieses Jahr habe ich mir geschworen, dem alljährlichen Trend entgegenzuwirken und frühzeitig mit einer Diät zu beginnen.

»Möchtest du einen Nachtisch?« will Lisa wissen.

»Nein, ich bin auf Diät.«

»Diät?« fragt Lisa verwundert nach. »Bist du verrückt? Du bist doch so dünn! Du brauchst keine Diät.«

Genau das war mein tägliches Problem in den Staaten. Immer wieder hörte ich, ich sei zu dünn. Wenn ich über mein Gewicht klagte, fühlte sich mein Gegenüber stets beleidigt, weil ich ihn oder sie mit dem eigenen Gewichtsproblem konfrontierte.

»Als ich in Amerika lebte«, sage ich stirnrunzelnd, »wollte ich immer sexy weibliche Rundungen haben. Ich machte Aerobic und aß sogar mehr Eis, um meine Figur fülliger werden zu lassen. Ich fühlte mich den kurvenreichen Frauen um mich herum unterlegen. Aber als ich wieder nach China ging, fand meine ganze Familie, ich sei zu dick geworden. Meine Großmutter schleppte mich sogar zur Akupunktur. Sie hatte Angst, ich würde keinen guten Ehemann finden, wenn ich nicht abnähme.«

Gewichtsabnahme ist in Asien ein großes Geschäft geworden, von ganzheitlichen Ansätzen wie Massagetherapie, Akupunktur und Yoga bis hin zu traditionelleren Methoden wie Kalorienzählen und Bewegung. Immer mehr junge Leute beginnen mit Bowling, Bergsteigen, Tennis und anderen sportlichen Aktivitäten, um schlank zu bleiben.

»Die unterschiedlichen Maßstäbe für Schönheit in Amerika und China frustrieren mich«, sage ich zu Lisa. »In China finden mich die Leute dick. Sobald ich in San Francisco lande, sagen die Leute, ich sei dünn. Aber gerade fällt mir ein, wie ich das Beste daraus machen kann.«

»Wie denn?«

»Ich vermarkte Direktflüge in die USA als neue Form der Schnelldiät.«

81

Die chinesische Barbiepuppe

Schönheitsoperationen sind modern, aber umstritten.

Ich denke an meine Cousine Lingling. Lingling fand sich nicht attraktiv. Natürlich war sie attraktiv, und das wahre Problem lag in ihrem Kopf, nicht bei ihrem Aussehen. Aber für 300.000 Yuan, das sind 36.000 US-Dollar, konnte sie sich ein Operationspaket mit folgenden Leistungen kaufen: Fettabsaugen am Gesäß, doppelte Lidfalte und Beinverlängerung um drei Zentimeter. Vorausdenkend bot Lingling den chinesischen Medien an, alle Maßnahmen zu dokumentieren. Schon bald nach ihrer Genesung gab sie das Material zur Veröffentlichung frei und erhielt überschwengliches Lob. Jetzt leitet sie in

Peking eine Agentur für Topmodels und erhält Angebote von Filmproduzenten und Buchverlagen. Lingling muß sich nicht länger nach oben schlafen. Aber falls sie es wollte, könnte sie ihr neues Aussehen dabei voll zum Einsatz bringen.

»Niuniu, das mußt du unbedingt auch probieren«, rät Lingling mir, ihrer Cousine. »Es wird wahre Wunder wirken. Sieh mich an. Ich bin jetzt nicht nur schön, sondern auch berühmt.«

»Ach, ich glaube nicht, daß ich meinem Körper etwas so Drastisches antun könnte«, sage ich.

Es ist Freitagabend. Die übliche Bande, bestehend aus Lulu, Beibei und CC, ist zum Abendessen bei mir.

»Wißt ihr, was meine chinesischen Freundinnen zu mir gesagt haben?« fragt CC. »Sie sagen, ich hätte einen fetten Arsch! Habe ich einen fetten Arsch?«

»Auf keinen Fall. Sind die gemein«, sage ich.

»Wißt ihr eigentlich, daß es Chinesinnen ziemlich egal ist, ob sie einen kleinen Busen haben oder nicht? Sie haben viel mehr Panik vor dem Dickwerden. Ich wette, wenn Jennifer Lopez in Peking durch die Straßen ginge, würden sie alle wegen ihres dicken Hinterns auslachen«, sagt Beibei.

»Die Schönheitsideale sind in West und Ost ganz unterschiedlich«, sagt Lulu.

»Ja, meine Cousine Lingling hat sich neulich einer Schönheitsoperation unterzogen und ist über das Ergebnis sehr glücklich«, sage ich.

»Seht euch Korea an«, meint Lulu. »All diese jungen Models mit Gesichtsstraffung, Brustimplantaten und Augenoperationen! Das wird bald eine Nation von Plastikschönheiten!«

»Unsere Männer scheint das nicht weiter zu stören«, sage ich. »Diese Frauen sind hier sehr begehrt.«

»Aber es nimmt langsam überhand«, findet CC. »Was, wenn sie demnächst anfangen, Plastikbabys auf die Welt zu bringen? Und was für Milch kommt wohl aus falschen Brüsten? Sojamilch?«

Nun, da junge Chinesinnen immer mehr Geld aus eigenem Einkommen zur Verfügung haben, besteht für sie die Möglichkeit, durch ausgesuchte operative Eingriffe einen besseren Partner zu gewinnen. Die alte Regel der »dreifachen Größe« ist bei der Suche nach dem idealen Ehemann noch immer Standard: großes Haus, große Statur, großes Einkommen.

»Wir müssen lange Beine haben, aber kleine Füße; große Brüste, aber einen kleinen Po; große Augen, aber ein schmales Gesicht«, sagt Lulu. »Letztendlich haben wir nur zwei Möglichkeiten: genetische Mutation oder Schönheits-OP.«

Ohne groß nachzudenken, erzähle ich meinen Freundinnen: »Als ich in den Staaten mit einem Weißen zusammen war, sagte er immer, ich hätte einen hübschen, runden Po. Aber als ich mal mit einem Schwarzen zusammen war, fand der meinen Po zu klein. Seine Zimmergenossen saßen immer im Wohnzimmer und lästerten: ›James, was bringst du uns immer dieses Mädchen mit dem knochigen Hintern ins Haus?‹«

Schlagartig wird es still. Allen bleibt der Mund offen stehen. Und das liegt nicht daran, daß sie von meiner spontanen Demonstration des afroamerikanischen Dialekts beeindruckt sind. Sie hatten keine Ahnung, wie »begehrt« ich in den Staaten war.

Gerade im richtigen Moment für einen Themawechsel erscheint meine Cousine Lingling. Ich stelle ihr meine Freundinnen vor. Einen Moment lang herrscht ungemütliches Schweigen, dann sagt Lulu:

»Niuniu hat uns erzählt, daß du einen guten Chirurgen gefunden hast. Kannst du mir seine Visitenkarte geben?«

Nun überschlagen sich alle mit Fragen und Lob über Linglings Aussehen. Sie wird der Star des Abends und erzählt bereitwillig die Geschichte ihres Erfolgs.

Aber ist Lingling jetzt erfolgreicher, weil sie wirklich hübscher ist oder weil sie sich für hübscher hält? Vielleicht hat die Operation ihr einfach mehr Selbstvertrauen gegeben, nach neuen Möglichkeiten Ausschau zu halten, die sie sonst nie in Betracht gezogen hätte. Ich weiß es nicht. Und Lingling weiß es auch nicht. Fest steht jedenfalls, daß sie bis zum Ende des Jahres einen fünfhundertprozentigen Gewinn aus ihrer Investition erwartet. Was Geld angeht, sind Chinesinnen heute sehr clever.

82

Frauenleben

Ich treffe mich in Peking mit meinen Freundinnen aus der Oberschule, Yan Yan und Han. Vor sieben Jahren ging ich in die Staaten, Yan Yan ging nach Japan und Han nach Hongkong. Dies ist seither unser erstes Treffen.

Yan Yan hat sich so sehr verändert, daß ich sie kaum wiedererkenne. Während Han und ich mit übereinandergeschlagenen Beinen dasitzen und lauthals lachen, sitzt Yan Yan mit geschlossenen Beinen aufrecht, spricht mit leiser Stimme und wischt ständig mit dem Finger den Lippenstift von ihrer Teetasse. Sie hält sich sogar die Hand vor den Mund, wenn sie lächelt.

Alle drei Minuten verneigt sie sich vor Han und mir.

»Yan Yan, ich kann nicht fassen, wie feminin du geworden bist. Ich kann mich noch erinnern, wie wir früher barfuß die Wände hochgeklettert sind!« sage ich vorwurfsvoll.

Schüchtern erwidert Yan Yan: »Ihr wißt ja nicht, wie es ist, in Japan eine Frau zu sein.«

»Erzähl uns davon«, fordere ich sie neugierig auf.

»Japaner legen sehr viel Wert auf Details. Um etwas zu erreichen, muß man als Frau hübsch aussehen und sich gut benehmen. Wenn man in einer geschäftlichen Sitzung die Beine übereinanderschlägt, verliert man den Handel. So einfach ist das.«

»Das klingt ja, als sei es in Japan viel schwieriger, eine Frau zu sein, als in China«, sagt Han.

»Manchmal habe ich das Gefühl, daß man als Frau in Japan gut schauspielern muß. Solange man eine gute Schauspielerin ist, wird man belohnt. Wenn man dazu noch lange Beine und gute Englischkenntnisse hat, ist man besonders beliebt.«

Von allen chinesischen Studenten in Japan hatte Yan Yan den meisten Erfolg. Sie hat einen Doktortitel in Kunst, ihre Werke im ganzen Land ausgestellt und einige Bücher über Kunst veröffentlicht. Als häufiger Gast japanischer Abgeordneter und Konzernchefs ist sie zu einem Mitglied der japanischen Oberschicht avanciert.

»Was ist mit dir?« frage ich Han. »Wie ist es, als Frau in Hongkong zu leben?« Auch Han hat als Festlandchinesin in Hongkong eine beachtliche Karriere gemacht. Sie ist Direktorin der Hongkonger Niederlassung einer amerikanischen Firma mit siebenstelligem Jahresgehalt.

Sie hat zwei Sekretärinnen und ihr Büro in einer der obersten Etagen des Lippo Centre mit Blick auf Victoria Harbor. »Sprachkenntnisse sind für Geschäfte in Hongkong das allerwichtigste«, sagt Han. Sie beherrscht Englisch, Kantonesisch und Shanghainesisch.

»Ich spreche Kantonesisch wie eine Einheimische. So

kann ich meine Herkunft als Festländerin verbergen und mich als Einheimische ausgeben. Das verschafft mir bei den Hongkongern ironischerweise mehr Respekt.«

»Und das ist alles?« frage ich nach.

»Ein weiteres Geheimnis ist konstante Diät«, entgegnet Han mit einem Lächeln. »In Hongkong gilt: je schlanker, desto schöner.«

»Und wie lebt man als Frau in Amerika?« will Yan Yan von mir wissen.

Ich lache. »Es ist einfacher als in Peking. Zunächst muß man sich um sein Gewicht keine Gedanken machen. Asiatische Frauen sind dort immer relativ schlank. Zweitens darfst du laut lachen, ohne deinen Mund zu verstecken, und niemand hält dich für ungehobelt. Drittens mußt du dich nicht als Einheimische ausgeben. Englisch mit ausländischem Akzent zu sprechen gilt sogar als besonders niedlich.«

»Wie es scheint, hattest du es als Frau in den Staaten ja wirklich leicht«, meint Yan Yan.

»Ja, ich habe mich frei und unbeschwert gefühlt«, antworte ich. »Aber das ist wohl auch der Grund, warum ich keine Senatorenfreunde habe oder ein Büro mit Meerblick. Es hat eben alles seinen Preis.«

83

Der kommunistische Engländer und der kapitalistische Chinese

Mein Kollege Sean lernte vier Jahre lang in London Chinesisch, bevor er als Auslandskorrespondent nach China kam. Da er aus einer Arbeitergegend in Liverpool stammt, bezeichnet er sich selbst als Sozialisten. Er behauptet, er sei in erster Linie Reporter geworden, um den Armen eine Stimme zu geben. Er ging nach China, weil er glaubte, daß es hier mehr Arme gibt als in England.

Doch von den chinesischen Journalisten ist er schnell enttäuscht. »Das sind jetzt alles Kapitalisten«, beschwert er sich bei mir, »die schreiben nur über Millionäre und Berühmtheiten. Das ist langweilig. Wenn die chinesischen Journalisten nicht für das gemeine Volk schreiben, dann muß ich es tun. Wenn sie zum Beispiel von behinderten Menschen sprechen, dann sagen sie, die Behinderten sollen sich selbst helfen. Aber wo bleibt das soziale Netz des Staates? Wenn Eltern ein behindertes Kind bekommen, geschieht es ihnen dann recht? Trägt die Gesellschaft keine Verantwortung? Und was ist mit den Bauern? Die Revolution ist schon seit fünfzig Jahren vorbei, aber sie haben immer noch weder Krankenversicherung noch Rente, und die Bezirksregierungen zwingen sie noch immer zu allen möglichen exorbitanten Abgaben wie Bevölkerungssteuer, Familienplanungssteuer, Straßenbausteuer, Lehrbuchsteuer und Schweinesteuer. Die Bauern können auf dem Land kein Geld verdienen, also kommen sie in die Städte. Aber sehen Sie sich an, wie sie dort behandelt werden: schlimmer noch als die illegalen mexikanischen Einwanderer in den Staaten!« Er zeigt mir den Bericht über eine Wanderarbeiterin aus der Provinz Henan, die in Shenzhen einer Massenvergewaltigung zum Opfer fiel.

Die arme Frau hatte keinen gültigen Personalausweis bei sich, also sperrte die Polizei sie ins Gefängnis. Doch sie wurde fälschlicherweise in die Zelle für Männer gesteckt und dort von den Häftlingen sowie den männlichen Aufsehern mehrfach vergewaltigt. Nachdem sie freikam, verboten ihr die Eltern aus Scham und auch aus Angst vor Rache, die Geschichte publik zu machen. Zunächst hörte sie auf ihre Eltern. Doch ihr Ehemann bestand darauf, daß sie sich wehren. Mit seiner Unterstützung erzählte sie der lokalen Tageszeitung von ihren schrecklichen Erlebnissen im Gefängnis, und schon bald wurden viele nationale Medien darauf aufmerksam.

»Ich schreibe an einem Artikel über diese Geschichte, aber niemand will mit mir sprechen«, klagt Sean. »Es bringt mich allmählich zur Weißglut. Egal wo ich hingehe, um über eine Sache zu schreiben – sobald die Leute hören, daß ich Ausländer bin, bekommen sie Angst. Der Ehemann des Opfers hatte einem Interview erst zugestimmt, dann aber seine Meinung geändert. Sein Anwalt hat auch seine Aussage revidiert. Sie trauen mir nicht. Warum?«

»Sie sind ...«

»Ein Ausländer? Und deshalb nicht vertrauenswürdig? Aber sind jetzt nicht Gäste aus allen Nationen willkommen, vor allem ausländische Geschäftsleute? Oder ist nur ihr Geld willkommen? Die Chinesen sind immer sehr nett zu mir. Aber warum lassen sie sich nicht von mir interviewen?«

»Es gibt da eine Redewendung: ›Lüfte deine schmutzige Wäsche nicht in der Öffentlichkeit‹.«

»Ich habe den Eindruck, die Chinesen denken immer noch daran, wie die Engländer sie unterdrückt haben. Niuniu, lassen Sie uns zusammen etwas über Chinas Unterschicht schreiben! Mit Ihnen werden sie zumindest sprechen.«

Seans Worte erinnern mich an meine neue Freundin Mimi, die sich für die chinesische Unterschicht einsetzt. Seit dem Interview für meinen Artikel über chinesische Heimkehrer haben wir uns schon einige Male verabredet. Anders als Lulu und Beibei spricht Mimi nicht über Männer; statt dessen reden wir gern über Bücher, Kunst und gesellschaftliche Themen. Sie zeigt mir eine Schule für Taubstumme, eine Unterkunft für Wanderarbeiter im Süden der Stadt und das Zentrum für mißhandelte Frauen, damit ich Material sammeln kann.

Im Zuge meiner faszinierenden Recherchearbeiten lerne ich etwas über die schrecklichen Bedingungen, unter denen manche Frauen heute noch leben müssen. Es ist eine Welt voller Armut, Verzweiflung, Kampf, Tränen, sechzehn Stunden Arbeit pro Tag, Leben ohne Tageslicht, Ungerechtigkeit, Prostitution, Vergewaltigung, Diskriminierung, Entführung und Menschenhandel. All das Elend ist für mich unerträglich anzusehen und noch unerträglicher zu beschreiben, weil ich erkenne, daß es auch aufrechte, unbezähmbare, warmherzige und liebevolle Frauen trifft.

Ein für mich unvergeßliches Gespräch führe ich mit einer Pediküre-Spezialistin aus Yangzhou namens Huanzi. Huanzi verbringt vierundzwanzig Stunden am Tag und sieben Tage in der Woche in einem Badehaus – sie arbeitet, ißt und schläft dort. Sie verdient 1.500 Yuan pro Monat, also 180 US-Dollar, und hat keine Krankenversicherung. Sie sagt, wenn sie krank wird, würde sie lieber sterben, als ihrer Familie zur Last zu fallen. Rechnungen für Ärzte und Medikamente sind zu teuer.

Ich bin nicht in der Lage, den erforderlichen professionellen Abstand zu meinen Interviewpartnerinnen zu halten. Ich erkenne, daß ich über das Schreiben hinaus noch mehr für diese Menschen tun muß.

»Vielleicht sollten wir neben dem Jeremy-Irons-Fanclub noch einen ›Club der kleinen Frauen‹ eröffnen«, schlage ich Mimi vor. »Dieser Club soll dazu dienen, durch kulturelle Veranstaltungen Geld für die armen, ungebildeten und traumatisierten Mädchen und Frauen zusammenzutreiben.«

»Klingt toll! Wir sollten den Club sehr exklusiv halten und den Mitgliedsbeitrag hoch ansetzen«, sagt Mimi.

»Warum?«

»Mit der Wohltätigkeit ist es wie mit Golf – es ist etwas für Reiche. Sie werden sich nur engagieren, wenn sie denken, daß sie damit voll im Trend liegen«, erklärt Mimi mit gelangweilter Geste.

84
Der Club der kleinen Frauen

Nach meiner Interviewreise übers Land kehre ich in die Stadt zurück und gründe mit CC und Mimi den »Club der kleinen Frauen«. Wir Frauen sind alle kleiner als einen Meter vierundsechzig. Nachdem Models und hochgewachsene Schönheiten wie etwa Brooke Shields in China sehr beliebt sind und viele Chinesinnen ihr Leben riskieren, nur um durch Beinoperationen größer zu werden, beschließen wir, das »Kleinsein« zu feiern.

»Wie ich höre, ist Lucy Liu auch nur einen Meter sechzig «, sagt CC.

»Die Schauspielerin Zhang Ziyi ist auch nur einssechzig«, sagt Mimi.

»Ganz zu schweigen von Mutter Teresa, Liz Taylor und der berühmten birmanesischen Politikerin Aung-San Suu Kyi!« füge ich hinzu.

Wir legen die Voraussetzungen für die Aufnahme in den »Club der kleinen Frauen« fest: Mitglieder dürfen nur Frauen mit einer Körpergröße unter einem Meter vierundsechzig, mit abgeschlossenem Hochschulstudium und interessantem Lebenslauf sein.

Unser kleinstes Mitglied ist die Dichterin, Schriftstellerin, Sängerin und Schauspielerin Dove. Sie hat eine

Sammlung von Essays unter dem Titel *Größe zählt nicht* veröffentlicht. Wir organisieren eine Lesung im CD Café, wo Dove vorträgt, singt und schreit. An dem Abend verkaufen wir siebenhundert Exemplare ihres Buches.

Trotz eines Mitgliedsbeitrags von 1.000 US-Dollar im Jahr übertrifft die Resonanz auf unseren Club alle Erwartungen. Unternehmerinnen, Künstlerinnen, Autorinnen, Schauspielerinnen, Ingenieurinnen, Anwältinnen, allesamt hochintelligente Frauen, treten dem Club bei, spenden Geld oder unterbreiten kreative Vorschläge. Jemand richtet sogar unentgeltlich eine Website für den Club ein. Mitglied im »Club der kleinen Frauen« zu sein wird modern, fast so etwas wie ein Statussymbol.

Beibei, unsere tüchtige Geschäftsfrau mit jahrelanger Erfahrung, weiß, wie man in China Beziehungen zu Geld macht. Sie arrangiert ein Konzert, das von unserem Club und Chichi Entertainment gemeinsam veranstaltet wird, und lädt ihre Schützlinge, die Young Revolutionaries, als die einzigen männlichen Künstler ein.

Sponsoren sind mein Vater – mit 500.000 Yuan von Chen's Computer Company – sowie Mimis Ehemann Lee mit 200.000 Yuan seiner Firma. Im Gegenzug nutzen wir jede Möglichkeit, für ihre Unternehmen zu werben, und geben ihnen hundert VIP-Karten.

Anzeigen für das Konzert erscheinen bald an Bushaltestellen, im Radio, im Fernsehen und sogar auf Bussen.

Beibei freut sich: ausländische Firmen als Sponsoren, berühmte Stars als Gäste, das Image der Wohltätigkeit, Fernsehberichte, die Young Revolutionaries als einzige Männer auf der Bühne – das alles sind wunderbare Möglichkeiten für Promotion und Publicity. »Obwohl ich aufgrund meiner Größe von der Mitgliedschaft ausgeschlossen bin, machen die kleinen Frauen Werbung für mich«, witzelt sie.

Am Tag des Konzerts fahren Mimi und ihr Mann Lee, Weiwei und seine neue Freundin, CC, Lulu, Stiefmutter Jean und ich zusammen in Lees firmeneigenem Minivan. Ich komme mir vor wie auf einem Familienausflug.

Nachdem alle weiblichen Stars aufgetreten sind – die niedlichen, die verrückten, die wütenden, die grotesken, die lauten, die wilden und die verzweifelten –, kommen die Young Revolutionaries auf die Bühne. Alle Bandmitglieder stammen aus der Mandschurei und mischen nun die Pekinger Musikszene auf. Sie sind mit Raubkopien ausländischer CDs aufgewachsen und somit stark von westlichem Pop und Punk beeinflußt. Sie genießen das Rampenlicht, die Rundreisen von Auftritt zu Auftritt, das Autogrammschreiben für die Fans und coole Posen für die Kameras.

Als die Musik einsetzt, teilt sich das Publikum in zwei Gruppen. Die einen – Kids mit gefärbten Haaren und leeren Gesichtern – fangen wild zu tanzen an. Sie gehören zur Ein-Kind-Generation, die keine Grenzen anerkennt. Die anderen – etwas ältere Leute mit Bierbäuchen – schwenken dezent die Hüften und versuchen so, ihre Midlife-crisis abzuschütteln.

In einer Rap-Sequenz kann ich den Text verstehen:

Mein Urgroßvater Mao
Den ich niemals traf
Du bist der coolste Rockstar
Der größte Punk
Des Heavy Metal
Die Rockfans in China
Rocken mit dir
Auf dem neuen Langen Marsch
Sie rocken und rollen
Besser als Amerika, besser als England
Laß es uns gemeinsam schaffen

»Diese Young Revolutionaries haben die Tanzschritte der Backstreet Boys, die Frisur und das politische Bewußtsein von John Lennon, die obszönen Gesten von Michael Jackson, den Hüftschwung von Ricky Martin und die kreischenden Gitarren von Nirvana. Das einzige, was sie nicht haben, ist ein eigener Stil«, kommentiert CC.

»Im Moment ist China in einer Phase, in der es nur imitieren kann, und zwar in allen Bereichen einschließlich der Unterhaltung. Junge Leute versuchen immer, anders zu sein, aber am Ende machen sie es doch genauso wie die Alten.« Auch Lulu mag die Young Revolutionaries nicht.

Beibei stimmt das traurig. »Was ist so schlimm am Imitieren? Selbst Hollywood imitiert die chinesischen Kampfkunstfilme!«

»Die jungen Chinesen von heute trauen sich wirklich was! Sie üben keine Instrumente, sie schulen nicht ihre Stimmen, aber sie wollen Idole sein! Halten die uns alle für bescheuert?« Jean hat für die Young Revolutionaries ebenfalls keinen Respekt übrig.

Während wir reden, sagt Weiwei plötzlich: »Ich rieche Marihuana.«

Vor uns steht eine Gruppe von Studenten mit Nasenringen, die gerade ihre Räucherwaren anzünden. Einige junge Mädchen mit floureszierenden Bändern um Arme und Hälse schütteln zur Musik wild die Köpfe.

Obwohl es trivial, vulgär und drogenverseucht ist, erzielt das Benefizkonzert des »Clubs der kleinen Frauen« eine Spendensumme von 250.000 Yuan. Mimi, CC und ich bringen das Geld in ein armes Dorf in Xi'an. Auf dem Weg dorthin sage ich: »Auch wenn das Konzert umstritten und leicht chaotisch war, so muß man doch anerkennen, daß es so viel Gutes bewirken konnte.«

»Die Aktion hat großen Frauen – und natürlich auch Männern – gezeigt, wozu kleine Frauen in der Lage sind«, meint Mimi.

CC schüttelt den Kopf. »Ich will aber nicht, daß unser Club mit Blödmännern wie den Young Revolutionaries assoziiert wird. Das schlimmste ist noch nicht mal ihre Dummheit. Sie sind als Männer einfach zu klein!«

85

Ihrer Zeit voraus

CC entschließt sich, nach England zurückzugehen. Ich bin schockiert.

»Fünf Jahre ist es her, daß ich nach China gekommen bin«, sagt sie. »Ich habe mein Bestes getan, um chinesischer zu werden, aber es hat nicht funktioniert.«

»Gefällt dir China nicht mehr?«

»Es kommt mir manchmal vor wie eine Zeitreise. In China ist es jetzt so wie vor zwanzig Jahren in Hongkong. Ich tue mich schwer, Menschen zu finden, die meinen Standard haben. Ich passe einfach nicht hierher.«

CC ist ihrer Zeit zu weit voraus. In China gilt es zum Beispiel als cool, eine Kreditkarte zu haben, aber CC hat fünf oder sechs. Es ist cool, einen Buick zu fahren, aber CC wurde schon als junges Mädchen in einem Bentley herumchauffiert. Cool ist es auch, Blue-Mountain-Kaffee aus Jamaika zu trinken, aber CC hat ihre Kaffeephase bereits hinter sich und trinkt lieber wieder grünen Tee. Es gilt als cool, englische Vokabeln ins Gespräch einfließen zu lassen, selbst wenn die Aussprache nicht stimmt, aber CC spricht fließend englisch. Bowling ist cool, aber CC hat schon in ihrer Jugend mit den Eltern Golf gespielt. Für junge, gebildete Frauen ist es cool, über Werke der Beat-Generation zu diskutieren, etwa *On the Road* von Jack Kerouac oder *Howl* von Allen Ginsberg, aber CC hat diese Bücher schon als Studentin gelesen.

»Ich kann Leute nicht ausstehen, die mit ihren Laptops ins Café gehen, um anzugeben. In Oxford hatte jeder einen Laptop. Und ich kann Leute nicht ausstehen, die stolz ihre Markenklamotten zur Schau stellen, die der Mode in New York und London um mindestens zwei Jahre hinterherhängen. Ich muß mich immerzu verstellen und klein machen, um weiterhin bei meinen chinesischen Freundinnen beliebt zu sein. Ich bin es einfach leid.«

»Für Chinesen, die im Westen studiert haben, gibt es nach ihrer Rückkehr zwei Möglichkeiten«, sage ich. »Entweder halten sie sich an das, was sie in Übersee gelernt haben, leben danach und werden Mitglieder der chinesischstämmigen Ausländergesellschaft. Oder sie verheimlichen ihre Wertschätzung für den Westen und geben sich als einheimische Chinesen aus.«

»Du, Niuniu, hast dich ja offenbar für die letzte Möglichkeit entschieden. Für mich aber ist das ein unnatürlicher Schritt zurück. Ich will nicht wirklich als Einheimische gelten.« CC fuchtelt verzweifelt mit den Armen. »Eine Weile lang habe ich es versucht. Aber ich werde nie vergessen, daß einige Frauen in einem Pekinger Schönheitssalon mich für die Zweitfrau eines Hongkongers hielten«, fügt sie hinzu, als sei dies die ultimative Beleidigung, die einer Frau widerfahren könne.

»Was ist passiert?« frage ich nach.

»Ich sagte ihnen, ich sei eine Einheimische, aber sie wußten natürlich, daß meine Kleider nur aus dem Einkaufszentrum Peninsula in Hongkong stammen konnten. Also kamen sie zu dem Schluß, ich könne nur die Zweitfrau eines Mannes aus Hongkong sein – wahrscheinlich haben sie diesbezüglich viel Erfahrung. Von dem Moment an beschloß ich, meine Hongkonger Wurzeln nicht mehr zu verstecken.« CC klingt endgültig. »Es gefällt mir in China, aber es gefällt mir nicht, als Chinesin in China zu leben. Ich habe Nick verloren und finde chinesische Männer nicht attraktiv. Wir haben uns immer darüber lustig gemacht, aber jetzt kann ich es einfach nicht mehr lustig finden. Ich will zurück nach England und meinen Online-Freund in London treffen oder einen ehemaligen Studienkollegen finden und heiraten.«

»Willst du denn unbedingt heiraten?« frage ich CC.

»Ja. Und du, Niuniu? Willst du denn nicht heiraten?«

»Doch. Irgendwann, aber nicht jetzt.«

»Ich würde gern eine eigene Familie gründen, bevor ich dreiunddreißig werde«, sagt CC.

»Und du glaubst nicht, daß du den Richtigen in China findest?«

CC seufzt. »Ich will niemanden, der reich ist. Ich will nur einen Mann, mit dem ich reden kann. Die meisten Männer hier finde ich zu oberflächlich. Und die, die es nicht sind, sind dann oft so beliebt, daß sie nicht treu sein können. Im Hinblick auf passende Ehemänner ist China für gebildete Frauen nicht gerade ein Paradies. Das ist die traurige Wahrheit.«

Nach meiner gescheiterten Beziehung zu Len ging ich zurück nach China, um hier mein chinesisches Leben wiederaufzunehmen. Ich will mich noch nicht wieder verlieben. Ich ziehe es vor, als objektive Beobachterin, deren Leidenschaft in Amerika geblieben ist, das Leben anderer zu studieren. CCs Worte bringen mich zum Nachdenken: Haben Glück und Liebe etwas mit dem Wohnort zu tun? Manchmal scheint es doch so, als könne man an manchen Orten glücklicher sein als an anderen. Vielleicht ist das der Grund, warum so viele chinesische Frauen in Touristengruppen ins Silicon Valley fahren, um dort zu heiraten, warum japanische Frauen romantische Ferien in Bali verbringen und europäische Touristen auf der Suche nach sexuellen Abenteuern nach Thailand fliehen. Aber wenn China so ist, wie CC es beschreibt, eine Ödnis für gebildete Frauen, was ist dann mit Amerika? Warum habe ich dort versagt, wo es mir an Bewunderern und Sexpartnern wirklich nicht mangelte?

»Wenn du nach England gehen willst, um zu heiraten – was ist dann mit deiner Karriere hier in China?« will ich wissen.

»Meine Karriere? Liest du keine Stellenanzeigen? Frauen über fünfunddreißig finden kaum mehr Arbeit. Und das ist eine andere traurige Wahrheit. Aber das traurigste ist, daß meine chinesischen Freundinnen alle Geschäftsführerinnen werden und ihre Unternehmen an die Börse bringen. Obwohl viele von ihnen in Bezug auf Mode oder Kultur deutlich rückständig sind, gehören sie nun zu den Superreichen, während ich immer noch bloß Abteilungsleiterin in einer PR-Agentur bin. Ich bin nicht dumm, ich habe eine gute Ausbildung genossen, aber sie haben das Feld schon abgegrast. Wenn ich nur zur Mittelschicht gehören kann, dann bin ich lieber Mitglied der englischen Mittelschicht, wo meine Kinder nicht jeden Tag stinkige Smogluft einatmen müssen.«

»Was ist mit deinen Eltern?«

»Sie würden mir liebend gern ihr ganzes Geld geben, wenn ich nur einen Hongkonger heirate. Sie wollen mir meine Freiheit abkaufen. Aber ich werde mich nicht unter Wert verkaufen.«

»Dann bist du wohl fest entschlossen zu gehen.«

CC hört gerade nicht zu. Sie bewundert eine Frauenhandtasche, die einige Tische entfernt über einer Stuhllehne hängt.

»Niuniu, ist die von Prada oder ein Imitat?«

»Du hast doch gesagt, es sei egal, was man trägt – wo man es trägt, ist entscheidend.«

»Genau. Eine echte Prada-Handtasche kann in China unecht aussehen. Aber eine falsche Prada-Handtasche kann in London echt aussehen. Die Frau dort sollte jetzt in London sitzen.«

Während ich ihr zuhöre, merke ich, wie sehr CC England vermißt. Es ist ihre Heimat. China ist es nicht.

Wo ist meine Heimat? frage ich mich. Für Ernest Hemingway war Paris ein Fest fürs Leben. Dieser Ort, an dem er glücklich war, hat ihn wohl sein Leben lang begleitet. Was ist mit mir? Kann ich meine Wurzeln mit mir tragen?

Wohin ich auch gehe, beschließe ich, soll meine Heimat sein.

86

Geburtstag

Um meinen dreißigsten Geburtstag zu feiern, organisiert Beibei eine Abendgesellschaft in ihrem neu eröffneten Restaurant China Planet. Beibei will daraus ein chinesisches Planet Hollywood machen mit dem Konzept, Starruhm zu vermarkten. Ihre Sänger sollen oft dort essen und andere Stars mitbringen. Die Gäste werden durch ihre Hoffnung angelockt, Berühmtheiten zu treffen. So einfältig Beibei in der Liebe ist, so clever ist sie in Geschäftsdingen.

Ihr untreuer Ehemann Vorsitzender Hua ist der erste Gast der Abendgala. Ich kann erkennen, daß er direkt aus der Wohnung seiner Geliebten kommt. Hua setzt sich links von Beibei. Zu ihrer rechten Seite sitzt ihr neuer junger Liebhaber Hai, Sänger und Mädchenschwarm der Teenage-Band Young Revolutionaries. Allen dreien scheint diese Dreieckssituation nichts auszumachen.

Dann erscheint Lulu, und eine Welle des verführerischen Dufts »Miracle« von Lancôme weht durch den Raum. Mit ihren langen Haaren und hohen Absätzen, ihrer Grazie und Eleganz versprüht sie reinsten Sex. Nach sechs Jahren der Hysterie, mit drei Abtreibungen, endlosen philosophischen Gesprächen mit Beibei und mir sowie Tausenden von Yuan für diverse Psychiater und einen Wahrsager, löst Lulu sich endlich von Ximu und steht auf ihren eigenen Füßen. Sie ist jetzt Bestseller-Autorin und Schülerin des Feng-Shui-Meisters Leuchtender Mond.

Als weitere Gäste kommen Weiwei, Freund der Familie und stadtbekannter Faulpelz mit dem Anspruch, Chinas letzter Aristokrat zu sein; Lily, die Harvard-Absolventin, die ihre frühere Affäre mit einem Schwarzen vor ihren chinesischen Freunden geheimhält; Gigi, meine Gymnastiklehrerin, deren Professoren-Ehemann sie wegen einer verführerischen Studentin verließ, die »Privatunterricht« wollte; Anwältin Mimi und ihr Modell-Ehemann Lee; Yi, die Direktorin von ChineseSister.com; John, der Schwule aus dem Jeremy-Irons-Fanclub; Meister Leuchtender Mond, meine Kollegen Sean und Hugh sowie die Malerin Jia. CC kann nicht kommen. Sie ist bereits wieder in England. Sie fehlt mir.

Ich habe meinen großen Auftritt. Mit schwarz lackierten Fingernägeln, dunkelbraunem Lippenstift und verlotterten Pumphosen mache ich ein modisches Statement. Heute bin ich im Zentrum der Aufmerksamkeit.

Was für ein eigenartiges Leben habe ich seit meiner Rückkehr geführt! So vieles ist passiert. Ich habe so viel gelernt und doch so wenig. Ich bin sowohl Insiderin als auch Außenseiterin. Ich fühle mich verbunden und dennoch isoliert. Ich habe mich verändert und bin mir dabei treu geblieben. Ich habe das Gefühl, dazuzugehören, spüre aber gleichzeitig ein Gefühl der Entfremdung.

»Jetzt, wo alle versuchen, von China wegzukommen – warum hast du dich entschieden, zurückzukommen und hierzubleiben?« will Weiwei wissen.

Ich denke nur eine Sekunde nach. »Wir Chinesen halten unsere Sehnsüchte nicht länger verborgen; das ist es, was mich reizt. Es führt wohl dazu, daß böse Mädchen wie ich sich wieder wie gute Mädchen fühlen können«, erkläre ich mit dem Mund voller Mousse au Chocolat.

87

Entdeckung

Am Morgen nach der Feier schlafe ich aus und gehe nicht zur Arbeit. In meinem *hutong*-Haus ist die Seite, in der CC gewohnt hat, nun leer. Ich gehe durch den Garten, und meine Gedanken springen herum wie die Figuren auf einem Schachbrett. Die Erinnerungen an Amerika, die ich so lange unterdrückt habe, die ich hinter mir lassen wollte, fangen plötzlich an, auf mich zu einzuschreien. Es ist, als würde hinter meinem Rücken eine Ladung Feuerwerkskörper krachen und knallen. Ich gehe die schmale Gasse entlang, und mein Schatten folgt mir.

»Jeden Tag verbringe ich mit den Geschichten anderer: Ich suche sie, höre sie, schreibe sie auf. Warum fühle ich mich plötzlich so einsam?« frage ich mich selbst.

Ich fühle, daß der Sturm in meinem Herzen auszubrechen droht. Ich bekomme Angst. Und Sehnsucht.

Ich will darüber reden. Mit wem? Ich denke an meine neue Busenfreundin und fahre in Mimis Büro.

»Mimi, hast du Zeit? Können wir über Liebe und solche Sachen reden?« Sobald ich Mimi sehe, komme ich sofort zum Punkt, so daß ich selbst den Eindruck habe, sie zu überfallen.

Mimi lacht. »Natürlich.«

»Wir kennen uns nun schon eine Weile. Dürfte ich wohl deine Liebesgeschichten hören? Nicht als Reporterin, sondern als Freundin«, bitte ich.

Mimi nickt.

»Du hast einiges erlebt, nicht wahr?«

»Und was ist mir dir, Niuniu?«

»Meine Geschichten?«

»Ja.«

»Natürlich habe ich viel erlebt«, sage ich. »Es mag anderen nicht viel bedeuten, aber mich hat es für das ganze Leben beeinflußt. Ich möchte dir wirklich gern alles sagen. Aber ich bin so schlecht im Erzählen, wenn es um meine eigene Geschichte geht. Ich bin wohl eher eine Zuhörerin, die den Geschichten anderer lauscht.«

Wir setzen uns an ein Fenster mit Blick auf die Straße des Himmlischen Friedens, und während der Verkehr unter uns vorüberfließt, beginnt Mimi zu erzählen.

»Meine tiefgreifendste Erfahrung war nicht Liebe, sondern Schmerz. Ich habe einmal einen Mann verletzt, der mich liebte. Sehr tief verletzt. Meine Familie schickte damals meine Schwester Wenwen und mich nach Amerika. Ich setzte mein Studium fort, sie ging auf die HighSchool. Wir wohnten zusammen und kümmerten uns umeinander. Wir waren nicht nur Schwestern, sondern auch gute Freundinnen. Wir hatten einander sehr lieb. Unsere Familie hatte schon immer einen sehr engen Zusammenhalt. Wenwen war äußerst klug und immer die beste Schülerin ihrer Klasse, besser als ich. Wir dachten alle, sie würde nach Yale gehen und Jura studieren. Aber alles änderte sich, als ein Mann auftauchte.

Ich verliebte mich in diesen Mann – genauso wie meine kleine Schwester Wenwen. Ich dachte, ich müsse für meine jüngere Schwester sorgen, also zog ich mich zurück. Aber vielleicht liebte dieser Mann mich. Weil ich ihn aufgab, war er eine Weile mit Wenwen zusammen, verletzte sie dann, verließ sie und verschwand. Später fand er mich. Aber da war ich schon verheiratet. Er hatte sich verändert. Er war sehr traurig geworden, verbittert. Da erst merkte ich, wie sehr ich ihn durch meinen Rückzug verletzt hatte.

Wenwen liebte ihn so sehr, daß sie fast verrückt wurde. Sie gehörte zu den Frauen, die auf zwanghafte Weise lieben. Nachdem er sich von ihr getrennt hatte, verließ sie die Schule, fing an, Drogen zu nehmen, gab sich auf und löste den Kontakt zu mir. Meine Eltern waren krank vor Sorge. Wenwen mußte in eine tiefe Depression verfallen sein. Sie kaufte sich eine Waffe und wollte mit ihm sterben. Als sie ihn sah, merkte sie aber, daß sie es nicht tun konnte. Doch es war schon zu spät, weil sie ihn mit der Waffe bedroht hatte. Sie wurde verhaftet und mußte ins Gefängnis. Als sie freikam, konnte sie keine Männer mehr lieben. Sie liebte nur noch Frauen.«

»Ist sie noch in Amerika?«

»Ja.«

»Wo?«

»In Montana, mit ihrer Freundin. Ihre Freundin ist Umweltschützerin. Sie arbeiten zusammen an Umweltprojekten.«

»Das klingt wie aus einem Film. Was für ein Mann war er?«

»Es ist sehr schwer, ihn mit Worten zu beschreiben. Er war ein Mensch, der scherzen und lachen konnte, auch wenn er traurig war und es ihm schlecht ging. Aber eine gewisse Tragik schien einfach in seinem Charakter verborgen zu sein. Ich kann es nicht erklären.«

»Was macht er?«

»Er ist Augenarzt.«

»Und wie heißt er?«

»Len.«

»Len?« Als ich den vertrauten Namen wiederhole, bin ich wie erstarrt. Tragischer Typ, Augenarzt, Len – kann es mehr als einen Mann geben, auf den das alles zutrifft?

»Ja, Len. L-E-N.«

»Wo ist er jetzt?«

»Wir haben seit vielen Jahren keinen Kontakt mehr. Vor einem Jahr, als Wenwen aus dem Gefängnis kam, hat er mich einmal angerufen. Er sagte, es täte ihm leid, daß er Wenwen verletzt habe und daß er auch eine andere Frau verletzt habe. Aber die konnte er nicht mehr finden. Er war sehr unglücklich.«

»Hat er von dieser anderen Frau erzählt?«

»Er sagte, sie sei süß und unschuldig wie Wenwen.«

»Und was noch?«

»Sonst nichts.«

»Warum ist er unglücklich? Ist er mit seiner Arbeit nicht erfolgreich?«

»Er ist ein herausragender Augenarzt.«

»Warum dann?«

»Vielleicht ist er eben so.«

»Vielleicht liebt Len dich ja immer noch. Er ist unglücklich, weil er immer noch an dich denkt.«

»Das will ich nicht.«

»Aber tief in deinem Herzen weißt du, daß es so ist. Der Gefallen, den du Wenwen getan hast, war ein Verbrechen gegen ihn. Du hast ihn zerstört! Du hast Len zerstört. In seinem ganzen Leben wird er dich nicht mehr bekommen, natürlich ist er da unglücklich«, ereifere ich mich. Ich kann nicht länger freundlich sein.

»Früher dachte ich, ich hätte recht gehandelt. Ich habe

meine Liebe für meine Schwester geopfert. Aber es war falsch. Ich war kein Gott, aber ich bestand darauf, Gott zu spielen.« Eine Träne rinnt über Mimis Wange. Es ist das erste Mal, daß ich sie weinen sehe. Mimi, diese Frau der inneren Stärke und des Selbstvertrauens – weinend. Es rührt mich, sie weinen zu sehen. Sie scheint so zerbrechlich. Wie kann ein Mann von solch einer perfekten Kombination von Stärke und Zartheit nicht verzaubert sein?

»Sag mir, liebst du Len immer noch?« frage ich sie.

Mimi hebt den Kopf, schließt die tränenverhangenen Augen und sagt: »Der einzige Mensch, den ich liebe, ist mein Mann Lee.«

Ihre Klarheit kommt mir fast brutal vor. Im Handumdrehen verliert die schmerzvolle und melancholische Liebe von Len durch den eleganten, toleranten und kraftvollen Lee an Bedeutung.

»Wäre Wenwen nicht gewesen, und du hättest dich damals frei entscheiden können, hättest du dann Len gewählt?«

Mimi neigt den Kopf und überlegt. »Wahrscheinlich nicht.«

»Warum nicht? Du hast ihn doch geliebt.«

»Ja, sehr sogar.«

»Und trotzdem hättest du nicht mit ihm zusammensein wollen?«

»Len ist wie eine Figur aus einem Roman. Aber wir leben in der realen Welt und nicht in einer Fiktion.«

»Was meinst du damit?«

»Manche Gefühle bestehen nur einen Moment, und manche bestehen für immer.«

»Willst du damit sagen, eure Liebe hätte nur einen Moment bestanden und nicht für immer gehalten?«

»Ich weiß nicht genau, wie ich diese Art von Gefühl beschreiben soll.«

»Doch, das weißt du genau. Wer so clever ist wie du, kann das sehr wohl erklären. Du kennst die Antwort.« Plötzlich werde ich böse auf Mimi. Warum hat Len diese Frau geliebt? Warum hat sie ihm etwas bedeutet, aber er ihr nicht?

»Welche Antwort?« Mimi klingt ratlos.

»Ich weiß, was du wirklich dachtest. Du und Len hattet einen kurzen Moment der Leidenschaft, er hat dich fasziniert, und dann wolltest du ihn nicht mehr. Er war dir als Ehemann nicht gut genug. Er war zu depressiv, zu verrückt. Wenwen war für dich nur eine Entschuldigung, um ihn loszuwerden. Du wolltest beides: einen Moment der Leidenschaft und immerwährende Liebe. Du bist eine wahre Geschäftsfrau, Mimi. Du wirst dich nie mit dem Zweitbesten zufriedengeben. Als du Len den Laufpaß gegeben hast, hast du da nur einmal an seine Gefühle gedacht?«

Mimi starrt mich an, die ich sie so plötzlich voller Inbrunst angreife. Dann senkt sie den Kopf. »Niuniu, du kannst denken, was du willst, ich kann dich nicht daran hindern. Aber es ist nicht ganz so, wie du meinst.«

»Aber hast du ihm gegenüber kein schlechtes Gewissen? Du hast dein Glück gefunden, aber er ist immer noch unglücklich. Wegen dir wird er sein Leben lang kein Glück mehr erleben.« Ich denke an Lens Seufzer, seinen Kummer. Wie konnte ich ahnen, daß diese mysteriöse Mimi der Grund dafür war?

»Der Mensch kann sich nur selbst zerstören, und der Mensch kann sich nur selbst retten. Andere haben nur begrenzten Einfluß. Ich hoffe, Len wird sein Glück noch finden.«

»Mimi, ich muß gehen. Es tut mir leid, daß ich plötzlich so hysterisch geworden bin. Wahrscheinlich bekomme ich meine Tage.« Ich beschließe zu gehen und stehe auf, um Mimi zu umarmen. Dabei spüre ich, wie ihr schwangerer Bauch gegen meinen drückt. Einen Moment lang lassen meine Wut und meine Bestürzung nach, und ich bin erfüllt von einem Gefühl heiterer Gelassenheit.

»Herzlichen Glückwunsch«, flüstere ich Mimi ins Ohr.

88

Auf der Suche

Während ich die Straße entlanggehe, denke ich über Mimi nach. Ich habe sie so gern. Warum ist sie es? Warum ist sie die einzig wahre Liebe in Lens Leben? Jeder Mensch hat seine Geheimnisse, süße Geheimnisse, tödliche Geheimnisse. Es gibt gute Gründe dafür, daß manche nicht offenbart werden können. Und dieses Geheimnis über Len, so scheint mir, hätte ich nie erfahren dürfen.

Am traurigsten aber ist für mich der Gedanke: Während diese Liebe und jene Liebe um Len herumwirbelten, was habe ich ihm da bedeutet? Seine Welt ist so kompliziert. Gibt es dort auch einen kleinen Platz für mich? Len, ein Mann mit einer solch seelenaufrührenden Liebe! In seinem Leben hatte ich keine Bedeutung. Aber ich habe mein Leben für ihn neu geschrieben.

Ich erinnere mich an das erste Mal, da ich in seine Praxis ging, um meine Augen untersuchen zu lassen. Er war so sanft und einfühlsam, ein Arzt, der sich wirklich um seine Patienten kümmert. Ich erinnere mich an seinen stürmischen Blick, wenn wir uns liebten. Ich erinnere mich, wie er meine Hand hielt, während wir an der Seine spazierengingen. Wie kann das nicht wahre Liebe gewesen sein?

Von Mimis Büro im World Trade Center aus gehe ich die Straße des Himmlischen Friedens entlang, am Nikko

Hotel vorbei, am Jianguo Hotel und am Seidenmarkt. Als ich die Diplomaten-Wohnanlage erreiche, bitte ich einen älteren Mann, der aus dem Neuner-Bus steigt, um eine Zigarette.

Ich habe noch nie in meinem Leben geraucht, nicht einmal, als Len mich verließ und mir sagte, er brauche keine Liebe. Aber auf einmal muß ich unbedingt etwas Bitteres in meinem Mund schmecken. Der bittere Geschmack des Tabaks soll mir Trost geben! Die billige Zigarette bringt mich zum Husten. Inmitten des Hustenanfalls freue ich mich in gewisser Weise über diese Art der Selbstzerstörung.

Jianguomen Wai. Ein so vertrauter Ort. Mein Büro ist genau da vorne, das Gebäude aus den gelben Ziegelsteinen, ein Symbol der Modernisierung in den Siebzigern. Jetzt gibt es so viele gläserne Türme, die daneben aufragen! Ich paffe an meiner billigen Zigarette und gehe durch die Menschenmengen, die auf Busse warten, Zeitungen verkaufen und betteln.

Ich bin eine Frau, die Geschichten sammelt.

Eine Frau, die in Erinnerungen lebt.

Der Wind setzt ein.

Es beginnt zu regnen.

Eines von Pekings unerbittlichen Gewittern kündigt sich an.

Ich stehe im Regen und denke an meine Vergangenheit in Amerika und all die Erfahrungen von Liebe, Lust und Haß, die ich in dieser Welt gemacht habe. Nach einer so langen Zeit des Trauerns um alles, was ich durch meine Liebe zu Len verloren habe – kann ich ihr nun ein Ende setzen? Ich beschließe, meine Stellung zu kündigen. Ich will nicht länger vor meinem Versagen davonlaufen. Ich sollte nach Amerika zurückgehen und mich meinen Ängsten und Herausforderungen stellen. Manche Dinge lassen sich nicht vermeiden, und du kannst sie nur endgültig lösen, indem du ihnen begegnest.

Es wird Zeit für mich, die Liebe neu zu erlernen und Nähe wieder zuzulassen. Ich kam nach China zurück mit der Überzeugung, daß ich keine Hoffnung auf wahre Liebe hätte und wohl für immer allein bliebe. Aber der Blick zurück auf Amerika durch meine neue chinesische Brille zeigt mir etwas anderes.

Es wird Zeit für mich, das Wagnis meines Lebens wieder auf mich zu nehmen. Mit meinem Besuch in Amerika hatte ich mich bereits auf das Risiko eingelassen, und wie sich herausstellte, war es das Beste, das ich für mich hatte tun können. Aber eine Angelegenheit in Amerika ist unerledigt geblieben. Die Antworten auf die restlichen Fragen meines Lebens treiben auf den amerikanischen Flüssen. Selbst wenn die Möglichkeit besteht, daß ich scheitern werde, so muß ich doch hingehen und suchen. Und wenn ich bis ans Ende der Welt suchen müßte, so will ich doch niemals aufgeben.

Jede große Geschichte sollte ihr Quentchen Risiko beinhalten. Es ist an der Zeit, meine eigene Geschichte zu finden.

Danksagung

Ich danke meiner ehemaligen Lektorin bei der *South China Morning Post*, Susan Sams, die sich entschied, meine unkonventionelle Kolumne »People's Republic of Desire« auf der ersten Seite ihrer Sparte »Life and City« zu veröffentlichen. Die Kolumne hatte dort zwei Jahre und zehn Monate lang ihren festen Platz und wurde erfolgreicher, als wir alle erwartet hatten. In diesem Zeitraum erhielt ich Post von Leserinnen und Lesern aller Nationalitäten, Altersklassen und Berufsgruppen. Ich staunte darüber, wie viele Menschen in aller Welt eine Hongkonger Zeitung erreichen konnte. Dank an Charlotte Harper, daß sie Susan Sams Auszüge aus der Kolumne zeigte.

Mein Dank gilt außerdem den vier kompromißlosen Förderern dieses Buches: meinem besten Freund Antony Daprian, internationaler Anwalt mit perfekten Chinesischkenntnissen, der mir in den ersten Phasen so viel geholfen hat, was Sprache, Übersetzung oder das Verhandeln meines Vertrags betrifft (pro bono!). Ohne seine Freundschaft und Ermutigung wäre dieses Buch nicht möglich gewesen. Michael Davis, zunächst Leser meiner Kolumne in Manhattan, später ein guter Freund, der mir zu beinahe jeder Folge ein schriftliches Feedback lieferte und unsere Gespräche über die Figuren dieses Buches bei unseren Treffen in New York, Federsburg, San Francisco, Hongkong und Shanghai fortsetzte. Ferner Michael Rice und Ben Paul – ihr beide seid wunderbar! Gracias!

Schließlich danke ich meiner Lektorin Claire Wachtel mit ihrem wunderbaren Sinn für Humor, allen Kollegen bei Harper Perennial sowie meiner Agentin Liza Dawson, die ebenfalls wesentlich dazu beitrug, dieses Buch zu verwirklichen.

Annie Wang

Goliarda Sapienza
In den Himmel stürzen
Roman
442 Seiten. Gebunden
ISBN 3-351-03022-3

»Radikal-feministischer Aufklärungsroman« DIE PRESSE

Die respektlose Geschichte einer Frau, die zeit ihres Lebens nur einem Gott huldigt: der Freiheit. »Dieser Roman ist eine Anhäufung von Bosheit und Scheußlichkeiten. Solange ich lebe, werde ich niemals zulassen, daß ein solches Buch veröffentlicht wird«, befand 1976 ein bedeutender italienischer Kritiker. Erst 20 Jahre später wagten sich italienische Verlage an den skandalös freizügigen Text.
Sizilien um 1900. Die Waise Modesta wächst im Kloster auf. 16jährig fädelt sie den »tragischen Tod« der bigotten Oberin ein. Anschließend findet sie sich, deren Testament zufolge, auf dem Landgut einer Adelsfamilie wieder. Zwei Leidenschaften, eine Hochzeit und einen Todesfall später ist sie mit 18 Jahren Herrin des Landgutes und beginnt, ihren ganz eigenen Traum von Freiheit zu verwirklichen.

»Ein Buch, das man von der ersten bis zur letzten Zeile verschlingt.« IL GIORNO

aufbau
VERLAG

Weitere Informationen erhalten Sie unter www.aufbau-verlag.de oder in Ihrer Buchhandlung

TANJA DÜCKERS
DER LÄNGSTE
TAG DES JAHRES
ROMAN
aufbau